모래
선혈

하지은 장편소설

모래선혈

황금가지

목차

0. 황제의 주사위

　쿠세인들의 주사위에는 숫자 눈이 아닌 사람 눈이 박혀 있을 거라고 농담처럼 말하곤 한다.

　그들 민족의 기질에 대한 사람들의 생각이 어떤지 잘 보여주는 말이긴 하나, 실제 그렇지는 않다. 그것은 쿠세인들에게 있어 잔인함의 문제가 아닌 합리성의 문제였다. 진짜 사람 눈을 박아 넣으려면 주사위가 너무 커진다는 것이다.

　어쨌거나 그런 소문이 퍼질 만하게끔 쿠세의 황실에서 사용하는 주사위는 보통 주사위와 다르다. 거기에는 숫자 대신 각 면마다 두 글자가 쓰여 있다.

　차례대로 모욕, 감금, 구타, 절단, 소유 그리고 죽음. 그렇게 쓰여 있는 주사위를 절망의 주사위라고 부른다.

　다시 차례대로 지연, 재도, 무통, 구제, 갑절 그리고 반전. 그렇게 쓰여 있는 주사위는 구원의 주사위다.

　쿠세의 황제가 처음 만들었기에 두 개를 통틀어 황제의 주사위라 하며, 보통 절망의 주사위부터 굴린다.

지금 황제 앞에 무릎 꿇은 자가 그러하듯이.

"던져라."

황제는 기대감에 찬 얼굴로 그에게 명령했다. 무릎 꿇은 자의 앞에는 두 개의 주사위가 놓여 있었다. 끔찍하게도 각각 절단과 갑절을 가리킨 상태였다. 이렇게 던진 자는 팔과 다리가 하나씩 잘린다.

"어서."

황제가 재촉했다. 하지만 남자는 쉽게 주사위를 들지 못했다. 이것이 자신을 걸고 하는 도박이라면 차라리 마음 편히 굴릴수 있을 것이다. 그러나 주사위의 눈대로 처벌받을 사람은 그가아니었다.

"굴려요."

황제의 곁에 서 있던 여인이 담담히 말했다. 두 손이 묶여 있을 뿐 표정과 태도로 봐서는 이 끔찍한 형벌의 대상이라 보기어려웠다.

그 목소리에 주사위만 내려다보던 남자의 눈이 일순 흔들렸다. 이 모든 말도 안 되는 짓거리를 내던지고 황제를 벤 다음 여인의 손을 잡아 이 자리를 벗어나고만 싶었다.

그러나 상대는 쿠세의 황제다. 발밑으로 모래가 가라앉은 도시, 광대한 사막을 밟고 오만하게 지상을 내려다보는 자가 바로그들의 황제였다.

지금 이 차갑고 시린 대전 안에는 그들 세 사람을 제외하고 아무도 없는 듯 보이지만, 남자가 검을 빼 드는 순간 아흔아홉의 인간 아닌 것들이 뛰쳐나와 그와 여자를 붙잡을 것이다. 그리고 그렇게 되면 죽음만이 가장 잔인한 형벌은 아님을 두 사람 다 알게 되리라.

"슬슬 지루해지려고 한다."

황제가 손을 뻗어 여인의 팔을 붙잡자 무릎 꿇은 남자가 움찔거렸다. 황제는 그 이상 아무 짓도 하지 않았지만 여인의 얼굴이 딱딱하게 굳었다. 그녀가 다시 말했다.

"어서요."

여인의 얼굴을 보면서 남자는 그녀가 한계에 다다랐음을 알았다. 황제의 곁에서 이 주사위를 내려다보며 침착함을 유지하기 위해 얼마나 인내하고 있는지를.

남자는 떨리는 손으로 주사위를 집어 들었다. 감촉은 단단했으나 종이로 만든 것처럼 가벼웠다. 절망의 주사위부터, 순서는 그러했다. 여기까지 오는 데 오랜 시간이 걸렸지만 막상 주사위를 집고서는 망설이지 않았다.

톡, 데구르르.

주사위가 황제 쪽으로 구르다 멈춘다. 죽음.

"호오. 자네는 운도 없군."

조롱기 섞인 황제의 목소리에 남자는 이를 악물었다. 어차피 그는 이 주사위에 기대를 걸지 않았다. 그가 노리는 것은 오직 구원의 주사위뿐. 거기에는 구제가 있고 반전이 있다. 구제는 말 그대로 절망의 주사위에서 어떤 결과가 나오든 벌을 받지 않는 것이며, 반전은 오히려 상대가 그 벌을 대신 받는 것이었다.

지금 남자의 상대는 바로, 황제.

"이것을 굴리기 전에 요구할 것이 하나 있다."

황제가 말해 보라는 듯 눈짓했다.

"나는 이 주사위에 아무런 장치도 되어 있지 않다는 걸 믿을 수 없다. 많은 이들이 이것을 굴렸지만 단 한 번도 반전이 나온 적은 없었다. 그러니 반전의 반대편 면에 순간적으로 뭔가 돌출되는 장치가 있을 것이라 사람들이 의심하는 것도 당연하지 않나?"

황제는 의외로 순순히 고개를 끄덕였다.

"그럴 수도 있겠지."

"따라서 이 주사위를 무언가로 감싸기를 원한다. 만약 그런 것이 있다면 흔적이 남을 수 있도록."

"그거 좋은 생각이긴 한데, 딱히 그럴 만한 방법이 있을지 모르겠는걸."

황제의 말에 남자는 기다렸다는 듯 품에서 뭔가를 꺼냈다.

"이것이면 될 것이다."

남자가 꺼낸 것은 초였다. 그는 촛농을 주사위 겉면에 바를 생각이었다. 그것은 딱딱하면서도 부드럽다. 주사위에서 뭔가 튀어나온다면 틀림없이 흔적이 남을 것이다.

황제는 좀 전의 여유로운 얼굴 대신 무표정한 얼굴로 허락했다. 남자는 그것이 황제가 긴장한 탓이기를 바랐다.

준비하는 시간은 생각보다 오래 걸렸다. 불을 붙여 촛농을 주사위에 떨어뜨려 말리고, 다시 다른 면을 돌려 떨어뜨리고 말렸다. 다음으로 울퉁불퉁한 모양을 반듯하게 만들기 위해 단검을 써야 했다.

마침내 그 작업이 끝나자, 남자는 주저 없이 구원의 주사위를 들었다. 다만 이번에는 던지기 전 황제의 얼굴과 여인의 얼굴을 한 번씩 보았다.

제발, 신이 있다면 우리를 외면하지 않기를.

촛농을 바른 구원의 주사위가 대전 바닥을 구른다. 누군가에게는 숨이 끊어질 만큼 길고, 누군가에게는 한낱 여흥만큼 짧게.

톡. 그리고 주사위가 멈췄다.

아직 촛농 때문에 무슨 글자가 나온 건지 알 수 없었다. 남자는 눈을 들어 황제를 바라보았다. 황제도 그렇게 했다. 남자는 그대로 시선을 떼지 않은 채 보지도 않고 단검을 휘둘렀다. 주사위는 건드리지 않고 그 윗면의 촛농만 깨끗하게 베였다. 실로 놀라운 솜씨였다.

그리고 그들의 결말이 드러났다.

"하…… 하하하하!"

황제는 웃기 시작했고 남자는 탄식처럼 중얼거렸다.

"아니야, 아직 아니야. 흔적이 남았는지 살펴보겠다."

남자가 주사위를 집어 드는 순간 여인은 더 이상 견디지 못

하고 혼절했다. 하지만 남자는 눈을 부릅뜬 채 주사위만 훑고 있었다. 자신이 잘라 냈던 촛농의 단면도 세세하게 살피고, 나머지 것들도 하나씩 잘라 내어 면밀히 조사했다. 그러나 없었다. 아무것도, 아무런 흔적도.

이럴 리가 없는데. 남자는 반쯤 정신이 나간 사람처럼 주사위를 더듬다 마침내는 칼을 들어 반으로 쪼개 버렸다. 안은 텅 비어 있었다.

"이럴 리 없어."

남자가 충분히 절망할 때까지 기다린 뒤에야 황제는 입을 열었다.

"내가 말하지 않았나 보군. 운조차도 내 지배하에 있다는 것을."

그는 망연해하는 남자를 내려다보며 느긋하게 덧붙였다.

"그럼 결과대로 그녀에게는 아무 고통 없이 죽음을 주도록 하겠네."

남자는 아무 반응도 없었다. 그저 입을 벌린 채 멍하니 굳어 있을 뿐.

황제가 손짓하자 허공에서 떨어지는 것처럼 두 명의 병사가 나타났다. 그들은 눈 뜬 채로 의식을 잃어버린 남자를 끌고 대전을 나갔다.

홀로 남은 황제가 킬킬거리며 웃고 있을 때, 별안간 입구 쪽이 소란스러워지더니 작은 체형 하나가 대전으로 뛰어 들어왔다.

"안 돼요! 어머니를 살려 주세요!"

황제는 고개를 한쪽으로 기울였다가 다른 쪽으로 꺾었다.

"이미 던져진 주사위는 되돌릴 수 없다. 눈을 가리키고 있을 뿐. 너도 잘 알 텐데?"

"하지만, 아버지!"

황제는 듣기 싫다는 듯 손을 들었다. 경비병들이 뛰어와 그 아이를 붙잡아 나가려 했다. 그때 황제가 제지했다.

"기다려."

그는 무언가 재미있는 일이라도 벌이려는 사람처럼 심술궂은 미소를 짓고는 옆에 쓰러져 있는 여자의 몸을 한 손으로 붙잡아 일으켰다. 여자는 아직 기절한 채였고 그래서 황제는 아무 어려움 없이 칼을 뽑아 그 여자의 목으로 가져갈 수 있었다.

그 모습을 보고 아이는 미친 듯이 몸을 뒤틀고 소리를 질렀지만 그를 붙잡고 있는 경비병들은 냉혹한 미소를 지을 뿐 놓아주지 않았다. 마치 앞으로 벌어질 일을 기대하는 듯했다.

"잘 보아라, 레아킨."

그래서 소년은 목도하게 되었다.

아아아아아아!

1. 죽은 탑

아아아아아아!

비명처럼 사나운 사막 바람이 남자의 얼굴을 때렸다. 하지만 남자는 상관하지 않고 한동안 더 밖을 내려다보았다.

희고 텁텁한 광경이다. 적어도 그의 눈으로 보기엔 그랬다. 색(色)을 볼 수 없는 남자는 보통 사람의 눈으로 보면 사막이 어떻게 보일까 궁금해하곤 했다. 하지만 질문을 받은 사람들은 시원찮은 태도로 고개를 저을 뿐이었다.

"지금 당신께서 보시는 것과 별반 다르지 않을 겁니다."

사막은 그렇다면 원래 이토록 메마른 놈이렸다. 남자는 그것이 마음에 들었다.

아마 일곱 살 때쯤이었을 거다. 처음 세상에 색이란 게 있다는 걸 알게 된 일. 하지만 몇 년이 지나도록 그는 그게 어떤 개념인지 이해할 수 없었다. 여러 사람이 중구난방으로 가르쳤는데 공통적인 의견은 이거였다.

"아무튼 저희가 보는 것과는 다르게 세상을 보고 계신 것이지요."

"뭘 어떻게 다르게 보는데?"

"다채롭지 못하게 보신달까요. 다양하지 못하고 재미없고, 감동도 없고 삭막하고…… 그렇게 보이실 테죠. 안타까운 일입니다. 세상엔 이렇게나 아름다운 게 많은데 말입니다."

남자는 고개를 끄덕였지만 안타까워하는 그 사람과 달리 별다른 유감을 느낄 수 없었다. 적어도 그의 밤은 다른 사람의 그것보다 훨씬 아름다웠기에.

모두가 밤을 그저 한 가지 검은색으로 볼 때 남자는 별 주위의 밤과 달 주위의 밤, 지면 근처의 밤과 가장 멀리 있는 밤, 이쪽에서부터 저쪽까지의 밤을 모두 다른 색으로 보았다. 그건 오직 그만이 구분할 수 있는, 보통 사람의 눈으론 흉내조차 낼 수 없는 깊은 농도와 명암의 세계였다.

그는 한밤중에도 등불 없이 다닐 수 있었고 어떤 점에 있어서는 물건을 구별할 때 평범한 사람보다 더 뛰어난 능력을 보이기도 했다. 그래서 그는 색에 둔감한 것과 마찬가지로 자신이 감정 또한 남들처럼 느끼지 못한다는 사실을 알았을 때도 별로 낙담하지 않았다. 그 부족함에 대해 느껴야 할 슬픔이나 분노 또한 그에게는 생소했기에.

"준비 다 되었습니다, 레아킨님."

레아킨은 사막에서 눈을 떼고 고개를 돌렸다. 입구에 시종이 머리를 조아린 채 서 있었다.

"라노프 쪽에는 연락을 해 두었나?"

"물론입니다. 라노프의 수도 옐린에 쿠세 정부의 거점이 있습니다. 그곳의 새 심판관으로서 파견되시는 걸로 얘기가 되었습니다."

"그렇군. 형님께서는 물론 아무것도 모르시겠지?"

"예. 한데 그것 말입니다만, 아무래도 말씀은 하고 가셔야 하는 게 아닐지……."

"쓸데없는 소릴 하는군. 그렇게 하면 형님이 날 순순히 보내줄 것 같나?"

시종은 대답하지 못하고 난처하게 웃었다. 레아킨의 형은 신경질적으로 예민하고 소유욕이 대단해서 뭐든 자기 것이라면 곁에 두지 않고는 못 견뎠는데, 동생인 레아킨의 경우 그 정도가 심했다. 오죽했으면 형을 떠나 이 도시 밖으로 나가 본 적도 없을까.

레아킨은 미리 챙겨 두었던 짐을 등에 메고 허리에 비스듬히 칼도 찼다. 마지막으로 책상 위에 놓여 있던 책 한 권을 소중히 품속에 넣는 것을 보고 시종이 농담처럼 물었다.

"설마하니 정말로 그 책 한 권 때문에 그 먼 변방의 땅으로 가시는 겁니까?"

"자네가 물 없이 사막을 걷다가, 멀리서 비록 단 한 방울일지라도 물이 떨어지는 소리가 들리면 어떻게 하겠나?"

시종은 알 듯 모를 듯 미묘한 표정을 짓고는 고개를 숙였다.

건물 밖으로 나온 레아킨은 짐이 실려 있는 두 마리의 낙타 중 하나에 올라탔다. 그러곤 지금껏 자라 온 자신의 집을 한번 돌아보지도 않고 훌쩍 떠났다. 혼자서 사막을 건너야 했지만 그는 조금도 걱정하지 않았다. 쿠세인이 사막에서 길을 잃거나 위험에 처한다면 그야말로 웃길 노릇일 테니까.

보름이 지나자 예상대로 그는 순조롭게 사막을 벗어났다. 이제 땅은 광대한 적색에서 온화한 초원으로 바뀌어 있었다.

라노프. 쿠세의 수많은 속국 중 하나이며 작지만 매력적인 문화와 예술로 가득한 땅. 연극, 미술뿐 아니라 레아킨이 유일하게 좋아하는 문학 작품들로도 유명했다.

하지만 마침내 그곳에 도착했을 때 그는 약간이지만 실망하지 않을 수 없었다. 옹기종기 밀집한 작은 건물들과 거리를 꽉 메운 사람들, 질서라곤 없어 보이는 좁은 도로와 악취가 풍기는 시장 바닥. 사막과 바위로 이루어진 거대한 제국에서 자란 그에겐 참으로 조야한 땅이었다.

'이런 곳에서 그런 글을 썼단 말인가.'

그는 품속에 소중히 넣어 둔 작고 두툼한 책을 매만졌다. 바로 이 나라의 작가가 쓴 책이었다. 이름도 생소했고 제목도 그다지 마음에 들지 않았기에 처음 책을 펼칠 때만 해도 끝까지 읽으리란 기대는 하지 않았다.

『호반 위 황금새』
비오티 F.

한데 그것은, 그 자신만큼이나 메마른 글이었다.

특이하게도 책에서 주인공은 단 한 번도 등장하지 않는다. 그는 먼 곳에 있으며 그곳에서 다른 모든 인물들을 관조하고 있을 뿐이다. 독자는 혼자서 힘겹게 그를 찾아가야만 했다. 불친절한 작가의 필체를 이겨 내고 무서우리만치 냉담한 글자 사이를 지나 마침내 결말에 도달해야만 했다. 오직 그가 거기에 있을지도 모른다는 실낱같은 희망을 품은 채.

그리하여 마지막 페이지를 넘기면, 이제껏 엄하게 독자를 다스리던 작가가 처음으로 따스하게 말을 건네는 것이었다.

비로소 다다랐다. 그러나 평온한 호수밖에는 보이는 것이 없었다. 두 무릎을 꿇고 절망에 몸을 맡기려는 순간, 보였다. 호반 위로 황금새가 날아오르고 있었다. 찬란한, 더없이 찬란한 순간이었다. 금빛 궤적을 따라 쫓으며 조금 더, 그대로 조금만 더…….

'이곳에 마침내 내가 있노라.'

그대로 끝나 버린 페이지를 붙잡은 채 남자는 제대로 숨도 쉴 수 없었다. 아, 그가 거기 있었다. 폭풍을 뚫고 집에 돌아온 자식을 더없이 포근하게 안아 주는 어머니의 품처럼 그것은 말 못 할 평온이었다.

레아킨은 한참을 거기서 헤어 나오지 못했다. 이런 기분을 무어라 불러야 하는지 도무지 알 수 없었다. 그대로 멍하니 서 있던 그는 책 위에 눈물이 떨어지고 나서야 자신이 울었다는 사실을 알았다. 이유는 분명치 않았으나 그것만으로도 이 책이 특별하기에는 충분했다.

어쩌면, 하고 그는 바랐다.

어쩌면 이 책을 쓴 사람을 만나면 내 병을 고칠 수 있을지도 몰라. 내게 그 색이란 것을 보여 줄지도.

떠나야겠다고 마음먹은 것은 그 순간이었다.

"다 왔습니다요."

선잠에서 깨어난 레아킨은 마차에서 내리며 주위를 둘러보았다. 드디어 라노프의 수도인 옐린에 도착한 모양이었다.

그곳은 지금까지 지나온 도시들에 비하면 정갈했으며 사람들도 깔끔하게 단장한 채 걷고 있었다. 다행이라고 생각하며 몇 걸음이나 옮겼을까, 그때 이상한 냄새가 풍겨 왔다.

'이건…….'

레아킨은 냄새가 어디서 나는지 찾다가 곧 하늘을 뒤덮을 듯 뿜어지는 연기를 발견했다. 이 냄새와 연기. 그는 그게 무엇인지 알고 있었다.

마부가 짐을 내리는 사이 본능적으로 걸음을 옮겼다. 잘 포장된 언덕을 조금 걸어 올라가자 냄새의 근원지가 보였다. 수많은 사람들 또한 그처럼 끌려온 듯 연기가 나는 곳을 뚫어져라 바라보고 있었다.

여기저기 십자가가 박혀 있는 거대한 광장과 그 뒤에 우뚝 선 칠흑의 탑. 마치 신의 형상이라도 되는 양 사람들을 싸늘하게 굽어보는 가운데 광장에서 화형이 집행되는 중이었다.

연기와 냄새 모두 한때 사람이었던 것으로부터 승화되었단 걸 깨닫자 레아킨은 손수건을 꺼내 입을 틀어막았다. 광경 자체보다 그것을 홀린 듯 바라보고 있는 타국인들이 더 이해가 가지 않았다.

"혹시 레아킨님이십니까?"

누군가 유창한 쿠세어로 말을 걸어왔다. 레아킨은 뒤를 돌아보았다. 한쪽으로 싹 밀어 넘긴 머리가 묘하게 거슬리는 라노프인이었다.

"그렇다만, 누구지?"

"귀스트 아고스토라고 합니다. 레아킨님이 오시기 전까지 죽은 탑의 심판관이던 사람입니다."

"죽은 탑?"

귀스트는 광장 뒤에 있는 새카만 건물을 가리켜 보였다. 그의 손가락에 끼워진 피라미드 형태로 뾰족하게 솟은 특이한 반지가 눈에 띄었다.

"혁명재판소이자 종교재판소이며, 쿠세 정부의 거점이자 감옥입니다. 예전에는 아름다운 하이젤 성이라고 불렸지만 지금은 다들 죽은 탑이라고만 하지요. 위대한 쿠세인인 레아킨님께서 머무실 곳이기도 합니다."

보통 사람이라면 그 목소리가 잔뜩 비꼬여 있다는 걸 알았겠지만 레아킨은 느끼지 못했다. 다만 그 이름이 마음에 든다고 생각했을 뿐이다.

"안내해라."

3층짜리 건물인 그것은 앞쪽은 새카만 벽인 데 비해 뒤쪽은 창백하리만치 하얀색이었다. 레아킨이 그 까닭을 묻자 귀스트가 비웃듯이 말했다.

"앞쪽은 광장에서 화형당한 사람들의 연기가 배어 그렇게 된 것입니다. 닦아도 닦아도 지워지질 않죠. 지금도 하루가 멀다 하고 화형 집행이 이루어집니다. 혁명가, 이단자, 범죄자들……. 이 작은 나라에도 땔감은 많습니다."

레아킨은 깊은 인상을 받으며 옆에 있는 라노프인을 바라보았다. 시종에게 들은 바에 의하면 그는 라노프의 높은 귀족 출신으로, 그의 아버지가 쿠세에 망명하여 지금 같은 자리에 올랐다고 했다.

동포를 버리고 아무렇지 않게 그들을 불태우는 냉소적인 기회주의자라. 레아킨은 그가 마음에 들었다.

"지하 1층은 신문실(訊問室)과 고문실로 이루어져 있습니다. 여기서 살아가시려면 무엇보다 먼저 비명에 익숙해지셔야 할 겁니다. 아래로 더 내려가면 수는 많지 않지만 감옥이 있고, 1층과 2층엔 직원들의 사무실이 있습니다. 3층이 레아킨님께서 쓰실 곳입니다. 심판자의 방이라고들 하죠."

귀스트는 맨 아래층에 있는 감옥부터 안내했다. 지하로 내려서자 그에 어울리는 퀴퀴하고 음침한 냄새가 났다. 고문실을 지날 때는 희미한 피 냄새도 섞여 있었다.

"현재 수감된 인원은 스물여섯이고 그중에는 자신을 라흐라고 주장하는 사람도 네댓 명 있습니다."

"라흐?"

"라노프에서 가장 활발하게 움직이는 혁명가 무리의 우두머리입니다. 그의 오른팔로 불리는 베세토와 함께 현상금이 제일 높게 걸려 있죠."

레아킨은 고개를 끄덕이고 둘러보다가 뭔가 이상하다는 걸 깨달았다. 위층의 고문실과 달리 감옥이 있는 층은 지나치리만큼 조용했던 것이다. 본래 죄수들은 누군가 내려오기만 하면 소리를 지르고 팔을 뻗는 등 난동을 부리는데 그곳은 마치 아무도 없는 것처럼 침묵뿐이었다.

"죄수들이 왜 이렇게 조용한 거지?"

"글쎄요. 누구도 깨우고 싶어 하지 않을 만한 게 잠들어 있기 때문일까요."

재미없는 농담이라고 생각했는데 누군가 듣기라도 한 듯 복도 저편에서 키득거리는 소리가 들려왔다. 레아킨은 이상한 기분을 느끼며 이미 계단을 오르기 시작한 귀스트의 뒤를 따랐다.

3층에는 간단히 문만 하나 서 있었다. 좁고 긴 그 문은 어쩐지 관의 덮개를 떠올리게 했는데, 그것을 열자 거대한 홀처럼 넓은 방이 나왔다. 정면의 벽은 모두 유리로 이루어져 있고 거기에도 연기가 배어 찬란한 광휘 대신 음울한 햇빛이 쏟아졌다.

레아킨은 창가 쪽으로 걸어가 광장을 내려다보았다. 그사이 화형 집행이 끝난 것인지 연기는 드문드문 피어올랐고 몰려든 사람들도 점차 흩어지고 있었다.

'이런 것을 매일 같이 지켜본단 말이지.'

그는 나쁘지 않다고 생각했다.

"마음에 드십니까?"

"기대한 것보다는."

"다행이로군요."

그의 목소리는 어쩐지 냉소적이었다.

"자네는 어디서 머물지? 내가 오는 바람에 방을 빼앗겼나 보군."

"괜찮습니다. 이 건물 뒤편에 별채가 하나 더 있지요. 전 그쪽으로 옮겨 갈 겁니다. 제 짐은 모두 들어냈지만 아직 책이 좀 남았습니다."

레아킨은 그가 눈짓으로 가리킨 방향을 바라보았다. 그의 말대로 오른편에 작은 서재라고 불러도 좋을 법한 공간이 있었다. 열 개 안팎의 책장과 거기에 무수히 꽂혀 있는 책들.

"자네도 책을 좋아하나?"

"아뇨. 저기 있는 책들은 모두 검열을 통과하지 못해서 모아 둔 것들입니다."

"그래? 그럼 혹시 저 중에 비오티의 책도 있나?"

귀스트의 얼굴이 이상하게 변했다.

"비오티 필라프 말입니까? 『호반 위 황금새』의 작가요?"

성이 필라프였군. 레아킨은 기대감을 드러내지 않으려고 애쓰며 말했다.

"그래. 그 작가를 알고 있나 보군."

귀스트는 작게 코웃음 쳤다.

"뭐, 안다고 할까요. 하지만 애석하게도 반동적인 사상과는 거리가 먼 작가라 제 손에 걸릴 일은 없었지요. 그런데 쿠세에서 방금 오신 분이 그 작가에 대해서는 어떻게 아시는 겁니까?"

귀스트의 질문에 레아킨은 혼자만의 영역을 침범당하는 듯한 불쾌감을 느꼈다. 그래서 단호하게 말했다.

"그만 가도 좋다. 귀스트……."

"보좌관입니다."

"그래, 귀스트 보좌관. 나가 보게."

눈치 빠르게 그는 더 묻지 않고 밖으로 나갔다.

홀로 남은 레아킨은 피로감을 느끼고 집무실 한쪽에 있는 침대로 걸어갔다.

'여기 일에 적응하고 나면 바로 비오티의 다른 책들을 찾아봐야지. 그를 꼭 만나고 싶지만 그건 천천히 이뤄졌으면 좋겠군. 좀 더 이 기대감이라는 것을 느끼고 싶어.'

그로부터 며칠 동안 레아킨은 심판관으로서의 여러 가지 업무와 라노프에 대해 배웠다. 그를 가르치면서 귀스트는 보좌관으로서의 역할을 충실히 수행했지만 걸핏하면 비웃음을 짓고 '네가 쿠세인이니까 참아 준다'는 태도를 대놓고 드러냈다.

사람들의 기분이나 표정을 읽는 것에 소질이 없는 레아킨조차 느낄 수 있을 정도였지만 딱히 신경에 거슬리지 않았기에 눈감아 줬다. 그는 기쁨이나 슬픔만큼 분노와도 친밀하지 않던 것이다.

"랄프 카젠, 쿠세 황제를 비방하는 기사를 썼다는군요."

"해당 신문을 모두 회수하고 정정 기사를 내도록."

"시오라 메일, 라흐가 이끄는 혁명단에 지원금을 전달했다고 합니다."

"같은 금액만큼 벌금을 내게 하고 30일간 구류."

귀스트가 눈살을 찌푸리며 서류를 내려놓았다.

"심판관님이 라노프인지 쿠세인지 헷갈리기 시작하는군

요. 너무 솜방망이 처벌만 하시는 거 아닙니까?"

"그대처럼 재량권을 남발하는 대신 적법한 절차에 따라 처리하고 있을 뿐이다."

귀스트는 고개를 젓고는 다음 목록으로 내려갔다.

"이건 좀 재미있군요. 어느 아마추어 작가가 자기가 쓴 책을 아기모스의 책이라고 속여서 팔다 적발되었답니다."

"아기모스라고?"

"그에 대해 아십니까?"

책을 좋아하는 사람이라면 모를 수 없는 인물이었다.

"물론이지. 그는 진실로 위대한 작가였고 그를 좀 지나치게 숭배하는 이들은 이 세계의 진정한 작가란 아기모스뿐이라고 말하기도 하지. 그가 남긴 유일한 책은 너무도 경이로워서 단어들이 생명을 얻고 이 땅을 걸어 다녔다고 한다."

"네. 하지만 세계가 그걸 용납하지 않았기에 아기모스는 다시 자신의 단어들을 불러들였죠. 그럼에도 단 하나의 단어만이 그에게 돌아가지 않았습니다."

"그래, 유일하게 창조주의 명령을 거부할 수 있었던 건 '오만'이었지."

레아킨은 그 이야기를 처음 들었던 어린 시절을 떠올렸다. 누가 해 주었더라. 아마도 그의 형이었을 거다.

"어리석은 사기꾼이군. 전설에 불과한 책을 진실로 믿고 살 사람이 있다고 생각했다니."

레아킨이 이렇게 말하고 다음 서류로 눈을 돌리려 했으나 귀스트는 어째서인지 넘어가지 않았다.

"전설이라니요. 그건 엄연히 실재하는 책입니다."

"아기모스의 책이 실재한다고?"

"그렇습니다. 아기모스의 진정한 후손들에게만 전해져 내려오고 있지요."

"무슨 그런 허황된 소릴. 그러다 오만도 실제로 이 땅에 걸어 다닌다고 하겠군."

귀스트는 무어라 받아칠 듯 입을 열었으나 쓴 미소와 함께 고개를 저었다.

서류 작업이 어느 정도 끝나자 레아킨은 책상을 정리하고 자리에서 일어났다. 의자를 집어넣은 그가 창가로 다가가자 귀스트가 못마땅하게 돌아보았다.

"또 그걸 보시려는 겁니까? 악취미도 정도껏 하시지요."

"존중받을 만한 취미가 아니라는 건 알고 있다. 하지만 무언가로부터 감흥을 느끼기가 어려운 사람은 말이지, 그게 아주 약간일지라도 자극을 주는 것이라면 집착하게 되기 마련이야."

귀스트는 정떨어진다는 표정을 지었지만 레아킨은 신경 쓰지 않고 바깥을 내다보았다. 화형 집행이 끝난 후의 광장을 내려다보기 위해서였다.

군중이 흩어지고 불씨도 거의 말라 잔열이 이따금씩 재를 들썩이는 시간이면 어김없이 나타나는 사람들이 있었다. 그것은 한 편의 무언극 같았다. 회색 창 너머에 마찬가지로 회색인 사람들이 유령처럼 이리저리 흔들렸다.

한 줌 재가 되어 버린 아들을 줍고, 아버지를 쓸어 모으고, 연인을 담는 사람들.

약속이나 한 듯 아무도 입을 열지 않고 울지도 않는다. 누군가는 10년을 누군가는 50년을, 판이하게 다른 삶을 산 사람들이 종래엔 똑같은 먼지가 되고 마는 귀결. 레아킨은 그 허무한 순간이 좋았다. 나른하면서도 평온한, 기이한 느낌이었다.

'비오티, 그대는 나에게 이보다는 큰 자극을 주겠지?'

갑자기 견딜 수 없이 그가 만나 보고 싶어졌다.

며칠 후 오래간만의 휴일을 맞은 레아킨은 방에서 나왔다. 라노프에 온 후로 이날만 기다려 왔다. 그동안 귀스트가 눈치채지 못하게 라노프의 서점에 대해 조사했고 오늘이 그곳을 방문하는 날이었던 것이다.

'가장 크다는 바이만 서점, 여기부터 가 봐야겠군.'

그는 늘 입던 쿠세 정부의 제복을 벗고 최대한 눈에 띄지 않을 만한 평범한 옷을 골라 입었다. 1층으로 내려와 죽은 탑을 나가려는데 입구의 수색 사관이 의아하게 물었다.

"어디 외출하십니까?"

"근방을 좀 둘러볼까 한다. 단순한 시찰이다."

"혼자서 말씀이십니까?"

"그렇다만, 왜 묻는 거지?"

사관은 우물쭈물하다가 말했다.

"되도록이면 귀스트 님과 동행하시는 편이 좋을 것 같습니다."

"어째서 말인가?"

"아무래도 뭐랄까, 쿠세인들은 그러니까……."

"환영받지 못하나 보군."

"그렇습니다. 호위를 붙여 가시는 게 좋을 겁니다."

"괜찮다. 내 몸 하나는 지킬 수 있으니 염려 마라."

사관은 여전히 걱정하는 표정이었지만 어쩔 수 없다는 듯 경례를 붙였다.

죽은 탑을 나온 레아킨은 넓고 깨끗한 도로를 따라 걸어 내려갔다. 그 길은 하이젤 거리로 고급 상점들이 밀집해 있었다. 지나다니는 사람들도 모두 부유한 귀족들이었으며 부랑자나 천민들은 아예 접근하지 못하도록 입구에서부터 차단되었다.

레아킨은 평범한 옷을 입고 있었지만 쿠세인인지라 아무도 건드릴 생각을 하지 못했다. 무서워하면서도 혐오하는 듯한 시선이 이어졌지만 그는 신경 쓰지 않고 걸음을 옮겼다. 그러다 마침내 한쪽 골목에서 커다란 서점을 발견했다.

그곳에는 정말로 어마어마한 양의 책이 있었다. 모두 깔끔하게 분류되어 꽂혀 있었으며 밝은 조명 아래 책을 읽을 수 있는 공간도 있었다. 레아킨은 행복이란 게 뭔지 잘 몰랐지만 아마도 지금 느끼는 기분과 비슷할 거라고 생각했다.

"찾으시는 책이라도 있으신지요?"

서점 주인으로 보이는 남자가 다가와 레아킨의 아래위를 훑어보고 물었다. 레아킨은 한눈에 그가 자신을 마음에 들어 하지 않는다는 걸 알았다. 예전 같았으면 몰랐겠지만 그동안 귀스트의 태도에서 많은 걸 배웠던 것이다.

"비오티 필라프 작가의 책이 있다면 찾아 다오. 전부 살 테니."

그가 조바심이 드러나지 않도록 조심스럽게 말하자 서점 주인은 입가를 씰룩거리고는 걸음을 옮겼다.

그를 기다리는 동안 레아킨은 근처에 있는 책들을 훑어봤다. 전부 흥미로워 보이는 것들이었다. 본국인 쿠세에서 라노프 작가들의 책은 마약과도 같다며 수입을 금지했는데 어쩌면 현명한 일이었는지도 모른다.

그중 『이 땅의 모든 죽음들』이라는 책을 집어 들었을 때, 주인이 빈손으로 돌아왔다. 그는 난처하게 웃고 있었다.

"이거 죄송해서 어쩌죠. 비오티 작가의 책은 절판되어 남아있질 않습니다."

"정말인가? 단 한 권도?"

"예, 어쩔 수 없군요."

그가 과장되게 한숨을 내쉬는 걸 보고 레아킨은 거짓말일지도 모른다고 생각했다. 따라서 홀로 책장들 사이를 거닐며 책을 찾아다니기 시작했다. 하지만 도서 분류학대로라면 비오티의 책이 있어야 할 법한 자리가 부자연스럽게 텅 비어 있었다. 어쩌면 주인은 책을 찾으러 간다고 해 놓고 오히려 숨겨 놨을지도 몰랐다. 레아킨은 드물게 신경이 곤두서는 것을 느꼈지만 애써 냉정을 유지했다.

"그의 책을 구할 다른 방법이 있는지 알고 싶다."

"글쎄요. 절판된 책은 저희로서도 어쩔 수 없습니다. 인쇄소라도 찾아보시든지요."

그를 조롱하는 듯한 서점 주인을 뒤로하고 그곳을 나올 수밖에 없었다. 빈손으로 나오긴 싫었는지라 칼라이조 로프너의 신작을 샀다. 어차피 서점은 거기 한 군데가 아니었기에 별로 낙담하지 않았다.

하지만 연이어 방문한 서점에서도 비슷한 일들이 일어났다. 처음에는 쿠세인을 싫어해서 일부러 그러는 건가 싶었지만 나중에는 정말 책이 없는 걸지도 모른다는 생각이 들었다.

'이럴 수가. 구할 수 없단 말인가. 여기서도?'

그는 하이젤 거리 한복판에 멈춰 섰다. 그런 기분은 익숙하지 않았다. 비오티를 만나겠다던 생각이 갑자기 허황되게 느껴졌다. 책조차 구할 수 없는데 그를 어떻게 만난다는 거지? 무엇을 믿고 천천히 만나겠다고 자신한 거지?

혼란스러워하던 그때 근처에서 떠들썩한 소리가 들려왔다. 거지 차림의 한 아이가 교묘하게 골목을 통해 하이젤 거리로 들어오려다 막힌 것이었다.

"뭐 볼 거 있다고 사람을 막아, 막기를? 더러워서 안 본다, 퉤!"

"이 자식이!"

아이는 쫓아오는 경비병들을 피해 다시 골목으로 달아났다. 그 모습을 보던 레아킨은 퍼뜩 뭔가를 떠올렸다.

'그래, 저곳이라면 혹시.'

하이젤 거리가 빛이라면 반대쪽에 있는 로우젤 거리는 어둠이었다. 허름한 집들이 즐비했고 거리는 두 사람이 나란히 걸어가기도 힘들 정도로 좁았으며 치안도 제대로 되지 않았다. 하지만 그런 곳이기에 헌책방 같은 것도 있을 것처럼 느껴졌다.

그는 로우젤 거리로 들어서서 아무 방향도 잡지 않고 무작정 골목을 돌아다니기 시작했다. 건물 담벼락은 불쾌한 자국들로 얼룩져 있고 구석엔 동물의 사체까지 눈에 띄었다. 모든 곳에서 악취가 풍겼고 길가에 아무렇게나 누워 있는 음울한 눈초리의 부랑자들도 다수였다.

레아킨은 점점 기분이 가라앉아 오히려 차분해지는 걸 느꼈다. 서점은 없는 건지 그가 못 찾는 건지 몇 시간을 걸었는데도 보이지 않았다. 결국 피로를 느낀 그는 잠시 쉬기로 하고 근처를 둘러봤다. 다행히 멀지 않은 곳에 허름한 술집이 있었다.

보랏빛 밤.

'밤'자는 너덜너덜해서 거의 보이지도 않았다. 색을 보지 못하는 그는 보랏빛이라는 게 어떤 걸까 궁금해하며 안으로 들어갔다.

안도 마찬가지로 허름하고 조용했다. 어두운 조명 아래 간단한 바가 있고 낡은 탁자들이 드문드문 놓여 있었다. 구석에는 당구대도 있었는데 누군가 치다 만 흔적이 그대로 남아 있었다. 이른 시간이다 보니 두어 명의 남자가 한 잔씩 홀짝이고 있을 뿐 대부분의 의자는 테이블에서 내리기도 전이었다. 주인은 다른 일을 하고 있는 건지 보이지 않았다.

그는 구석으로 걸어가 의자 하나를 내리고 자리에 앉았다. 그러곤 주인이 나타날 때까지 훑어볼 요량으로 사 온 책을 펼쳤다. 수명이 다한 전구 하나가 불규칙적으로 깜빡이며 방해했지만 그는 곧 책에 빠져들 수 있었다.

칼라이조 로프너는 대단히 박식하고 그런 지식들을 재미나게 풀어낼 줄 아는 작가였다. 다만 거기에 치중한 탓인지 대부분의 스토리는 특별할 게 없었고 결말도 평이했다. 소개 문구에 의하면 이번 책은 한 장의사에 관한 이야기였다. 시체를 보기 좋게 만들어 가족들에게 인도하는 것이 일이었던 그는 어느 날 자기 자신을 염하는 꿈을 꾸게 된다.

흥미가 가는 이야기라고 생각했을 때 주인이 부엌에서 나왔다. 그는 레아킨을 보고 새 손님을 맞은 사람답게 환하게 웃다가 쿠세인이라는 걸 깨닫고는 웃음을 지웠다. 그러곤 쭈뼛거리며 다가왔다.

"저……."

"쿠세산 브랜디가 있다면 부탁하네."

"죄송합니다만 오늘은 예약 손님이 있습니다."

또 쿠세인이라고 쫓아내려는 건가. 이런 태도라면 오늘 질리도록 당한 그였기에 낮게 말했다.

"여기 한 자리 차지한다고 그들에게 방해되진 않을 것 같은데."

"손님에게 방해가 될 겁니다. 책을 읽으러 오신 것 같은데 그럴 수 있는 분위기가 아닐 겁니다."

"그건 내가 알아서 하겠네. 브랜디부터 가져다주게."

주인은 입을 꾹 다물더니 하는 수 없다는 듯 몸을 돌렸다. 부엌으로 돌아가며 그가 다른 두 손님에게 눈짓을 했지만 레아킨은 책에 몰두하느라 그것을 보지 못했다.

꿈에서 자신이 죽었다는 사실에 장의사는 충격을 받긴 했지만 자기 직업이 무언지 잊어버릴 정도는 아니었다. 그는 두 팔을 걷어붙이고 지금껏 거쳐 간 어떤 시체들보다 정성스레 자신을 염하리라 결심한다. 하지만 잘하려고 할수록 모든 게 엉망이 되었다. 벌써 얼굴 한쪽이 썩기 시작했고 벌어진 다리는 아무리 노력해도 오므려지지 않았다. 옷을 입히려다 팔 하나를 부러뜨린 그는 신경질적으로 자신의 시체를 내동댕이쳤다. 그리고 온몸이 부서지는 기분과 함께 잠에서 깨어났다. 그 섬뜩한 느낌이 너무도 분명해서 그는 목 놓아 울기 시작한다.

"쿠세산은 안타깝지만 저희 가게에 없습니다. 이건 라노프의 남쪽에 있는 시로드 지방 것인데 맛이 괜찮을 겁니다."

레아킨은 책에서 눈을 떼지 않은 채 대충 고개를 끄덕였다.

무의식중에 마개를 열고 잔에 따라 입으로 가져갈 때도 마찬가지였다. 그러나 그것을 한 모금 마시는 순간, 그는 참지 못하고 도로 뱉어 냈다.

'이게 뭐지. 라노프산 브랜디는 다 이런가?'

처음에는 순진하게도 그렇게 생각했다. 하지만 어디에선가 킥킥거리고 소리 죽여 웃는 소리가 들려왔다. 별로 멀지 않은 탁자에 앉은 두 남자가 레아킨을 바라보며 웃고 있었다.

'저속한 장난질이었군.'

레아킨은 별로 화가 나지 않았고 무엇보다 책을 더 읽고 싶었으므로 조용히 주인을 불렀다.

"내 입맛에 맞는 것 같지 않네. 다른 것을 가져다주게."

주인은 약간 당황한 듯 보이더니 순순히 병을 들고 사라졌다.

장의사는 그날부터 일을 할 수 없었다. 시체를 보면 자꾸 자신의 죽은 모습이 떠올랐기 때문이다. 하지만 그의 집은 곧 썩은 냄새로 견딜 수 없는 지경이 되었다. 유족들도 그를 재촉했다. 결국 그는 다시 작업실로 내려갔다. 그리고 거기서 끔찍한 것을 보게 된다…….

"안녕하십니까."

레아킨은 고개를 들었다. 아까 비웃던 두 남자 중 하나였다. 아무 대답도 하지 않자 그는 눈살을 찌푸렸다.

"라노프어 못하십니까? 아까 주문할 때 분명 우리 말을 한 것 같았는데요."

"했지. 그런데 너희 라노프인들은 쿠세인인 나보다도 모국어를 못하는 것 같더군."

남자가 고개를 갸웃거리자 레아킨은 덧붙였다.

"나는 브랜디를 가져다 달라고 했지 그런 이상한 액체를 주문하지 않았다."

남자는 웃음을 터뜨렸다.

"대신 사과하겠습니다. 우리 톤은 귀가 어둡지요. 덕분에 이곳은 은밀한 일을 벌이기에 아주 좋답니다. 소리 소문 없이 누군가 살해당해도 아무도 모르죠."

레아킨은 책을 덮고 칼의 손잡이를 잡았다. 그러자 그 남자는 과장되게 놀라는 표정을 지으며 뒤로 물러섰다.

"이거야 원, 농담입니다. 쿠세인들은 늘 말보다 검을 먼저 뽑는군요."

"정체를 말해라."

"전 그저 이곳 토박이입니다. 조금 과한 농담이었다는 건 인정합니다. 하지만 로우젤 거리 한복판에 들어온 쿠세인이라니, 시비를 걸어 보고 싶잖습니까."

레아킨은 대답하지 않고 남자의 행색을 살폈지만 확실히 검을 다룰 만한 인물은 아니었다. 장난질이었다고 하기에도 어딘지 미심쩍었지만 일단 칼에서 손을 뗐다. 그사이 남자는 그가 읽던 책을 허락도 없이 가져가 살펴보고 있었다. 그러곤 어쩐지 기쁜 듯한 미소를 지었다.

"『이 땅의 모든 죽음들』이라, 비평가들로부터 혹평을 당한 졸작을 보시는군요. 그보다 쿠세인이 라노프 작가의 책을 다 읽다니 놀라운걸요."

"그럴 것 없다. 내가 제일 좋아하는 작가도 라노프 작가니까."

그 말에 남자가 발작적으로 웃음을 터뜨렸다. 아주 데굴데굴 구를 기세였다. 남자의 동료인 다른 사람도 궁금한 듯 이쪽을 바라보고 있었다.

레아킨이 남자의 이 무례한 태도를 꾸짖을 것인지 고민하고 있을 때 술집 주인이 다른 병을 내왔다. 이번엔 제대로 된 것인지 의심스러웠지만 어쨌든 마셔 보는 수밖에 없었다. 그가 마개를 여는 순간 아직도 웃음을 그치지 못한 남자가 병을 빼앗더니 잔에 따라 주었다.

"정말 재미있는 쿠세인을 만났군요. 보아하니 책을 좋아하시는 것 같은데 그런 사람이라면야 쿠세인이든 바로인이든 다 환영이지요."

바로인 같은 저급한 민족과 비교하는 것은 마음에 들지 않았지만 레아킨은 말없이 술잔을 들었다. 이번엔 제대로 된 브랜디였다. 독하지만 향이 진한 게 마음에 들었다. 잔을 비운 그는 맞은편 남자에게도 따라 주었다.

"칼라이조 로프너는 이 책을 내고 대단히 부끄러워했지요. 뭐, 안 그런 책이 없지만 말입니다."

"그런가. 적어도 지금 읽은 부분까지는 대단히 흥미로운데. 부끄러워할 만한 글은 아니다."

그는 킬킬거리고 웃었다.

"하지만 항상 결말이 문제란 말이죠. 그의 글은 처음에만 힘이 넘쳐요."

"그건 동감이다."

남자는 잔을 단숨에 비우고는 딱 소리가 나게 내려놓았다.

"아무쪼록 읽고 던지지만 않으실 정도였으면 좋겠습니다. 그럼 이만 가 보겠습니다. 즐거운 시간 되시길."

"잠깐만. 라노프 작가들에 대해 잘 아는 것 같은데 혹시……."

그러나 비오티에 대해 막 물으려는 순간 술집 문이 벌컥 열리면서 사람들이 쏟아져 들어왔다. 혹시나 싶어 검을 잡았지만 그들 중 누구도 레아킨에게 눈길을 주지 않았다.

"칼! 약속 시간보다 일찍 와 있었네?"

무리 중 한 여성이 대화하던 남자에게 인사하는 것을 보며 레아킨은 술집 주인의 말이 거짓이 아니었음을 깨달았다. 오늘 정말로 이곳에서 무슨 모임이 있는 모양이었다.

"죄송합니다. 일행이 와서요. 그럼."

남자는 레아킨에게 양해를 구하고 그들에게로 걸어갔다.

"잘 지냈어? 몇 달 전에 협회에서 보고 처음이지?"

"그러게. 괘씸하게 그동안 얼굴 한번 안 비치고 말이야."

그들이 서로 인사를 나누며 어울리는 것을 보고 레아킨은 책을 덮고 자리에서 일어났다. 어떤 모임인지는 몰라도 타인, 그것도 쿠세인이 끼어 있어서는 제대로 즐기지 못할 터였다. 레아킨은 특별히 남을 배려하는 성격은 아니었지만 그렇다고 남을 괴롭히고 싶지도 않았다.

그가 술집을 나가는 걸 보고 여자와 이야기를 나누던 남자가 살짝 눈살을 찌푸렸다. 그런 그를 보고 여자가 물었다.

"왜 그래? 아는 사람이야?"

"아니, 그냥 좀 재미있어서."

"뭐가?"

남자는 희미하게 웃고는 말했다.

"최근에 나온 내 책을 보고 있더라고. 우리가 다 아는 졸작……."

"『이 땅의 모든 죽음들』!"

여자의 외침에 남자는 못 말리겠다는 듯 고개를 저었다.

"부끄럽기 그지없습니다요."

"괜찮아, 칼. 그건 적어도 내 데뷔작보다는 훌륭하니까."

"왜 또 이러실까. 스스로를 천재라고 믿고 있는 비오티 작가님께서."

여자는 작은 체구에 어울리지 않는 호탕한 웃음을 터뜨리고는 남자의 등을 퍽 쳤다.

"마시자. 작가의 본분은 술과 담배로 속을 망가뜨리는 것이니까!"

술집을 나와 로우젤의 골목을 걸으면서 레아킨은 방금 목격한 모임에 대해 생각했다.

'문화계 인사들을 초청하는 자리를 마련해 보는 것도 좋겠군. 라노프의 기자와 언론가, 사상가 그리고 작가……. 비록 지배국과 속국의 관계라고는 하나 쿠세는 라노프를 존중하며 화합을 원한다. 그런 뜻에서 이런 자리를 마련했다.'

누구든 보고 올 수 있도록 초청장을 돌리고 신문에 게재한다. 입소문도 퍼질 것이다. 죽은 탑의 새로운 심판관이 왜 그런 자리를 만들었나 궁금해서라도 와 볼 것이다.

'안 될 것도 없지 않은가. 약간의 가능성이라도 잡아야 해. 더 이상 미뤄서는 안 된다.'

그가 바라는 건 아주 사소한 것이었다. 모여든 사람들 중에 그토록 만나고 싶어 하는 한 사람이 있는 것.

레아킨은 곧바로 보좌관에게 의견을 피력했으나 귀스트는 더 들어 줄 가치도 없다는 표정을 노골적으로 지어 보임으로써 레아킨을 낙담시켰다.

"그러다 불상사라도 벌어지면 어쩌려고 그러십니까? 혁명가 무리가 과연 가만히 있을 것 같습니까? 괜한 소동이 일어나면 귀빈들을 모셔 놓고 해하려 했다는 오해를 받을 수도 있습니다."

"그들이 자신들의 동포를 해칠 까닭이 없지 않은가."

"아직도 라노프인에 대해 잘 모르시는군요. 잊으셨습니까? 이 죽은 탑에서 일하는 직원들 대부분도 라노프인이라는 걸 말입니다."

레아킨은 잠시 그 말을 생각하다가 물었다.

"정말 어렵겠는가? 필요하다면 도시 외곽에 있는 쿠세 군부에 연락해서 경계를 강화하겠다."

"왜 그렇게까지 해서 그런 모임을 열려고 하시는 겁니까? 만나 봤자 재미없는 사람들입니다. 우릴 좋아하지도 않고요. 사사건건 검열이니 제약이니 간섭해 와서 제 이름만 들어도 진저리를 칠 겁니다."

"그럼 자네가 빠지면 되겠군."

귀스트의 눈이 가늘어졌다.

"정말 저 없이 하실 수 있겠습니까?"

"아니. 하지만 이 모임은 꼭 열고 싶어. 이런 명분이면 어떨까. 지금껏 괴롭혀 왔으나 쿠세에서 새로운 심판관도 왔겠다, 이젠 잘 좀 지내보자고. 그 심판관은 다행히 이전의 심판관보다는 너그러운 듯하다는 인상을 심어 주는 거지."

"착한 역할을 맡고 싶으시다는 거군요."

"난 단지 정말 이걸 하고 싶을 뿐이야."

귀스트는 한숨을 내뱉고 말했다.

"불가능하지는 않습니다만 정말 하고 싶으신 이유 정도는 말씀해 주시죠."

"만나고 싶은 사람이 있어서다."

"그럼 그 사람만 초청해서 식사라도 하면 되지 않습니까."

"누군지 모른다."

귀스트의 얼굴은 참으로 볼만하게 변했다. 레아킨은 사람들의 표정을 읽기 어려워하는 자신이 보좌관의 것만큼은 이토록 쉽게 파악할 수 있다는 게 놀라웠다.

"그 표정 뭔지 알 것 같군. '뭐 이런 사람이 다 있어?'라는 얼굴인가?"

"비슷합니다. 그보다 훨씬 더 불경한 어휘를 사용하긴 했습니다만."

레아킨이 그 말을 너무나 재미있어했기에 귀스트는 다시 한번 어이없어했다.

"아무튼 동의한 걸로 알겠네. 날짜는 다음 주로 하지."

"예? 적어도 한 달은 주십시오. 장소도 빌려야 하고 초청자 명단도 작성해야 하고 준비해야 할 음식과 술은 또 얼마며 안팎으로 배치할 인원과……."

"보름."

귀스트는 한숨을 내쉬고 타협했다.

"또다시 휴일이 오기까지 오랜 시간이 걸리겠군요."

2. 얼굴 없는 남자

악단은 쿠세와 라노프의 음악을 번갈아 가며 연주했다. 자리는 일부러 따로 배치하지 않았기에 누구든 어울려 이야기를 나누다가 흩어질 수 있었다.

생각보다 많은 인사들이 왔다. 대부분은 죽은 탑의 새로운 심판관인 레아킨을 보러 온 것이었다. 레아킨은 그들의 기대를 저버리지 않기 위해 부지런히 움직였다. 너무 가깝지도 너무 멀지도 느껴지지 않을 만큼만 얼굴을 비치고 이야기를 나누었다. 그러면서 계속 홀 주위를 살폈지만 그가 만나고 싶어 하는 사람은 온 것 같지 않았다.

일일이 신분을 확인하지 않으면서 어떻게 그걸 알아차릴 수 있느냐고 묻는다면, 그는 '그냥'이라고 답할 것이다. 부질없는 바람일지 몰라도 레아킨은 그 사람을 보는 순간 '아, 이 사람이구나.' 하고 알아차릴 수 있을 거라 믿었다.

"어라, 당신."

그때 누군가 그를 알은척했다. 들어 본 적 있는 목소리라고 생각하며 고개를 돌리니 예전에 술집에서 만난 남자가 서 있었다.

"그때 그 라노프인이로군."

"아하하, 그러는 당신은 그때 그 쿠세인이로군요."

그는 칵테일 잔을 손에 든 채 반갑다는 듯 레아킨을 바라보았다.

"당신도 여기 초대된 사람입니까?"

"아니, 개최한 사람이다."

남자가 놀란 표정을 짓자 레아킨이 덧붙였다.

"새로 온 죽은 탑의 심판관이지."

"아…… 맙소사. 당신이?"

레아킨은 고개를 끄덕이고 정식으로 소개했다.

"나는 레아킨 카지흐스. 라노프에 파견된 쿠세 정부의 총책임자이자 율법관이고 심판관이다. 그러는 그대는?"

그는 얼떨떨한 표정을 짓고 있다가 말했다.

"난 여기 집필가의 신분으로 왔습니다. 이름은, 그게……."

이유는 알 수 없었지만 그의 얼굴이 빨갛게 달아올랐다.

"말하기 곤란한 이름인가?"

"아뇨. 이거 참 난감하군요. 이럴 줄 알았으면 그때 그냥 사실대로 말하는 건데. 내가 바로 그 작가입니다. 당신이 그때 술집에서 보고 있던 책의 저자 말이죠."

이번엔 레아킨이 놀랐다.

"칼라이조 로프너?"

"그렇습니다. 그게 내 이름입니다."

레아킨은 왠지 모르게 반가운 기분을 느끼며 그의 손을 힘주어 잡았다.

"글로만 보던 사람과 직접 만나니 묘하군. 책의 저자인지도 모르고 지난번에 본인 앞에서 실례되는 말을 했다. 사과한다."

"아닙니다. 뭐, 틀린 말은 아니었으니까요."

그는 겸손하게 볼을 붉적였다.

"저도 희한한 기분이군요. 죽은 탑의 주인께서 내 책을 흥미로 보신다니."

"그러고 보니 아직도 그 책의 결말을 보지 못했군. 이 모임을 준비하느라 정신이 없어서."

"진심으로 충고 드리는데, 결말은 보지 않는 게 좋을 겁니다."

"그런가. 알겠네."

레아킨은 신중히 고개를 끄덕였지만 대답을 들은 칼라이조의 얼굴에서는 어색하게 웃음이 사라졌다.

"아무튼 이런 자리를 마련하신 걸 보면 출판물에 대한 규제가 조금은 완화될 것이라 기대해도 되겠습니까?"

"글쎄, 그건 내 소관이 아니라서. 검열에 관한 일은 저쪽에 있는 보좌관인……."

"귀스트 아고스토."

칼라이조는 씹어뱉듯이 그 이름을 말했다.

"저놈이 다른 건 몰라도 검열 일을 포기할 리가 없지요."

"그에 대해 안 좋은 감정이라도 있나?"

"안 좋다 뿐이겠습니까? 어떤 책이든 하위 사관들의 손에서 저놈에게 넘어가면 그건 끝났다고 봐야 합니다."

레아킨은 고개를 갸웃거렸다. 그 정도로 엄하게 다루고 있는 줄 몰랐기 때문이다.

"그의 권한을 침범할 생각은 없지만 조금 완화하도록 한마디 해 두지. 그걸로 도움이 된다면 좋겠군."

"그렇게 생각해 주시는 것만으로도 많은 도움이 됩니다. 감사하군요."

칼라이조는 고개를 꾸벅 숙이고는 다른 동료에게로 걸어갔다. 레아킨은 순간 그를 붙잡고 비오티를 아느냐고 물어보고 싶은 충동을 느꼈다. 하지만 같은 작가라고 해도 두 사람은 글의 색채와 사상, 기타 모든 것이 달랐다. 그런 사람들이 왠지 서로 알고 지낼 것 같진 않았기에 결국 그만두었다.

그렇게 의미 없이 홀 안을 배회하고 있을 때 별것 아닌 행동을 하고 있는 사람 하나가 눈에 띄었다. 그야말로 사소한 거라서 그냥 지나칠 수도 있었지만 레아킨은 그때 조금 무료했다. 그래서 그 사람에게 다가갔다.

"빌어먹게 안 써지는 거야. 아우, 젠장! 머리를 쥐어뜯고 헛구역질을 하고 별짓을 다 해 봤어. 그래도 안 되는 걸 어째? 그래서 결심했지. 사랑을 하자. 사랑을 하고 나면 분명히 뭔가 바뀔 테니까!"

커다란 목소리로 자신의 의견을 피력하고 있는 그 사람은 담뱃대를 무기처럼 휘두르고 있었다. 조용히 그녀의 등 뒤로 걸어간 레아킨은 파이프가 뒤로 날아오는 순간 그것을 간단히 빼앗았다.

"그래서 선택한 게, 엇?"

뒤를 돌아본 그녀는 눈을 휘둥그레 떴다. 지금 이게 무슨 상황인지 파악하지 못하는 것 같았다. 레아킨은 친절하게 설명해 주기로 했다.

"이 안에선 금연이다. 담배를 피우려거든 발코니로 나가도록."

"허, 그래? 그런데 왜 반말이셔?"

"라노프어의 존칭은 꽤 까다로워서 말이지. 배우지 못했으니 양해하길."

물론 거짓말이었다. 그러기엔 너무 유창한 라노프어를 구사하고 있었다. 상대도 그걸 알아차린 모양이었다.

"라노프인에게 존댓말 써 주기 싫어서는 아니고?"

"그렇게 이야기하면 기분 나쁠까 봐 신경 써서 말한 건데, 알아 버렸다면 할 수 없군."

여자는 기가 막힌다는 듯 그를 바라보다가 손을 턱 내밀었다.

"내놔."

"나가서 피울 건가?"

"그렇게 하면 당신이 기분 나빠 할 테니 나도 신경 좀 써 드리지. 안에서 피울 거야."

화를 내거나 상대의 태도를 지적할 수도 있었지만 레아킨은 그저 담뱃대를 위로 올리는 것으로 반응을 대신했다. 여자가 손을 뻗어도 닿지 않을 높이었다.

"어쭈. 내놔. 안 내놓으면 대신 당신을 물어 버린다?"

여자는 정말로 이를 드러냈고 주위에서 그 모습을 보고 웃음을 터뜨렸다. 레아킨은 그녀의 말과 행동에 속으로 적잖이 당황했지만 여기서 줘 버리는 것도 우스울 것 같아 일단 한 걸음 물러났다.

"숙녀답게 행동하는 게 좋을 것이다."

여자는 그 말에 웃음을 터뜨렸다.

"들었어? 나보고 숙녀래."

그녀의 동료들이 배를 잡고 웃었다. 레아킨은 뭔가를 후회하는 성격이 아니었지만 이쪽으로 걸어온 것만큼은 벌써부터 후회가 되고 있었다.

"더 창피당하기 싫으면 당장 내놔. 진짜 문다? 내가 못 할 것 같아?"

그녀가 한 걸음 다가왔다. 두 걸음. 줘야 하나 말아야 하나? 레아킨이 고민하고 있는데 그녀가 갑자기 달려들 자세를 취했다.

"왁!"

레아킨은 깜짝 놀라 순식간에 뒤로 물러났고 그녀를 비롯하여 주위에 모여 있던 남자들이 그걸 보고 크게 웃음을 터뜨렸다.

'라노프인들은 정말 못 당하겠군.'

그는 고개를 젓고는 보답해 주기로 했다. 담뱃대를 양손으로 붙잡고 뚝 부러뜨려 버린 것이었다.

순식간에 모두가 조용해졌고 특히 여자의 반응은 기대 이상이었다. 그녀는 턱이 빠진 얼굴로 조각난 담뱃대를 멍하니 바라보았다.

"어…… 어떻게?"

"나는 사람들로부터 무력으로 존중을 얻어 내는 취미가 있지. 그럴 만큼 힘도 세다."

하지만 여자는 담뱃대를 어떻게 맨손으로 부러뜨렸냐는 의미로 물은 게 아니었다. 그녀는 혼이 빠져나간 듯한 얼굴로 비틀비틀 걸어왔고 레아킨도 그제야 조금 이상하다고 생각했다.

"……해."

"뭐?"

"복구해. 당장 도로 붙여. 원래대로 만들어 놓으란 말이야!"

거의 절규에 가까웠다. 레아킨은 당황하며 설명을 요구하는 눈빛으로 주위를 둘러보았고 그녀의 동료인 남자가 말해 주었다.

"그녀에겐 상당히 소중한 물건이오. 누군가의 유품이지."

레아킨은 자신이 실수했다는 걸 깨달았다. 여자가 워낙 고래고래 소리를 질렀기 때문에 홀 안에 있던 사람들도 이쪽을 힐끔거리고 있었다. 그는 일단 분위기를 망쳐서는 안 된다는 생각에 그녀의 손을 붙잡고 황급히 발코니로 빠져나왔다.

조금 전까지 그렇게 소란을 피웠던 여자는 금세 시무룩한 얼굴을 하고 있었다. 울음을 터뜨리면 어쩌나 난감했지만 다행히 그러진 않았다.

"미안하다. 그런 줄 몰랐군. 하지만 먼저 나를 놀린 그대들의 잘못도 있다. 실내에서 금연은 엄연한 규칙이야."

"당신이 좀 더 존중하듯 말했다면 나도 조용히 불을 껐을 거야. 하지만 첫 대면부터 명령조였잖아? 쿠세인들은 다 당신처럼 재수가 없어?"

상대가 악에 받친 목소리로 대꾸하는 걸 보며 레아킨은 짧은 순간이었지만 그냥 검을 뽑아 내리칠까 고민했다. 하지만 화합의 자리랍시고 마련한 곳에서 그럴 수는 없는 일이었다.

"그렇게 일반화할 필요까진 없다. 난 다만 누군가에게 존칭을 쓴 적이 거의 없어서 익숙하지 않았을 뿐이다. 명령조인 것도 어쩔 수 없지. 죽은 탑에서 하는 일이 그거니까."

"죽은 탑? 잠깐, 당신이 그 심판관이로군. 쿠세에서 왔다는, 맞지?"

레아킨이 고개를 끄덕였다.

"망가뜨린 건 보상해 주겠다."

"어떻게 보상할 건데? 그 파이프의 주인이라도 데려와 줄 거야?"

"하등 가치 없는 소릴 하는군. 서로의 시간만 낭비할 셈인가?"

레아킨의 차갑고 침착한 목소리에 그녀는 이를 꾹 깨물었다. 화를 삼키려는 듯 보였다.

"이해해 줘. 이건 내 병이라서 어쩔 수 없어. 난 감정을 잘 억제하지 못하거든. 말도 생각나는 대로 툭툭 내뱉지. 상대방의 기분이나 반응 같은 건 전혀 배려 못 하는 거야. 아니, 나는 한다고 하는데 어느새 입에서 말이 먼저 튀어 나가 버린다고. 뒤늦게야 내가 그랬다는 걸 깨닫지. 빌어먹을. 아, 내가 방금 또 욕했지? 이것도 제멋대로 나간 거라고."

"그런 병도 다 있나?"

"있어. 진짜야. 내 친구 칼의 아버지가 의사인데 그것도 병이래."

여자는 웃기지 않느냐는 듯 레아킨을 바라보았지만 그는 미소 비슷한 것도 짓지 않았다.

"없으리란 법도 없지. 나도 그런 심각한 병에 대해서는 하나 아니까."

"이런 병이 또 있어?"

"있다. 그 병에 걸린 남자를 알지. 그는 무언가를 제대로 느끼지 못한다. 슬픔이나 기쁨, 분노조차 그에겐 너무나 멀고 생소하지. 아버지가 죽었다는 이야길 듣고서도 '그렇군.' 하고 넘어갔을 뿐이다."

여자는 질렸다는 표정을 지었다.

"그건 나랑 정반대네. 끔찍한 이야기잖아. 그 남자가 너무 불쌍하게 느껴지는걸."

레아킨은 입을 다물었고 그대로 잠시 침묵이 흘렀다. 어쩐지 더 이상 화내거나 다투기 이상한 분위기가 되어 버렸다. 여자는 머리를 긁적이며 담뱃대를 내려다봤고 레아킨은 오늘만 벌써 두 번째 후회를 하고 있었다.

'내가 왜 이 이야기를 했지.'

하지만 오래 후회하지는 않았다. 그것이야말로 하등 가치 없는 짓임을 알기에.

"아무튼 성의껏 보상을 하겠다. 어떻게 하면 좋겠나."

그녀는 입술을 쥐어뜯을 뿐 아무 말도 하지 않았다. 그러다가 피가 나겠다고 레아킨이 생각한 순간 정말로 피가 나 버렸다. 한숨을 내쉬며 손수건을 꺼내려는 순간 그녀가 불쑥 말했다.

"사실 나 작가거든."

뜬금없는 얘기였지만 레아킨은 차분히 대답했다.

"그런가."

"그러니까 앞으로 내가 낼 책은 무조건 검열 통과! 안 될까?"

그녀는 눈동자까지 반짝이며 정말로 기대하는 표정을 지었다. 레아킨은 곤란한 기분을 느끼며 고개를 저었다.

"그건 내 소관이 아니라서 어려울 것 같군."

"망할. 이번에 새로 책이 나오는데 또 귀스트 아고스토 그 자식이 한단 말이야?"

레아킨은 그의 유능한 부하가 밖에서는 평판이 이토록 나쁘다는 사실이 재미있게 느껴졌다. 하긴 맡은 역할이 악역인 바에야 별수 없었다.

"조금 봐주라는 말 정도는 할 수 있을 거다."

"쳇, 그런 결론 모자라. 당신도 사랑하는 사람의 유품을 망가뜨린 사람이 '봐줘.'라고 말한다고 해서 봐줄 리 없잖아."

그 뜻이 왜 그렇게 되는 건지 도통 이해할 수 없었지만 레아킨은 따지지 않고 넘어가기로 했다. 두 손에 들려 있는 부러진 담뱃대가 점차 부담스럽게 느껴지기 시작했다.

"좋아, 지금 당장은 생각 안 나니까 나한테 빚 하나 진 셈 쳐. 죽은 탑의 심판관에게 받아 낼 것이 있다라. 캬, 멋진걸."

"이봐……."

"그럼 이만 들어가자고! 안에서 이상한 상상들 하기 전에. 아, 그 전에 파이프는 줘야지."

그녀가 손을 내밀었으나 레아킨은 돌려주지 않았다.

"담보로 해 두지. 말도 안 되는 것을 요구하면 곤란하니까."

"뭐어? 역시 쿠세인일세. 철두철미하군."

그녀는 유품을 다른 사람 손에 맡겨도 되는 건지 잠시 고민하는 듯했다. 하지만 레아킨의 짐작대로 그녀는 어깨를 한 번 으쓱이는 걸로 고민을 끝냈다.

"잘 보관해 둬. 며칠 안으로 부탁 하나 들고 찾아갈 테니까."

"그러지."

여자는 발랄하게 느껴지는 걸음으로 먼저 들어갔다. 레아킨은 두 손에 든 것을 잠시 내려다보다가 탄식하듯 중얼거렸다.

"역시 그냥 칼로 끝내는 건데 그랬나."

다음 날 쏟아지는 업무들 틈에서 간신히 시간을 낸 레아킨은 다시 로우젤 거리로 갔다. 목적은 서점을 찾기 위해서였고 겸사겸사 공방도 알아보기 위해서였다.

'결국 비오티는 만나지도 못하고 이런 고생만 하는군.'

다시 죽은 탑을 찾아갈 수 있을지 자신이 없어질 만큼 골목을 헤맨 끝에 그는 서점 대신 작은 나무 소품들을 전시해 놓은 공방 하나를 찾아냈다. 늙은 라노프인 하나가 그 안에서 정성스레 나무를 깎고 있었다.

완전히 거기에 몰두한 듯 보여서 레아킨은 방해하지 않고 조금 기다리기로 했다. 노인은 한참을 더 곡선을 다듬은 뒤에야 고개를 들고 깜짝 놀란 표정을 지었다.

"언제 오셨습니까?"

"조금 됐다."

"이런, 정말 죄송합니다."

노인은 작업하던 것을 치우고 어디선가 의자를 하나 끌어왔다. 그러곤 하얗게 내려앉은 나무 먼지를 훅 불어 치웠다. 레아킨이 거기 앉자 노인이 몹시 어려워하는 기색으로 물었다.

"그런데 쿠세 정부에서 여긴 어쩐 일로…… 이건 개인적으로 하고 있는 일이라서 정식 허가서를 받진 못했습니다만 불법은 아닙니다."

레아킨의 제복을 보고 죽은 탑에서 나온 사람임을 알아차린 모양이었다. 레아킨은 노인을 안심시키기 위해 미소를 지어 보려 애썼다. 물론 노인이 보기엔 흉악하고 비열해 보이는 미소였지만 말이다.

"단속이나 그런 게 아니다. 부탁할 일이 있어서 왔다."

레아킨이 품에서 작은 꾸러미를 꺼내 보여 주었다. 거기엔 어제 부러뜨린 담뱃대가 있었다.

"이것을 흠집 나지 않도록 붙여 줄 수 있겠는가?"

노인은 직업적 흥미가 발동하는지 담뱃대를 유심히 관찰했다.

"아주 세밀하게 풀을 먹이면 붙기는 할 겁니다. 원래와 아주 똑같지는 않아도 별 차이가 나지 않을 겁니다."

레아킨은 속으로 안도하며 물었다.

"언제까지 가능한가?"

"칠도 다시 하고 말려야 하니 나흘은 주셔야 합니다."

"나흘이라."

그사이 여자가 찾아오면 곤란하겠지만 할 수 없었다. 고쳐서 돌려주는 게 틀림없이 그녀에게도 나은 일일 터였다.

"그럼 나흘 뒤에 오겠네. 특별히 신경 써 주기를 부탁하네."

"물론이지요."

그곳을 나온 그는 한결 가벼워진 걸음으로 로우젤 거리를 거슬러 올라갔다. 그러다 다음 골목에서 운 좋게도 서점 대신 인쇄소 하나를 발견했다. 그 옆에 또 하나. 건너편에도. 아무래도 인쇄소가 밀집된 곳인 듯했다.

그는 약간의 기대감을 가지고 근처를 기웃거렸다. 첫 번째와 두 번째 인쇄소 문은 굳게 잠겨 있었지만 세 번째는 열려 있었다. 문틈으로 빠르게 돌아가고 있는 인쇄기가 보이자 그는 가슴이 미묘하게 두근거리는 것을 느꼈다.

'들어가도 될까? 하지만 그 서점 주인들처럼 쿠세인을 혐오하면 어떡하지.'

죽은 탑에서는 그의 말 한마디로 죽일 수 있는 라노프인들을 이토록 염려해야 한다는 게 우스웠다. 하지만 어떻게든 책을 구해야 하는 그로서는 불리한 입장일 수밖에 없었다.

걸음을 돌릴까 말까 고민하던 그때, 그는 인쇄기에서 막 뽑혀져 나온 종이의 글자를 보고는 숨을 멈췄다.

'허.'

무례고 뭐고 일단 안으로 들어갔다. 다행히 아무도 없었기에 인쇄기로 걸어갈 때까지 방해받지 않았다. 틀림없었다. 잘못 본 게 아니었다. 어쩌면 이 세상에서 그에게 의미 있을 단 하나의 이름.

'비오티!'

그는 인쇄되어 나온 종이를 조심스레 집어 들었다. 그러곤 어쩔 줄 몰라 하다가 곧 정신을 차리고 글자들을 읽어 나갔다. 그 종이는 책 겉표지를 넘기면 바로 나오는 책의 제목과 작가의 이름 등이 쓰여 있는 페이지였다.

이 책을 R에게 바친다.

『얼굴 없는 남자』

비오티 F.

책의 제목보다, 새 종이에 인쇄되어 나온 비오티의 이름보다 맨 위의 한 줄만이 눈에 들어왔다.

'R이라고?'

레아킨은 자신이 이런 감정을 느끼게 될 날이 올 줄은 꿈에도 몰랐지만, 극심한 질투와 시기를 누군지도 모르는 R이라는 인물에게 느꼈다.

'하지만 레아킨의 R도 되는군.'

스스로 그렇게 비참한 위안을 한 그는 쓴웃음을 짓고 고개를 들었다. 주위를 좀 더 둘러보니 한쪽에 가지런히 쌓여 있는 종이 뭉치가 보였다. 그쪽으로 다가가자 역시나, 인쇄되어 나온 종이들을 차례대로 정리한 견본이 있었다.

'이걸 몰래 가지고 나가면……'

그러나 거기에 손을 대는 순간 뒤에서 벼락같은 외침이 터져 나왔다.

"당신 뭐요!"

레아킨은 잠시 굳어 있다가 침착하게 뒤로 돌아섰다. 인쇄소의 직원인 듯한 남자가 온몸에 잉크를 묻힌 채 노한 얼굴로 바라보고 있었다. 하지만 레아킨의 제복을 확인하자 움찔하는 기색이었다.

"여기서 뭘 하시는 겁니까? 함부로 들어오시면 안 됩니다."

상대의 목소리가 조금 누그러졌다. 우연이었다고 설명할까 하던 레아킨은 강하게 나가 보기로 했다.

"나는 쿠세 정부에서 나온 사람이다."

"그건 압니다. 그래서요?"

"요즘 인쇄소를 단속 중이지. 혁명 무리의 불법 선전물이 나돌아 다니고 있기 때문이다."

남자는 침을 두어 번 삼키고는 말했다.

"저희는 그런 건 취급하지 않습니다. 보시다시피 대부분 소설책을 찍어 내지요. 물론 그중에 불순한 책이 있을 수도 있겠습니다만, 검열에 걸릴 만한 내용인지 아닌지는 저희가 판단하지 않습니다."

"그런가."

레아킨은 잘 알았다는 표정을 짓고는 비오티의 소설 뭉치를 톡톡 두드렸다.

"지금 찍어 내고 있는 이건 뭐지?"

"그건 비오티라는 작가가 쓴 소설책입니다. 그동안 검열에 한 번도 걸린 적이 없을 만큼 이런저런 사상과는 무관한 사람입니다."

"그런 것은 자네가 판단하지 않는다며?"

남자는 입을 다물었다. 레아킨은 어차피 그를 다그치는 게 목적이 아니었으므로 종이 뭉치를 들고 말했다.

"가지고 가서 좀 읽어 보겠다. 그래도 되겠지?"

"책으로 나오기도 전에 말입니까? 그건……"

"부당하지. 그래서 막을 텐가?"

남자는 인쇄소 한구석만 말없이 노려보았다. 그것을 무언의 허락으로 받아들인 레아킨은 그의 생각이 바뀌기 전에 나갈 요량으로 입구 쪽으로 걸음을 옮겼다. 그러다 문득 좋은 생각이 떠올랐다.

"혹시 책의 내용에 문제가 있을 경우 소환할 일이 있을지도 모르니 저자의 주소를 알려 다오."

그 말에 남자는 어처구니없음에 해당할 법한 표정을 지었다.

"저희가 그런 것까지 어떻게 압니까? 작가들 주소라면 오히려 죽은 탑의 그 유명한 검열관이 다 가지고 있을 텐데요."

"귀스트가…… 그렇군. 잘 알겠다."

레아킨은 인쇄소를 빠져나와 종이 뭉치를 안다시피 하고 서둘러 걸음을 옮겼다.

'주소가 보좌관에게 있다니 의외로 가까운 곳에 있었군. 하지만 또다시 비오티에 대해 물어보면 분명 이상하게 생각할 테지. 혼자서 조용히 찾아봐야겠군.'

드디어 비오티를 만날 수 있을지도 모른다는 생각에 가슴이 두근거렸다. 그는 어떤 사람일까? 『호반 위 황금새』의 '그'처럼 더없이 강하고 따뜻할까? 늘 사색에 잠겨 있는 듯 꿈꾸는 눈동자를 하고 아름다운 미소를 지을까? 지금 가슴에 품고 있는 이 글을 읽고 나면 그에 대해 더 잘 알게 될 것이 분명했다.

'새 작품이라니, 새 작품이라니.'

R을 위한.

'심장이 뛰는 게 느껴진다. 이것은 기대감이겠지. 신기하군.'

그런데 빌어먹을 R은 대체 누구란 말인가.

레아킨은 죽은 탑으로 돌아오자마자 방문을 걸어 잠갔다. 누구에게도 방해받지 않고 오직 원고에 몰두하고 싶었다. 하지만 첫 장을 들추는 순간 누군가 별로 점잖다고 할 수 없는 태도로 문을 두드렸다.

"귀스트인가?"

"예. 좀 나와 보셔야 할 것 같은데요."

레아킨은 한숨을 내쉬고 종이를 덮었다. 문을 열자 보좌관이 짓궂은 얼굴을 하고 서 있었다.

"뭘 하는데 문까지 잠그고 계십니까?"

"방해받고 싶지 않은 일. 무슨 일이지?"

"쿠세 군부에서 사람이 왔습니다."

레아킨은 눈살을 찌푸렸다.

"그냥 돌아가라고 할 수 없나?"

"제가 말입니까? 라노프인더러 쿠세인을 쫓아내라고요?"

"내 권한을 대신하여…… 아니다. 내가 가지."

레아킨은 일이 귀찮아질 것 같다고 생각하며 계단을 내려왔다. 귀스트의 말대로 입구에 무장을 한 쿠세인 두 명이 서 있었다. 그들이 레아킨을 보고 다가와 물었다.

"이번에 쿠세에서 새로 파견된 사람 맞습니까?"

"그렇다만."

"파견 목적이 무엇입니까?"

"지금 하고 있는 일을 보면 알 텐데."

그들은 레아킨 뒤에 서 있는 귀스트를 힐끔 보고는 말했다.

"본국에서 이상한 공문이 내려와서 말입니다. 미안하지만 확인을 좀 해야겠습니다."

레아킨은 짧게 한숨을 내쉬었다. 어떤 공문일지 짐작 가능했다.

"내 방으로 올라가서 얘기하지."

3층으로 올라와 그들을 먼저 방으로 들여보낸 레아킨은 귀스트에게 말했다.

"내려가서 기다려라."

"군부에서 무슨 일로……."

"신경 쓸 거 없다."

귀스트가 나가자 레아킨은 안에서 문을 닫았다. 그러곤 뒤로 돌아 두 쿠세인 병사를 바라보며 나직이 물었다.

"어떤 공문이지?"

"이 땅의 유일무이하며 위대하신 황제 폐하께서 직접 내려보내신 겁니다. 얼마 전 태제 전하께서 행방불명되셨으니 각지에 새로 파견되거나 등록된 쿠세인을 모두 확인하라는 명이셨습니다."

"그런가."

레아킨이 그대로 생각에 잠기자 말을 꺼낸 남자가 재촉했다.

"이제 당신의 신분을 밝히십시오."

잠시 갈등하던 레아킨은 어쩔 수 없이 입을 열었다.

"너희들은 제대로 찾아왔다."

두 병사는 놀란 표정으로 서로의 얼굴을 잠시 쳐다보다가 말했다.

"실례지만 확인할 수 있는 증거는……."

레아킨은 품에서 뭔가를 꺼내 그들에게 내밀어 보인 후 다시 집어넣었다.

"태제 전하!"

병사들이 왼손으로 칼집을 쥔 채 재빨리 부복했다.

"미리 알아 뵙지 못한 점 용서하십시오. 전하를 뵈옵니다."

"폐하께서 나를 찾고 계신단 말이냐?"

"예. 긴급 공문이었습니다. 사실 행방불명이라고 말씀드렸으나 공문에는, 그러니까…… 가출이라고 표현되어 있었습니다. 그게 사실입니까?"

레아킨은 짧게 한숨을 내쉬고 말했다.

"물론 아니다. 본디 황제의 형제는 쿠세의 땅에서 함께 살 수 없음을 잘 알고 있을 것이다. 하지만 폐하께서는 부족한 동생인 나를 많이 아끼셨고, 때문에 내 결함을 핑계 삼아 어떻게든 곁에 두려 하셨다. 나도 그런 폐하의 뜻을 존중하여 얼마 전까지 본국에 머물러 있었지만 더는 그럴 수 없다는 걸 깨닫고 황가의 안정과 폐하의 안위를 위하여 말없이 이 변방의 땅으로 떠나온 것이다."

두 병사는 참으로 감동적인 우애라는 표정을 지어 보였다. 물론 그것은 레아킨이 생각해 둔 변명거리 중 하나에 불과했다.

"내 뜻을 잘 알았다면 본국에도 그렇게 전해 주길 바란다. 물론 내가 여기 있다는 사실을 모른 척 눈감아 준다면 더할 나위가 없겠지만 그대들의 직무에 태만하라고 말할 수는 없군."

"송구하지만 말씀대로 본국에는 보고해야 할 것 같습니다."

"알겠다. 그리고 하나 더. 이곳에 있는 사람들은 내 지위에 대해 전혀 모르고 알기를 바라지도 않는다. 그것을 유념하도록. 말할 필요도 없이 내 안전과도 관련된 일이다."

두 남자는 목에 칼을 들이대도 말하지 않을 듯 굳건한 표정으로 고개를 숙였다.

"명심하겠습니다."

"그럼 이제 가 보아라. 그리고 특별한 일 없이는 찾아오지 마라. 군부가 정부의 일에 관여하려는 듯 보일지도 모르니까."

"알겠습니다."

두 남자는 일어서서 마지막으로 예를 갖추고 방을 나갔다. 그들이 죽은 탑을 떠나는 것을 지켜본 후에야 레아킨은 다시 책상 앞에 앉았다. 그러곤 경건한 의식이라도 되는 것처럼 비오티의 원고를 앞에 놓고 마침내 첫 장을 넘겼다.

내겐 그대에게 입맞춤할 입술이 없네.
그대의 얼굴을 볼 눈도, 향기를 맡을 코도 없네.
다만 남은 이 두 손으로
그대가 사랑하는 남자를 모조리 죽이려 하네.
마침내 나밖에 남지 않을 때까지.

그 강렬한 문구에 레아킨은 조금 놀랐다. 『호반 위 황금새』에 비하면 상당히 무거운 글일 듯했다.

'하지만 이 문구는…… 연애 소설인가? 비오티가 쓴 연애 소설이라.'

궁금하기도 했지만 자신이 제대로 이해할 수 있을지 자신이 없었다. 감정을 느끼는 일에 서툰 그가 사랑이라는 게 뭔지 알리 만무했다.

'괜찮겠지. 어차피 울어 본 것도 그때가 처음이었으니. 사랑을 해 본 적 없는 사람에게도 그 감정을 절절히 느끼게 한다면 당신은 정말로 위대한 작가일 테지.'

그리고 다음 페이지를 넘겼다.

"당신을 보고 싶지 않아."

— 그대.

남자가 손을 내밀었지만 여자는 매몰차게 쳐 냈다.

"여기서 나가!"

— 나를 봐.

여자의 얼굴에 기막힌 조소가 피어올랐다.

"당신의 어딜 보라는 거지? 당신의 없는 눈과 시선을 맞출까, 벌어지지 않는 입술을 향해 말할까? 그 밋밋한 얼굴을 보는 것만으로도 끔찍하고 화가 난단 말이야!"

남자는 한 걸음 뒤로 물러났다.

— 그렇게 말하지 마라. 그 말에 심장이 아프다.

여자는 대답하지 않고 베개 속에 얼굴을 파묻었다. 남자는 말 없이 한참을 서 있다 그녀가 누워 있는 침대 끝에 살짝, 아주 조심스럽게 걸터앉았다.

— 언제쯤이면.

목소리가 없는 남자의 탄식은 공허하고 슬펐다.

— 언제쯤이면 나를 사랑해 줄 텐가. 그대.

"영원히 그럴 일은 없어."

— 계속 나와만 함께 있을 텐데? 내 목숨이 다하는 그날까지 오직 그대에게 헌신하고 그대를 위한 진실한 종이 되어 줄 텐데? 내 마음과 내 육신을, 내 영혼을 모두 그대에게 바쳐도 결코 나를 사랑할 일은 없단 말인가?

"그래! 당신이 무슨 이야길 해도 내게 어떤 짓을 해도 난 당신을 사랑하지 않아. 절대로!"

남자가 만약 표정을 지을 수 있다면 여자가 한 번쯤 돌아볼 수밖에 없는 그런 얼굴을 하고 있었을 것이다. 하지만 그는 잔인하리만치 한결같은 얼굴이었다.

— 내게…… 얼굴이 없으니까?

한참의 침묵 후, 그것을 울음이라고밖에 표현할 수 없는 울림이 여자의 머릿속에 전달되었다. 여자는 대답하지 않고 다만 흐느꼈다. 남자는 그녀의 등을 쓸어 주고 싶은 욕구를 간신히 억누른 채 천천히 자리에서 일어났다.

— 그렇다면…… 그렇다면 나는.

레아킨이 원고의 마지막 장을 넘겼을 때는 해가 지고도 한참이 지난 후였다. 자리에서 일어난 그는 의미 없이 몇 걸음을 왔다 갔다 했다.

'이상해.'

창밖 광장은 연기조차 피어오르지 않는 식은 재로 가득했다. 하지만 그걸 보면서도 마음은 조금도 진정되질 않았다.

'정말로 이상하군.'

사랑하는 여자가 한 번이라도 자신을 똑바로 쳐다봐 주기를 바라는 마음에 얼굴 없는 남자가 선택한 결말은 너무나도 끔찍한 것이었다.

레아킨은 그것을 이해할 수 없었다. 그러면서도 가슴 한쪽이 먹먹한 이 기분 또한 설명할 수 없었다.

'비오티. 당신은 어떤 삶을 살고 있기에, 누구를 만나고 무엇에 열정을 품기에 이런 것들을 쓸 수 있는 거지? 그대는 진솔한가? 이것들은 모두 진실인가? 그럴 수 있나? 사랑하는 사람이 생긴다면 정말 그럴 수 있는 건가? 나도?'

침묵이 답하는 것을 들으며 레아킨은 결심했다. 그전까지는 막연한 기분이었지만 이제는 분명해졌다. 반드시 비오티를 만나리라. 무슨 수를 써서라도, 그가 원하든 원하지 않든 간에.

3. 보랏빛 밤

'젠장.'

그녀는 이 골목이 싫었다. 불이 나간 지 얼마가 지났는데 아직도 갈지 않는 가로등이나, 달빛 한 점 못 들어오게 꽉 막힌 건물들도 싫었다.

'빌어먹을.'

이런 곳을 지날 때면 어김없이 그게 찾아왔다. 주저앉고만 싶은 허무, 눈물이 솟구칠 것만 같은 고독.

그녀는 아무 생각도 하지 않기 위해 걸음을 빨리했다. 다행히 여기만 지나면 그녀를 반겨 주는 곳이 있었다.

보랏빛 밤.

그녀가 자주 찾는 그곳은 글자도 잘 보이지 않는 낡은 간판이 걸려 있는 술집이었다.

누구라도 있겠지. 그녀는 그게 칼라이조나 로즈웰이길 바라며 문을 열었다. 하지만 기대감을 가지고 둘러봐도 아는 사람이 없었다.

"어, 왔어?"

주인인 톤이 반가워하며 다가왔다. 그녀는 고개를 끄덕이고 아무 자리나 잡고 앉았다.

"칼은 오늘 안 왔어?"

"아직 안 왔으니 곧 오겠지. 어디 하루라도 와인을 빠뜨릴 놈인가."

톤이 키득거리자 그녀도 웃었다. 습관적으로 파이프를 꺼내려던 그녀는 품이 허전한 걸 깨닫고 작게 혀를 찼다.

"하나 사야겠네."

"뭘?"

"파이프. 망할 쿠세인 놈이 깨 먹었다니까."

"아, 들었어. 죽은 탑에 새로 온 심판관이라며? 어쩌자고 그런 놈을 건드린 거야?"

"건드리긴, 그쪽이 먼저 시비를 걸었다고. 뭐, 보상해 주겠다고 했으니까 죽은 탑에 갈 일 있으면 말해. 든든한 인맥이 생긴 거나 마찬가지 아니겠어? 쿠세인이라고 다 나쁜 놈은 아닌가 봐."

그녀는 농담처럼 말했지만 주위에 앉아 있던 다른 남자들이 이상한 눈초리로 힐끔거렸다. 톤이 억지로 웃고는 작은 목소리로 말했다.

"그런 말 함부로 하면 안 돼. 여긴 독립운동하는 사람들도 자주 오니까."

"쳇. 그렇다고 더러운 눈초리로 흘길 건 뭐람. 하고 싶은 말 못하게 하는 건 쿠세인이나 라노프인이나 똑같군그래."

"이봐."

그녀는 크게 콧방귀를 뀌고는 톤의 앞치마 주머니에 있던 시가를 빼앗아 물었다.

"앗, 그거 아끼던 건데."

"저번에 남은 병이나 갖다 줘."

톤이 울상이 되어 주방으로 들어가자 그녀는 시가 끄트머리를 잘라 내고 불을 붙였다. 파이프가 아니라서 익숙하지 않았지만 이거라도 없으면 못 견딜 것 같았다. 그러고 보니 이걸 멋들어지게 피우던 녀석이 하나 있었는데.

'보고 싶네. 젠장.'

글을 쓰는 그녀는 책에 주연과 조연 그리고 단역이 있듯 세상에도 그렇다고 믿었다. 하지만 세상의 주연과 조연이 누구인지는 궁금하지도 않고 되고 싶지도 않았다. 다만 그녀가 주연이고 싶었던 건, 한 남자의 일생에서.

'나는 세상이 아닌 당신을 택했고 당신은 내가 아닌 세상을 택했지. 그래서 행복해? 우린 그 거대한 놈을 끼고 유치한 삼각관계라도 벌였나 보지. 젠장.'

역시 시가는 너무 썼다. 그녀는 재떨이 위에 눕혀 둔 채 톤이 오면 돌려줘야겠다고 생각했다. 하지만 그때 소리 없이 걸어온 누군가가 그것을 집어 입에 물었다.

"어, 왔어?"

칼라이조는 그녀의 맞은편에 앉아 연기를 뻐끔거렸다.

"무슨 생각을 하는데 얼굴이 그 모양이야. 사람 오는 것도 모르고. 윽, 이거 독하군. 그래서였나."

"톤이 피우는 거야. 나랑은 안 맞더라고."

"파이프 부러진 김에 담배는 끊지 그래. 너 폐 별로 안 좋대."

"그 의사 돌팔이야."

"……그 돌팔이가 우리 아버지거든."

비오티는 낄낄거렸고 칼라이조는 고개를 저었다.

"네 말마따나 몸 망치고 사는 게 글쟁이들 인생이라고 해도 조심할 건 조심해. 일부러 그럴 건 없잖아."

"일부러 그러다니, 뭘?"

"어떻게든 스스로를 끝장내고 싶어서 안달이잖아, 너."

비오티는 입을 다물면서 얼굴에서 웃음도 지웠다. 칼라이조가 똑바로 바라보았지만 그녀는 고개를 숙여 시선을 피했다. 한참 후 그녀의 입에서 딱딱한 목소리가 흘러나왔다.

"술 마시고 왔냐."

"아니."

"그럼 글에서도 안 쓸 법한 그런 간지러운 대사는 왜 하는 거냐."

"글에다 쓰기엔 역시 너무 간지러우니까?"

그녀는 쓰게 웃고 잔 하나를 건네 술을 따라 주며 말했다.

"끝장 안 내니까 걱정 마. 내 꿈은 말이야, 내 모든 재능과 영혼까지 불살라 정말 위대한 글을 쓰고 나서 자살하는 거야. 마치 옛 장인들이 천년 가는 도자기를 만들기 위해 자기 자신을 불 속으로 던졌듯이. 그럼 그건 불후의 명작이 되지 않겠어?"

"또 쓸데없이 건방진 소리 한다."

"어쩌면 백발 할머니가 될 때까지 못 쓰게 될지도 모르지. 평범하게 사람들 입에 몇 번 오르내리다가 천천히 잊힐지도…… 그게 가장 두려워."

그녀는 자조적으로 말하고 자신의 머리를 만지작거리더니 피식 웃었다.

"어라, 벌써 백발인가?"

칼라이조는 쥐어박듯이 그녀의 머리카락을 마구 흐트러뜨리고 다른 화제로 말을 돌렸다.

"참, 나 인쇄소에 들렀다 왔어."

"그래?"

"네 책 견본 보고 왔어. 잘 나왔던데."

"다행이네."

칼라이조는 시가를 비벼 끄고 말을 이었다.

"그런데 인쇄소 사장이 이상한 얘기도 하나 해 주더라고. 며칠 전에 죽은 탑에서 사람이 나와서 네 원고를 가지고 갔다는 거야."

"뭐?"

흥분한 나머지 그녀는 자기 잔을 흔들었고 테이블과 옷에 적잖이 술을 흘렸다. 칼라이조는 떨떠름한 얼굴로 손수건을 꺼내 내밀며 말했다.

"책으로 완성되기도 전에 말이야. 이상한 일이지?"

"이상한 게 아니라 빌어먹을 일이지! 귀스트 그 자식인가?"

"그 녀석밖에 없겠지."

그녀는 머리를 감싸 쥐고 마구 흔들었다.

"미치겠네. 그렇지만 왜 날? 칼이나 로즈라면 모를까, 내 걸? 난 별로 요주의 인물도 아닌 데다, 아니 주의 대상이라고 해도 이런 경우는 없었는데."

"그러게. 역시 그 행사는 속임수였나. 앞으로 더 억압하겠다는 뜻이었으려나?"

그녀는 말없이 술잔을 노려보았고 행주를 가져온 톤이 난처한 얼굴로 테이블을 닦기 시작했다. 칼라이조는 스스로의 질문에 답하듯 말을 이었다.

"설마, 아닐 거야. 문화계나 언론계 인사들이 가만히 있지 않을 테니까. 쿠세인들도 그들의 비위를 맞추는 게 얼마나 중요한지 알고 있어. 군부가 무력행사보다는 그쪽에 손을 더 많이 쓰는 걸 봐도 말이지."

"그렇겠지. 목적이 무력으로 지배하는 거였다면 진작 군부로 도시를 장악하고 모든 걸 통제했겠지. 하지만 그들은 바깥에 주둔한 채 서서히 안으로 스며들고 있어. 학교에서는 쿠세어를 가르치고 극장에서는 쿠세의 연극을 공연하지. 요즘 사람들이 즐겨 부르는 노래가 쿠세 노래라는 걸 알았을 땐 참 기가 막혔어."

그녀의 신랄한 말투에 칼라이조는 놀랍다는 표정을 지었다.

"관심 없는 줄 알았더니 꽤 알고 있네?"

그러자 그녀는 고개를 홱 돌려 칼라이조를 노려보았다.

"너도 내가 독립을 위한 글을 쓰지 않는다고 해서 조국에 대한 애정이 눈곱만큼도 없을 거라고 생각해? 너도 그 녀석처럼 내가 내 갈 길을 벗어나 무조건 라노프를 위해 끄적여야 한다고 생각하는 거야?"

칼라이조는 눈살을 찌푸렸지만 그 녀석이 누구냐고는 묻지 않았다.

"난 그렇게 생각한 적 없어."

그녀는 듣지 않겠다는 듯 손을 내젓고는 술을 병째로 꿀꺽꿀꺽 들이켰다.

"크, 젠장. 아껴 먹으려고 했는데 다 틀렸군."

"주당에 골초에, 욕 잘하지 성격까지 나쁘고. 에휴, 나니까 친구 해 주지, 정말."

"싫으면 언제든지 가라. 안 잡으니까."

"진심인 것 같아서 무섭다."

그녀는 낄낄 웃고는 병을 마저 비우고 탕 소리가 나게 내려놨다.

"그 심판관에게 부탁할 게 생긴 것 같네. 죽은 탑으로 가자. 지금 당장."

레아킨은 귀스트가 계단 밑으로 내려가는 모습을 지켜보았다. 직원들이 퇴근하고 죽은 탑이 한산해지는 시간이면 그는 항상 지하 감옥으로 내려갔다. 그리고 제법 오래도록 올라오지 않았다.

그가 왜 그러는지 궁금하지 않은 건 아니었지만 군이 알아보고 싶은 생각도 없었다. 레아킨이 귀스트를 지켜본 까닭은 다만 그의 방에 볼일이 있어서였다.

그가 사라지자 레아킨은 어둠 속에 숨어 목적지로 갔다. 도착하자마자 조심스럽게 손잡이를 돌렸지만 예상대로 돌아가지 않았다. 죽은 탑의 전권을 넘기면서 귀스트는 모든 방의 열쇠 꾸러미를 주었는데 그중 자기 방의 열쇠만 주지 않았던 것이다.

비밀스러운 구석이 많은 사람이라고 생각하며 레아킨은 준비해 온 도구를 열쇠 구멍으로 집어넣고 천천히 돌렸다. 달칵. 문은 손쉽게 열렸고 그대로 안으로 들어갔다.

마치 편집증 환자의 방 같은 곳이었다. 서류는 한 치의 흐트러짐 없이 쌓여 있었고 책상 위 다른 물건들도 마찬가지였다. 먼지 한 톨도 용서하지 않을 것처럼 매끄러운 유리와 완벽한 대칭을 이루고 있는 가구 등이 방 주인이 어떤 사람인지 나타내고 있었다.

'함부로 뒤적였다간 낭패 보기 십상이겠군.'

레아킨은 물건들의 위치를 인내심을 가지고 꼼꼼히 기억했다. 눈을 감고 대충 방 안의 전경을 그릴 수 있게 된 후에야 움

직이기 시작했다. 가장 먼저 책상을 뒤지면서 그는 속으로 보좌
관에게 사과했다. 솔직하게 말하고 요구해 볼까도 생각했지만
지난번에도 그렇고 너무 비오티에게 관심 있다는 걸 드러내고
싶지 않았다.

'로즈웰 켈러의 신작인가? 이번에도 추리 소설인가 보군. 검
토 중인가.'

빨간 줄이 잔뜩 쳐진 원고 뭉치를 발견한 그는 흥미롭게 그것
을 넘겨 보다가 곧 덮었다.

'이럴 때가 아니지.'

다음으로 서랍을 열어 보았다. 맨 위 서랍은 잠겨 있었고 다
음 서랍에는 업무에 관한 노트만 있을 뿐이었다. 세 번째 서랍
에도 별건 없었고 맨 아래도 마찬가지였다.

'잠겨 있는 쪽인가.'

레아킨은 그 서랍을 찬찬히 살피다 조금 놀랐다. 열쇠가 들어
갈 구멍이 전혀 없었던 것이다. 아래에 있는 서랍들과 다른 점
없이 밋밋하기만 했다.

'이건 어떻게 여는 거지?'

이리저리 만져 봤지만 짐작이 가지 않았다. 이렇게까지 해 놓
은 걸 보면 중요한 뭔가가 들어 있는 것만은 틀림없어 보이는데.

'하지만 내가 찾는 것이 이렇게까지 해 놓을 물건인지는 모르
겠군.'

레아킨이 찾고 있는 건 인쇄소 직원이 말했던 주소록이었다.

중요한 문서인 것 같기도 하고 아닌 것 같기도 했다. 한마디로 어디에 있을지 전혀 짐작이 가지 않았다.

일단 다른 곳을 찾아보기로 하고 서랍을 내버려 두었다. 책상 위의 서류들을 다시 들춰 보고 책장으로 가서 책들도 하나하나 살피고 그 외의 모든 곳을 찾아봤지만 그가 찾는 것은 없었다.

'역시 저 서랍인가. 혹은 보좌관의 거처에 있나.'

귀스트의 숙소에까지 숨어들어야 할지도 모른다는 생각에 레아킨은 그냥 사실대로 말할까 하는 충동을 느꼈다. 하지만 일단은 저 서랍부터 열어 보고 볼일이었다.

레아킨은 우선 서랍의 모든 곳을 찬찬히 매만졌다. 하지만 눌러도 들어가거나 움직이는 부분이 없었다. 다음으로 책상의 어떤 특정 물건과 연결되어 있을까 싶어 명패나 장식품들을 조금씩 움직여 보았다. 그런다고 어떤 장치가 작동하거나 하진 않았다.

'곤란한데.'

그는 닫힌 서랍의 바로 아래 서랍에 뭔가 있지 않을까 싶어 그것을 열고 속을 매만졌다. 그때 뭔가 달칵 하고 들어가는 느낌이 나면서 위쪽 서랍이 열렸다. 운이 좋았다고 생각하며 아래 서랍을 닫는데, 뚜벅뚜벅하는 발걸음 소리가 복도 저편에서 들려왔다.

'경비병인가? 설마.'

하지만 순찰 중인 경비병이 내는 소리라고 하기엔 너무 분명하게 이쪽을 향해 다가오고 있었다.

'보좌관인가. 벌써 올라온 건가?'

위급한 상황임에도 그는 침착하게 창문을 열고 바깥으로 나갔다. 방 안에는 도저히 숨을 만한 구석이 없었기 때문이다. 커튼에 가려질 것을 기대하고 한 일이었지만 하필 달이 정면이었다. 틀림없이 그림자가 보일 터였다.

하는 수 없이 그는 옥상과 연결되어 있는 배수관에 매달렸다. 그리 단단하게 박혀 있는 것 같지 않아 불안했지만 들키는 것보다는 나았다. 그 상태로 고개만 살짝 내밀어 방 안을 들여다보니 잠시 후 문이 열리고 귀스트가 들어서는 게 보였다. 램프를 손에 든 채 무표정한 얼굴로 방을 가로지른 그는 책상 위에 놓여 있던 로즈웰 켈러의 원고를 들고 몸을 돌리려 했다. 하지만 흠칫하고 멈추더니 다시 뒤로 돌아섰다.

레아킨은 벽에 머리를 붙인 채 잠시 기다렸다. 귀스트가 제발 서랍 쪽을 확인하지 않길 빌었다. 서랍은 열린 채 그대로 있었다.

"경비병, 어디 있나! 침입자다!"

레아킨은 하마터면 배수관을 놓칠 뻔했다. 그의 몸이 불안하게 흔들리면서 배수관에서 끼익하는 소리가 났다. 그때 창문이 벌컥 열렸다. 레아킨은 황급히 다리를 최대한 끌어올려 가슴 앞에 붙였다.

곧이어 귀스트가 창밖으로 머리를 내밀어 바깥을 확인했다. 그대로 조금만 고개를 들었더라면 레아킨을 발견했겠지만 다행히 아래쪽 길만 확인하고 다시 안으로 들어갔다.

'후우, 큰일 날 뻔했군.'

레아킨은 두 다리에 힘을 주고 상체를 밀어 올렸다. 온몸의 근육이 비명을 질렀지만 힘겹게 배수관을 타고 올라 3층까지 갔다.

'분명 내 방으로 먼저 달려올 테지.'

머리로는 위급한 상황임을 감지하고 있는데 심장은 차분했다. 그는 발을 뻗어 자신의 방 창문을 밀어 보았지만 열리지 않았다.

'곤란하군.'

그렇다고 창문을 깨고 들어가는 건 자신이 침입자임을 공표하는 거나 다름없었다.

'어쩔까.'

바깥으로 눈을 돌려 근처를 둘러보던 그는 저편에서 뭔가를 발견했다. 짧은 순간 갈등했지만 곧 결정을 내렸다. 그대로 배수관을 타고 주르륵 미끄러져 내려와 땅에 발이 닿자마자 담장으로 내달렸다. 그러곤 경비병들이 오기 전에 자기 키보다 한참 높은 담을 훌쩍 뛰어넘었다.

"어?"

"어라?"

그대로 그는 자신이 아는 두 사람과 마주쳤다. 뜻밖의 상황에 둘 다 놀란 표정을 짓고 있었다. 저편에서 고함이 들려왔기에 한가로이 상황을 설명하거나 인사를 나눌 시간이 없었다. 레아킨은 숨을 크게 들이쉰 다음 빠르게 내뱉었다.

"오늘 퍽 즐거웠네만 아무래도 죽은 탑에 무슨 일이 생긴 모양이군. 나는 자네들이랑 술집에서 한잔하느라 무슨 일이 생겼는지 모르겠지만 말이야. 보좌관이 날 찾느라고 난리인데 자네들과 같이 있었다는 사실을 그에게 증명해 줬으면 좋겠군. 그리고 쿠세인은 결코 진 빚을 잊지 않는다."

여자는 이게 모국어가 맞는지 의심하듯 멍하니 입을 벌렸고 칼라이조는 그와 경비병들을 번갈아 보더니 눈치 빠르게 말했다.

"별말씀을요, 저희도 즐거웠습니다."

두 사람이 악수를 나누는 사이 경비병들이 달려왔다.

"거기! 어…… 심판관님 아니십니까?"

레아킨은 침착하게 뒤로 돌아섰다.

"그래. 무슨 일이지?"

"죽은 탑에 침입자가 들어왔다고 합니다."

"그래서, 붙잡았나?"

경비병들은 서로의 얼굴을 쳐다보다가 말했다.

"아직……."

"그럼 가서 붙잡지 않고 뭘 하는 거지?"

레아킨의 추궁에 경비병들은 황급히 경례를 붙이곤 저편 골목으로 달려갔다. 이 모든 광경을 멍하니 바라보던 여자는 갑자기 크게 웃음을 터뜨렸다.

"와하하하! 이게 뭐야, 이게 뭐야?"

"쉿, 조용히."

레아킨이 손가락을 입 앞에 세우자 여자는 목소리를 낮췄지만 여전히 재미있어 못 견디겠다는 얼굴이었다.

"당신 끝내주게 연기 잘하네? 어떻게 그렇게 잠깐 만에 달라져? 저 사람들이 찾는 거 당신 아냐?"

"맞다."

레아킨은 담담히 고백했고 여자는 감탄했다.

"대단하네. 쿠세인은 다 이래? 아무튼 잘 만났어. 그때 빚진 거 갚을 기회를 주려고 하거든."

"그건 내일이면 청산할 수 있을 거다."

"뭐? 어떻게?"

"그건 내일 찾아오면 알 수 있다."

여자는 눈을 끔벅거리다가 아, 하고 말했다.

"방금 이건 다시 계산해야지. 하나는 내일 갚더라도 당신은 나한테 또 하나를 빚진 거라고."

그녀가 아닌 칼라이조에게라고 말하고 싶었지만 레아킨은 대충 넘어가기로 했다.

"알았다. 아무튼 그 이야기는 내일 하도록 하지. 보좌관에게 가 봐야겠다."

"좋아. 그럼 내일 다시 올게."

여자는 배웅하듯 손까지 흔들었다.

죽은 탑의 정문으로 들어가자 중앙에 딱 버틴 채 싸늘한 표정을 짓고 있는 귀스트가 보였다. 레아킨은 그에게 다가가면서 먼저 말을 꺼낼지 기다릴지 고민했다. 마침내 무슨 말이든 해야 할 거리가 되자 입을 열었고 동시에 귀스트가 말했다.

"어딜 다녀오십니까?"

"술집에 좀. 그런데 침입자가 있었다고?"

"예, 그렇습니다. 술집엔 무슨 일로 말입니까?"

레아킨은 고개를 갸웃거렸다.

"술집에 가는 이유야 한 가지뿐인 걸로 아는데."

"전혀 취하신 듯 보이지 않는데요."

"아직은 낯선 타국에서 취할 정도로 마시지 않는다."

그러자 귀스트는 그를 붙잡고 옷깃에 얼굴을 묻었다. 이게 무슨 일인가 싶어 굳어 있는 레아킨에게 보좌관이 얼굴을 떼고 싸늘하게 말했다.

"술 냄새도 담배 냄새도 전혀 안 나는군요. 퍽 한산한 술집에 가셨었나 봅니다?"

"자네가 그렇게 이야기하는 이유를 모르겠군."

"심판관님이시죠? 침입자 말입니다."

레아킨은 침착하게 고개를 저었다.

"내가 내 거주 공간에 침입한다는 것 자체가 말이 안 되지 않나."

"제 방은 다르죠."

"내가 자네 방에 무슨 볼일이 있다는 건가?"

"뭐든 저한테서 구린 구석을 찾으시려고 그랬겠죠. 그러기 위해 쿠세에서 온 거 아닙니까? 황제가 보내던가요? 망명 가문의 그 귀족 놈이 거짓으로 충성을 바치는 게 아닌지 알아 오라고 했습니까?"

레아킨은 그의 통찰력에는 박수를 보내고 그 빗나간 상상력은 안타까워했다.

"미안하지만 전혀 말도 안 되는 추리를 하고 있군. 나는 자네 개인과는 전혀 상관없는 일로 여기 온 거고 정말로 술집에 있었네. 얼마 전 초청 자리에서 만난 두 명의 라노프인과 말이지."

귀스트는 콧방귀를 뀌며 응수했다.

"봤습니다. 저쪽으로 걸어가던 비오티와 칼라이조 말씀하시는 것 아닙니까?"

"그래, 그들…… 뭐라고?"

"작가들과 퍽 친하게 지내시는군요. 관심도 많으신 듯 보이고요. 점점 심판관님의 정체가 궁금해지는군요."

그러나 레아킨은 그 말을 귀담아듣지 않았다. 다만 귀스트의 팔을 절박하다 싶을 정도로 붙잡고 물었다.

"방금, 누구라고?"

"비오티와 칼라이조 말입니다. 이런, 같이 술 마셨다는 사람들의 이름도 모릅니까?"

비록 그럴 의도로 비꼰 것이기는 하지만, 자신이 모시는 상관이 처음으로 그런 엄청난 표정을 지었을 때는 귀스트도 놀라지 않을 수 없었다.

레아킨은 밤새 한숨도 자지 못했다. 가슴이 무척 이상했는데 그게 무슨 감정인지 그로서는 알 길이 없었다.

'그게 비오티였다고? 그 여자가 비오티였다고? 당연히 남자라고만…… 아니 그건 별로 중요하지 않아. 그 사람이 그 사람이었다니.'

그는 비오티를 처음 만나던 장면부터 천천히 되새겼다. 그녀의 모습과 그녀의 행동을 하나씩 짚어 보면서 왜 몰랐을까, 어떻게 알아차리지 못했을까 자신을 질책했다. 하지만 그건 지금 속에서 들끓는 기분을 인정하고 싶지 않아서였다.

그는, 그러니까 아마도…… 실망한 것 같았다.

그런 글을 쓴 사람이라면, 자신의 마음을 처음으로 뒤흔들고 또 울게 한 사람이라면 틀림없이 무언가 특별한, 혹은 반할 수밖에 없는 그런 사람일 거라고만 생각했던 것이다.

하지만 그녀는 평범(이런 표현을 쓰는 것에 가슴이 다 아파 올 지경이었다.)했다. 아니, 목소리는 큰 데다 무례하고 또 지나치게 쾌활했다. 어딘지 우수에 차서 남들이 보지 못하는 우주의 진리라도 들여다보고 있을 법한 사람은 거기 없었다. 그저, 똑같은 사람이.

'내일 당장 쿠세로 돌아가 버릴까. 보고 싶지 않다.'

다시 보면 이 실망은 더 커질 것 같았다. 아니, 틀림없이 그럴 것이다.

와하하하!

그가 기대한 비오티는 결코 그렇게 웃지 않았다.

물어 버린다?

그가 상상한 비오티는 결코 그런 말을 내뱉지 않았다.

'빌어먹을.'

레아킨은 이불을 뒤집어쓴 채 잠시 누워 있다 곧 박차고 일어섰다. 벌써 어슴푸레 날이 밝아 오고 있었다. 책상으로 걸어간 그는 마치 성서인 양 똑바로 놓아둔 책을 집어 들었다. 그에게는 정말로 성서와도 다름없는 책.

'이곳에 마침내 내가 있노라.'

그렇게 말하던 사람과 드디어 만났다. 그런데도 전혀 기쁘지 않았다.

'귀스트가 잘못 알았을 가능성은 없을까. 밤이었으니까. 그래…… 잘못 봤을 수도 있어.'

그는 그런 우울한 희망이나마 가지려고 노력했다. 그러나 스스로도 이미 믿지 않았다.

'이러기 위해서 온 게 아닌데. 그럼 왜 왔지? 나는 비오티를 만나러 온 것이 아니었나? 단지 그를, 아니 그녀를 만나기 위해서였다면 나는 벌써 만족했어야 한다. 하지만 그 반대다. 만나기 전이 나았어. 그래, 차라리 그게 나았어.'

그사이 해는 완전히 떠올라 있었다. 넋 놓고 앉아 있던 그는 문득 정신을 차리고 그날 해야 할 일을 떠올렸다. 로우젤의 공방에서 파이프를 찾아와야 했다.

이른 아침인지라 문은 닫혀 있었지만 몇 번 두드리자 노인이 나왔다. 레아킨은 수리비를 지불하고 파이프를 찾아오면서 진한 갈등에 시달렸다.

'이걸 돌려주기는 해야 하는데.'

비오티는 오늘 찾아오겠다고 했다. 하지만 만나고 싶지 않았다. 이런 감정은 낯설었지만 두려움을 느끼는 것 같았다. 고민하던 그는 결국 입구에 있는 수색 사관에게 그것을 맡겼다.

후련하기는커녕 더 무거워진 기분으로 방에 돌아온 순간 레아킨은 자신의 의자에 앉아 뾰족한 반지를 만지작거리는 귀스트를 발견했다.

"지금 월권행위를 저지르고 있는 것 같네만."

"제 옛 의자에 잠시 앉아 보는 일이요? 그럴 리가요."

"무단으로 내 방에 들어온 것 말일세."

귀스트는 명백히 비꼬는 미소를 짓고는 말했다.

"어젯밤 심판관님께서도 같은 짓을 하셨죠."

"아니라고 말하는 것도 이제는 싫증이 나려고 하는군."

"보셨습니까?"

앞뒤를 잘라먹고 하는 이야기였지만 레아킨은 무슨 뜻인지 알아들었다. 그래서 천연덕스럽게 모르겠다는 듯 물었다.

"뭘 말이지?"

"하긴 보셨다면 이렇게 가만히 계실 리가 없으려나요."

그 서랍 안에 대체 무엇이 있기에? 레아킨은 몸을 긴장시키며 당장이라도 검을 뽑을 준비를 했다.

"뭔가 대단한 것이라도 숨기고 있다는 듯 이야기하는군."

"잠가 둔 서랍 속에 누구나 넣어 두는 것이 있죠. 일기장이라고 부르는 건데 쿠세인들도 일기를 쓰는지 모르겠군요. 아무튼 거기에 심판관님의 욕을 제법 써 놓아서 말입니다. 보셨다면 저를 씹어 드시려고, 아, 레아킨님 성격에 그건 어울리지 않겠군요. 그걸 봤다고 이야기하신 다음 차분히 검을 뽑아 저를 내려치시겠죠. 한데 그러지 않는 걸 보면 못 보신 모양이군요."

귀스트의 표정이 워낙 굳어 있었기에 레아킨은 그가 농담을 하는 건지 뭔지 알 수가 없었다. 나직한 욕설처럼 들리기도 했다. 그래서 고민한 끝에 입을 열었다.

"보지 못했지만 자네 입으로 다 이야기한 거나 마찬가지군. 그럼 나는 이제 칼을 뽑아 침착하게 자네의 목을 치면 되겠나?"

레아킨이 진지하게 묻자 귀스트는 책상 위에 엎드린 채 몸을 덜덜 떨었다. 진심으로 한 이야기는 아니었는데 겁이 나서 저러는 걸까 고민하는 순간 귀스트의 입에서 신음이 흘러나왔다.

"아, 정말이지 기대를 저버리지 않으십니다. 이렇게나 저를 즐겁게 해 주시다니요."

"즐겁다니 퍽 다행이군."

귀스트는 웃음을 그치고 일어나 자리를 비켜 주었다. 레아킨은 책상 위에 있던 종이 뭉치가 조금 흩어져 있는 것을 발견했다. 처음엔 그게 뭔가 했지만 곧 깨달았다. 비오티의 원고였다.

"이걸 봤나?"

"예. 비오티에게 관심이 많으신 모양이군요."

"……그랬었지."

귀스트는 픽 웃었다.

"왜요, 어제 직접 만나 보시니 실망스럽던가요?"

레아킨은 대답하지 않았지만 귀스트는 마치 들은 것처럼 말을 이었다.

"실망하셨겠지요. 원래 그런 겁니다. 아쉽지만 이 세상에는 사람의 기대를 충족시켜 주는 게 많지 않죠. 욕심이 그치질 않는 사람을 탓할까요, 조잡한 세상을 탓할까요? 그녀가 아름다웠더라면 만족하셨을 겁니까? 혹은 그녀가 입을 열 때마다 시처럼 아름다운 말이 흘러나와야 만족하셨을까요? 심판관님은 이 책을 보면서 그런 것을 기대하셨습니까?"

보좌관은 더 이상 웃고 있지 않았다. 레아킨은 새삼스러운 기분을 느끼며 그를 보다가 고개를 저었다.

"모르겠다."

"그녀는 불쌍한 사람입니다."

레아킨이 이유를 물으려 했으나 귀스트는 비오티의 원고를 내려다보고는 덧붙였다.

"그러나 이번 글은 검열을 통과하지 못할 겁니다. 얼굴 없는 남자, 그리고 R에게 바친다라. 스스로도 통과될 거란 생각은 안 했을 겁니다."

그러고선 인사도 경례도 없이 방을 나가 버렸다.

"그러니까 그 심판관이란 사람의 초대를 받은 몸이라니까!"

입구의 수색 사관은 난처하게 여성의 옷을 붙잡았다.

"그렇게 막무가내로 우겨 봤자 소용없소. 이걸 받고 돌아가시오. 그렇게 명령하셨으니까."

"말이 돼? 어제까지만 해도 찾아오라고 했단 말이야! 쿠세인은 진 빚은 결코 잊지 않는다더니 말뿐이었어? 뭐 그런 인간이 다 있어. 미치겠네."

여자는 낚아채듯 꾸러미를 사관의 손에서 빼앗고는 신경질적으로 그것을 풀어 보았다.

"어?"

그러곤 멀쩡한 담뱃대를 보고 멎어 버렸다.

"이게…… 도로 붙어 있네?"

"그거 다행이구만. 이제 빨리 나가요!"

하지만 그녀는 사관의 손을 뿌리치곤 계단으로 달려갔다.

"앗! 저기, 저 여자 붙잡아!"

비오티는 잽싸게 경비병들을 피해 2층까지 올라가는 데 성공했다.

"죽은 탑의 심판관은 가장 높은 꼭대기에서 죄인들을 내려다본다 했겠다!"

호기롭게 외치며 3층으로 올라가던 그녀는 마침 거기서 내려오던 사람과 마주쳤다.

"너!"

"항상 네 주변은 소란스럽군, 비오티."

귀스트는 특유의 빈정거리는 목소리로 쏘아붙였다. 경비병들이 달려와 황급히 경례를 붙이곤 그녀를 데려가려 했으나 귀스트가 손을 들었다.

"됐어. 내 손님이다."

"웃기시네. 내가 왜 너 따위의 손님이냐? 난 3층의 심판관 나리에게 볼일이 있어. 비켜 주시지."

혼란스러워하는 경비병들을 눈짓으로 물러가게 하고 귀스트는 비오티의 앞까지 걸어 내려왔다.

"신간 잘 봤어. 다 보진 못했지만 앞부분은 그럭저럭 흥미롭더군."

"역시 너야? 인쇄소에서 막 나온 원고를 가져가다니 그게 무슨 짓이야?"

"내가 한 게 아냐. 위층에 계신 분께서 했지."

그녀는 잠깐 어리둥절한 표정을 지었다.

"그 쿠세인이? 왜?"

"그건 직접 묻지 그래."

비오티는 복잡한 얼굴을 하고 있다가 귀스트가 그때까지 앞을 가로막고 있자 기분 나쁜 듯 어깨로 밀치고 지나갔다.

"성깔하곤. 칼라이조에게 안부 부탁해."

"친근한 척 부르지 마. 역겨운 자식."

귀스트는 낄낄거리며 자신의 방으로 걸어갔다. 비오티는 심호흡을 하고 계단을 올라 3층의 문 앞에 섰다. 좁고 긴 그 문이 어쩐지 관의 덮개 같다고 생각하며, 그녀는 문을 열었다.

노크 없이 문을 열곤 하는 귀스트의 버릇이야 익히 알고 있기에 레아킨은 그다지 놀라지 않았지만, 그걸 열고 들어선 사람이 누구인지 봤을 때는 자리에서 벌떡 일어나지 않을 수 없었다. 그러곤 선 채로 굳어 버렸다.

"어…… 아차, 미안. 불쑥 들어와 버렸네. 이런 구조일 거라고는 예상하지 못해서."

그녀는 난감한 듯 중얼거리고는 다시 나가서 문을 닫았다. 짧은 순간 그녀를 불러야 하나 갈등하던 레아킨은 곧 머릿속을 새하얗게 만드는 소리를 듣게 되었다.

똑똑.

그는 한참 후에야 공황 속에서 빠져나오며 입을 열었다.

"들어오십시오."

비오티는 문틈으로 고개를 빠끔 내밀고는 본인도 민망한 듯 헤헤거리고 웃었다.

"부디 라노프인은 무례한 족속들이라고 생각하지 말아줘. 그런데 갑자기 웬 존댓말이야? 아하, 여긴 집무실이니까 사무적인 태도로 대하겠다는 거지. 그럼 나도 맞장구쳐 줘야겠네. 저는 죽은 탑의 심판관님을 뵈러 왔습니다요."

그녀는 어울리지 않게 우아한 자세로 인사했다. 일어서면서 비틀거리지 않았다면 썩 훌륭했겠지만.

"거기 앉아, 아니 앉으십시오."

레아킨의 말이 끝나기가 무섭게 비오티는 자기 집인 양 편안하게 털썩 앉았다. 하지만 레아킨은 그녀가 있는 곳과 책상 사이에 어중간하게 선 채 이러지도 저러지도 못했다.

"뭐해? 당신도 앉아, 아니 앉으시지요."

귀스트가 보았다면 두고두고 놀렸을 만큼 순종적인 자세로 레아킨은 그녀의 맞은편에 앉았다. 하지만 눈을 잘 마주치지 못했다. 담뱃대를 손안에서 굴리며 그런 모습을 재미있다는 듯 지켜보던 비오티가 입을 열었다.

"갑자기 왜 그래? 나 참, 자기 집에서 자기가 긴장하면 어쩌겠다는 거야."

"그러게. 아니, 그러게나 말입니다."

"프하하, 제발 어울리지도 않는 존댓말은 서로 집어치우자고."

레아킨은 몹시 어려운 동작을 하는 것처럼 고개를 끄덕였고 비오티는 집무실 여기저기로 눈을 돌렸다.

"거 단정하시군. 약간 답답하기도 하지만 말이야. 아, 그 전에!"

갑자기 그녀가 상체를 앞으로 숙이자 레아킨은 그 반대 방향으로 몸을 뺐다.

"왜 그러는지……?"

"당신 좀 괘씸해서 말이야. 감히 입구에서 이거 하나 쥐여 주고 쫓아 버릴 생각을 하다니. 어제 빚을 갚겠다고 큰소리치던 사람은 누구더라? 내가 뭐 어려운 거라도 요구할까 봐 미리 수쓴 거야?"

"그런 건 아니다."

"맞구만, 뭘. 그렇게 떨 거 없어. 별건 아니니까. 그건 그렇고."

그녀는 코를 긁적이고는 약간 쑥스러운 듯 물었다.

"귀스트가 그러던데, 내 원고는 왜 가져갔어?"

그 말이 끝나는 순간 레아킨은 가슴에 묵직한 것을 느꼈다. 그는 힘겹게 눈을 감았다 떴다. 어젯밤부터 계속 외면해 오던 진실이 그를 똑바로 마주 보고 있었다.

"사실……인가?"

알면서도 되묻는, 되돌릴 수 없는데도 후회하는 그런 쓸데없이 인간다운 짓을 한다.

"당신이 비오티인가?"

그녀는 어째서인지 바로 대답하지 않고 이상한, 레아킨으로서는 도저히 무슨 의미인지 알 수 없는 미소를 머금은 채 한참 동안 그를 주시했다. 눈동자는 그에게 고정한 채로 고개를 이쪽으로 기울였다가 저쪽으로 기울이면서.

불편해질 만큼 긴 시간이 지나고 나서야 그녀는 고개를 숙였다. 그러곤 담뱃대를 붙잡은 채 허탈하지만 웃음기 섞인 목소리로 말했다.

"당신, 내 글을 좋아했군?"

레아킨은 아무 대답도 할 수 없었다. 그렇게 한마디로 말할 수 있는 게 아니라고 마음속에서 격정적인 외침이 터져 나왔지만 입 밖으로는 꺼낼 수가 없었다.

"그리고 나를 보고는 실망한 모양이군."

그녀는 단조로이 평가했고 레아킨은 가슴 한가운데가 쿡 찔리는 기분을 느꼈다.

"그래, 내가 비오티야."

그렇게 자신의 이름을 말하는 그녀의 모습 어디에도 특별함이나 자랑스러움 같은 건 없었다.

"실망했어? 왜, 상상하던 모습과 달라? 지적이고 우아하며 내뱉는 말들이 모두 천재적인 형용과 기발한 묘사로 이루어져 있을 줄 알았어? 종일 담배나 피워 대며 싸구려 술을 마시고, 자신이 뱉어 낸 연기와 절망 속에서 단어 하나, 문장 하나 겨우겨우 걸러 내어 책을 쓸 거라곤 생각 못 해 봤어?"

레아킨은 자리에서 벌떡 일어났다. 비오티의 눈이 좇아 왔지만 그는 매몰차게 몸을 돌려 창가로 걸어갔다. 그리고 밖을 내다보며 진정하려고 애썼다.

"요구할 것만 이야기하고 돌아가라."

속은 사막 바람이 휘몰아치듯 광포했으나 그의 목소리는 침착했다. 비오티는 대답하지 않고 품에서 담배쌈지를 꺼내 파이프를 채웠다. 그러곤 불을 붙인 채 말없이 그것을 피우기 시작했다.

담배 연기를 맡은 레아킨은 눈살을 찌푸렸다. 이곳에서 그러지 말라고 하고 싶었지만 입이 떨어지지 않았다. 이유는 알 수 없었지만 그녀에게 자신이 잘못했다는 생각이 들었다.

"그래, 그럼 이야기하도록 하지. 죽은 탑의 심판관 양반."

그녀는 으르렁거리듯 내뱉었으나 다음 말은 이어지지 않았다. 기다리던 레아킨은 말 대신 걸음 소리를 들었고 그래서 자신도 모르게 왼손으로 칼집을 잡았다. 그리고 그런 자신에게 경악했다.

그녀는 금세 등 뒤로 다가왔고 짧은 순간 레아킨은 자신이 이대로 뒤를 빼앗긴 채 허무하게 죽어 버릴 거라 생각했다. 하지만 그녀는 칼이 아닌 말로 그를 푹 찔렀다.

"아무리 실망스러워도 사람 얼굴은 보고 들어. 이 무례한 쿠세인 작자야."

그녀는 딱딱하게 굳은 레아킨의 어깨를 잡고 자신 쪽으로 돌려세웠다. 레아킨은 처음으로 그녀를 바로 눈앞에서 내려다보게 되었다.

"당신이 가져간 내 원고, 귀스트가 통과시켜 주지 않을 거야. 하지만 무슨 일이 있어도 당신이 통과하게 만들어. 그러지 않으면 그날 죽은 탑에 침입했던 사람이 당신이라고 고발해 버릴 거야."

그녀의 눈이 매섭게 빛났다. 뭐라 할 말을 잃어버린 레아킨에게 그녀가 덧붙였다.

"치사하다고 생각하지 마. 사실 이걸 부탁하려던 게 아니었지만 당신이 먼저 치사하게 나왔어. 나는 머저리인지 잠깐 잊고 있었나 봐. 당신은 그래, 쿠세인이었지. 잔혹함에 대해 증명하려면 만나 보라던 바로 그 민족이었지. 사실 쿠세인 중에도 조금은 괜찮은 사람이 있을지 모른다는, 그게 당신이라는 그런 기대를 했지만…… 젠장, 갑자기 이 얘긴 왜 튀어나오는 거야. 어쨌든 내 요구는 그거야."

그리고 그녀는 담뱃대를 까딱였다.

"이거 부쉈던 일은 없었던 걸로 쳐주겠어. 또 볼 일은 없겠지. 그럼, 안녕!"

무언가를 향해 힘차게 달려가던 사람이 진정 절망했을 때는 그 일이 실패했을 때가 아니다. 모든 걸 바쳐 성공했는데, 그 결과가 자신이 생각했던 것과 달리 전혀 아름답지도 만족스럽지도 않을 때다.

레아킨은 그런 기분 속에 며칠을 보냈다. 무엇 하나 제대로 의식하지 못한 채 기계적으로 일을 처리하고 죄인들을 화형시킬 것을 명했다. 즐겨 보던 화형식 후의 장면도 더 이상 그에게 아무런 감흥을 주지 않았다.

'돌아가는 건가. 그냥 이렇게 이대로.'

세상은 전보다 더 탁해진 것 같았다. 레아킨은 자신이 그나마 볼 수 있는 색 중에 또 하나를 잃어버린 것은 아닐까 의심했다.

무미건조한 표류, 의미 없는 얼굴들, 황폐한 시간 덩어리. 모든 게 신기루를 보듯 멀고 낯설었다. 그렇기에 로우젤 지역에서 대규모 시위가 일어났다는 귀스트의 보고를 받았을 때 그는 차라리 반가움을 느꼈다.

"숫자는?"

"꽤 많습니다. 그 지역 거의 대부분의 시민이 참여하는 모양입니다. 로우젤 시가를 행진한 다음 하이젤로 올라올 예정이라는군요."

"그래."

레아킨이 그대로 입을 다물어 버리자 귀스트는 당황하며 그의 눈앞에서 손가락을 튕겼다.

"명령을 내리셔야죠?"

"아, 행진이라고 했는가."

"비폭력 가두 행진이라고 내세우긴 했습니다만 언제 철회될지 알 수 없는 일이죠. 하이젤로 올라왔을 때 변질되기 가장 쉽고요."

"그래도 그저 행진하겠다는 사람들을 막을 순 없지."

귀스트가 불만스러운 표정을 짓자 레아킨은 머릿속을 정리한 다음 말했다.

"하지만 대규모 인원이라면 틀림없이 다른 시민들에게 불편을 끼칠 것이다. 로우젤의 상인들은 말할 것도 없겠지. 도시 질서 확립과 평화 유지를 위해 통제하겠다고 말해라. 군부에도 출동 요청을 하도록 하고."

귀스트는 입꼬리를 올려 웃었다.

"바로 그런 명령을 기다렸습니다."

"라노프 땅에서 쿠세인은 물러가라!"

"물러가라, 물러가라!"

"우리는 우리만의 자유 독립 국가를 원한다!"

로우젤의 중앙에 있는 카넬 공원은 라노프 혁명군이 처음 결의한 곳이었다. 그곳에서 출발하기로 한 시위대가 분위기를 한껏 고조시키는 중이었다. 그 모습을 청사 건물에서 내려다보며 귀스트는 비웃듯이 말했다.

"얼간이들. 그런다고 쿠세인들이 잘도 물러나 주겠군그래."

레아킨 또한 그 자리에서 함께 집회를 관찰하고 있었다. 하지만 사람이 너무 많아서 오래 보고 있기 어려웠다. 오직 회색으로만 구분해야 하는 그는 비슷한 것들이 여럿 모여 있을 때 자주 어지럽곤 했는데 지금 같은 경우가 그러했다.

"여러분, 우리는 저 야만적인 쿠세인들과는 다릅니다. 오늘의 이 집회는 절대적으로 평화로운 분위기 속에 진행되어야 합니다. 어느 때는 말 한마디가 칼보다 강함을 우리 모두 잘 알고 있습니다. 오늘 그것을 보여 줍시다. 우리는 성숙한 시민입니다!"

동조하는 함성이 들려왔을 때 귀스트가 나직이 중얼거렸다.

"미안하지만 그렇게 놔둘 생각이 없어."

그러나 레아킨은 고개를 저으며 모여 있는 사람들의 한쪽을 가리켰다.

"여자와 아이들이 많다. 이쪽도 폭력은 자제하도록 하지."

"가끔 심판관님은 쿠세인 같지 않으십니다. 여자와 아이들이라고요? 그런 걸 신경 쓰십니까?"

"개인적으로 신경 쓰는 것은 아니다. 하지만 짐승도 제 새끼를 위해서라면 온몸이 뜯길 때까지 발악하는 법이고 자기 자신이 입은 해보다 가족이 입은 해가 사람을 더 분노하게 한다. 그것은 결코 돌이킬 수 없는 복수심을 낳지. 잊었나 본데 우리는 어떤 속국이든 결코 군부로 통제하지 않는다. 선진 정부의 계도에 따른 쿠세로의 귀화, 그것이 가장 큰 목적이지."

귀스트는 못마땅한 얼굴로 사람들을 내려다보고 있을 뿐 아무 대답이 없었다. 레아킨은 그가 알아들었을 거라 생각하고 물었다.

"이게 그 라흐라는 사람의 작품인가?"

"그밖에 없지만 이건 라흐답지 않군요. 군대를 몰고 와서 죽은 탑을 점거해 버리면 모를까, 비폭력 시위라니요."

라흐 그리고 R. 며칠 전 레아킨은 그 둘이 동일하다는 것을 알고 적잖이 충격을 받았다. 귀스트를 불러 비오티의 책을 통과시키라고 했을 때 들은 이야기였다.

"말도 안 됩니다. 그 책은 의미하는 바가 뻔합니다."

"내가 보기엔 내용이 조금 기괴하다는 것 외에 다른 문제는 없던데."

귀스트는 고개를 저었다.

"첫 장에 있는 'R에게 바친다'의 R은 라흐입니다."

"라흐? 그 혁명가라는?"

"그렇습니다."

레아킨은 혼란스러운 기분으로 비오티의 원고를 내려다보았다.

"그녀도 혁명가였나?"

"아니요. 비오티는 혁명이나 저항과는 전혀 상관없는 글들을 씁니다. 하지만 그 때문에 라흐와도 끝내 결별하고 말았지요. 원래 두 사람은 소꿉친구이자 꽤 유명한 연인 사이였습니다. 비오티는 그 때문에 불려 나와 여러 번 조사를 받기도 했고요."

"그랬군, 그 혁명가를 위한 글이었단 말이지……."

비극적이고 지독한 사랑은 그녀 자신의 것이었을까? 그렇다면 내가 여기 있노라고, 그 끝에서 더없이 안락하게 안아 주던 글도 다른 누군가를 위한 글이었을까?

그렇게 생각하는 것만으로도 견딜 수가 없었다. 레아킨은 며칠 전에 만났던 그녀를 떠올렸다. 누구에게든 당당하게 말하고 호탕하게 웃어 젖히고, 쿠세인인 자신에게조차 거리낌 없이 욕을 하던 그녀는 그날 상처받은(자신이 그 표정을 제대로 읽은 것이라면) 얼굴로 돌아갔다.

레아킨은 과거의 그 얼굴을 바라보면서 무의식중에 말했다.

"통과시켜."

"예?"

"명령이다. 아무 수정 없이 내보내."

"지금 제 권한에 정면으로 간섭하시겠다는 겁니까?"

레아킨은 역시 아무 의식 없이 칼을 뽑아 내리쳤고 그 칼은 책상을 짚고 있던 귀스트의 손가락 사이에 아슬아슬하게 박혔다. 귀스트는 감히 입을 열지 못했고 레아킨은 원고에 눈을 똑바로 고정한 채 말했다.

"몇 달간 봐 와서 알겠지만 나는 그다지 화를 잘 내는 사람이 아니야. 보좌관, 나를 시험하지 마라."

귀스트는 천천히 손을 뺀 다음 고개를 숙이고 나갔다. 그리고 며칠 뒤 비오티의 책은 아무 문제없이 출간되었다.

레아킨은 상념에서 빠져나와 다시 공원을 내다보았다. 그들은 이제 연설을 마치고 행진할 준비를 하고 있었다.

"심판관님의 뜻은 잘 알겠으나 저들이 먼저 폭력적으로 나온다면 저희들도 그에 맞게 대항하겠습니다."

그 말을 한 것은 쿠세 군부에서 나온 사령관이었다. 자신을 나힘이라고 소개한 그는 얼굴에 깊은 칼자국이 나 있는 쿠세인 전사였다. 그는 레아킨을 알아보았지만 부탁대로 태제가 아닌 심판관으로서 대했다.

"그렇게 하게. 하지만 되도록 큰 충돌은 피하도록. 최후의 저지선은 하이젤로 올라오는 교차로로 한다."

"예."

나힘은 청사 아래로 내려갔고 귀스트도 그 뒤를 따랐다. 병사들은 시위대의 예상 진로에 차례대로 배치되었다.

'그런데 뭔가……'

행진을 시작한 사람들을 바라보는데 어딘지 마음이 편치 않았다. 레아킨은 시위대가 움직이는 것을 따라 건물 옥상을 이동했다. 워낙 다닥다닥 붙어 있고 높낮이도 비슷한 건물들이어서 그리 어렵지 않았다.

그렇게 서너 건물쯤 뛰어넘어 시위대의 앞으로 가자 맨 앞에서 행진을 이끌고 있는 무리가 보였다. 열댓 명 정도 되는 것 같았는데 그중에 불안감의 정체가 있었다.

'거기서 대체 뭘 하는 거지?'

지휘봉인 양 담뱃대를 흔들며 의기양양하게 걸어가는 여자. 멀리서도 그 하얗게 땋은(어쩌면 옅은 금발이나 다른 색인지도 모르지만) 머리카락은 잘 보였다. 라흐를 위해 책을 쓴 것도 모자라 이젠 이런 시위에까지 가담하다니, 귀스트가 알게 되면 가만있을 리 없을 텐데.

그 뒤를 쫓아가던 레아킨은 곧 교차로를 만났기에 더는 건물 옥상으로 이동할 수 없었다. 아래를 한번 내려다본 그는 가볍게 뛰어내려 3층의 난간을 붙잡고 매달렸다. 다시 놓았다가 2층의 난간을 밟았고 마지막엔 땅에 착지했다.

시위대는 막 교차로를 돌아 이쪽으로 오는 참이었다. 레아킨은 두어 걸음 물러나 그들을 지켜보았다. 쿠세인인 그를 향한 시선은 곱지 않았지만 함부로 시비를 걸거나 덤비는 사람은 없었다. 거의 맨 앞에서 걸어오던 비오티와 그 곁에 있던 칼라이조도 곧 레아킨을 발견했다.

눈이 마주치자 칼라이조는 목례했으나 비오티는 바로 고개를 돌렸다. 그 모습을 보고 레아킨은 입 안에 모래라도 씹는 듯 껄끄러운 기분을 느꼈다. 그들은 그대로 지나갔고 레아킨도 어쩔 수 없다는 생각으로 몸을 돌렸다. 그런데 바로 그때 사건이 터졌다.

"이거나 먹어라!"

군중 틈에서 누군가가 뭔가를 집어 던졌다. 깨지고 튀는 불씨와 연기로 보아 화염병이었다. 정렬해 있던 병사들이 재빨리 몸을 피했지만 연이어 몇 개가 더 날아왔다. 그것으로도 모자라 손에 무기가 될 만한 것을 든 남자들이 우르르 몰려와 무작정 병사들을 공격하기 시작했다.

대로에 정렬한 다른 병사들은 물론이고 시위대를 이끌던 사람들도 당황했다. 하지만 소리 소문 없이 나타난 그들은 닥치는 대로 눈앞에 보이는 쿠세인 병사들을 구타하고 있었다.

'결국은 이럴 목적이었나?'

레아킨은 상황을 좀 더 자세히 보려 했지만 주변에 있던 병사들이 그를 재빨리 둘러쌌다. 여기저기 무언가 깨지는 소리와 사람들의 비명이 들려왔고 우왕좌왕하며 황급히 자리를 피하는 시민들도 보였다.

"안 됩니다! 폭력을 사용하지 마십시오! 흩어지지도 마세요!"

시위를 이끌어 가던 자들이 그쪽으로 가려 했지만 흥분한 사람들의 틈을 파고들기는 쉽지 않았다. 레아킨은 병사들에 의해 골목으로 밀려나면서 뭔가 이상하다는 생각을 했다. 그때 뒤에서 귀스트의 목소리가 들려왔다.

"분명히 저쪽에서 먼저 폭력을 썼습니다. 이제 우리가 강제로 해산시켜도 아무 불만 없겠지요?"

그는 레아킨이 뭐라고 답하기도 전에 병사들에게 명령했다.

"전원 여기 있는 자들을 몰아내고 저항하는 자는 연행하도록. 다소 무력을 사용해도 상관없다."

기다렸다는 듯 죽은 탑의 병사들이 일사불란하게 움직이기 시작했다. 반대편에 있던 쿠세 군부의 병사들도 마찬가지였다. 그건 나힘도 같은 명령을 내렸다는 뜻일 터.

그걸 보고 뭔가 깨달은 레아킨은 급히 옆에 있던 병사 하나를 붙잡아 명령했다.

"엎드려라."

"예, 예?"

레아킨은 힘으로 그를 무릎 꿇린 다음 어깨를 밟고 간단히 건물 2층으로 뛰어올랐다. 그곳에서 가만히 내려다보니 과연 처음에 무기를 들고 설치던 자들은 싸우는 척만 하며 서서히 빠져나가고 있었다.

'나힘, 귀스트. 너희들의 작품인가.'

그는 다시 눈을 돌려 시위대 앞쪽을 바라보았다. 병사들은 비무장 상태로 저항조차 하지 않는 라노프인들에게 사정없이 곤봉을 휘두르고 있었다. 그들이야 아무 상관없었지만, 그게 자신이 아는 한 사람이라면 이야기가 달랐다.

"아윽!"

"비오티! 이런, 젠장. 무슨 짓들이야, 대체!"

칼라이조는 필사적으로 비오티를 붙잡고 도망치려 했지만 그리 넓지 않은 골목인 데다 사람이 워낙 많아 피할 틈이 없었다. 그의 눈앞에서 곤봉에 머리를 맞고 쓰러지는 손 노엘이 보였다. 라노프를 위한 일이라는 말에 마감도 내팽개치고 달려 나온 사람인데.

"감히 누굴 때려! 그만두지 못해!"

비오티가 참지 못하고 달려가 신음하는 손 노엘의 몸을 덮었다.

"너희 조잡한 쿠세어에는 노인 공경이라는 말도 없냐? 힘없는 노인에게 어떻게 이런 짓을 하냐!"

대답 대신 날아오는 것은 매질이었다. 등을 제대로 맞은 비오티는 숨이 턱 막혔다. 정신을 차린 손 노엘이 기겁하며 외쳤다.

"저리 비켜!"

"입 닥쳐, 노인네야."

"어디서 욕질이야. 너야말로 노인 공경 좀 해라. 비키라고!"

비오티는 씩 웃다가 누군가의 발길질에 허리를 맞고 비명을 질렀다. 손 노엘은 눈물을 줄줄 흘리면서 그 발에 매달렸지만 수십 개의 곤봉이 그의 앙상한 등을 때렸다.

"그만둬, 이 개자식들아!"

평소 험한 말을 안 쓰던 칼라이조조차 자신이 알고 있는 모든 저주를 퍼부으며 병사들에게 달려들었다. 도망만 치던 다른 라노프의 시민들도 점차 이 상황에 분노를 느끼기 시작했다.

"무고한 시민들에게 폭력을 휘두르다니 그러고도 너희가 우리를 계도하겠다는 정부냐!"

"주먹에는 주먹일 뿐! 갑시다!"

사람들이 뒤돌아서 달려들자 병사들이 잠깐 주춤하는 기색을 보였다. 그사이 손과 칼라이조는 만신창이가 된 몸을 간신히 빼냈다. 하지만 뒤따르려던 비오티는 누군가에게 머리채를 잡히고 말았다.

"윽! 안 놔? 왜 머리끄덩이는 잡고 난리……!"

그때 그녀의 눈앞에서 번쩍하고 흰빛이 지나갔다. 그 빛이 붉은색으로 변할 때까지 비오티는 무슨 일이 벌어진 건지 깨닫지 못했다. 조금 전까지 사람의 일부였던 것이 땅에 떨어지고 나서야 그녀는 비명을 질렀다.

"으아악!"

자신의 머리를 붙잡았던 쿠세인 병사의 팔이 땅에 떨어지며 움찔했다. 순식간에 팔을 잃은 병사는 짐승처럼 울부짖고 있었다. 비오티는 덜덜 떨면서 고개를 들었다. 그녀의 곁에 무심한 얼굴로 칼에서 피를 닦아 내는 또 다른 쿠세인이 있었다.

"다, 당신……."

그때 누군가 그녀의 팔을 홱 잡아당겼다. 밀려드는 사람들 사이로 그 쿠세인의 모습은 사라지고 대신 칼라이조의 얼굴이 나타났다.

"괜찮아? 이 피는 뭐야! 머리 다쳤어?"

"내 피 아니야. 나도 뭐가 뭔지 잘 모르겠어. 그런데 손 영감은?"

칼라이조는 비오티를 끌고 근처 골목으로 들어갔다. 땅바닥에 주저앉아 있던 손 노엘이 그녀를 보고 힘겹게 웃었다.

"살아 왔군."

"영감이야말로 안 죽었네?"

"나야 죽었어도 펜을 움직일 두 손만 멀쩡하면 돼."

"손 가는 대로 쓰는 손 노엘에게 확실히 머리나 다른 것은 필요 없지."

세 사람 다 상처 때문에 고통스러워하면서도 낄낄거리고 웃었다. 하지만 근처에서 누군가의 비명이 들려왔기에 오래가지는 못했다.

비오티는 심란한 기분을 느끼며 뒤를 돌아보았다. 아까 그 쿠세인이 그녀를 도와준 걸까? 하지만 어째서? 지금 이 상황을 만든 것도 틀림없이 그일 텐데.

"일단 피하자."

칼라이조가 다가와 골목 밖을 내다보며 말했다. 병사들이 방패로 견고한 벽을 만들어 서서히 압박해 오는 중이었다. 그들은 사정거리에 들어온 라노프인들을 때리고 짓밟고 붙잡아 끌고 갔다. 시민들은 무언가를 집어 던지거나 덤벼들듯 하다가 물러나는 등 소극적인 저항밖에 하지 못했다.

"보랏빛 밤은 여기서 멀던가?"

"15분 거리 정도. 그런데 정오라 문을 열어 놨을지 모르겠네."

"잠겼으면 부수면 되지. 톤과 나 사이 정도면 그래도 돼."

"누가 당신을 막겠소, 위대한 비오티여."

비오티는 킬킬 웃고는 손을 붙잡아 일으켰다. 칼라이조가 반대쪽에서 부축했고 세 사람은 그렇게 안쪽 골목으로 걸음을 옮겼다. 하지만 그곳을 막아서고 있던 누군가와 정면으로 마주쳤다.

"또 당신……."

소란스러운 와중에도 그는 혼자 너무나 침착한 얼굴을 하고 있었다. 세 사람을 번갈아 훑은 그가 건조한 목소리로 말했다.

"다쳤군."

"그래, 말 잘했다. 너 쿠세의 심판관인지 뭔지 하는 나리. 지금 이게 다 무슨 짓이야?"

비오티가 이를 갈며 따지자 레아킨이 담담하게 대답했다.

"나와는 상관없다. 말해도 믿지 않을 테지만."

"그래, 못 믿겠어. 이제 우리 앞에서 좀 사라져 주시지."

칼라이조가 비오티를 말리는 눈짓을 했지만 그녀는 거침없었다. 레아킨은 별 표정의 변화 없이 뒤쪽을 한번 보고는 대뜸 칼을 빼 들었다. 세 사람이 움찔하자 그는 공격할 의도가 아니라는 듯 칼을 뒤로 해서 내려뜨렸다.

"따라와라."

"널 왜?"

레아킨은 무언가 설명하려는 듯하다가 고개를 저었다.

"정말 힘들군. 그냥 따라와 주면 안 되겠나."

비오티가 뭐라 말하려 했지만 손이 그녀의 팔을 잡아당겼다.

"믿어 보세나."

칼라이조도 고개를 끄덕였기에 비오티는 더 이상 아무 말도 하지 않았다. 세 사람은 앞장서는 레아킨을 쫓아갔다. 그는 이따금씩 골목 밖을 확인하면서 병사들이 없는 길로 그들을 인도했다.

비명. 멀리서 옷이 찢긴 채 끌려가는 사람. 엄마를 찾아 우는 아이. 시체처럼 누워 미동도 없는 사람. 기어가다가 동포의 발에 밟히는 노인.

비오티는 눈을 부릅뜬 채 앞만 보려고 애썼다. 당장이라도 쓰러질 것 같았다. 손은 작고 앙상한 노인인데도 어깨가 말도 못 하게 아팠다. 그 무게마저 감당하지 못하면서 다른 사람들을 구하는 것은 무리였다. 무리라고 자신을 납득시켰다. 위안했다. 그리고 울었다.

그들은 아까 지나왔던 교차로에서 반대쪽으로 방향을 틀었다. 멀리서 간간이 들려오는 비명과 함께 골목을 빠져나왔고 이제 톤의 술집까지는 한 블록 정도가 남아 있었다.

"오늘 보랏빛 밤을 몽땅 마셔 버리지 않고는 못 견디겠어."

"부디 내 것도 좀 남겨 줘."

칼라이조와 비오티 사이에 힘없는 농담이 이어지고 마지막 골목을 벗어났을 때였다.

"거기!"

열댓 명의 쿠세인 병사들이 줄을 지어 달려가다 네 사람을 발견하곤 멈춰 섰다.

"이런."

레아킨이 가볍게 탄식하고 비오티를 돌아봤다.

"뛸 수 있겠나?"

"아니, 그냥 붙잡히는 게 편하겠다는 생각이 드는걸."

그러면서도 세 사람은 서서히 뒷걸음질 쳤다. 손은 헐떡거리며 자꾸만 쓰러지려고 했다.

"나는 그냥 놔두고 가."

"바랄 걸 바라셔야지. 우리가 어디 곱게 말 들어주는 사람들인가."

"노인 좀 그만 괴롭혀라, 제발."

어떻게든 결정을 내리지 않으면 안 되었다. 칼라이조는 손을 업고 뛰기로 결심하고 비오티에게 눈짓을 했다. 하지만 그녀는 칼라이조 대신 앞을 바라보고 있었다.

"설마."

레아킨이 피 묻은 칼을 빼 들고 있었다. 그는 그들 앞을 홀로 막아섰다. 칼라이조나 손은 말할 것도 없었고 쿠세인 병사들 또한 동포가 칼을 빼 든 채 자신들을 노려보는 것에 놀라워했다.

"넌 뭐냐? 복장을 보니 쿠세 정부의 사람 같은데, 우린 군부의 병사들이다. 비켜라."

"이들은 집회와 상관이 없다. 보내 줘."

"그럴 수 없다. 상부에서 의심스러운 자들은 다 집어넣으라 하셨다. 저들도 상당히 의심스러워 보이는군."

"그런가. 유감이로군."

레아킨은 씁쓸하게 중얼거린 뒤 세 사람을 돌아보았다. 아니, 정확히 말하자면 그중 한 사람이었다.

'모르겠군. 내가 왜 이렇게까지 하는지.'

다시 고개를 바로 한 그는 거기 답이 있기라도 하다는 듯 쿠세인 병사들의 한가운데로 뛰어들었다.

"저런 미친⋯⋯!"

비오티는 한발 앞으로 나갔으나 그대로 굳어 버렸다.

그것을 검무라고 불러야 할까. 부드럽게 칼을 내려 한 병사의 허벅지를 베고 바로 몸을 돌려 뒤에 있던 병사의 배에 칼을 꽂는다. 눈을 부릅뜬 채 절명한 그 몸을 방패처럼 안은 채 다른 병사의 칼을 막아 낸 다음 밀어 넘어뜨리고 도약한다. 칼등이 달려오던 병사의 뺨을 후려치고 빨간 것과 하얀 것이 어지러이 튄다. 내려서면서 다시 칼을 뿌리자 허공에 새빨간 선 몇 개가 그어진다. 무섭도록 침착한 눈이 이쪽을 한번 보고 다시 다음 상대에게로 향한다. 검을 단지 휘두르는 간결한 동작, 그러나 여지없이 비산하는 피. 한 호흡에 하나씩 숨이 끊어진다. 미치도록 건조한 생사의 장난질.

"저 사람, 저거……."

눈을 떼지 못하는 비오티와 달리 칼라이조는 손을 등에 업고 있었다.

"비오티, 이 틈에 벗어나자."

"저 사람은 어쩌고?"

"도와주는 건 고맙지만 이러고 있다 들키면 집회 참가 따위와는 비교도 안 되는 죄를 뒤집어쓸 거야."

쿠세인 살해 협조 및 방조. 비오티는 질린 얼굴로 칼라이조와 레아킨을 번갈아 보았다. 하지만 곧 결심한 듯 말했다.

"먼저 가. 조금 있다 보랏빛 밤에서 봐."

"뭐? 이봐!"

"역시 못 하겠어! 빌어먹을, 저 사람 지금 우리 때문에 자기 동포까지 죽이고 있어. 어떻게 혼자 두고 가!"

"그래 봐야 그도 똑같은 쿠세인일 뿐이야. 어쩌면 가벼운 기분으로 저러고 있는 건지도 모르지. 그때 우리가 그를 곤경에서 구해 줬으니 보답한다는 식의."

칼라이조의 얼굴은 얼음장 같았고 비오티는 그가 진심으로 하는 말일까 의심했다. 방금 그 표정을 봤으면서도 정말 그렇게 생각한다고?

그때 손이 견디지 못하고 고개를 떨궜다. 칼라이조가 그걸 보고 다급히 말했다.

"어서!"

비오티는 할 수 없이 손의 등을 받친 채 칼라이조의 뒤를 따랐다. 가면서 돌아보니 그 심판관은 대여섯 명 정도 되는 동포를 쓰러뜨린 채 숨을 몰아쉬고 있었다. 피로 엉킨 머리카락을 쓸어 넘긴 그가 이쪽을 잠시 바라보았다. 비오티는 심장이 오그라드는 기분을 느꼈다. 이건 아까보다 더 부끄러운 도주였다. 차라리 비웃어 주기를 바랐지만 그는 담담한 얼굴로 다시 남은 병사들을 향해 칼을 휘두를 뿐이었다.

'젠장.'

그녀는 차마 더 볼 수 없어 고개를 돌렸다.

그들이 보랏빛 밤에 도착했을 때 집회에 참가했던 다른 작가들도 거기 모여 있었다.

"평화 시위라고 해 놓고 갑자기 누가 화염병을 던진 거요? 그 작자들 누군지 본 사람 있소?"

"몰라요. 처음에 그렇게 나대더니 쿠세인들이 달려드니까 다 사라져 버리고 없던데. 일반 시민들만 당한 거지."

아버지가 의사이다 보니 약간의 처치를 할 줄 아는 칼라이조가 톤에게서 약상자를 받아 왔다. 그는 손과 비오티를 치료해 주고 다른 사람들의 상처도 살폈다.

붕대를 감은 채 눈치를 보던 비오티는 칼라이조가 잠시 부엌에 간 틈을 타 밖으로 나왔다. 이따금씩 골목을 황급히 뛰어가는 사람이 한둘 보일 뿐 소동은 좀 잠잠해진 것 같았다.

그녀는 주저주저하면서 아까 그 자리로 걸음을 옮겼다. 역시 그냥 두고 오는 게 아니었다. 적어도 고맙다는 말 정도는 등 뒤에 남겨 주고 왔어야 했는데.

좁은 골목길을 통해 조심스레 가던 그녀는 곧 바닥에 점점이 떨어져 있는 핏자국을 발견했다. 불안한 기분을 느끼면서도 방향이 같아 어쩔 수 없이 핏자국을 따라가다 보니, 저쪽 끝에 그림자처럼 서 있는 사람의 형체가 보였다.

"……."

그녀는 입을 벌렸지만 차마 말이 나오지 않아, 단지 턱을 떨면서 그에게 다가갔다. 피의 비라도 맞은 듯 빨갛게 젖은 몸. 아직도 머리카락 끝에서는 붉은 것이 뚝뚝 떨어지고 있었다. 그 상태로 그는 고개를 들어 비오티를 봤다. 잠시 두 사람은 서로를 그렇게 보고만 있었다.

"다쳤……어?"

마침내 비오티가 먼저 입을 열었다. 그는 조용히 고개를 가로저었다. 비오티는 안도하면서 가까스로 시선을 떼고 그의 발밑을 내려다봤다. 거기에도 피가 잔뜩 고여 있었는데, 그의 상처는 아니라고 하지만 견딜 수 없이 그가 가여워졌다. 그래서 무슨 말이라도 하려는 순간 레아킨이 먼저 입을 열었다.

"미안하다."

그가 꺼낸 말은 그녀가 채 상상하지 못한 것이었다. 비오티는 공황 속에 빠졌다. 하지만 그는 단조로이 말을 이었다.

"사과해야 할 것 같더군. 내 멋대로 상상하고 기대하고, 그걸로 그대에게 상처 준 점에 대해서."

그는, 그때의 이야기를 하고 있었다. 마치 조금 전 그를 피에 젖게 한 일 같은 건 아무 관심거리가 되지 못한다는 듯이.

"너의 글은 내게 특별했다."

비오티는 흠칫 몸을 떨었다. 그는 한 단어, 한 단어가 고르기 힘겨운 듯 끊어 말했다.

"그래서 아마 너도…… 특별하길 바랐던 것 같다."

그는 어렵게 말하고서 뭔가 더 이어 보려는 것 같았지만, 몇 번 실패하고는 아예 입을 다물어 버렸다. 비오티는 그를 가만히 바라보다가 이미 넝마와도 다름없던 자신의 옷을 뜯어냈다. 그러곤 그의 얼굴을 덮어 주고 말했다.

"그 사과 접수됐어."

그는 천천히 얼굴을 닦아 내고 다시 비오티를 바라보았다. 그 시선이 지속되자 참지 못한 비오티는 입을 열었다.

"그리고 나도 미……."

"가끔 만날 수 있나?"

"안…… 어?"

레아킨은 얼굴 다음으로 칼에 묻은 피를 닦아 내며 말했다.

"내 판단은 성급했는지도 모르지. 너와 좀 더 이야기하고 싶고, 좀 더 너를 알고 싶다. 네가 그 글을 썼다는 것만은 분명하니 내가 모르는 어딘가에 틀림없이 그게 있을 테지. 그렇다면 난 그걸 너한테서 찾겠다."

비오티는 더 이상 참지 못하고 고개를 돌려 입을 틀어막았다.

'어떻게 저런 민망한 말을 아무렇지 않게 할 수가.'

간신히 속을 달랜 그녀는 고개를 갸웃거리는 레아킨에게 대답했다.

"거, 크흠. 뭘 찾겠다는 건지는 모르겠지만 가끔 만나는 거야 어려울 거 있겠어. 아무튼 오늘 당신은 우릴 도와줬고 그건, 어…… 우리가 친구가 됐다는 말이려나?"

"친구라, 그렇군."

그는 칼을 집어넣고 손을 닦으면서 이번엔 그녀의 머리카락을 유심히 쳐다봤다. 이유를 모르는 비오티는 고개를 갸웃거리며 말했다.

"저기 난, 알지 모르겠는데 저쪽에 보랏빛 밤이라고 술집 하나 있거든. 거기 자주 가니까 만나고 싶으면 그리로 와. 아무래도 내가 죽은 탑을 드나들기는 좀 그렇잖아. 매일 가는 건 아니지만 저녁에 한잔하러 자주 들르거든. 당신 칼라이조도 알지? 그 친구도 자주 오니까…… 아, 왜 그렇게 빤히 보는데?"

"그 머리카락, 무슨 색이지?"

비오티는 당황하며 아무렇게나 땋아 둔 자기 머리카락을 만지작거렸다.

"이거? 보면 몰라? 그냥 백발이야. 할머니 같다고들 놀리지만 내 자랑거리인걸."

"하얀색…… 그렇군."

그는 뭐가 만족스러운지 옅은 미소를 지으며 중얼거렸다.

"그건 내가 볼 수 있는 색이로군. 나도 마음에 든다."

4. 작가와 창부

"난 머저리야. 구제 불능이라고. 왜 날 말리지 않았어? 그것도 글이라고 써서 사람들에게 내보인 거야? 정말이지 얼굴을 들고 다닐 수가 없어."

끊임없이 자학하는 한 남자를 칼라이조는 정이 다 떨어진다는 표정으로 쳐다보고 있었다. 그놈의 징그러운 친구란 이름이 다 뭔지, 자리를 옮기고 싶어도 그럴 수가 없었다.

"도대체 전생에 무슨 죄를 지었기에 내 주위엔 다 이런 놈들뿐인 거야? 어디 그에 대해서도 한번 통찰해 보라고, 로즈웰."

"이런 친구라서 미안해. 나 같아도 나 같은 놈이 친구라면 참 부끄러울 거야. 절교하겠다고 해도 이해할게. 그동안 고마웠어……."

칼라이조가 그냥 입을 다물기로 결심했을 때, 마침 보랏빛 밤의 문이 열리고 구세주가 나타났다.

"여어, 비오티."

칼라이조를 발견한 비오티가 씩 웃으며 다가오자 자학하고 있던 남자도 고개를 번쩍 들었다.

"비오티?"

"어이구, 우리 로즈. 왜 또 울어?"

비오티는 눈물로 얼룩진 잘생긴 얼굴을 매만지며 마치 엄마 같은 말투로 물었다. 로즈웰은 눈물이 그렁그렁한 채 그녀를 올려다봤다.

"나 글 그만둬 버릴까 봐."

그러더니 그녀의 품에 얼굴을 묻고 엉엉 울기 시작했다. 비오티는 손으로는 그의 등을 토닥이면서도 얼굴을 일그러뜨렸다.

"이 괘씸한 자식 보게나. 요즘 책 제일 잘 나간다면서 왜 또 시작이야?"

"그러니까 말이야. 가끔 이런 울보가 끔찍한 추리 공포 소설을 쓴다는 게 믿기지 않는다니까."

"이 모양이니 미워할 수도 없고."

"뭐, 처음 등단하던 때나 지금이나 한결같다는 건 좋은 거겠지만."

그러자 로즈웰이 벌떡 일어났다.

"사람들은 항상 내 글에 재미는 있지만 깊이가 없다고 말해. 그놈의 깊이란 게 뭔데? 그래, 한번 해 보자고 내 나름대로의 생각을 집어넣고 진지하게 그놈을 담으려고 하면 독자들은 재미없다면서 이내 외면해 버리지. 언제는 그렇게 원한다고 말해 놓고서! 나는 또 흐지부지 반품되는 책들을 보면서 원래의 나로 돌아가야겠다고 다짐해. 하지만 그러고 나면 또 비평가들은 혹평을 하고 독자들은 읽으면서도 비웃지! 도대체 뭐가 옳은 길이야? 나는 알 수가 없어."

칼라이조는 어깨를 으쓱하며 고개를 저었고 대신 비오티가 로즈웰의 등을 쓰다듬으며 말했다.

"다른 건 생각하지 마. 그냥 너 자신의 글을 쓰면 되잖아. 누구나 글을 쓰는 이유가 다르고 누구나 글을 읽는 이유가 달라. 유치하니 뭐니 말들 해도 난 많이 팔리는 작품은 그만한 이유가 있다고 생각해. 그런 의미에서 네가 자랑스럽고 말이야. 한데 그걸로 충분하지 않다면 언젠가 너 스스로도 재미와 깊이 모두 있다고 말할 수 있는 그런 작품을 쓰도록 해. 쓰면 되잖아? 노력이나 시도조차 해 보지 않고 그렇게 되길 바라는 거야말로 욕심이야. 그러니까 잘 들어, 이 징글맞게 귀여운 녀석아. 나는 너를 좋아하고 네 글도 좋아해. 능력도 충분하다고 봐. 그러니까 앞으로 증명해 보여. 울지 말고 네가 되고 싶은 것이 돼. 이 누님이 믿어 줄 테니까."

로즈웰은 눈물을 떨어뜨리며 그녀를 바라보다가 그 품속으로 파고들었다.

"사랑해."

"컥, 심장 떨어질 뻔했네. 너 그거 죄다. 그 잘생긴 얼굴로 아무한테나 사랑해를 남발하지 말란 말이야."

"확실히 죄야. 나한테도 그랬다고."

칼라이조는 입가에 경련을 일으키며 로즈웰을 죽일 듯이 쏘아보았다.

잠시 후 그녀의 품에서 울다 그대로 잠들어 버린 로즈웰을 토닥이며 비오티는 담뱃대를 꺼냈다. 그녀가 파이프를 채우는 모습을 보며 칼라이조가 물었다.

"그나저나 너 요새 여기 자주 온다?"

"톤이 보고 싶어서 말이지. 언제쯤 저 털북숭이가 내 사랑을 받아 줄지 모르겠어."

바를 정리하던 톤이 요란한 소리를 내며 쟁반을 떨어뜨리자 그녀는 유쾌하게 웃어 젖혔다. 칼라이조도 쓰게 웃고는 입을 열었다.

"그냥 솔직히 말하지 그래. 죽은 탑의 주인 보러 오는 거지?"

"내가 왜? 그 반대야. 그 쿠세인이 날 보러 오는 거라고."

"누가 누굴 보러 오는 것이든 조심하는 게 좋을 거야."

"뭘 조심하란 거야?"

칼라이조는 조심스럽게 주변을 살피고는 목소리를 낮춰 말했다.

"너 말이야, 뒤에서 다른 작가들이 별로 곱게 보고 있지 않아. 다들 독립을 위한 저항 소설이나 시를 쓰고 있는데 너는 그렇지 않다는 거지."

"후우. 짜증 나게 하지 마. 내가 무슨 글을 쓰든 그건 내 마음이야."

"알아. 하지만 그런 처지에 쿠세인, 그것도 죽은 탑의 주인과 가깝게 지낸다는 소문이라도 나 봐. 금방 배신자니 매국노니 하면서 손가락질당할 거야."

비오티는 어이없는 웃음을 터뜨렸다.

"비약이 좀 심한 거 아니야? 그렇게 따지면 쿠세인과 관계를 맺고 있는 라노프인은 죄다 배신자게?"

"너는 좀 특별한 상황이잖아. 주목받는 작가이기도 하고, 라흐와의 관계도 있고……."

칼라이조는 그녀의 얼굴을 살피며 말끝을 흐렸다. 비오티는 한동안 파이프만 피워 댈 뿐 말이 없었다. 정적이 길어지자 칼라이조는 그 이름을 거론한 걸 사과할까 생각했다. 하지만 이 문제를 진지하게 받아들이길 바랐으므로 끝내 침묵했다.

잠시 후 그녀가 고개를 들었다. 무슨 말이든 꺼내는 건가 싶었지만 그녀는 칼라이조를 보는 게 아니었다. 보랏빛 밤의 문이 열리면서 문제의 그 쿠세인이 들어서고 있었다.

"여어, 심판관 양반. 좋은 저녁이야."

비오티는 씩 웃었고 레아킨도 미소 비슷한 것을 짓기 위해 애쓰며 걸어왔다. 하지만 자리에 앉으려던 그는 비오티의 품 안에 잠들어 있는 로즈웰을 보고는 눈살을 찌푸렸다.

"아, 이 녀석은……."

그녀가 소개하려 했으나 레아킨은 로즈웰의 목덜미를 덥석 붙잡더니 한 손만으로 그를 들어 옆자리로 옮겨 놨다. 얼마간 웅얼거리던 로즈웰은 병 하나를 껴안고 곧 잠잠해졌다.

"어, 그냥 둬도 되는데. 아무튼 힘 한번 좋네."

"필요한 만큼은."

칼라이조와도 인사를 나눈 레아킨이 톤을 향해 손짓을 했다. 그는 벌써 브랜디와 잔을 준비하고 있었다.

"요새 좀 한가한 모양이네? 자주 오는 걸 보니."

"그렇진 않아. 앞으로 바빠질 거다."

"적당히 하지 그래. 나 당신을 싫어하진 않지만 당신이 하는 일은 싫어하거든."

레아킨은 톤이 가져온 브랜디를 따라 목을 축인 후 말했다.

"나도 딱히 좋아서 하는 일은 아니다."

"그럼 안 하면 되잖아?"

"또 그런 의미 없는 소릴. 이 세상에 하고 싶은 일만 하고 하기 싫은 일은 안 하는 사람이 몇이나 될 것 같나. 나는 내가 하는 일을 좋아하지도 싫어하지도 않지만 의무이기에 하고 있다. 삶이 행복하게 살 권리를 부여함과 동시에 열심히 살아야 할 의무 또한 지우듯이."

"허, 제법 그럴듯한 말을 하잖아?"

비오티가 감탄하고 있을 때 칼라이조는 굳은 표정으로 자리에서 일어났다.

"먼저 들어가 보겠습니다. 마감이 머지않아서요. 심판관님 말씀대로 의무에 충실하려면 글을 쓰러 가야겠습니다."

"벌써 간다고? 로즈는 어쩌고?"

"알아서 일어나든지 여기 바닥에서 자든지 하겠지. 아무튼 난 간다. 아까 내가 말한 거 잊지 말고."

칼라이조가 술집 안의 다른 사람들을 보며 슬쩍 눈짓했다. 비오티는 표정을 구겼지만 잠자코 고개를 끄덕였다. 레아킨과 악수를 나눈 그는 코트를 걸치고 바깥으로 나갔다.

"갑자기 왜 나가는 거지? 기분이 좋지 않은 건가?"

"칼이 좀 예민한 성격이라서 그래. 우리도 나갈까? 어째 오늘은 여기가 좀 답답하네."

주변의 시선을 의식해 한 말이었는데 레아킨은 순순히 자리에서 일어섰다. 비오티는 톤에게 인사하고 나가기 전 로즈웰의 머리를 몇 번 사랑스럽다는 듯이 쓰다듬었는데, 그 모습을 보던 레아킨은 그녀가 자신에게도 그렇게 해 주면 어떤 느낌일지 궁금하다고 생각했다.

벌써 겨울이 가까워졌기에 바깥은 꽤 추웠다. 추위를 잘 타지 않는 비오티는 시원하다고 느꼈지만 사막에서 자라 온 레아킨은 어쩔 수 없이 부르르 떨었다.

"안 어울리게 추위를 타고 그러네?"

"내가 자란 곳엔 겨울이란 게 없었으니까. 밤이 되면 춥지만 사막에서 밤을 보낼 일은 많지 않지. 사실상 태어나 첫 겨울을 여기서 맞게 되는 거다."

"거 낭만적인걸. 나는 첫 겨울이 기억나지 않는데 말이야. 그럼 눈도 본 적 없겠네?"

"느리게 내리는 얼어붙은 비라고 하더군. 어떤 느낌일지 잘 모르겠지만."

"설명해 줘도 직접 보기 전엔 결코 모를 거야. 곧 첫눈이 내릴 시기니까 기대하라고. 특히 이네리아 언덕에서 보는 눈은 죽여줘. 눈이 올 때 꼭 가 보도록 해."

말하면서 비오티는 자신의 겉옷을 벗어 레아킨에게 줬다. 하지만 레아킨은 불쾌한 기색을 보였다.

"나더러 네 옷을 들고 있으라는 건가?"

"……이 바보 같은 작자야, 입으라고 준 거다! 책도 많이 본다는 사람이 이런 건 왜 몰라? 내 하해와 같은 은혜를 베풀어 벗어 줬더니만 뭐가 어째?"

"아, 그런가."

레아킨은 고맙다는 말도 없이 그녀의 옷을 걸쳤다. 비오티는 괘씸하게 생각하며 도로 뺏을까 했지만 떨면서 옷을 여미는 그의 모습을 보고는 관뒀다.

"어디로 갈까? 말 나온 김에 이네리아 언덕에 갈까? 거기까지 이어지는 길이 참 조용하고 좋거든. 가로등이 성치 않아서 어둡기는 하지만 말이야."

"어둠은 내겐 상관없어. 밤눈이 밝아."

"힘도 세고 밤눈도 좋고, 거의 동물 수준이로구만."

골목길은 좁았기에 두 사람은 거의 어깨를 붙인 채 걸어갔다. 비오티는 약간 어색한 듯 코를 긁적이다 물었다.

"그런데 오늘도 뭔가 낯간지러운 걸 물어볼 거야?"

"그대는 사랑을 해 본 적이 있나?"

바로 이어진 말에 비오티는 빠뜨린 턱을 찾으려고 한동안 허우적거렸다.

"사, 사랑! 커흠, 어어. 그거 좋지. 사랑이라고…… 응, 해 봤을 거야. 아마도."

"그럼 그대가 만약 얼굴 없는 남자라면, 정말로 그와 같은 선택을 할 수 있겠나?"

이 말에는 비오티도 진지해지지 않을 수 없었다.

"내가 쓴 글인데 당연하지. 내가 믿지도, 인정하지도 않는 사실을 거기에 그럴듯하게 써 놓으면 독자가 읽고 공감할 수 있을까? 물론 탁월한 거짓말쟁이들도 있겠지만 난 아니야. 모두 내가 진실로 생각하고 느끼니까 쓴 것들이지."

그렇다면 거기 그가 있는 것도 진실이겠군. 레아킨은 알 수 없는 안도감을 느끼며 입을 열었다.

"그게 어떤 기분인지 알고 싶군. 사랑이란 걸 하면 세상이 아름다워 보인다고 하던데, 나도 그럴 수 있을까. 그걸 하게 되면 나도 색을 볼 수 있게 될까."

"응? 색을 보다니 무슨 소리야?"

하지만 레아킨은 홀로 생각에 잠긴 듯 대답하지 않았다. 비오티도 두 번 묻지는 않았다.

소리 없이 밤이 두 사람 주위를 감돌고 이따금 켜져 있는 가로등 아래를 지날 때면 얼굴이 따스하게 떠올랐다 사라졌다. 침묵은 아련했고 가끔 어깨가 닿을 때면 어색한 미소가 뒤이었다. 신비롭고 고즈넉한 밤. 비오티는 쿠세인과 단둘이 이런 분위기 속에 걸을 수 있다는 사실이 놀랍기만 했다. 하기야 그에게도 심장이 있고 사람의 피가 흐른다. 잔혹한 민족이라고 해서 이런 밤을 즐기지 못할 이유는 없다.

"사랑…… 해 본 적 없는 거야?"

분위기에 취한 그녀는 자신도 모르게 내뱉었다. 말하고 나서야 깨닫고 스스로도 뜨악했지만 레아킨은 담담히 고백했다.

"분노와 절망도 제대로 느끼지 못하는데 사랑은 더 힘들겠지."

"그건 쿠세인들이 원래 다 그런 거야, 아니면 당신만 그런 거야?"

"몇 번을 말하는지 모르겠지만 나의 특징을 모두 쿠세인과 관련지어 생각하지 마라. 라노프인들이 다 그대 같은 성격이 아닌 것처럼."

"하지만 저번에도 분명히 비슷한 사람이 있다는 얘기를 한 거 같은데."

얼굴을 찌푸린 채 골똘히 생각하던 그녀는 곧 아, 하고 탄성을 질렀다.

"그런 병이 하나 있댔지? 무언가를 제대로 느끼지 못하는 병. 아버지가 죽었을 때도 '그렇군.' 하고 넘어갔다고. 그게 당신 이야기였어?"

레아킨은 침묵으로 긍정했다.

"뭐라고 말해야 할지 모르겠네. 내 주체 못 하는 감정의 기복을 좀 나눠 줄 수 있으면 좋을 텐데."

"하등……."

"가치 없는 소리지. 그래, 알아. 그래도 전이라는 게 있잖아. 내가 쓰는 글이란 것도 결국 내 의지와 감정을 남들에게로 전이시키는 게 아닐까? 내가 느끼는 이것을 당신도 느껴라, 하고 말하는 거지. 나 작가잖아. 아기모스처럼 위대하지는 않지만 당신이 제일 좋아하는 작가. 그러니까 나라면 가능하지 않으려나?"

레아킨은 아무 말도 하지 않았지만 속으로는 커다란 충격을 느끼고 있었다. 그래, 그랬다. 그녀는 그를 울게 했다. 그렇다면 다른 것도 가능하게 할지 모른다. 비오티를 만나려던 이유도 그런 것이 아니었던가.

그는 깨달음에 놀라워하며 충동적으로 입을 열었다.

"한 번도 느껴 본 적 없고 무엇인지도 잘 모르는 것을, 그리워하고 원한다는 게 가능하다고 생각하나?"

무슨 말이냐고 되물을 줄 알았던 비오티는 쉽다는 듯 씩 웃었다.

"당신은 이미 그러고 있는걸."

그녀의 그 말은 마치, 구원처럼 들렸다…….

레아킨은 입을 다물고 가슴속에서 진동하는 무언가에 좀 더 집중했다. 이름은 잘 알 수 없지만 충만한 이 느낌은 결코 나쁘지 않았다.

'당신은 비오티가 맞는군.'

레아킨은 그녀의 입으로 자신의 이름을 말하던 때가 아닌 지금에서야 진실로 그녀가 비오티임을 받아들였다. 옆에서 휘적휘적 걸어가는 그녀는 그녀의 차분한 글과는 너무도 달랐지만, 더 이상 거부감은 들지 않았다.

"다 왔네. 이쪽으로 와. 저기 내가 좋아하는 자리가 있어."

언덕에 도착하자 비오티는 어쩐지 들뜬 모습으로 레아킨을 이끌었다. 확실히 탁 트인 시내가 내려다보여서 전망이 좋았다. 별생각 없이 그녀의 뒤를 따라가는데 발랄하게 걸어가던 비오티가 문득 멈춰 섰다. 그러곤 레아킨의 소매를 잡은 채 제자리에서 떨었다.

"왜 그러나?"

대답이 없었다. 레아킨은 그녀의 어깨 너머로 앞쪽을 바라보았다. 거기엔 가지가 늘어진 아름드리나무가 있었고 그 아래 앉을 만한 평평한 바위도 포개져 있었다. 그리고 누군가 그곳에 앉아 있었다.

"좋아하는 자리를 뺏긴 모양이군. 그래서 그러는 건가?"

비오티는 대답 대신 다른 말을 했다.

"당신 아까 사랑에 대해 물었지?"

"그랬지. 그런데?"

"내가 그 빌어먹을 사랑이라는 것에 대해 일장 연설을 해 주지."

그녀는 레아킨의 팔을 덥석 잡고는 끌고 가다시피 하며 바위까지 걸어갔다. 바위에 먼저 앉아 있던 사람은 레아킨이 판단할 수 없는 표정을 한 채 이쪽을 보고 있었다. 어두운 와중에도 그의 눈이 까맣게 타올랐다. 기이한 느낌의 사내라고 생각하던 그때 비오티가 예고한 일장 연설이 시작되었다.

"난 말이야, 순진하고 철없던 시절 한 남자를 사랑하면서 이런 생각을 했더랬어. 그 미치도록 사랑스러운 눈동자를 들여다보면서, 당신은 행복해라. 이 세상 그 모든 불행이 당신만은 비껴가라. 난 지옥의 구렁텅이에 빠져 영원히 행복할 수 없어도 좋으니까, 내 행복까지 다 가져가 버려라!"

그녀는 숨을 몰아쉬고는 말을 이었다.

"그런데 그 남자는 내 몫의 행복을 빼앗아서는, 자신의 행복까지 보태어 다른 것에게 줘 버렸어."

비오티가 킬킬거리고 웃었다.

"사랑! 빌어먹을 사랑. 사랑하다 죽을 것 같은 기분을 느껴보지 않고서는 젊음이란 죄 헛된 것이리라! 사랑은 그런 거야, 알겠어? 이 느껴 보고 싶어 안달하는 작자야, 그게 그렇게 알고 싶어? 그런 걸 그렇게 해 보고 싶어? 심장이 찢겨도 좋아? 온몸이 타 버려도 견딜 수 있겠느냔 말이야. 나는, 나는…… 아, 숨 막혀."

레아킨은 뭐라고 말해야 할지 알 수 없었다. 그녀가 자신의 팔을 붙잡고 있는 게 아니라 매달리고 있는 거라는 생각이 들었다.

그때 앞쪽에 앉아 있던 남자가 천천히 일어났다.

"그건 너도 마찬가지야, 비오티. 나를 위해 네 사랑과 행복은 모두 줘 버렸는지 모르겠지만 단 한 가지만은 주지 않았어."

움찔한 비오티가 천천히 고개를 돌렸다. 그리고 그 남자와 마주 봤다. 레아킨은 그제야 무슨 상황인지 깨달았다. 남자의 입에서 다음으로 어떤 말이 나올지도.

"네 글 말이야."

숨을 몰아쉴 뿐 대답하지 못하는 비오티와 남자를 번갈아 보고, 레아킨은 탄식하듯 그 남자의 이름을 읊조렸다.

"라흐."

비오티가 레아킨의 앞을 가로막았다.

"안 돼."

"안 되다니?"

"체포하려는 거 아니야?"

레아킨은 고개를 저었다.

"그럴 수 없게 해 놓았군."

비오티가 영문을 모르겠다는 듯 라흐를 돌아보자 그는 웃으며 말했다.

"그래. 잘못 막았어, 비오티. 네가 보호해야 할 것은 내가 아니라 저 심판관이지."

그 말이 신호라도 되는 것처럼 언덕 여기저기서 사람들이 나타났다. 멀리 떨어져서 활을 겨누는 자들과 칼을 든 채 서서히 다가오는 자들까지.

"이게 대체……."

"죽은 탑의 심판관께서 요즘 보랏빛 밤에 자주 출몰하신다더군. 그래서 사람을 심어 놨지. 너와 함께 이쪽으로 향한다는 얘길 듣고 먼저 와 기다리고 있었어. 네가 올 곳은 여기밖에 없잖아."

라흐의 말투는 아직도 비오티를 연인 대하듯 다정했다. 선뜻 말하지 못하는 비오티를 향해 그가 속삭이듯 덧붙였다.

"보고 싶었어."

"입 다물어, 망할 자식."

"말투는 여전하군. 어쨌든 다치기 전에 이쪽으로 와."

그러나 비오티는 걸음을 떼지 못했다. 차마 레아킨을 돌아보지도 못했다.

"그의 말대로다. 떨어져라."

레아킨이 나직이 말하고 칼을 뽑았다. 그를 주시하던 남자들은 긴장하며 자세를 낮췄고 궁수들도 활시위를 팽팽히 당겼다. 금방이라도 피바람이 불 듯했다.

"당신, 진짜 웃기는 인간이네?"

긴장된 적막 속에 그녀의 목소리가 밤공기를 타고 울렸다. 비오티는 뒤로 돌아서서 레아킨을 똑바로 마주 봤다.

"그때도 그랬지. 기껏 도와주려고 나서는 당신을 우리들이 버리고 갔을 때, 당신은 전혀 책망하지 않았어. 그럴 생각조차 못하는 것 같더라. 정말 그것조차 느끼지 못하는 거야?"

화살이 언제 날아올지 모르는 상태에서 레아킨은 그녀의 말에 똑바로 집중하기 어려웠다. 거리를 좁혀 온 남자들의 움직임도 신경 쓰였다.

"그 얘긴 나중에 하지. 일단 넌……"

그러나 다음 순간 그의 머릿속에서 화살이나 숫자, 거리 계산 같은 생각이 모조리 날아가 버렸다.

비오티는 자신보다 큰 레아킨을 안은 채, 아이에게 해 주듯이 그를 보듬었다.

"불쌍한 사람 같으니."

레아킨은 아무 생각도 할 수 없었다. 자신이 어느 손에 칼을 들고 있었는지도 잊어버렸다.

"또 놔두고 가지 않겠어."

그렇게 속삭인 그녀는 뒤를 향해 외쳤다.

"어디 마음대로 쏴 보라고, 라흐! 당신만의 세상을 위해 한번 버린 여자, 두 번도 버릴 수 있잖아?"

라흐는 뭐라 형용할 수 없는 얼굴로 비오티를 바라보고 있었다.

"지도자님?"

곁에서 누군가 불렀으나 그는 선뜻 명령을 내리지 못했다. 접근해서 두 사람을 떼어 놓는 방법밖에 없었지만 앞에 있는 쿠세인의 실력은 익히 들어 알고 있었기에 이쪽의 희생도 커질 게 분명했다.

결국 그는 비오티를 버리던 3년 전과 마찬가지로 결단을 내렸다.

"쏴."

"예? 하지만……."

"생포해야 하니까 팔이나 다리를 맞히도록 해."

그의 침착한 목소리를 들으며 비오티는 웃음을 흘렸다. 결코 즐겁게 들리지는 않는 웃음이었다.

"개자식들아, 글은 써야 하니까 팔은 맞히지 마라."

"그만둬!"

결국 레아킨이 칼을 떨어뜨렸다.

"조용히 따라가겠다."

"이봐!"

그는 단호하게 비오티를 밀어냈다.

"방해돼."

속삭임을 듣고 비오티는 의혹 가득한 눈으로 그를 바라보다가 결국 도리 없이 물러났다. 라흐가 그녀를 뒤로 잡아당기며 다른 사람들에게 눈짓을 했다. 활을 겨눈 자들은 자세를 유지했고 칼을 든 자들이 천천히 레아킨에게 다가갔다. 그리고 그중 하나가 떨어뜨린 칼을 조심스럽게 집어 드는 순간, 번개처럼 레아킨이 움직였다.

"억!"

상대의 목덜미를 잡아 방패처럼 몸을 가린 레아킨은 자신의 칼을 도로 빼앗았다. 바로 다른 자들이 달려들어 빈틈이 생긴 그의 등과 팔에 자잘한 검상을 남겼다. 레아킨은 신경 쓰지 않고 곧장 검을 휘둘렀고 금세 두어 명에게 상처를 입혔다.

그러자 칼을 든 자들이 일단 뒤로 물러나면서 곧바로 화살이 날아왔다. 레아킨은 손에 든 남자로 등 뒤를 가리면서 가장 가까이에 있는 궁수에게로 뛰었다. 상대는 이미 첫 번째 화살을 날리고 두 번째를 장전하는 중이었다. 다가갈수록 궁수의 얼굴에 놀람, 초조, 긴장, 공포 등의 표정이 차례로 스쳐 지나갔다. 하지만 레아킨이 보기에는 다 한결같은 얼굴이었다. 그래서 주저 없이 베었다.

다시 검을 회수하는 순간 들고 있던 남자의 무게 때문에 잠시 휘청거렸다. 쇄액 하고 화살 하나가 손끝을 부러뜨리며 지나갔다. 레아킨은 남자를 놓쳤다. 그러자마자 연달아 날아드는 화살 때문에 급히 땅을 굴러야 했다.

그는 일어서면서 냉정하게 상황을 판단, 정리했고 그다음의 행동을 결정하는 것까지도 끝냈다.

"도망간다! 붙잡아!"

달려가면서 레아킨은 재미있다고 생각했다. 거대 쿠세 제국의 태제인 자신이 이런 소국에서 버러지 같은 것들을 피해 도망을 가다니. 하기야 신분이 목숨을 보장해 주지는 않는다. 목숨은 모두에게 평등하고 또 허무한 것이었다. 그래서 그 연기를 보는 게 그토록 좋았나 보다.

'선전 포고는 잘 받았다, 라흐. 내 답례를 기대해도 좋을 것이다.'

비오티는 어두운 골목길을 따라 걷고 있었다. 앞장서서 가는 라흐의 뒷모습을 이따금씩 힐끔거리면서. 자신에게 서슴없이 화살을 쏘려고 했던 옛 연인을 이토록 순순히 따라가는 이유를 그녀 자신도 알 수 없었다. 아직 퍼부어 줄 욕이 많이 남았기 때문이라고 변명해 보았지만 그의 뒷모습에서 시선을 못 떼는 자신에게 쓰디쓴 패배감만 느낄 뿐이었다.

라흐가 그녀를 데리고 간 곳은 놀랍게도 로우젤 지역의 청사 건물이었다. 문지기도 라흐를 잘 아는 듯 주위를 살피곤 어서 들어가라고 손짓했다. 건물 뒤편으로 간 그들은 아무도 신경 쓰지 않을 법한 낡고 작은 문으로 들어갔다. 거기엔 지하로 내려가는 계단이 있었다.

"가파르니까 조심해."

비오티는 그가 내민 손을 코웃음 치며 거절하고 혼자 계단을 내려갔다. 어둡고 습한 길을 지나는 동안 몇 번이나 혁명단으로 보이는 남자들을 지나쳤다.

마침내 계단이 끝나자 회의실 같은 넓은 공간이 나왔다. 자기들끼리 뭔가 의논 중이던 남자들이 라흐를 보곤 재빨리 차렷 자세를 취했다. 라흐는 웃으며 그들에게 쉬라는 손짓을 하곤 한쪽 구석으로 비오티를 데려갔다. 거기에 또 다른 방이 있었다.

"라흐."

방문을 열자 누군가 다정한 목소리로 라흐를 부르며 우아하게 일어났다. 비오티는 그 사람의 얼굴을 보곤 입을 벌린 채 두 눈만 끔벅였다. 도저히 이 담배 냄새와 곰팡내로 찌든 공간에 어울리는 사람처럼 보이지 않았기 때문이다.

"인사해. 이쪽은 카이라, 우리 혁명단 동지야."

제대로 마주 보기도 힘든 미인이 비오티를 향해 살짝 고개를 숙였다. 혁명단 동지라고 했지만 차림새로 봐서는 틀림없이 코케트였다. 주로 귀족이나 부자들만 상대하는 고급 정부 말이다.

"이쪽은 비오티야. 알지?"

"알다마다. 독립을 위한 글 대신 자신만의 글을 쓰는 걸로 유명한 작가분 아닌가?"

그녀의 말에 조소가 섞여 있다는 걸 알아차린 비오티도 물론 가만히 있지 않았다.

"그새 라흐가 이렇게 거물이 됐나? 여기가 귀족 살롱도 아닌데 코케트 같은 게 꼬일 정도면."

두 사람의 분위기가 냉랭하자 라흐가 그들 사이를 가로막았다.

"그만해. 비오티도 손님답게 행동하고."

비오티는 코웃음을 치고 근처에 있던 의자에 털썩 앉았다. 라흐가 맞은편에 앉자 카이라가 그 곁에 바싹 붙어서 떨어지지 않았다. 비오티는 고개를 돌리면서 쓰게 파이프를 물었다.

"여기까지 널 데리고 온 건 널 믿기 때문이야. 어디 가서 이곳에 대해 발설해선 안 돼."

"그거야 당연하지. 저항 소설을 쓰지 않는다고 내가 매국노로 보여?"

"물론 아니지. 그냥 당부해 두는 거야. 주위에 칼라이조나 다른 친구들에게도 안 돼."

"나 바보 아냐."

퉁명스레 말하고 품을 뒤지자 라흐가 먼저 성냥을 꺼내 던졌다.

"물어볼 게 있어서 데려왔어. 보아하니 죽은 탑의 주인과 꽤 친분이 있는 것 같더군."

"그런 거 없어. 몇 번 만났을 뿐이야."

"어떻게 만나게 된 거지? 그때 그가 열었던 문화적 친목 모임인지 뭔지 하는 웃기는 자리에서 만났나?"

비오티는 픽 웃고는 불량하게 연기를 뿜어냈다.

"지금 나 신문하는 거야?"

"말투가 그랬다면 용서해. 하지만 이야기해 줬으면 좋겠어."

"그래, 거기서 만났어."

카이라는 두 사람이 나누는 대화에는 관심 없는 듯 라흐의 머리카락을 만지작거렸다. 신경 쓰지 않으려고 했지만 비오티는 자꾸만 그리로 눈길이 가는 걸 느꼈다.

"그는 사람들하고 잘 관계를 맺지 않는다던데, 왜 너하고는 자주 보는 거지?"

"알 게 뭐야. 그리고 자주랄 것도 없어. 이래저래 부딪힐 일이 있어서 몇 번 본 게 다야."

"내가 듣기론 아니던데."

라흐는 뭔가 알고 있는 것처럼 의미심장하게 웃었다. 비오티는 긴장하는 기색을 드러내지 않기 위해 파이프만 피워 댔다.

"너한테 특별한 관심을 가지고 있는 거지?"

"죽은 탑의 심판관이? 내가 뭔데 나한테 왜."

"그건 모르지. 이성으로서 반했다든가."

"어이쿠, 황송하기도 해라. 내가 그렇게 미인이었나?"

"뭔가 이유가 있겠지. 사실 그건 중요하지 않아. 네가 부르면 그가 어디로든 나오느냐가 중요하지."

비오티는 홱 고개를 돌려 그를 노려봤다.

"날 이용해서 그 사람한테 무슨 짓을 하려는 거면 그만둬. 별로 효과도 없을 거고 나도 협조할 생각 없어."

"왜 이래, 비오티. 정말 뒤에서 들리는 말대로 친(親)쿠세파가 된 건 아니겠지?"

차분하게 자신을 쏘아보는 그에게 결국 비오티는 참지 못하고 담뱃대를 던졌다. 재가 튀자 카이라는 작게 비명을 질렀고 라흐는 허벅지에 떨어진 파이프를 얼른 치웠다.

"무슨 짓이야?"

"아, 내가 사랑했던 남자가 이 모양 이 꼴이 되었다니. 어쩌 맥 빠지네. 그건 네 거니까 도로 가져가라. 나는 널 이미 죽은 사람이라고 생각하고 유품인 양 가지고 있었어. 하지만 이제 필요 없을 것 같아."

라흐는 입을 다문 채 그녀를 노려볼 뿐 떨어진 파이프를 주울 생각이 없어 보였다.

"친쿠세파라, 그렇게들 떠들든 말든 난 상관 안 해. 지금까지 해 온 것처럼 내가 쓰고 싶은 글을 쓰고 만나고 싶은 사람을 만날 거야. 그리고 나를 향해 서슴없이 화살을 쏘려던 옛 연인과 나를 위해 서슴없이 동포들을 죽인 그 쿠세인 중에 택하라면, 후자로 하겠어. 그러니까 나를 이용해 볼 생각은 하지 마."

비오티는 못을 박을 생각으로 한 말이었지만 다 듣고 난 라흐의 눈이 번뜩였다.

"너를 위해 자기 동포를 서슴없이 죽였다고? 그랬단 말이지?"

그녀는 아차 싶었다.

"아니 그건, 굳이 나를 위해서였다기보다는……."

"그는 너를 정말 특별하게 생각하고 있는 거로군."

확신하는 라흐의 태도로 보아 이미 늦은 것 같았다.

"빌어먹을, 그렇다면 뭐 어쩔 건데? 날 이용해서 그 사람을 잡다가 죽이기라도 할 거야? 왜 그런 극단적인 바보짓을 해? 죽은 탑은 물론이고 쿠세 군부에서 가만히 있을 것 같아? 우리 민족을 학살할 명분이라도 주고 싶은 거냐고!"

"물론 아니지, 비오티. 너는 그가 누군지 알아?"

"누구긴, 죽은 탑의 심판관이잖아."

"그뿐이 아니야."

라흐가 말하려는 찰나 카이라가 그의 팔을 잡았다. 라흐는 그녀를 돌아보고 고개를 끄덕였다.

"이건 우리들 사이에도 기밀이니 자세히 말해 줄 순 없지만, 이거 하나만 얘기할게. 그는 우리 라노프 전체를 살릴 수도, 죽일 수도 있는 인물이야."

비오티는 입을 벌렸다가 바람 빠지는 웃음소리를 냈다.

"무슨 헛소리야? 그 사람이 힘이 좀 세긴 해도 마법을 부리진 않거든?"

"그렇게만 알고 있어. 네가 우리에게 협조해 준다면 더할 나위 없겠지만 그냥 지금처럼 가깝게 지내 주는 것으로도 도움이 될 거야."

"이유가 뭔데? 그렇게 얼버무리지 말고 똑바로 다 말해!"

"우리의 동지가 아닌 이상 더는 들을 수 없어. 이제 돌아가."

비오티는 그의 멱살을 잡을 듯 울컥하며 자리에서 일어났다.

"동지는 아닐지 몰라도 나도 라노프의 독립을 바라고 있다고!"

라흐는 매서운 얼굴을 할 뿐 더 말하지 않았고 대신 곁에 있던 카이라가 그녀를 향해 말했다.

"그래서 당신이 하는 일이 뭐가 있는데?"

"넌 좀 빠져."

"독립을 바라는 것, 그 외에 당신이 무얼 하지? 신문에 한 페이지 글조차 기고하지 않으면서 말이야. 나는 몸을 바치고 있어. 말 그대로 내 몸을. 당신은 그 이상의 것을 바칠 수 있나?"

카이라는 웃고 있었으나 더없이 싸늘한 얼굴이었다. 라흐는 그녀의 손을 붙잡고 미안하다는 듯이 쓰다듬었다. 비오티는 그 모습을 보면서 아무 말도 할 수 없었다.

'그래서 그녀를 택한 건가.'

한참이 지나서야 입을 열 수 있었다.

"아니."

"그렇다면 가증스럽게 독립을 바란다는 등의 말은 하지 말아줘. 적어도 당신의 손으로 보탬이 되기 전에는."

"난, 그래도 쓰지 않을 거야. 글은 내게……."

"당신이 그 심판관을 끌어내지 못하면 결국엔 내가 해야 돼. 다음에도 당신이 내 얼굴을 똑바로 쳐다볼 수 있을지 궁금하군."

비오티도 궁금했다. 이미 시선은 빛이 닿지 않는 구석으로 향하고 있었다.

"이제 됐어. 돌아가, 비오티. 배웅은 못 해."

라흐가 상황을 정리했다. 비오티는 자리에서 일어나 나갈 때까지 등이 따끔거리는 것을 느꼈다. 결국 문손잡이를 잡은 채로 멈췄다.

"아까 말이야."

말하면서 차마 일말의 변화도 없을 그 얼굴을 보지는 못한다.

"진짜로 쏠 거였어? 그 사람이 만약 칼을 놓지 않았다면."

대답은 바로 이어졌다.

"나를 알잖아."

비오티는 입을 꾹 다물고 밖으로 나갔다. 비틀거리지 않고 곧게 걸어가는 게 얼마나 힘든 일인지를 깨달으면서.

'그 녀석은 죽었어.'

자신이 또다시 일말의 기대를 가졌다는 것을 믿을 수가 없었다. 누구보다 총명하고 사람들을 아끼고, 젊은이다운 희망에 가득 차 순수하게 독립을 바라던 남자. 그게 그녀가 사랑한 라흐였다.

'절대 되돌아올 수 없어. 그 녀석은 죽었어.'

그녀는 청사를 빠져나오자마자 보랏빛 밤으로 달리기 시작했다. 칼라이조, 로즈웰, 톤, 손. 누구라도 좋으니 붙잡고서 눈물대신 실컷 욕설을 토해 내고 싶었다.

마침내 저 멀리 불빛이 보였다. 그녀는 폭발할 듯한 기분을 느끼며 다리에 힘을 주었다. 하지만 그 안으로 뛰어들기 직전 누군가 그녀를 가로막았다.

"비오티 필라프, 맞지?"

"뭐야? 누군데 남의 이름을 함부로……."

따지려던 그녀는 상대의 모습을 자세히 보고는 말끝을 흐렸다. 휘어진 곡도를 차고 군복을 입고 있는 쿠세인들이었다.

"그대를 불법 시위를 이끈 주범으로 체포하겠다."

"뭐, 뭐라고?"

그들은 항변할 기회도 주지 않고 입부터 틀어막았다.

"안 돼…… 칼!"

그녀의 마지막 외침은 재갈 속에 묻혀 버렸다. 두 손마저 뒤로 결박당한 채 그녀는 어둠 속으로 속절없이 끌려갔다.

레아킨은 다음 날 도시 외곽에 있는 군부에 방문했다. 장식 하나 없이 간단한 석조 건물과 익숙한 쿠세의 물건들이 어쩐지 조국에 돌아온 듯한 기분을 느끼게 했다. 입구에서 간단한 신분 확인을 마치고 안으로 들어가면서 어젯밤 다친 상처가 불같이 타는 걸 느끼고 눈살을 찌푸렸다.

'비오티는 괜찮을까.'

전날 그녀를 혼자 두고 온 게 염려스러웠지만 어쨌든 옛 관계도 있고 하니 라흐가 해치지 않았을 거라 믿는 수밖에 없었다.

사령관의 방으로 들어가자 나힘이 그를 보고 자리에서 벌떡 일어났다.

"오셨군요. 그렇지 않아도 찾아뵈려고 했습니다만."

"나를? 별다른 일이 없으면 찾지 말라고 했을 텐데."

"그 별다른 일이 생겨서 말입니다."

고개를 갸웃거리는 레아킨에게 그가 덧붙였다.

"깔끔한 솜씨시더군요."

"무슨 말이지?"

"시위가 있던 날 로우젤 지역에서 열댓 명 정도 되는 제 부하들이 몰살당했습니다."

레아킨은 입을 다물었다. 쿠세 병사들을 그렇게 만든 게 같은 쿠세인의 검술임을 나힘 정도 되는 전사라면 알아보는 게 당연했다. 별로 부인하고 싶은 마음도 없었다.

"그래서?"

"위대하신 황제 폐하 아래 만민의 목숨은 모두 그분의 뜻이고, 그분과 똑같은 피가 흐르는 전하의 뜻도 마찬가지임을 잘 알고 있습니다. 하지만 그래도 여쭈어야겠습니다. 왜 그러셨습니까?"

"어쩔 수 없었다. 내가 권고했으나 그들이 물러나지 않았다."

"그렇다면 물러나야 할 상황이 아니었겠지요. 시위 참가자를 감싸 주신 겁니까?"

"지금 나를 신문하는 것이냐?"

나힘은 즉시 고개를 숙였다.

"무례를 용서하시길. 하지만 그런 이유로 제 부하들을 해하신 거라면 저도 할 일이 있을 것 같군요."

"그렇다면 검을 뽑아라. 그 건방진 혀를 유지하기 위해 네가 할 수 있는 걸 해라."

레아킨은 대답을 기다리지 않고 칼을 뽑았으나 나힘은 여전히 고개를 숙인 채 움직이지 않았다.

"감히 어찌. 저는 검 대신 펜을 들 것입니다."

"펜이라고?"

"폐하의 공문을 받고도 여태껏 보고드리지 못한 불충을 사죄하기 위해서입니다. 전하가 여기에 있다는 소식을 들으면 그분께서도 퍽 기뻐하시겠지요. 더불어 이 지역에 자주 시위나 폭동이 일어나는 등 위험한 상황이라는 말을 덧붙인다면 한시라도 빨리 전하를 데려가려 하실 겁니다."

한마디로 집에 보내 버리겠다는 이야기였다. 레아킨은 이 터무니없지만 강력한 협박에 어찌 응수해야 할지 알 수 없었다.

"내 생각엔…… 그 보고를 조금 미뤄 두는 게 자네나 나를 위해서 좋을 것 같은데."

"그렇다면 합당한 근거를 보여 주소서."

"후. 바라는 게 무어냐."

"제가 라노프에 온 지 벌써 5년이 넘었고 계속 아내와 아이들과 떨어져 지냈습니다. 본국으로 돌아갈 수 있도록 배려해 주신다면 더할 나위 없이 감사할 겁니다."

레아킨이 말없이 턱을 쓰다듬고 있는데 누군가 휘장을 걷고 안으로 들어섰다. 쟁반에 주전자와 찻잔, 다과 등을 가져온 그 여인은 누가 봐도 고혹적으로 아름다웠다. 하지만 레아킨은 별다른 느낌이 없었고 나힘만이 탐욕스러운 시선을 숨기지 않고 여인의 몸을 훑었다.

"라노프에 쿠세에는 없는 코케트 문화란 게 있다는 걸 아십니까?"

"그게 뭐지?"

"주로 귀족들을 상대하는 고급 정부를 말합니다."

레아킨은 새삼스러운 기분으로 여인을 바라보았다. 그녀는 레아킨 쪽을 슬쩍 보고는 가볍게 눈웃음을 지었다.

"아내와 아이들이 보고 싶다면서 곁에는 이런 여인을 두는가 보군."

"사랑은 지고지순할 수 있지만 욕망만은 어쩔 수 없더군요."

"그 변명을 네 아내도 납득할 수 있을까? 본 적 없지만 가엾은 그녀를 위해서라도 바라야겠군. 그녀 또한 본국에서 욕망에 충실하기를."

나힘의 눈에 핏발이 서렸다. 얼굴에 팬 칼자국은 위협적으로 꿈틀거렸다. 레아킨은 느긋하게 그를 마주 봤다. 물론 온몸의 근육은 팽팽하게 당겨져 있었다. 저런 전사라면 몇 합 주고받을 것도 없었다. 단칼이면 승부가 날 것이다.

긴장감이 절정에 이르렀을 때 누군가 살포시 웃는 소리가 들렸다. 그 코케트였다. 그녀는 방 안에 감도는 분위기를 전혀 느끼지 못하는 것처럼 찻잔을 들고 사뿐사뿐 레아킨에게 걸어왔다. 가볍다고 느껴질 만한 걸음이었으나 차는 전혀 출렁이지 않았다.

"두 분께서 심각한 이야기라도 나누시나 보군요. 표정들이 무서운데요. 저도 쿠세어를 안다면 좋을 텐데요."

나지막한 그 목소리는 듣기 좋았다. 레아킨은 그녀에게서 찻잔을 받으며 얼굴을 자세히 살폈으나 역시 다른 뭔가를 느낄 수는 없었다. 바로 풀려 버린 나힘의 표정을 봐서는 미인일 게 분명한데도.

"흠, 아무튼 도와주시겠습니까?"

"글쎄. 본국에 직접 말하는 수밖에 없겠지만 그러려면 내가 여기 있다는 사실 또한 알려지고 만다."

"언젠가 전하께서도 쿠세로 돌아가실 것 아닙니까. 계속 라노프에 머무르실 건 아니겠죠?"

"지금으로선 무엇도 장담할 수 없다."

"저 역시 정리해야 할 일도 있고 바로 돌아갈 생각은 없습니다. 1년 안에만 어떻게 해 주신다면 좋을 텐데요."

1년이라. 하긴 그 시간이면 어차피 레아킨이 어디 있는지 황제의 귀에도 들어갈 터였다.

"그래, 1년 후에는 본국으로 돌아가게 해 주지. 하지만 그때까지 너도 어떻게 해서든 내가 여기 있다는 사실을 숨겨야 할 것이다."

"알겠습니다. 감사합니다."

나힘은 한쪽 팔을 가슴에 대고 꾸벅 절했다. 레아킨도 그렇게 했다. 쿠세인 전사들이 하는 맹세의 방식이었다.

"그리고 이쪽에서도 요청할 것이 있다."

"하명하십시오."

"라흐를 직접 붙잡으려고 한다."

찾잔을 정리하던 코케트의 손이 살짝 흔들렸지만 두 사람 다 눈치채지 못했다.

"그 혁명단 지도자 말씀이시군요."

"그래. 그를 붙잡을 계획을 세워 두었다. 조만간 실행에 옮길 테니 그대도 협조하도록."

"물론입니다. 아, 그리고 일전에 불법 시위를 주도한 자들을 붙잡아 억류해 두고 있습니다. 귀스트 아고스토가 직권으로 처분하길 원하던데. 어떻게 할까요?"

"보좌관이? 그럼 그의 뜻대로 처리하도록."

"알겠습니다."

그대로 레아킨이 자리를 떠나려 하자 나힘이 코케트의 팔을 붙잡아 데려왔다.

"마음에 드시면 데려가셔도 좋습니다. 하지만 그녀가 전하 곁에 머무느냐 마느냐는 저도 어떻게 할 수 없습니다. 모두 그녀의 뜻이죠."

"난 필요 없다."

"정말이십니까? 하이젤에서도 제일 유명한 코케트입니다. 돈을 주고도 못 사서 안달하는 귀족들이 얼마나 많은지 모르시는군요."

"별로 알고 싶지 않아. 그럼 이만 가지."

찾잔을 내려놓고 레아킨이 몸을 돌리자 그 여성도 조금 놀라는 눈치였다. 그가 방을 나서자 그녀가 따라 나왔다.

"배웅 정도는 허락해 주시겠지요, 심판관님?"

레아킨은 아무 말도 하지 않았고 그녀는 자연스럽게 곁에 서서 걸었다. 아름다운지 어떤지는 알 수 없었지만 사뿐사뿐 발을 내딛는 모습은 마음에 들었다. 그가 알고 있는 어떤 라노프인 여성과는 정반대였다.

대기하고 있던 마차에 올라타기 전 그녀는 스스럼없이 다가와 레아킨의 옷매무새를 만져 줬다. 나쁘지 않은 향기가 난다고 생각했을 때 그녀가 작게 속삭였다.

"카이라, 그것이 제 이름입니다. 기억해 두세요."

"다시 볼 일이 있을지 모르겠다만, 그렇게 하지."

레아킨이 올라타자 마차는 그대로 출발했다. 그 안까지 쫓아온 향기는 쉽게 없어지지 않았다.

칼라이조는 벌써 반 시간째 같은 페이지만 내려다보고 있었다. 옆에서 지켜보다 못한 로즈웰이 한마디 했다.

"너답지 않게 왜 그래? 펜만 쥐었다 하면 쉬지 않고 써 내려가면서."

"글쎄, 머릿속이 텅 빈 것 같네. 아무것도 떠오르지 않아. 쓰는 게 즐겁지도 않고."

"드디어 그놈이 왔군. 아마 나한테서 옮겨 갔을 거야. 난 어제부터 술술 풀리거든."

칼라이조는 씹어 주고 싶다는 표정으로 로즈웰을 노려보았다. 맥주를 홀짝이는 지금이야 기분 좋아 보이지만 저 잔을 다 비우고 나면 금세 눈물이 그렁그렁한 채로 자학을 시작할 것이었다. 칼라이조는 복수를 다짐하며 그때를 기다리기로 했다.

"그런데 비오티는 왜 안 와? 며칠 못 봤는데."

"나도 못 봤어. 벌써 새 작품 들어갔나 보지. 글 쓰기 시작하면 밖으로 잘 안 나오잖아."

"비오티는 어떻게 그렇게 마르지도 않고 계속 쓸 수 있는 거야?"

"기분에 따라 글을 쓰지 않으니까. 그 녀석 상당히 기분파로 보여도 글에 대한 마음가짐만큼은 한결같아. 대부분의 작가들이 '오늘은 영 쓰고 싶지가 않네. 잘 써지지도 않고.' 하면서 펜을 내려놓을 때도 그 녀석은 어떻게든 페이지를 채우지."

로즈웰은 시무룩한 얼굴로 맥주잔만 흔들었다.

"부럽네."

"부럽다고만 하지 말고 너도 좀 배우든가. 기분에 따라 쓰는 녀석은 오래 못 간다."

"못됐어. 기운 나는 말 좀 해 주면 어디가 덧나냐?"

"너처럼 잘나가는 녀석을 위로해 줄 말 따위는 없다."

로즈웰이 장난스럽게 그의 목을 조르려고 할 때 누군가 급히 보랏빛 밤의 문을 열고 안으로 들어왔다. 칼라이조는 그 사람의 얼굴을 확인하고는 정말로 목 졸리는 소리를 냈다.

"숨어, 로즈!"

"어? 누군데?"

"철굽의 에폰!"

로즈웰과 칼라이조는 동시에 탁자 아래로 몸을 숨기다가 서로 머리를 쿵 박았다.

"윽!"

"아야야. 내 잘생긴 이마에 흠집 나면 어쩌려고 그래?"

"그 잘생긴 입술이나마 보전하려면 입 다물어."

두 사람 다 숨을 죽였다. 또각, 또각, 또각. 무시무시하기 짝이 없는 발걸음 소리가 점차 가까워졌다. 작가들 사이에선 악명 높기로 유명한 에폰의 철제 굽이 달린 구두 소리였다. 설마설마 했지만 그녀는 그들이 숨어 있는 테이블 의자에 발을 턱 올렸다. 두 사람의 얼굴은 사색이 되었다.

"이런, 고명하신 두 작가님께서 탁자 아래에 볼품없이 엎드려 계시다니 말이야. 설마하니 내가 오는 걸 보고 숨으려고 그런 건 아닐 테고, 그 아래에서 아주 중요한 이야기를 나누고 있는 거겠지?"

칼라이조는 더없이 공손한 태도로 몸을 벌떡 일으켰다.

"그럼요. 설마하니 당신의 구두 소리를 듣고 숨어 있었겠습니까."

"물론 아니겠지. 숨어 있다고 하기엔 귀여운 로즈 군의 엉덩이가 너무 잘 보였는걸."

죽을상이 되어 일어나는 로즈웰을 향해 칼라이조가 이를 갈 았다. 에폰은 한가로운 태도로 자리에 앉은 다음 긴 머리카락 을 멋지게 뒤로 넘겼다.

"편히 앉아. 두 사람에게 볼일이 있어 온 게 아니니까. 물론 칼라이조는 마감이 벌써 이틀이나 지났고 로즈웰은⋯⋯ 한 달 이나 지났지만 잘 팔고 있으니까 봐줄 수 있어. 내일도 무사할 거란 장담은 못 하지만."

"당장 오늘 밤 안에 완성할게요!"

장렬하게 외친 로즈웰은 그대로 보랏빛 밤을 달려 나갔고 칼 라이조는 친구의 배신에 치를 떨면서도 에폰의 옆에 앉을 수밖 에 없었다.

"마감 문제가 아니면 왜 왔습니까? 당신을 볼 때마다 수명이 줄어드는 것 같단 말입니다."

"물론 나의 아름다운 미모 때문이지?"

"⋯⋯다른 이유가 있겠습니까."

에폰은 키득거리며 웃다가 갑자기 표정을 싹 굳히며 칼라이 조를 똑바로 쳐다봤다. 그것은 그녀의 장기였는데 보는 사람으 로서는 간담이 서늘해질 수밖에 없었다.

"왜, 왜요?"

"비오티 어디 갔어?"

"자기 집에서 글 쓰고 있겠지요. 요 며칠 여기에 한 번도 안 왔는데요."

"그거 이상한데. 집에도 없거든."

칼라이조는 눈살을 찌푸렸다.

"그럼 이네리아 언덕에 가 있든가요."

"다 찾아봤어. 그런데 없어. 혹시나 싶어 사람을 하나 잠복시켜 봤는데 집에 한 번도 안 왔대."

"그런 짓까지 하셨…… 뭐라고요?"

"벌써 나흘쩬데 안 들어왔다고."

칼라이조는 자리에서 벌떡 일어났다. 눈동자를 빠르게 굴리던 그는 뭔가 떠오른 듯 에폰을 바라보았다.

"그 심판관."

"어?"

"죽은 탑의 심판관하고 며칠 전에 여기서 술을 마셨단 말입니다. 그게 내가 본 마지막 모습이라고요!"

그렇게 외친 칼라이조는 부엌으로 달려가 톤의 멱살을 붙잡았다.

"며칠 전에 비오티가 여기서 그 쿠세인과 술을 마신 다음 어디로 갔어?"

"어어? 글쎄, 며칠 전이라……."

톤은 안달이 날 만큼 뜸을 들인 다음 주먹을 탁 쳤다.

"모르겠는데."

"이봐, 장난하지 마. 심각하다고!"

"정말이야. 내가 바에서 나왔을 땐 이미 없었어. 로즈 혼자

저기 엎어져 자고 있었다고."

그 말을 곱씹던 칼라이조는 다시 밖으로 나왔다.

"가서 그 심판관을 만나 봐야 할 것 같습니다."

"그래? 난감하네. 나는 귀스트 때문에 가기 좀 그런데."

작가들의 원고를 담당하는 에폰은 검열 문제로 자주 싸워 왔기에 귀스트와 사이가 아주 나빴다.

"제가 가지요."

칼라이조는 말이 끝나기 무섭게 자리를 박차고 나갔다.

열이 들끓어 시야가 혼란스러웠다. 온통 회색인 세상에 불쾌한 검은 점들이 떠다녀 레아킨은 눈조차 뜰 수가 없었다. 그날 언덕에서 당한 옅은 검상이 며칠 새 차마 눈 뜨고 보기도 힘들 만큼 악화되어 있었다. 귀스트는 턱을 쓰다듬으며 곁에서 그를 내려다봤다.

"심각하군요."

"칼에 독이라도 있었던 걸까."

레아킨의 목소리는 여전히 침착했다. 귀스트는 고개를 젓다가 그가 보지 않고 있다는 것을 깨닫고 말했다.

"그런 이야기는 없었습니다만."

"전혀 심각한 상처가 아니었다. 오히려 약을 바르고 악화되었어. 지금 나를 치료하고 있는 자는 신뢰가 가지 않으니 다른 의사를 불러 다오."

"여기 죽은 탑에서만 벌써 8년째 일하고 있는 의료 사관입니다. 능력도 대단하고요. 그 사람 탓은 아닐 겁니다."

"그럼 뭐가 문제지?"

그때 노크 소리가 들리고 누군가 걸어 들어왔다. 두 사람이 얘기하고 있던 바로 그 의료 사관이었다.

"상태는 좀 어떠십니까?"

"보이는 대로 좋지 않다."

"저도 이유를 모르겠군요. 쿠세인이라서 우리들이 쓰는 약에 거부 반응을 일으키는 건지."

그는 붕대를 조심스럽게 풀어 다 헐어 버린 피부를 주의 깊게 들여다봤다. 그가 내쉬는 미약한 숨마저 닿을 때마다 너무 고통스러워 레아킨은 이를 악물었다.

"아, 그러고 보니 입구에 심판관님을 찾아온 사람이 있더군요."

"여자던가?"

"아니요, 남자였습니다. 급한 일이라고 소란을 피우던데요."

레아킨은 힘겹게 고개를 돌려 귀스트를 바라봤다.

"가서 올라오라고 하게."

귀스트는 오만상을 찌푸린 다음 방을 나갔다.

의료 사관은 자신의 가방을 뒤적거려 약병을 꺼냈다. 하얀 가루가 들어 있는 그 병만 봐도 레아킨은 거부감을 느꼈다. 며칠 동안 치료에 사용한 게 바로 그 약인데 살갗에 닿을 때의 기분은 단지 아픔 때문이 아니더라도 결코 좋지 않았다.

"거부 반응을 일으키는 건지도 모른다면서 다른 약을 쓰지 그러나."

"오늘까지만 이걸로 해 보겠습니다. 낫는 과정일지도 모르니까요."

지금 이 상태를 보면서도 그런 말이 나오느냐고 묻고 싶은 것을 레아킨은 꾹 참았다. 의학적인 부분은 전혀 모르니 어쩔 수 없었다. 의료 사관이 가루를 뿌리기 시작하자 레아킨은 입조차 벌릴 수가 없었다.

그렇게 치료가 진행되는 중에 문이 열리고 누군가 헐레벌떡 뛰어 들어왔다. 레아킨은 간신히 눈을 뜨고 누구인지 확인했다.

"칼라이조로군."

이름을 말하다 그는 하마터면 비명을 지를 뻔했다.

"잠시…… 잠시만 멈춰 주게."

사관은 순순히 병을 옆에 내려놨다. 레아킨이 눈짓하자 칼라이조는 숨을 몰아쉬며 다가와 그의 몸을 살폈다.

"이게 무슨 일입니까? 괜찮으십니까?"

"보다시피 상태가 별로 좋지 않네. 그런데 무슨 일인가? 비오티는 무사하던가?"

"무사라고요? 역시 무슨 일이 있었던 거군요!"

칼라이조는 흥분하며 비오티가 며칠 동안 보이지 않았다는 말을 했고, 다 듣고 난 레아킨은 담담하게 라흐가 습격했던 일을 이야기했다.

"빌어먹을 라흐 자식! 아무리 그래도 옛 연인에게 어떻게 그런 짓을……."

"나도 그걸 생각하고 그녀가 무사할 줄 알았는데 착각이었나 보군."

"그럼 이 상처도 그때 다치신 겁니까?"

"그래, 얕은 검상에 불과했는데 전혀 낫질 않고 있다. 독이 있었던 것도 아니라는데."

칼라이조는 그 말에 의아해하며 레아킨의 상처를 좀 더 자세히 살폈다. 그러다 곁에 놓여 있는 하얀색 가루가 든 병을 발견했다.

"이건……."

그가 병을 향해 손을 뻗자 사관이 재빨리 병을 낚아챘다.

"손대지 마십시오. 귀한 약입니다."

"쏟지 않으니까 잠깐 줘 보십시오. 아버지가 의사시라 약에 대해서는 좀 압니다."

하지만 사관은 병을 꼭 붙들고 놓지 않았다. 이상하다고 여긴 레아킨이 명령했다.

"그에게 보여 줘라."

움찔한 사관이 천천히 손을 뻗어 칼라이조에게 그것을 건넸다. 가루를 손에 약간 쏟아 휘저어 보고 냄새도 맡은 칼라이조는 눈살을 찌푸렸다.

"이건 약이 아닌데, 이게 뭡니까?"

"약이 맞습니다. 당신은 의사가 아니니 잘 모르겠지만 말입니다."

"그럴 리가요. 저도 웬만한 약은 다 알고 있습니다."

"이건 새로 나온 거라 다른 의사들도 잘 모를 겁니다."

하지만 칼라이조는 약과 레아킨의 상처를 번갈아 보고 고개를 저었다.

"효과가 입증된 약인지 알 수 없군요. 가만히 놔뒀어도 이렇게까지 되진 않았을 겁니다."

"그건 아직 치료 단계라……."

그때 레아킨이 힘겹게 손을 들어 두 사람을 말렸다.

"그만. 됐으니 그대는 나가 보게."

의료 사관은 칼라이조를 노려보다가 가방을 챙겨 밖으로 나갔다. 칼라이조는 손에 덜었던 가루를 주머니 속에 집어넣었다.

"돌아가면 아버지께 여쭤보도록 하죠. 그건 그렇고, 비오티가 어디로 갔는지 전혀 모른단 말씀이십니까?"

"그날 그 언덕에서 본 게 마지막이다."

"큰일이군요. 설마하니 라흐가 그녀를 해치지는 않겠지만 데려간 이유가 있긴 있을 거 아닙니까. 방에 가둬 두고 혁명을 위한 글을 쓰라고 억지로 강요하고 있는 건 아닌지……."

"그런다고 순순히 써 줄 사람 같지는 않은데."

레아킨의 말에 칼라이조는 비오티의 불같은 성격을 떠올리곤 잠시 웃었다.

"하기야 라흐의 엉덩이를 걷어차 주는 것으로 대신하겠지만요."

"아무튼 몸이 회복되는 대로 그녀를 찾아보겠다."

"저도 힘이 닿는 데까지 찾아보겠습니다. 먼저 찾게 되면 연락을 드리지요."

"그래, 기다리지."

칼라이조는 고개를 꾸벅 숙이고 자리에서 일어나다가 문득 창밖의 광경으로 시선을 돌렸다. 이렇게 내려다보니 새카만 광장은 상당히 음험하고 낯설었다. 무슨 일인지 사람들도 제법 몰려 있었다.

"오늘도 처형이 있습니까?"

"글쎄…… 아, 일전에 시위를 일으킨 주범들이 처형된다고 들은 것 같다."

"뭐라고요? 맙소사, 그럼 내가 다 아는 사람들일 텐데!"

칼라이조는 서둘러 방을 나갔다. 레아킨도 쓰린 몸을 간신히 일으켜 앉았다. 고개를 돌려 보니 광장으로 줄지어 들어서고 있는 다섯 대의 마차가 보였다. 군부에서 처형할 죄인들을 호송해 온 모양이었다.

사람들은 유령처럼 흔들리며 마차 주위로 모여들었다. 병사들이 그들을 밀어내려 안간힘을 썼다. 그렇게 해서 마침내 생긴 공백으로 죄인들이 하나둘 내려섰다.

그들을 보면서도 레아킨은 별 감흥이 없었다. 다만 이제 도로 누워야겠다고 생각했을 뿐이다. 하지만 머리를 대고 눕는 순간 그는 이상한 기시감을 느꼈다. 방금 뭔가를 본 것 같았다. 익숙하면서도 낯선, 그런 말도 안 되는 것을.

어째서인지 눈앞에는 하얀 것이 어른거렸다.

그 순간 밖으로 나와 줄지어 선 사형수들을 바라보던 칼라이조는 눈이 뒤집히는 기분을 느꼈다.

"안 돼…… 말도 안 돼."

그는 사람들 틈을 헤치며 정신없이 그쪽으로 달려갔다. 차례대로 선 다섯 명의 죄수는 병사들의 인도에 따라 그들이 매달릴 십자가로 걸어가고 있었다. 눈동자는 이미 산 사람의 것이라 보기 어려웠다.

"비오티!"

네 번째로 서 있던 여자가 그 목소리에 고개를 들었다. 고문을 당하지는 않은 듯 상처 하나 없었지만 어딘지 모르게 죽어 있는 것 같은 얼굴이었다.

"칼."

그녀는 메마른 목소리로 내뱉고는 쓰게 웃었다. 그사이 칼라이조는 그 앞에 당도했지만 벽을 만들고 있는 병사들을 뚫을 수는 없었다.

"무슨 일이야? 네가 왜 거기에 있어!"

"제라스가 불었어."

그녀는 힘없이 웃고는 덧붙였다.

"그리고 난 이해해."

"이해하긴, 뭘! 우선 널 꺼낸 다음 그 개자식 죽여 버리겠어!"

"안 그래도 돼, 칼. 이미 죽었거든."

칼라이조는 잠깐 멈칫했고 비오티는 병사들의 재촉에 다시 걸음을 옮겼다. 절망스럽게 주위를 휘휘 둘러보던 칼라이조는 단상에 올라가 있는 귀스트를 발견했다.

"이봐! 이봐, 귀스트!"

칼라이조가 단상으로 뛰어 올라가자 병사들이 그를 막아섰다. 나힘과 같이 서 있던 귀스트는 눈살을 찌푸리며 그를 쳐다봤다.

"비오티를 풀어 줘! 그녀는 그 집회와는 아무 상관없어. 상관없다고!"

"그래서 뭐가 어쨌다는 거지."

"어쨌다니? 죄가 없다니까! 이 망할 자식아, 아무리 네가 동포를 버린 인간 같지 않은 놈이래도 저 녀석은 네 친구였잖아!"

"글쎄, 그랬던가?"

귀스트의 태연한 목소리를 들으며 칼라이조는 이를 뿌드득 갈았다.

"너 따위에게 기대한 내가 미친놈이지. 심판관에게 직접 말하겠어."

"그분께 뭘 말하겠다는 거지?"

"그 사람도 비오티를 찾고 있어. 두 사람 근래 자주 만났고 친분도 있다고. 네가 이런 짓을 한 걸 알면 가만있지 않을걸?"

칼라이조의 말에 귀스트의 얼굴이 딱딱하게 굳었다.

"붙잡아."

순식간에 병사들이 달려들자 칼라이조는 당황하며 몸부림쳤다.

"놓지 못해? 무슨 짓이야!"

"그분은 지금 부상 중이야. 귀찮게 하지 말라고."

빙글빙글 웃는 귀스트는 이 상황을 즐기는 것 같았다. 칼라이조가 고래고래 소리를 지르자 병사 하나가 그의 배를 걷어찼다. 그는 몸을 구부리며 신음을 흘렸다.

그사이 죄인들이 차례로 십자가에 묶였다. 비오티는 자신이 밟은 기름 묻은 장작이 달그락거릴 때마다 몸서리를 쳤다. 그제야 비로소 죽는다는 사실이 그녀를 엄습해 왔다.

저절로 눈앞이 흐려졌다. 그녀는 공허하게 사람들을 훑었다. 군중의 몽롱한 눈동자가 이쪽을 바라보고 있었다. 그것들과 눈이 마주치자 이전까지는 관심 가지지 않았던 사실이 궁금해졌다. 그들은 왜 저런 눈으로 곧 죽을 사람을 바라보는 걸까. 위안을 얻는 걸까? 저기 걸려 있는 것은 내가 아니라고, 오늘 당장 죽을 사람은 내가 아닌 저 사람이라고 자위하는 걸까?

소리 없이 거친 눈물이 그녀의 볼을 타고 줄줄 흘러내렸다.

죽고 싶지 않았으나 그걸 외칠 힘조차 없었다. 그녀는 하늘을 올려다봤다. 구름 낀 우울한 모습이었다.

'싫어. 이런 날 죽고 싶지 않아. 적어도 내가 죽을 날은, 내가 죽을 곳은, 내가 죽을 사람의 곁은……'

사랑한다고, 사랑한다고 말했다. 자신의 등에 수없이 칼을 꽂은 그를 사랑하노라고 말했다. 자신의 심장을 남김없이 도려낸 그를 잊지 못하노라고 말했다. 한데 그는 다시 화살을 겨누고 한 치의 망설임도 없이 또 한 번 그녀를 쏘았다. 그럼에도 여전히 그를 원하는 자신을 이해할 수 없었다. 이 순간, 이 마지막 순간에마저 보고 싶은 게 그라는 것을 납득할 수 없었다.

"비오티이이!"

먼 곳에서 울부짖음처럼 칼라이조의 목소리가 들려왔다. 그는 어째서인지 피가 흐르는 얼굴을 한 채 이쪽으로 오기 위해 애쓰고 있었다. 하지만 어서 빨리 불이 붙기를 기다리는 사람들을 뚫지도 못했다.

'잘 있어, 칼. 훌륭하고 위대한 작가가 돼. 죽어서도 이름이 남는, 죽어서도 영원히 읽히는 그런 작가가 되라고.'

곧이어 횃불이 등장했다. 비오티는 그것을 보지 않기 위해 눈을 감았다. 하지만 온몸이 덜덜 떨렸다. 몸의 모든 세포가 경련하는 것처럼 미친 듯이 떨렸다. 심장이 발작하듯 뛰었고 귓가에 쿵쿵거리는 소리만 들렸다. 머리로 피가 쏠리는 것처럼 정신이 하나도 없었다. 그녀는 어서 빨리 끝나기만을 바랐다. 고통

없이…… 그건 무리겠지만.

누군가 엄한 목소리로 그들의 죄목을 조목조목 읽는 소리
가 들렸다. 틀림없는 라노프어인데도 하나도 알아들을 수가 없
었다.

천국은 어떤 곳일까? 아니면 혹 지옥에 가려나? 어딜 가든
여기가 끝이 아니었으면 했다. 다른 세계를 경험할 수 있다면
그것도 글로 남길 수 있을 테니까. 하지만 그곳에도 과연 펜과
종이가 있고 작가와 독자가 있을까? 읽어 주는 사람이 없으면
글을 쓸 수 없을 것이다. 독자에게 불친절한 자신만의 글을 쓰
기로 유명한 그녀는 모순적이게도 독자 없이는 글을 쓸 수 없었
다. 그녀의 독자, 그녀를 지탱하여 주는 사람들.

"멈춰!"

그때 온몸의 떨림이 순간적으로 멎었다. 그녀는 번쩍 눈을 떴다.

"멈춰라…… 귀스트."

그 목소리를 들으면서 그녀는 울 것 같은 기분을 느꼈다. 또
당신이야?

레아킨은 비틀거리며 나힘과 귀스트가 있는 단상 쪽으로 걸
어왔다. 제대로 감지 못한 붕대는 괴기스럽게 나풀거렸고 곪아
있는 상처는 보는 사람마저 끔찍한 기분이 들게 했다.

"태…… 심판관님, 그 상처는 대체?"

나힘이 달려와 부축하려 했으나 레아킨은 자존심을 그러모
아 뿌리쳤다.

"괜찮다. 그보다 이 처형은 당장 중지해라."

"하지만, 이들이 그 불법 시위를 주도했던 무리입니다. 심판관 님께서 승인하신 처형 말입니다."

귀스트도 달려와 레아킨의 앞을 막아섰다.

"지금 뭐하시는 겁니까? 사람들 앞에서 이런 꼴을 보이시다 니요."

"그런 건 중요하지 않아."

귀스트를 밀어낸 레아킨은 나힘의 손에서 검을 빼앗았다. 그 러곤 십자가가 있는 곳으로 한 걸음, 한 걸음 다가갔다.

비오티가 눈을 크게 뜬 채 자신을 바라보고 있었다. 그녀가 보는 앞에서 비틀거리고 싶지 않았기에 모든 힘을 집중했다. 단 지 걸을 뿐인데도 엄청난 정신력이 필요했다.

'도대체 왜 거기 있는 거지?'

어른거리던 하얀색의 정체가 그녀였음을 깨달았을 때 온몸 을 관통하던 기분을 잊을 수가 없다. 만약 순간의 변덕이 그의 몸을 다시 일으키지 않았더라면, 어지러운 회색 틈에서 그녀를 알아보지 못했더라면 그 후의 일은 어찌 되었을지 상상하고 싶 지 않았다.

"이봐. 당신, 괜찮아?"

십자가 앞에 다다른 레아킨은 간신히 고개를 들어 그녀를 보 았다. 그녀는 맥 빠지게도 이 상황에서 자신을 걱정하고 있었다.

"그 상처 그때 그거야? 그렇게까지 심했던 거야?"

비록 목소리가 떨리는 것까지 숨기지는 못했지만 충분히 놀라운 일이었다. 레아킨은 힘겹게 입을 열었다.

"지금 자신의 처지를 깨닫지 못하는 건가, 아니면 내가 당연히 구해 줄 거라고 믿기 때문에 그렇게 여유로운 건가. 남 걱정할 때가 아닌 것 같은데."

"물론 나도 내 상태가 썩 좋지 않다는 건…… 관두자. 사실 무서워 죽겠어. 나도 보기 두려우니 부디 내 바지 쪽은 보지 말아 줘. 어쨌든 내 상황이 그런 거랑 당신을 걱정하는 거랑은 별개잖아."

스스로도 깨닫지 못했지만 레아킨은 웃고 있었다. 그녀는 확실히 강했다. 그녀의 글처럼.

"그래, 나도 힘들군. 그러니 빨리 끝내야겠다."

레아킨이 칼을 드는 순간 비오티는 그가 화형의 고통을 덜어 주기 위해 그걸 자신에게 쓸지도 모른다고 생각했다. 하지만 칼이 스치고 지나간 건 그녀를 묶고 있던 밧줄이었다. 대강 휘두른 것 같은데도 칼은 정확히 밧줄만 끊고 회수되었다. 다른 쪽 팔도 마찬가지였다. 비오티는 순식간에 버팀대를 잃고 앞으로 쓰러졌고 거기에는 레아킨이 있었다.

그리하여 수많은 사람들이 보는 앞에서 레아킨은 그녀를 안게 되었다. 하지만 물론, 부끄러움을 느끼지는 못했다.

5. 느리게 내리는 얼어붙은 비

그로부터 며칠간 호외는 물론이고 일간지까지 전부 그날의 화형식에 대해 대서특필했다.

— 불법 시위 주도자들 처형, 심판관의 단독 권한으로 미뤄져
— 쿠세인 심판관과 라노프 작가의 열애?
— 저항 소설에 동참하지 않았던 작가 비오티 필라프, 친쿠 세파로 밝혀지다

비오티는 달그락거리는 잔을 흔들며 말없이 신문을 읽어 내려갔다. 칼라이조는 쓴 걸 입에 물고 있는 듯한 얼굴을 하고 있었다.

"당분간 집에서 나오지 마."

그녀는 말이 없었다.

"그 심판관도 더 이상 만나지 말고. 계속 그러다간 너 진짜

민족의 배신자로 낙인찍히는 수가 있어. 사람들이 뭐라는 줄 알아? 라흐가 널 버린 이유가 네가 쿠세를 지지했기 때문이래."

"멋대로 떠들게들 놔둬. 신경 안 써."

"신경 쓰고 안 쓰고의 문제가 아냐! 글 그만 쓰고 싶어?"

비오티는 칼라이조를 노려봤다. 손에 든 것을 그에게 쏟아 버릴 기세였다. 참을성 없는 그녀가 얼마나 버틸 수 있을지 그녀 자신도 몰랐다.

"그만해. 너는 날 위한 소리라고 지껄이는 거겠지만 내 기분을 망칠 뿐 하나도 도움이 안 돼."

"카렐의 경우를 잊지 마. 그 아무것도 모르는 바보는 쿠세인들이 좋다고 떠들어 댔다가 펜을 꺾인 것도 모자라 친구와 집, 그 외 모든 것을 잃었어."

"그야 카렐이니까. 난 아니야."

그녀의 고집에 칼라이조는 답답함을 느꼈다.

"위험한 시기야, 비오티. 바로에 집결하고 있는 혁명군이 언제 라노프를 탈환하러 들어올지 몰라. 어중간하게 있다가 독립 후에 친쿠세파를 전부 숙청이라도 하게 되면……."

"난 친쿠세파가 아니야!"

"하지만 사람들의 눈에 그렇게 보이고 있어! 단지 그 심판관 하나 때문에. 그 사람만 끊어 버리면 모든 게 해결되는데 그 간단한 걸 왜 못 하겠다는 거야?"

"누가 안 하겠대?"

칼라이조는 멈칫했고 비오티는 얼굴을 일그러뜨렸다.

"그렇지 않아도 그만 만날 생각이었어. 나와 관련되기만 하면 그 사람에게도 곤란한 일만 생긴다고. 빌어먹을, 빚진 게 몇 개인지 셀 수도 없어."

"그렇게 생각한다면 다행이야. 하루라도 빨리 끝내."

비오티는 테이블 위에 엎어져 분한 듯이 탄식했다.

"그 사람이 왜 쿠세인이지? 도저히 내가 붙잡혀 간 곳에서 본 쿠세인들하고 같다고 생각할 수 없어."

"거기서 대체 무슨 일이 있었던 건데?"

칼라이조는 조심스럽게, 대답을 듣기 두렵다는 듯이 물었다. 하지만 비오티는 엎드린 채로 고개를 휘저었다.

"아무 짓도 하지 않았어. 나에게는 정말로 아무 짓도. 다만 다른 사람에게 하는 짓을 보여 줬어. 끊임없이, 계속……."

"무엇을?"

"눈을 감아서도, 꿈에서라도 결코 잊을 수 없는 것들을."

고개를 드는 그녀는 그때의 광경을 보고 있었다.

처음에는 사나운 짐승의 울음소리인 줄 알았다. 하지만 이내 사람의 비명 소리임을 깨달았다. 죽여 달라고 외치는 소리였다. 제발 죽을 수 있는 자비를 베풀어 달라고 통곡하고 있었다.

병사의 손에 이끌려 그가 간힌 고문실을 지날 때 비오티는

보았다. 사람이 사람에게 할 수 있는 짓이라고는 상상도 못 해
본 것을.

"헉…… 허억."

저절로 다리가 풀려 비틀거리는 그녀를 병사가 거칠게 잡아
당겼다. 차라리 다행이었다. 혼자서는 도저히 벗어날 힘이 없
었다.

"들어가라."

벌벌 떨면서 그녀는 병사가 열어 둔 문으로 들어갔다. 아까
그 사람과 같은 짓을 당하는 건가? 그런 걸 견딜 수 있을까? 타
인보다 뛰어난 그녀의 상상력은 이런 때는 좋지 않게 작용했다.
벌써부터 온갖 고통이 연상되면서 의지와 상관없이 몸이 움찔
거렸다.

"비오티……?"

그때 한쪽 구석에서 허우적거리는 형체가 보였다. 그녀가 잘
알고 있는 사람이 신음처럼 자신의 이름을 부르고 있었다.

"제라스?"

"미안해, 미안해."

그는 울음을 터뜨렸다. 그쪽으로 다가간 비오티는 그를 일으
키려다가 끔찍한 것을 보게 되었다. 무릎 아래에서 잘린 두 다
리가 아무렇게나 불로 지진 듯 시커멓게 썩어 있었다. 가누지
못하는 두 팔에도 남아 있는 손가락이 없었다. 순식간에 그녀
의 두 눈 가득 눈물이 차올랐다.

"어떻게 이런 짓을……. 악마들 같으니!"

"부탁이 있어, 비오티."

제라스는 끊어질 듯 힘겹게 숨 쉬며 그녀를 간절하게 올려다봤다.

"제발 날 죽여 줘."

"입 닥쳐. 헛소리하지 마!"

"더는 못 해. 더는 못 견딘다고. 여기 내 목을 잡고 조르기만 하면 돼. 저항하지 못하는 사람을 죽이는 일보다 간단한 건 없단 말이야. 제발 부탁이야……."

비오티는 진저리치며 뒤로 물러났다. 그가 아무리 애원해도 그를 쳐다보지도 않았다.

사실 그녀는 제라스를 별로 좋아하지 않았다. 내내 무명이던 그는 한 작품의 성공으로 갑자기 유명해졌고, 그래서인지 옛 자신은 완전히 잊어버린 양 거만한 사람이 되었다. 하지만 여전히 글에 대한 열정만은 가지고 있었기에 적어도 그를 미워하진 않았다. 언젠가 시야가 넓어지고 대가의 글에서 있는 그대로의 위대함을 느꼈을 때 스스로 겸손함을 배우겠거니 했던 것이다. 그런데 그렇게 자신감에 넘쳤던 그가 지금 자신을 죽여 달라고 말하고 있었다.

"거기 너, 입 닥쳐라."

그때 비오티를 데리고 왔던 쿠세인이 다른 동료와 함께 들어오면서 강한 억양의 라노프어로 말했다. 그들을 본 제라스의 눈에 깊은 공포가 서렸다.

"제발, 제발요. 더 이상은 하지 마세요. 다 말했지 않습니까. 전부 다 말했다고요. 더 이상은 안 돼요. 살려 주세요. 아니, 차라리 죽여 주세요. 제발요!"

"닥치라고 했다."

하지만 제라스는 공포로 이미 이성을 잃은 것 같았다. 흐느끼면서 계속 뭐라고 말하던 그는 급기야 울부짖기 시작했다. 비오티가 쿠세인의 표정을 흘깃 보니 인내심이 거의 바닥난 듯 보였다. 그가 칼로 손을 뻗는 것을 보고 비오티는 재빨리 말했다.

"난 왜 잡아 왔지?"

쿠세인은 그녀를 한번 쳐다보더니 제라스의 입을 발로 걷어찼다. 비오티는 눈을 질끈 감았고 제라스의 울음소리는 끅끅거리는 신음으로 바뀌었다.

"거기 앉아라."

그녀는 떨면서 쿠세인의 맞은편에 앉았다.

"이름 비오티 필라프. 집필가로 등록되어 있고 다섯 권의 책을 출간했더군. 글 어디에도 반쿠세적 사상이 없어 검열도 모두 통과됐다고. 맞나?"

"그래, 다 맞아."

"그런 사람이 왜 그 시위에 참가한 거지?"

"나도 독립을 원했으니까. 라노프인으로서."

대답을 하면서 그녀는 두려움을 느꼈지만 쿠세인은 픽 웃고 넘어갔다.

"시위가 폭력 사태로 변질된 것과 관련이 있나?"

"그건 정말 모르는 일이야. 나도 어리둥절했다고."

"저기 있는 남자의 주장과는 다르군. 그때 시위를 주도한 모두가 쿠세인들을 습격할 것을 미리 계획했다고 하던데."

비오티는 땅바닥에 죽은 듯 누워 피와 눈물만 흘리고 있는 제라스를 내려다봤다. 속으로 혀를 찰 뿐, 그 모습을 보면서 그를 탓할 마음은 들지 않았다.

"그건 사실이 아니야. 저런 고문을 받으면 누구라도 당신들이 원하는 대답을 할걸."

"그래? 그럼 그대에게도 같은 방법을 써야겠나."

비오티는 흠칫 떨었다. 쿠세인의 눈은 웃고 있었다. 속이 요동치고 금방이라도 토할 것 같았다. 그런 두려움은 태어나서 처음 느껴 보았다. 글로는 어떻게 표현해도 지금 느끼는 감정을 그대로 전달할 수 없을 것 같았다.

"난, 나는⋯⋯."

'제발'이라는 단어가 목구멍까지 올라왔다. 자신도 모르게 다시 제라스를 바라보았다. 아플까? 당연히 아프겠지. 다리를 자르면서 그들이 마취를 해 줄까? 헛소리! 당연히 정신이 말짱한 상태 그대로 하겠지. 고통에 기절해 버린 그녀를 일부러 깨울지도 모른다. 오, 맙소사. 저들은 미쳤어. 그래, 사람 눈으로 주사위를 만든다는 그 쿠세인들이 아닌가.

"숨 좀 쉬어. 심하게 떨고 있군."

비오티도 그걸 깨닫고 제대로 호흡하려 했지만 쉽지 않았다. 온몸이 곤두서다 못해 터질 것 같았다.

"그대에겐 다행스럽게도 우리는 여성과 아이에겐 저런 고문을 가하지 않는다."

그녀의 가슴 한구석에서 순식간에 의심스러운 희망이 솟구쳤다.

"그럼……."

"대신 다른 사람이 고문을 받지. 그대가 보는 앞에서, 그대 때문에. 물론 그건 직접 고문받는 것보다야 쉬운 일이야. 자기 속의 죄책감을 죽이기만 한다면."

말을 마친 쿠세인이 제라스를 바라봤다. 그는 이제 체념한 듯 히죽 웃고 있었다. 그에게서 좋지 않은 냄새가 풍겨 왔다.

"마침 잘 아는 사이인 듯하니, 이자로 할까?"

비오티는 잔을 떨어뜨렸다. 그러곤 발작적으로 울음을 터뜨렸다. 칼라이조는 어쩔 줄을 모르고 그녀의 등을 두드렸다.

"다시는 그들을 거스르지 않을 거야. 겁쟁이, 비겁자, 뭐라고 불러도 상관없어. 다시는 그걸 보고 싶지 않아. 그걸 다시 느끼고 싶지 않아……."

"그러지 않아도 돼. 그러지 않아도 돼. 괜찮아, 비오티. 이제

다 괜찮아."

걱정이 되었는지 톤이 다가왔지만 칼라이조는 고개를 저었다. 톤은 우울한 얼굴로 잔을 주워 주방으로 돌아갔다.

"당분간 집에서 조용히 쉬어. 아무 생각도 하지 말고. 아니, 차라리 글을 쓰거나 책을 보거나 다른 일에 몰두해서 빨리 잊어버려. 무슨 일이 있었든 그건 네 잘못이 아니야. 다시 겪을 일도 없을 거야. 알았지?"

비오티는 간신히 고개를 끄덕였다. 그 후로도 칼라이조는 여러 가지 위로의 말을 해 주었고 덕분에 그녀도 조금 진정할 수 있었다. 한참 후 눈물이 멎은 그녀는 억지로 미소를 지었다.

"칼, 나 가끔 하는 착각이 있어. 칼은 원래 누구에게나 다정하고 친절한데, 그래도 나한테 이럴 때마다 혹시 칼이 나를 좋아하는 게 아닐까, 그런 생각을 해. 웃기지?"

"그래, 웃겨. 하지만 비오티."

칼라이조는 와인 병에 시선을 고정한 채 말을 이었다.

"네가 자주 하는 비유가 있지. 책이 그렇듯 세상에도 주연과 조연이 있고 사람의 인생도 마찬가지라고."

"그랬지. 그런데?"

"나는 비오티의 인생에서 주연이 아니라는 걸 알아."

비오티는 눈을 크게 뜨고 그를 바라봤다.

"하지만 적어도 단역은 아닌 정도로…… 곁에 있고 싶어."

칼라이조는 스스로의 말이 멋쩍은 듯 웃어 버리고는, 자신의 잔을 들어 천천히 비웠다. 비오티는 아무 말도 못 하고 테이블만 내려다봤다.

십년지기 사이에는 그렇게 영원할 듯이 침묵만 흘렀다.

나힘이 군부에서 보내 준 의사 덕에 레아킨은 빠르게 몸을 회복했다. 하얀 가루약을 고집했던 사관은 면목이 없는 듯 자기 방에 틀어박혀 얼굴도 보이지 않았다.

일주일 뒤 몸의 상처를 회복한 레아킨은 이번엔 마음에 큰 타격을 입었다. 편지 한 통에 의해서였다.

여러 가지로 정말 신세 많이 졌고, 특히 목숨을 구해 준 것은 일생 동안 갚기에도 모자라다는 걸 알아. 그렇지만 미안. 더 이상은 만날 수 없어. 지금 분위기를 봐서는 그게 당신에게도 나에게도 좋은 일이야. 당신에게 감정을 느끼게 해 주겠다고, 전이를 믿으라고 자신 있게 말했던 거 사과할게. 나보다 더 잘할 수 있는 사람을 만나길 바라.

그리고 편지의 말미에는 『호반 위 황금새』에 나오는 구절이 적혀 있었다.

죽음만이 인생의 가장 큰 비극은 아니며 사는 것만이 인생의 가장 큰 목적은 아니다. 끝없이 인생을 항해하는 자여, 자신만의 별을 좇기를.

레아킨은 편지를 다시 한번 읽었다. 다시, 그리고 또 한 번.

마침내 편지를 내려놓고 그대로 잠시 서 있었다. 그래, 그녀의 말대로 틀림없이 그게 서로에게 좋을 일이었다. 하지만 이렇게 되면 모든 게 무너져 버린다.

메마른 사막의 밤, 유일하게 눈물을 흘리게 해 준 책 한 권. 만나 보고 싶었던 사람, 색을 보고 싶었던 자신, 느껴 보고 싶었던 자신. 사랑도, 기쁨도, 분노도, 슬픔도, 그 외 모든 것을……

가슴이 이상했다. 참을 수 없을 만큼 울렁거렸다.

그는 편지를 구겨 쓰레기통에 던졌다. 그리고 책상으로 걸어가 그가 가장 아끼는 책 『호반 위 황금새』를 집어 들었다.

잠시 머뭇거리던 그는 그것 역시 쓰레기통에 넣었다. 서랍 안에 있던 『얼굴 없는 남자』의 원고도 마찬가지였다.

그대로 말없이 쓰레기통을 내려다보며 자신이 해 놓은 행위에 경악하던 그는 그 모든 것을 발로 차 버렸다. 그리고 주저앉았다.

그에게는 낯선, 그렇기에 견디기 힘든 아마도 절망이라는 것이 그를 짓눌렀다. 차라리 비오티를 만나지 못했더라면 그는 어깨를 한번 으쓱이는 것으로 끝내고 쿠세로 돌아갔을지도 모른다. 하지만 만났고, 기대를 가졌으며 결국엔 아무것도 변하지 못한 채로 끝났다. 그는 그것을 받아들이기가 어려웠다.

똑똑.

귀스트일 것 같아 대답하지 않았다. 하지만 허락도 없이 문이 열렸다. 레아킨의 눈에 핏발이 섰다. 그대로 자리에서 일어났다. 상대가 귀스트라면 마음 놓고 퍼부을 수 있었다.

그러나 성큼성큼 걸어가 칼을 그 목에 겨누고 나서야 레아킨은 상대가 귀스트가 아님을 깨달았다.

"너는……."

"나힘님이 가 보라고 해서 왔어요. 상처가 치유될 때까지 돌보아 드리려고요."

검은 벨벳으로 지은 화려한 옷을 입고 있는 그녀는 그때 그 코케트였다. 이름이 카이라라고 했던가. 그녀가 베일이 달린 모자를 벗고는 레아킨을 향해 미소 지었다.

"이래 봬도 코케트들은 많은 것을 할 수 있지요. 의술도 그중 일부랍니다. 물론 제일 잘하는 것은 따로 있지만요."

레아킨은 대꾸하지 않고 카이라가 짐에서 약병과 수건 등을 꺼내는 모습을 지켜보았다. 잠시 후 그녀가 수건에 물을 적셔 닦아 주려는 듯 다가왔으나 그는 고개를 저었다. 카이라의 고개가 한쪽으로 살짝 기울어졌다.

"제가 필요하지 않으신가요?"

"필요하다."

그의 표정을 주의 깊게 읽던 그녀가 알았다는 듯 미소 지었다. 그러곤 자신의 상의를 살짝 젖히려 했으나 레아킨의 손이 그녀를 만류했다.

"그게 아니야."

"그럼……?"

레아킨은 침대로 가서 누웠고 그녀에게 옆자리를 가리켰다. 카이라는 알 듯 모를 듯 묘한 표정으로 걸어가 그 옆에 앉았다. 잠시 그대로 천장을 보던 그가 말했다.

"책을 읽어 줬으면 좋겠다."

"책이요?"

레아킨은 대답하지 않았고 카이라는 당혹스러운 기분으로 주위를 둘러봤다. 하지만 책이라고 할 만한 게 눈에 띄지 않았다. 좀 더 방 안을 살핀 그녀는 책상 옆에 있는 쓰레기통에서 책의 모서리를 발견했다. 그쪽으로 걸어가 집으려는 찰나 레아킨이 다시 말했다.

"그것만 빼고."

결국 카이라는 자신의 가방에 있던 책을 꺼낼 수밖에 없었다. 귀스트에 의해 저항 소설로 낙인찍혀 채 100권이 팔리기 전에 판매가 중단된 책이었다. 비유와 상징이 가득했기에 타국 사람이 내용만으로 그 사실을 알아차릴 정도는 아니었다. 그녀는 레아킨을 시험하는 기분으로 그 책을 읽기 시작했다.

카이라가 책의 결말을 읽었을 때는 이미 밤이 된 후였다. 그녀는 침침해진 눈을 깜빡이고 곁에 있는 쿠세인을 바라보았다. 그는 끝까지 잠들지 않았고 다 듣고 있었으며 그동안 한마디도 하지 않았다. 제국의 침탈을 교묘하게 비판하는 이야기라는 걸 알아챘을까 궁금했지만 그걸 물어볼 정도로 그녀는 어리석지 않았다. 하지만 그건 상대방도 마찬가지였다.

"라노프인들은 그녀가 이런 책을 쓰길 바라는 거겠지."

카이라는 대답할 말을 신중하게 골랐다.

"비오티 작가를 말씀하시는가 보군요. 신문 기사에서 봤어요. 심판관님과 그 작가가⋯⋯."

레아킨은 듣지 않겠다는 듯 자리에서 일어나 등을 보였다.

"그 이야기는 하지 않으면 한다. 나도 그대에게 왜 그런 책을 가방에 지니고 다니는지 묻지 않을 테니."

카이라는 입을 다물고 무사히 그곳을 떠날 수 있을 방법을 고민하기 시작했다. 그러려면 역시 마음과 반대되는 말을 꺼내는 게 가장 좋았다.

"시간이 늦었으니 심판관님 곁에서 하룻밤 자고 갈 수 있도록 허락해 주시겠어요?"

"아니, 그만 떠나는 게 좋겠다. 병사를 시켜 거처까지 무사히 데려다주라고 하겠다."

그녀는 바로 일어서고 싶은 걸 간신히 참으며 손을 뻗어 레아킨의 등을 매만졌다.

"제가 다시 오길 바라시나요?"

"또 올 건가?"

"저를 원하신다면요."

레아킨이 조용히 그녀를 내려다보다가 말했다.

"또 와라."

카이라는 상대를 애태울 때 쓰는 살짝 새침한 표정을 지었다.

"좀 더 달콤한 말로 해 줄 순 없어요?"

레아킨은 말이 없었고 그대로 침묵이 길어지자 그녀는 초조해졌다. 그냥 떠나는 게 나았을지도 모른다는 생각이 들 무렵 드디어 그의 입이 열렸다.

"매일 그대가 내 얼굴을 그려 다오. 그대가 웃으라면 웃고, 그대가 울라면 울겠다. 내가 미울 땐 내 입은 지워 버려도 좋아. 하지만 눈만은 반드시 뜨고 있게 해 다오. 언제까지고 그대를 보게."

한번 마주치면 시선을 돌리기 어려운 눈동자가 그녀를 조용히 바라봤다. 카이라는 잠깐이지만 자신이 처한 상황과 그 말을 하고 있는 상대가 누구인지 잊어버렸다. 아마 그대로 그가 더 이상 말하지 않았다면 영원히 알고 싶지 않아 했을지도 모른다.

"비오티의 『얼굴 없는 남자』의 한 구절이지. 마음에 드나?"

순식간에 현실로 되돌아온 그녀는 현기증을 느꼈다. 비오티, 비오티, 비오티. 또 그 여자로군.

"문장은 제 취향이 아니지만, 당신이 고른 것이니 마음에 들어요."

"읽어 보면 그게 얼마나 슬픈 말인지 알게 될 거야."

조국을 위해 글을 쓰지 않는 여자의 책 따위 보지 않는다고 말하고 싶었지만 그녀는 더 이상 실수하지 않았다.

"읽어 보겠어요."

그대로 우아하게 인사한 후 카이라가 방을 나갔다.

레아킨은 그녀가 나간 문을 바라보다 두 팔로 얼굴을 덮었다. 마음에도 없는 그런 말을 그녀에게 왜 했을까.

하지만 어려운 일은 아니었다. 그는 황제였던 아버지가 돌아가셨을 때도 슬퍼하는 척했다. 그러지 않으면 살해했다는 누명을 쓸지도 몰랐으니까.

또한 황위에 오른 형이 그를 곁에 두고 보살펴 줄 때는 그것에 고마워하는 척했다. 그러지 않으면 살해당할지도 몰랐으니까.

'어쩌면 사랑하는 척하는 것도 가능할지 모르겠군.'

그는 농담처럼 생각했다가 스스로 떠올린 그 발상에 놀랐다. 그러고 보면 정말 안 될 것도 없었다.

'얼굴 없는 남자도 자신의 얼굴을 스스로 만들지 않았던가. 무언가를 느끼고 싶어 하는 내가 끝내 느낄 수 없다면, 느끼는 척하는 것으로도 좋지 않을까.'

왜 그렇게까지 해서 그토록 느껴 보길 원하는 건지 자신도 잘 알 수 없었다. 예전에는 굳이 색을 보지 못해도, 혹은 영영 아무것도 느끼지 못해도 별 유감이 없을 것 같았다. 하지만 지금은 왜인지 그것을 갈구하고 있다. 그게 무언지도 잘 모르면서 그리워하고 있다. 가 본 적 없는 곳에 대한 향수처럼 모순적인 것이지만, 비오티는 그게 가능하다고 말해 주었다.

'그래, 그렇다면 느끼는 척해 보자. 사랑하는 척해 보자. 그러다가 정말로 그 모든 게 진짜가 되는 날이 올지도 모르니까.'

그런데 누구를?

거기서 생각이 막혔을 때, 누군가 방문을 두드렸다.

"들어와라."

귀스트였다.

"코케트도 부를 줄 아시고 놀랐습니다. 상당한 미인이던데요."

"용건이 무엇이냐."

"전에 말씀하신 라흐를 붙잡기 위한 계획, 모두 준비되었습니다. 여태까지 중립을 지키고 있던 라노프인 거상을 섭외했고 그가 몰래 독립 자금을 지원하는 척하면서 라흐든 그 측근이든 끌어낼 겁니다. 한데 정말 라흐가 돈에 움직일 거라고 보십니까?"

"물론. 그게 사람을 움직일 수 있는, 가장 실패하기 어려운 방법 중 하나니까."

귀스트는 고개를 끄덕였다.

"하긴, 적어도 정(情)에 움직일 놈은 아니지요."

"그렇더군. 그는 비오티에게도 아무렇지 않게 화살을 쏘려 했어."

"자기 가족들이 공개 처형되던 날에도 모습조차 보이지 않았는데 옛 연인에게 베풀 온정 따위가 있겠습니까?"

레아킨은 고개를 갸웃거렸다.

"그의 가족이 공개 처형되었다고?"

"그를 눈앞에서 놓친 적이 있었죠. 함께 있던 가족과 친구들은 붙잡을 수 있었는데, 그들을 이용해 끌어내 보려 했지만 실패했습니다. 라흐만 나타나 주면 다른 이들은 풀어 주겠다고 했는데도 자기 자신과 열 명이 넘는 사람들을 바꾸지 않더군요. 그 정도로 자신을 소중히 여긴 건지, 아니면 단순한 겁쟁이인 건지."

"그런 사람이었군."

레아킨은 그때 본 라흐의 얼굴을 떠올리면서 중얼거렸다.

"그런 자를 사랑했다라……."

"비오티 말입니까? 뭐, 그녀가 사랑했을 적의 라흐도 지금 같지는 않았죠. 그나저나 비오티에게 신경 많이 쓰시는군요. 설마 기사에서 나온 것처럼 정말 사랑이라도 하십니까?"

"사랑?"

레아킨은 어리둥절한 기분을 느꼈다.

"글쎄, 그건 아닌 것 같다."

"그럼 다행이군요. 이전에 죽은 탑의 심판관이었던 남자도 여자 하나 때문에 끔찍한 일을 당했습니다. 그러니 괜히 사랑에 놀아나지 마십시오. 모든 걸 망치기 가장 쉬운 길이니까요."

레아킨은 회색 창밖으로 눈을 돌리며 중얼거렸다.

"나는 그러고 싶다 해도 아마 그럴 수 없을 거다."

카이라가 혁명단의 본부로 돌아왔을 때 라흐는 어째서인지 매우 기쁜 얼굴을 하고 있었다. 그의 곁에는 성공적인 음모론자라고 불리는 베세토 아누빌도 같이 있었는데, 카이라를 보자 그의 눈빛이 확 타올랐다. 그녀는 약간 불편한 기분을 느끼며 물었다.

"무슨 좋은 일이라도 있어?"

"있고말고. 하이젤의 거상 중 하나가 우리에게 자금을 지원하기로 했어."

"정말? 잘됐네."

라흐가 그녀에게 입을 맞췄다.

"갔던 일은 어떻게 됐어?"

"심판관이라면 벌써 상처가 다 나았던데. 의료 사관으로 있는 동지가 제 역할을 하지 못한 모양이야."

"저런. 하지만 뭐, 괜찮아. 정체가 드러나지 않은 것만으로도 다행이니까. 죽은 탑에 드나들 수 있는 동지는 얼마 안 되잖아."

카이라는 고개를 끄덕이곤 조금 망설이다가 말했다.

"나를 방에 들이긴 했는데 동침하려 하지는 않았어. 책이나 읽어 달라고 하더라고."

라흐는 의아한 표정을 지었고 베세토는 헛기침을 하며 그녀에게서 고개를 돌렸다.

"그래? 쿠세인들은 잠자리를 즐기는 법도 모르는가 보지. 결국엔 당신을 사랑하게 될 테니 걱정하지 마. 지금까지 안 그런 남자가 없었잖아."

당신이 있지. 카이라는 속으로만 그 말을 했다.

"일이 잘 풀려 가는 것 같군. 그럼 자금 건은 베세토, 네가 처리하도록 해."

"알았어."

"조심해요."

베세토가 퍼뜩 고개를 돌려 카이라를 쳐다봤다. 카이라는 그런 말을 한 것을 후회했지만 이미 내뱉은 뒤였다.

"지난번 군부에서 사령관이 하는 얘기를 들었는데, 라흐를 붙잡을 계획을 세우고 있다고 했어요. 갑자기 자금을 지원하겠다고 나타난 대부호는 조금 수상하니까, 그것뿐이에요."

베세토는 눈을 빛내더니 고개를 숙였다.

"걱정해 주셔서 감사합니다, 카이라 양. 조심하겠습니다."

그가 나가고 나자 카이라는 숨이 트이는 기분을 느꼈다. 항상 그는 자리를 어둡고 불편하게 만들었다.

"정말 저 사람에게 맡겨도 괜찮겠어?"

"물론이지. 베세토만 한 인재가 어디 있다고 그래."

"난 그냥, 저 사람 어딘지 음침한 데가 있어."

"별걱정을. 그나저나 요즘 귀스트 아고스토가 너무 조용한데, 대체 뭘 하고 있대?"

"죽은 탑에 있는 동지 말로는 심판관 주변만 맴돌고 있대. 그가 새로 탑의 주인이 된 이후 확실히 활동이 뜸해졌어. 그런데 이상한 이야기도 들었어."

"이상한 이야기?"

카이라는 라흐의 품에 기댄 채 속삭이듯 말했다.

"자주 지하 감옥에 내려간대. 예전에도 꾸준히 그곳을 찾기는 했지만 요즘 더 빈번해졌다고 하네."

"거기에 무슨 볼일이 있는 걸까? 갇혀 있는 죄수 중에 아는 사람이라도 있나?"

"그것까지는 모르겠지만 뭔가 있는 건 확실해. 그를 제외한 다른 사람이 감옥으로 내려가는 것도 철저히 통제하고 있다던걸."

"그거 정말 이상하네. 동지를 시켜서 알아보게 해."

"이미 그렇게 하라고 했어."

라흐는 웃으며 그녀의 머리카락에 입을 맞췄다.

"아름다운 데다 현명하기까지 하단 말이야. 못 할 짓 시키고 있다는 건 알지만, 힘들어도 조금만 참아. 독립이 오는 그날 가장 먼저 귀스트 아고스토를 매달고 나서 당신과 결혼할 테니까."

"그래, 나도 빨리 그날이 왔으면 좋겠네."

카이라는 그의 품속에서 스스로도 믿지 않는 말을 중얼거렸다.

귀스트는 천천히 감옥으로 향하는 계단을 내려갔다. 평소보다 아주 느린 속도였다. 누구든 자기 무게만 한 것을 끌고 가려면 걸음이 느려질 수밖에 없다.

"있겠지 했어. 라흐가 어떤 녀석인데 사람 하나 안 심어 뒀겠어. 확신하고 있는 게 두 녀석이고 서너 명 의심 가는 녀석들도 있었어. 하지만 그게 뭐? 난 내버려 뒀어. 다들 각자의 인생을 열심히 살고 있을 뿐인데 굳이 내 손으로 끌어낼 필요는 없잖아."

계단이 끝나자 그는 어둡고 퀴퀴한 복도를 걷기 시작했다.

"정말이야. 적당한 선만 지켰다면 너도 나도 편했겠지. 한데 이런 식이면 곤란해. 로즈웰 켈러의 『침묵의 선』이라는 소설 혹시 봤나 모르겠네. 알다시피 그 작가는 추리 소설의 대가지. 웃기는 게 말이야. 정작 본인을 만나 보면 이건 뭐, 어리광쟁이 샌님이 따로 없거든. 그런데 글은 치밀하고 잔인하고 긴장감이 넘친단 말이지. 이 이야길 하려던 게 아니라 아무튼 그 소설에서 살인자는 단지 자신이 그어 놓은 선을 넘었다고 해서 사람의 사지를 잘라 버려. 선을 넘어온 부분만 마치 종이처럼 정확하게 오려 내지."

그의 손에 끌려가던 것이 그 말에 반응하듯 꿈틀했다. 하지만 귀스트는 신경 쓰지 않고 나아갔다.

"아니, 내가 뭐 그런 끔찍한 짓을 하겠다는 게 아니야. 오히려 나는 네가 바라던 걸 이뤄 주려고 해. 알고 싶어 했잖아? 내가 여기 왜 내려오는지."

복도 끝에 다다른 귀스트가 멈춰 섰다. 거기에는 보는 것만으로도 공포스러운 기분이 드는 오래된 철문이 하나 있었다. 귀스트는 열쇠를 꽂아 넣으면서 키들거렸다.

"아니면 이쪽이 더 끔찍하려나?"

철문은 마치 수십 년 만에 처음 열리듯 힘겨운 소리를 냈다. 그 안은 오로지 어둠뿐이었다. 누구든 결코 발을 들이밀고 싶어 하지 않을 중첩되고 공포스러운 어둠.

"들어가서 확인해 봐. 라흐에게 보고는 할 수 없겠지만 개인적인 호기심은 충족할 수 있을 테니. 그거 인간들의 버릇 아니던가? 죽기 전에 뭐든 꼭 알고 싶어 하는 거. 누구의 사주냐, 왜 나를 죽이는 거냐, 내가 죽으면 그들을 무사히 풀어 줄 거냐…… 아, 소설을 너무 많이 봤군. 아무튼 나중에 라흐를 만나게 되면 네가 명령을 온몸으로 직접 수행했다고 꼭 전해 줄게."

귀스트는 끌고 온 것을 안으로 던지고 문을 닫았다. 그러곤 철문에 기대어 잠시 앉아 있었다. 희미하게 뒤에서 비명 같은 것이 들려왔지만 그는 듣지 못한 듯 중얼거렸다.

"그래 봐야 단지 소설일 뿐인데 위대한 아기모스의 유산을 신이 왜 숨겼다고 생각해?"

그는 검지에 끼운 피라미드 모양의 반지를 만지작거리며 스스로 답했다.

"두려워했기 때문이지. 창조는 자신만의 권한인데 한 위대한 작가가 그것을 진실로 침범했기에."

그는 비웃듯이 웃고는 뒤로 돌아 문을 향해 물었다.

"그래, 신조차 시기한 그 유산과 마주하니 어떠한가?"

레아킨은 지난밤 그가 내던졌던 책을 조심스럽게 다시 집어 들었다. 책 귀퉁이 한쪽이 우그러져 있는 걸 보고 그는 어쩔 줄 몰라 그저 몇 번이고 그 부분을 쓸었다. 하지만 그런다고 일그러진 것이 도로 펴지지는 않았다. 마치 지금 그의 마음처럼.

그는 한숨을 흘려보내고 손에 든 것을 책상 위에 똑바로 놓았다. 그러곤 고개를 들다가 문득 창밖의 풍경이 어딘가 달라진 것을 발견했다.

처음에는 뭔지 잘 몰랐지만 잠깐 시선을 모아 본 끝에 하늘에서 뭔가가 천천히 떨어지고 있다는 것을 깨달았다. 먼지인가 했지만 그렇다고 하기엔 너무 범위가 넓었다. 그것은 모든 곳에 떨어지고 있었다.

레아킨은 묘한 기분으로 그것을 바라보다 코트를 집어 들었다. 밖으로 나가 좀 더 자세히 보고 싶었다.

"눈이다! 밖에 첫눈이 와요!"

계단을 내려오니 직원들이 신나게 외치며 밖으로 뛰어나가는 게 보였다.

'눈? 저게 바로 그 눈이란 말인가?'

탑 밖으로 따라 나가자 차가운 것이 얼굴에 닿는 게 느껴졌다. 하늘을 올려다보던 그는 어색하게 손을 내밀어 떨어지는 눈송이를 받아 냈다. 하지만 금세 손에서 녹아 버렸다.

'녹아 버리잖아? 아, 얼어붙은 비라고 했지. 그래서 도로 비가되는가 보군.'

그는 손을 내리고 한동안 더 하늘을 올려다보았다. 비가 내리는 모습을 보는 것과는 확실히 다른 기분이었지만 그렇다고 딱히 특별하게 와 닿는 무엇도 없었다. 듣던 것처럼 새하얗지도 않고 처연하거나 우울한 광경이었다.

곧 첫눈이 내릴 시기니까 기대하라고.

그렇게 말하던 비오티의 목소리에서는 들뜬 기색이 느껴졌었다. 하지만 그는 그런 것을 느낄 수 없었다. 스스로에게 화가 날지경이었다.

'색을 보지 못하기 때문일까? 하지만 눈은 그냥 하얗다고 했는데.'

잠시 더 바라보던 그는 어쩐지 실망스러운 기분을 느끼며 탑안으로 들어갔다. 다른 직원들과 병사들마저 첫눈이라고 외치면서 잔뜩 호들갑을 떨며 나가는 중이었다. 들어오던 레아킨과마주치자 그들은 움찔하며 눈치를 봤지만 레아킨은 그들을 못본 척해 주었다. 그래서 직원들은 기뻐하며 나갈 수 있었다.

'저것이 왜 아름다운지 누가 나에게 설명을 해 줬으면.'

모든 걸 가르쳐 줄 듯 보였던 비오티는 이제 그를 만나지 않겠다고 했다. 레아킨은 편지를 읽었던 그때처럼 다시 한번 깊은 상실감을 느꼈다.

특히 이네리아 언덕에서 보는 눈은 죽여줘. 눈이 올 때 꼭 가 보도록 해.

과거의 목소리가 문득 그에게 말을 걸었다. 이네리아 언덕? 그녀가 그런 이야기를 했던가? 아니면 자신이 상상하여 들은 걸까.

그는 잠깐 고민했다. 그것은 왼발을 먼저 내딛느냐 오른발을 먼저 내딛느냐 정도의 하찮은, 어쩌면 무의식중에 결정해 버릴지도 모르는 단순한 고민이었다. 레아킨은 그런 기분으로 가 볼 것을 결정했고 다시 몸을 돌려 탑을 나왔다.

걸어갈 만한 거리였지만 굳이 말을 꺼내 왔다. 지난번과 같은 일이 생길지도 몰랐고 지금은 그에게 유리한 밤도 아니었기 때문이다.

말을 타고 하이젤의 대로를 따라 내려가며 그는 점점 더 굵어지는 눈송이를 맞았다. 차고 추웠다. 코트 깃을 세워 얼굴을 가린 채 다시 앞을 향해 나아갔다.

그 언덕에서 본다고 해서 과연 이 광경이 크게 달라질까? 그는 의심하면서 냉담한 공기를 뚫고 지나갔다. 이것을 아름답다고 느끼는 척하는 것도 가능할까? 그는 한 자락 희망을 품은 채 불친절한 골목길로 접어들었다. 어쩐지 그리우면서도 익숙한 기분이었다.

잠시 후 골목길을 벗어나 시야가 탁 트인 언덕 위에 도착했을 때, 그는 마침내 새하얀 풍경과 맞닥뜨렸다. 언제나 회색빛이던 나무도 풀도, 흙마저도 하얀색이었다. 레아킨은 할 말을 잃어버렸다.

"......"

이것이 아름다운 광경인지는 알 수 없었다. 하지만 그대로 언제까지고 그것을 바라보고 싶었다. 실제 그는 말이 푸르릉거리며 갈기에 쌓인 눈을 털어 낼 때까지 그대로 있었다. 세상은 점점 더 하얘졌다. 더, 좀 더 하얗게, 모든 것을 지워 버릴 듯이 그렇게 하얘졌으면 하고 바랐다.

그때 시야에 작은 점이 나타났다. 어머니의 품을 잠시 벗어난 듯 보이는 어린아이였다. 볼 부분이 얼굴색과 다르게 물든 아이는 신이 난 듯 웃어 대며 쌓인 눈 위를 마구 뛰어다녔다. 그러곤 자신이 만든 발자국을 돌아보며 즐거워했다.

그 모습을 보던 레아킨은 어떤 생각 하나를 떠올렸고 그런 자신에게 매우 당황했다. 저 꼬마처럼 눈 위를 걸어 발자국을 남겨 보고 싶었던 것이다. 하긴, 그러면 안 될 이유도 없지 않은가?

그는 말에서 내려 고삐를 쥔 채 눈 위를 천천히 걸어갔다. 뽀득거리며 밟히는 느낌은 묘하게 좋았고 눈 위에 자신의 발자국이 남는 것도 마음에 들었다.

그렇게 걷는 것에 푹 빠져 언덕을 돌아다니던 그는 자신이 익숙한 장소에 와 있다는 것도 깨닫지 못했다. 누군가 오랜만에 듣는 듯한 목소리로 자신을 부르기 전까지는.

"여, 당신."

레아킨은 고개를 퍼뜩 들었다. 그 바람에 머리에 쌓여 있던 눈이 목덜미로 떨어져 몹시 차가웠다.

"이런 우연이 다 있네. 반갑긴 하지만 좀 민망한걸. 만나지 않겠다고 편지를 보낸 게 바로 얼마 전인데 말이야."

그는 떨면서 하얀 눈 사이를 보려고 안간힘을 썼다. 색을 보지 못하는 대신인지 그의 눈은 사물의 움직임에 매우 민감했는데, 검으로 상대를 제압할 때는 더없이 유리하게 작용하는 능력이 지금은 방해가 되고 있었다.

떨어지는 눈송이들의 방향과 각도를 무의식중에 머릿속에 욱여넣고 계산하던 그는 고개를 마구 흔들어 그 생각을 털어버렸다. 그러자 목소리가 웃었다.

"푸하하, 뭐하는 거야."

그 목소리가 방향을 이끌어 주기라도 한 것처럼 그는 갑자기 똑바로 앞을 바라볼 수 있게 되었다. 눈송이들은 단지 흩날리고 차가울 뿐이었다. 그리고 새하얀 세상 앞에 온전히 드러난 그녀.

"참 아름답지. 어때, 내가 기대해도 좋을 거랬지?"

그녀는 웃으며 떨어지는 눈 몇 개를 손으로 장난스럽게 잡아챘다. 그러곤 녹아 버린 눈송이를 아련하게 바라보며 중얼거렸다.

"내가 앞으로 어떤 글을 쓴다 한들, 이것보다 더 아름답고 감동적인 글을 쓸 수 있을까?"

그녀는 시린 듯 손을 비볐다.

"아마…… 그럴 수 없겠지."

그러곤 두 손을 눈가에 가져가 문질렀다. 마치 지금 거기 묻어 있는 게 방금 녹아 버린 눈인 양.

"그런데 당신은 왜 말이 없어? 놀랐어? 나도 마찬가지야. 멀리서 당신이 걸어오는 걸 보면서도 믿기 어려웠다니까."

그녀는 푸근하게 웃으며 그녀가 앉아 있는 바위의 옆자리를 쓸었다.

"앉아. 차갑지만 견딜 만해. 여기 앉아서 조용히 이 광경을 바라보고 있으면 말이야, 그대로 나도 눈이 되어 녹아 버릴 것만 같거든. 꽤 괜찮은 기분이야."

그녀는 레아킨을 바라보며 고개를 한쪽으로 꺾었다.

"앉으라니까?"

레아킨은 입을 열었지만, 처음에는 떨면서 입김만 내뿜었다. 그는 너무나도 혼란스러웠다.

"어떻게 네가 여기 있지?"

간신히 꺼낸 말은 그것이었다. 비오티가 의아해하며 뭔가 대답하려는 순간 그는 다시 물었다.

"어떻게 그가 거기 있었지?"

그녀는 눈살을 찌푸렸다. 하지만 레아킨에게는 차분히 그녀를 이해시켜 줄 정신이 없었다.

"왜 너만이, 너만이 나에게 이런……."

세상은 너무나 하얗고 그를 정신 못 차리게 했다. 그는 자신도 모르게 손을 뻗었다. 손에 닿은 그녀의 얼굴은 차가웠다. 그는 앞을 보지 못하는 사람처럼 그녀가 거기 있다는 확신이 들 때까지 얼굴을 매만졌다.

"이봐?"

당황하는 비오티의 입에서 따뜻한 숨이 느껴졌다. 그제야 레아킨은 멈췄다. 그리고 말할 수 없이 안도했다.

"그래. 정말로 있었군."

그대로 끝나 버린 페이지의 마지막 문장에서 그는 그녀의 숨을 삼켰다.

6. 복수자들의 재회

"으엑, 무슨 짓이야?"

비오티는 그를 밀어냈고 레아킨도 자신의 행동에 적잖이 당황했다.

"나, 나도 모르겠다."

"몰라? 유언은 그걸로 끝이냐?"

비오티가 주먹을 쥐고 뒤로 힘껏 당겼다. 레아킨은 자신도 모르게 눈을 감았지만 그녀는 그것을 내지르지 않았다.

"그래도 생명의 은인인데 때릴 수도 없고…… 당장 날 납득시켜."

레아킨은 세상에서 가장 어려운 문제라도 만난 듯 한참 동안 머뭇거리다가 말했다.

"아무래도 그대를 사랑하기로 결심한 것 같다."

비오티는 입을 떡 벌렸고 그 입으로 적잖이 눈이 들어갔다.

"사…… 사랑하기로 결심했다고? 그건 대체 어느 나라 말이야?"

레아킨은 한숨을 흘려보내고 말을 쏟아 냈다. 갑자기 머릿속이 맑아진 기분이었다.

"그대가 알다시피 나는 무언가 잘 느끼지도 못하고 사랑이 뭔지도 모른다. 하지만 예전에 한번 무언가 느끼는 척해 본 적이 있고, 그게 꽤 성공했던 것 같다. 따라서 사랑하는 척도 가능하지 않을까 생각했고 해 보기로 마음먹었다. 그 대상을 그대로 결정한 것 같다."

비오티는 기가 막힌 듯 그를 바라봤다.

"이런 것마저 그렇게 진지하게 생각하고 고민하고 결정을 내린 다음 논리정연하게 읊는 게 당신네 쿠세…… 아니, 당신 성격이야?"

"그게 마음에 들지 않는다면 앞으로 고쳐 보도록 노력하겠다. 이제부터 그대가 바라는 것과 그대를 기쁘게 할 수 있는 일만 해야 하니."

"그딴 거 필요 없어!"

레아킨은 고개를 갸웃거렸고 비오티는 세상에서 들어 본 적도 없는 신기한 물건을 보는 것처럼 그를 바라보았다.

"어떻게 되어 먹은 인간이야, 도대체. 감정마저도 생각으로 통제해야만 굴러가? 사랑하기로 결정했다고? 이거 진짜 화나네."

"그럼 어떻게 해야 좋겠나."

레아킨도 머리가 뜨거워지는 것을 느꼈다.

"느끼지 못하지만 느끼고 싶어 하는 내가 그럼 어떻게 해야 좋겠나. 하다못해 그것을 느끼는 척이라도 해야 비참하게 만족할 수 있는 사람에게 그것마저 안 된다고 할 참인가? 다리 하나가 없어 절뚝거리는 사람에게 그럴 거면 걷지 말라고 말할 건가? 나를 구원한 게 그대야. 나에게 이런 빌어먹을 것들을 원하게 만든 것이 그대라고!"

달아오른 얼굴 위에 닿는 눈이 소름 끼쳤다. 비오티는 아무 말 없이 그를 바라보기만 하다가, 잠시 후 붙잡고 있던 어깨를 놓고 희미하게 웃었다.

"당신을 구원한 것이 내 잘못이라면, 사죄하기 위해서는 다시 나락으로 떨어뜨려야 하는가 보네."

"그게 무슨…… 허락하는 건가?"

"허락이니 뭐니, 그건 당신 감정인데 내가 무슨 수로 해. 정말 나를 사랑해 볼 거야?"

"내 모든 것을 바쳐서."

레아킨은 가슴에 손을 얹고 엄숙하게 말했다.

"만약 진짜 나를 사랑하게 되는 날이 와도 나는 당신을 받아 주지 않을 텐데?"

"상관없어."

"진심으로 나를 사랑하게 되면 더 이상 상관없게 되지 않을 텐데?"

"그것도…… 상관없다."

비오티는 미소 지으며 그의 손을 잡았다. 그녀의 손만큼은 어째서인지 무척 따뜻했다.

"그렇다면 나는 당신을 만나지 않겠다던 결심을 철회하겠어. 남들이 뭐라고 손가락질을 해도 당신을 진실한 친구로 여기고 곁에 둘게. 그렇지만 일부러 당신을 유혹하거나 사랑하는 척함으로써 도와줄 수는 없어. 그것으로 괜찮겠어?"

레아킨은 만족했다.

"괜찮다."

"정말로 후회하지 않겠어?"

"후회하지 않는다."

모두가 후회하기 전에 반드시 하는 말을 그도 그렇게 내뱉고 말았다.

어쩐지 홀가분한 기분으로 죽은 탑에 돌아온 레아킨은 문 앞에서 나힘과 마주쳤다. 그는 무척 조급해하는 기색이었다.

"무슨 일이지?"

"태제 전하, 큰일 났습니다. 바로에 모여 있던 라노프 군사들이 국경으로 이동하고 있다고 합니다."

"뭐? 그건……."

"곧 전쟁이 일어날 겁니다."

잠시 침묵이 흘렀다. 레아킨은 미간을 좁히며 그를 바라보다가 말했다.

"라노프의 왕이 쿠세에 볼모로 잡혀 있지 않나."

"그들은 새로운 왕을 세우려는 겁니다. 자신의 몸을 보전하려고 나라를 팔아넘긴 라노프 국왕은 더 이상 국민들에게 사랑받지 못하고 있습니다."

"국경에 있는 우리 측 군사들은 어떻게 하고 있지?"

"본국의 지시를 기다리며 일단은 응전할 태세를 갖추고 있습니다. 하지만 많은 숫자는 아닙니다. 라노프를 반드시 사수할 생각이라면 본국에서 군사를 보내오겠지만, 제 생각에 그럴 가능성은 크지 않습니다."

"하필 이런 때 말인가. 난처하군."

모든 것이 잘되어 가려는 이때 세계의 의지는 그와 반대로 흐르려 하고 있었다.

"일단 본국으로 돌아가소서. 군부에 호위 부대를 준비해 두도록 하겠습니다."

"안 돼."

"전하께서 여기 계시다가 무슨 일이라도 생기면…… 황제 폐하께서 전하를 어떻게 생각하시는지 잘 알고 계시잖습니까."

황제 이외의 모든 형제는 국외로 내보내야 함에도 불구하고 얼마 전까지 레아킨만은 어떻게든 곁에 두었던 그다. 동생에 대한 그의 애정은 남달랐고 어딘지 삐뚤어진 구석도 있었다.

"그래도 나는 아직 해야 할 일이 있다."

"무슨 일 말씀이십니까?"

나힘이 집요하게 물어 왔고 레아킨은 그를 단호하게 내칠까 고민했다. 하지만 순수하게 자신과 황제를 걱정하는 것이니만큼 성의를 가지고 답해 주기로 했다.

"라흐를 잡기 전엔 가지 않겠다. 당한 것도 있는데 전쟁이 날 거란 소문 하나에 죽은 탑의 주인인 내가 도망치면 비웃음거리가 될 거다."

"라흐라고요? 그럼 그만 붙잡으면 되겠습니까?"

"일단은."

"알겠습니다. 저도 최선을 다해 도와 드리지요. 대신 한 가지 약속해 주십시오. 저지선이 무너지고 바로에 있는 군대가 국경을 넘는 순간 반드시 본국으로 돌아가셔야 합니다. 볼모로 잡히시거나 여기서 죽음을, 무례를 용서하소서, 당하시는 것이야말로 더 큰 비웃음거리입니다."

그의 말이 거슬리긴 했지만 사실이었다. 레아킨은 신중하게 고개를 끄덕였다.

"알겠다."

"그럼 저는 일단 언제라도 철수할 수 있도록 군부를 정리하겠습니다."

나힘이 돌아가자 방으로 돌아가던 레아킨은 그러나 제일 먼저 이런 고민을 떠올리고 있었다.

비오티에게 선물을 하는 것은 어떨까?

칼라이조는 커피를 즐길 줄 아는 사람이었다. 물론 와인도 좋아하긴 하지만 보랏빛 밤에 자주 가는 게 그 때문은 아니었다. 따라서 오늘처럼 마감을 끝낸 행복한 날이면 그는 홀로 하이젤 거리에 있는 카페로 나와 커피를 마시곤 했다. 혼자라니, 이 얼마나 고요하고 아늑한 시간이란 말인가.

"칼!"

"……그래, 웬일로 이런 날이 있나 했다. 또 너냐, 로즈웰?"

"나 마감했다아!"

자랑스럽게 외치고 2층으로 뛰어 올라오는 로즈웰을 보며 칼라이조는 여유로이 응수했다.

"나도 했어."

"윽, 벌써? 놀려 주려고 했는데, 골려 주려고 했는데, 약 올리려고 했는데!"

"……마음 좀 곱게 먹고 살지 그러냐."

고작 계단 조금 올랐다고 한동안 헐떡거린 로즈웰은 다시 장난기 가득한 얼굴로 외쳤다.

"그리고 이것도 뺏어 왔지!"

"그게 뭔데?"

"무려 죽은 탑의 주인께서 비오티에게 선물을……."

쾅!

"너어, 로즈! 아무리 네 녀석이 깜찍하고 귀여워도 이번 일만큼은 절대 그냥 넘어가지 않을 거야!"

비오티까지 나타났다. 마감 후의 평화고 뭐고 틀렸다고 생각한 칼라이조는 깊은 한숨을 내쉬었다.

"죽은 탑의 주인이 비오티에게 선물을 보냈다고?"

"응. 역시 그거 다 사실이야? 신문에서 막 떠들던, 비오티와 열애 중이라니 뭐니 하던 거 말이야."

"사실이고 뭐고 너 일단 목숨부터 보전해야 하지 않겠냐."

"괜찮아. 비오티는 날 좋아하니까."

말이 끝나기 무섭게 달려온 비오티가 로즈웰의 볼을 잡고 이리저리 비틀었다.

"아야야, 진짜 아프다고!"

"이 눈물 나게 사랑스러운 녀석 같으니. 한 번만 더 누님에게 이런 짓을 해 봐라. 로우젤에서 여기까지 뛰어오게 만들었겠다?"

"그러게 선물이 뭔지 좀 보자니까 왜 안 보여 주냐고."

"그야……."

비오티는 '차마 뭔지 보기 두려워서.'라고 말할 수 없었다. 쿠세인이 앞으로 너를 사랑하겠다고 선언한 다음 보낸 선물이라니, 두려울 만하지 않은가. 전설로만 듣던 사람 눈동자가 박힌 주사위인지도 몰랐다.

칼라이조는 로즈웰의 손에서 건네받은 선물을 이리저리 훑어보더니 말했다.

"책 같은데?"

"나도 처음에는 그렇게 생각했는데, 설마 그럴 리가. 단지 책일 리가 없어. 여는 순간 이상한 게 나올 거야. 틀림없다고."

"아무리 그래도 선물인데 좀 더 너그럽게 생각하지 그래. 그나저나 왜 너한테 선물을 보낸 거야? 안 만나기로 했잖아."

비오티는 뜨끔했지만 차마 그때 레아킨과 나눈 대화들을 이야기할 수는 없었다.

"그, 글쎄. 옛정을 생각해서라거나……."

칼라이조는 의심 가득한 눈길로 그녀를 보고는 허락도 없이 선물을 뜯었다. 로즈웰은 두 볼을 부여잡은 채 눈을 크게 떴고 비오티도 궁금한 듯 흘깃거렸다.

포장지가 찢어지고 드러난 그것은 정말로 책이었다. 게다가 그들 모두가 아는 책. 세 사람은 한참 동안 침묵할 수밖에 없었다.

"이 인간이 지금 나랑 장난하자는 건가?"

"진짜 의도를 모르겠는걸."

칼라이조는 별생각 없이 페이지를 주르륵 넘겨 보았고 그러다가 책 사이에 끼여 있는 메모 하나를 발견했다.

말없이 메모를 노려보던 칼라이조는 비오티에게 그것을 넘겼다. 비오티는 의아해하면서 받아 읽었고 곧 조용해졌다.

"왜? 그게 뭐야? 뭐라고 쓰여 있는데?"

비오티는 한 손으로 얼굴을 가린 채 로즈웰이 보도록 내버려 두었다.

당신은 글을 쓰는 사람이기에 지금껏 많은 책을 선물로 받았을 거요. 그러나 이 책만큼은 한 번도 받아 본 적이 없겠지. 태어나 내가 읽은 모든 책 중에서 가장 소중하고 의미 있는 책을 선물로 보내오.

입을 벌린 채 메모를 읽은 로즈웰은 그만 감동해 버렸다. 그 책은 비오티가 쓴 『호반 위 황금새』였다.

"우와. 이 사람 쿠세인 맞아? 너무 멋지잖아."

비오티는 메모를 빼앗곤 퉁명스레 중얼거렸다.

"멋지긴, 느끼해. 이미 알고 있었지만서도."

그러면서도 그녀는 메모를 다시 조심스레 책에 끼워 넣었다. 그걸 보던 칼라이조는 이미 식어 버린 커피를 단번에 들이켜고 자리에서 일어났다.

"갈란다. 마감 후 휴식까지 방해하는 지겨운 녀석들 같으니라고."

"어딜 가? 이런 날은 보랏빛 밤이 마르도록 마셔야지."

"반 잔에 뻗어 버리는 녀석하고 술 마실 기분이 나겠냐. 네 투정 들어 주는 것도 질렸어."

칼라이조가 짜증 난다는 듯 쏘아붙이고 나갔다. 로즈웰은 애정을 듬뿍 담아 그런 친구에 대한 험담을 시작했고 비오티도 즐겁게 동참했다.

한편 그들 뒤로 서너 테이블 떨어진 곳에 누군가 앉아 있었다. 그의 이름은 게름 이고리였고 하이젤에서 가장 큰 보석상을 하는 사람이었다. 그는 태연한 얼굴을 가장하고 있었지만 탁자 아래 숨겨 둔 손이 사정없이 떨렸다.

그때 누군가 카페 안으로 불쑥 들어왔다. 그는 주의 깊게 카페 안을 쭉 살핀 다음 게름이 있는 곳으로 올라와 그의 등 뒤에 선 채 조용히 물었다.

"당신의 아버지는 어떻게 돌아가셨소?"

움찔한 게름은 이를 악문 채 천천히 씹어뱉듯이 말했다.

"자유로움을 위해 자유로이 죽으셨습니다."

"게름 이고리?"

"맞습니다."

남자가 게름의 맞은편에 앉았다. 그러곤 다시 한번 천천히 주위를 둘러보다 근처에 앉아 있는 비오티와 로즈웰을 보고는 눈살을 찌푸렸다. 하지만 곧 고개를 바로 하고 말을 꺼냈다.

"벤이라고 부르시오."

"알겠소, 벤. 그런데 당신이…… '그' 입니까?"

"아니오. 그분이 직접 모습을 드러내기에 이곳은 적당하지 않소."

"장소가 여기가 아니었다면 그가 나왔을 거란 얘깁니까?"

"당신이 믿을 만한 사람이라면 그랬겠지요."

게름은 테이블 위에 놓아둔 장갑을 손으로 꽉 쥐면서 일어섰다.

"나는 목숨을 걸고 당신들에게 큰돈을 내놓기로 결정했습니다. 그런데 존중은커녕 신뢰조차 못 받는군요. 겁쟁이에게 내줄 돈 따위는 없습니다."

"진정하고 앉으시오. 당신이 진짜 투사이거나 영웅이라 할지라도 요즘 같은 시기에 그분이 무턱대고 타인과 마주 앉을 순 없소. 그러니 내가 먼저 온 것이고, 아직 당신은 날 잘 모르겠지만 내 진짜 이름을 안다면 충분한 존중을 보였다고 생각할 거요."

게름은 그를 노려보다 어쩔 수 없다는 듯 다시 자리에 앉았다.

"혁명단에서 꽤나 높은 위치에 있으신가 보군요."

"그에 대해선 천천히 알게 될 것이오."

작은 목소리로 이야기를 나누는 그들을 카페 1층 구석에 앉아 있는 두 남녀가 훔쳐보고 있었다. 그것은 분장한 레아킨과 귀스트였다.

"베세토가 직접 나오다니 의외로군요. 이거 붙잡고 싶어서 몸이 근질거리는데요."

"베세토라고?"

"라흐의 오른팔입니다. 한때 그가 만들어 낸 소문만으로 쿠세 군부와 죽은 탑 간에 심각한 내분이 일어났죠. 덕분에 꽤 많은 피해를 입었고 그 후로는 성공적인 음모론자라고 불리며 라흐의 절대적인 신임을 얻고 있습니다."

"그런가? 그럼 알고 있는 것도 많겠군."

대답은 그렇게 하면서도 레아킨의 시선은 비오티에게 향했다.

그 모습을 본 귀스트가 입술을 비틀었다.

"집중 좀 하시죠. 누구 때문에 이 꼴을 해 가며 여기 앉아 있는지 잊으신 겁니까?"

"걱정하지 말게. 썩 잘 어울리니까."

전날 변장하는 게 좋겠다는 레아킨의 의견에 귀스트는 그만 주워 담지 못할 말을 내뱉고 말았는데, 가장 경계를 덜 받는 건 남녀 한 쌍이라는 논리였다. 그에 따라 지금 귀스트가 여장을 하고 있었다.

"어울리고 뭐고, 저 녀석을 여기서 붙잡으실 겁니까?"

"글쎄, 그를 붙잡아 고문한다고 해도 혁명단에 대한 정보나 라흐의 위치를 알아낼 수 있을지 의문이군. 그런 인물이라면 라흐가 지금 같은 자리에 앉혀 놓지도 않았을 텐데."

"정확한 판단이십니다."

두 사람은 일단 더 지켜보기로 했다. 하지만 그럴 것도 없이 게름과 베세토가 금세 자리에서 일어났다. 게름은 주위를 살피고는 옷에서 봉투를 꺼내 베세토에게 전달했다. 베세토는 무엇인지 묻지도 않고 옷 속에 넣고는 미련 없이 몸을 돌렸다.

그가 카페를 나가자 귀스트는 따라 일어섰지만 레아킨은 자리에 앉은 채 말했다.

"일단 그를 붙잡지 말고 따라가도록. 나는 따로 할 일이 있다."

뭐냐고 물으려던 귀스트는 비오티 쪽을 힐끔거리고는 질렸다는 얼굴을 했다.

"라흐를 붙잡자고 하신 분은 대체 누구였는지 궁금하군요. 연애질이든 뭐든 마음대로 하십시오."

귀스트는 밖으로 나와 적당한 거리를 유지하며 베세토의 뒤를 밟았다. 베세토는 의외로 미행을 신경 쓰지 않고 앞만 보고 걸어갔다. 곧장 라흐에게 갈 일이야 없겠지만 어디까지 가나 한번 따라가 보기로 했다.

하이젤을 쭉 가로질러 로우젤에 닿기까지 베세토는 한 번도 뒤를 돌아보지 않았다. 그 자신감 넘치고 조심성 없는 태도는 오히려 귀스트를 불안하게 만들었다.

반면 귀스트는 뒤따라오는 다른 누군가가 없는지, 베세토가 지나가다 특별한 행동을 하지는 않는지 주의 깊게 살피느라 신경이 곤두서 있었다. 베세토의 걸음은 빨랐고 적당히 거리를 유지한 채 그를 쫓느라 정신적으로 몹시 지쳤다. 그래서 로우젤 청사 근처의 골목을 돌았을 때 갑자기 누군가 덮쳐 오는 것도 막지 못했다.

빽 하는 소리와 함께 귀스트는 속절없이 바닥에 쓰러졌다. 하지만 정신을 잃지는 않았다. 세상이 뒤집히는 역겨움 속에서 다만 간신히 기절을 가장한 채 누워 있었다.

"워낙 힘차게 걷느라 드레스 밖으로 남자 구두가 드러난 것도 몰랐나 보군."

상대가 중얼거리며 가발에 손을 대는 순간, 귀스트는 번쩍 눈을 뜨면서 그 손을 잡고 비틀었다. 우드득 소리가 나면서 상대의 팔이 사정없이 뒤로 꺾였다. 귀스트는 순식간에 일어나 그를 바닥에 내동댕이치고 무릎으로 등을 눌렀다. 남자는 숨이 넘어가는 소리를 냈다.

"방금 그거 꽤 아팠어."

"쿠세의 개…… 이 민족의 배신자!"

귀스트는 그의 얼굴을 거친 바닥에 대고 짓눌렀다. 남자가 괴로워하며 무어라 외치기 위해 애쓰는 동안 귀스트는 고개를 들고 주변을 살폈다.

"젠장, 놓쳤잖아. 이 복수를 누구에게 한다?"

태연하게 두리번거리던 그는 자신의 손에 잡힌 남자를 내려다봤다.

"역시 너밖에 없는 거 같다."

입꼬리를 올려 웃으며 그 목으로 손을 가져가는 순간 귀스트는 새된 바람 소리 같은 것을 들었다. 그리고 그 소리가 무엇인지 판단하기도 전에 등에 어마어마한 충격을 느꼈다.

그는 쓰디쓴 것을 토해 내며 남자의 몸 위로 쓰러졌다. 이번 기절은 가장이 아니었다.

라흐는 웃음을 참지 못했다.

"이거 너무도 엄청난 행운에 말이 안 나오는군. 이렇게 간단히 귀스트 아고스토가 붙잡혔다고?"

하지만 베세토의 표정이 좋지 않았다.

"미행당했어. 게름 이고리도 한통속일 거다."

"표정 풀라고. 게름이고 뭐고 한통속이면 어때. 돈도 받았다며. 그까짓 돈이야 이 자식을 붙잡은 거에 비하면 아무것도 아니지만."

라흐는 즐거워 못 견디겠다는 듯 묶인 채로 바닥에 쓰러져 있는 귀스트를 발로 툭툭 찼다.

"천하의 귀스트가 이런 꼴로 누워 있다니 불쌍하기까지 하군. 그런데 이렇게 예쁜 짓을 한 게 대체 누구야? 누가 따라오고 있었지?"

혁명단의 고위 당원들은 결코 혼자 움직이지 않고 반드시 한명 이상 호위가 붙는데, 본인도 모를 만큼 철저하게 몸을 숨긴 채 따라다녔다. 처음 귀스트를 공격한 것도 그 호위였다.

"별로 하잘것없는 놈이야. 그런 놈에게 당했다는 것이 믿기 어려울 정도다."

"무슨 그런 소릴. 영리하게 기습한 모양이지."

"그렇지만……."

베세토는 뭔가 석연치 않다고 생각했다. 아까 그 골목에서 자신의 뒤를 따르던 당원이 갑자기 그를 소리쳐 불렀다. 외부에서 그런 일은 금지되어 있는지라 불쾌해하며 가 보니 그는 놀랍게도 귀스트를 붙잡고 있었다.

흥분한 채로 그가 설명한 상황인즉슨, 본래 자신이 제압당해 있었는데 귀스트가 갑자기 정신을 잃고 쓰러졌다는 거였다. 아마도 자신이 가한 최초의 일격에 뒤늦게 충격을 받은 것 같다고 덧붙였다.

"그에게 포상을 줘야겠어."

라흐는 여전히 들뜬 목소리로 말했다.

"그래야지. 그보다 이 녀석은 어떻게 할 거지?"

"독립 후 붙잡았더라면 공개 재판 후 처형했겠지만, 일이 이렇게 되면 지금 죽여서 죽은 탑 앞 광장에 목을 매다는 것도 나쁘지 않겠어. 전쟁이 일어날 거란 소문으로 흉흉한 지금 적들의 사기를 떨어뜨리기에 더할 나위 없겠지."

"정말 괜찮겠나?"

"괜찮지 않으면?"

라흐는 웃는 얼굴 그대로 무섭도록 냉정하게 말했다.

"내 가족을 그렇게 만든 녀석을 아직까지 내가 친구라고 생각할 것 같아?"

"미안하다. 괜한 것을 물었군."

"알았으면 지금부터 급한 곳에 나눠 줄래? 나는 옛 친구를 깨워 이야기를 좀 나눠야겠어."

베세토는 고개를 끄덕이고 나가려다, 지나가는 투인 것처럼 들리도록 몹시 애쓰면서 물었다.

"카이라 양은 어디 갔지?"

"죽은 탑에. 귀스트는 잡았으니 이제 그 태제 나리만 끌어내면 돼."

베세토는 입을 꾹 다물고는 대꾸 없이 밖으로 나갔다. 동시에 귀스트가 눈을 떴다. 그는 아까부터 깨어 있었기에 자신이 처한 상황에 놀라지도 않고 조용히 라흐를 바라보았다.

"오랜만이군, 라흐."

라흐도 오랜 친구의 친근하고 잔인한 눈동자를 마주 봤다.

"그러게. 그나저나 이 꼴이 뭐야, 귀스트. 못 본 사이 여장하는 취미가 생긴 줄은 몰랐는걸."

"시끄러워. 재회를 나누기에 앞서 내가 잘못 들은 건가 싶어 좀 묻겠는데, 방금 태제 나리라고 했나?"

라흐는 대답 없이 웃으며 의자를 가져다 귀스트 앞에 놨다. 그러곤 두 다리 벌려 앉은 채 여유롭게 술병을 기울였다. 한 모금 마시고 또 한 모금. 귀스트는 그가 일부러 그런다는 걸 알았고 그래서 초조한 기색을 드러내고 싶지 않았지만 도저히 궁금증을 참기 힘들었다.

"그 짜증 나는 버릇 아직도 못 버렸군. 대답해 주면 고맙겠는데."

"곧 죽을 놈의 궁금증 따위 덜어 주는 취미는 없어서."

"그랬군."

귀스트가 새삼스럽게 친구의 악질적인 면을 깨달아 그런 말을 내뱉은 건 아니었다. 다만 이전부터, 그러니까 죽은 탑의 심판관으로 있을 때 급히 날아온 통보와 그에 맞춘 듯 갑자기 등장한 쿠세인, 목적이 불분명한 그의 행동과 나힘의 이상한 태도 등이 머릿속에서 하나씩 맞아떨어져 갔다.

"그가 어딘가에 결함이 있다는 황제의 동생이었군."

그렇게 말하고 나서 귀스트는 갑자기 웃기 시작했다. 라흐는 고개를 갸웃거리며 말했다.

"네가 생각해도 어이없지? 소문이 사실인 모양이더라. 정신이 나가지 않고서야 이런 땅으로 스스로 올 리 없잖아."

"아…… 제기랄, 우스워서 욕이 다 나오는군. 그가 왜 왔는지 넌 알고 있나?"

"아니, 군부에서도 황당해하는 눈치던데. 뭐라더라. 가출이랬던가?"

"가출?"

귀스트는 다시 한번 웃었다.

"하긴, 진짜 그런 어처구니없는 짓을 할 만한 분이긴 하지."

"목소리에서 어쩐 정든 기색이 느껴지는데. 사이가 좋은가 보지?"

"글쎄. 아무튼 좋은 정보 알려 줘서 고맙군. 내게 꼭 필요한 거였어."

좋은 정보? 라흐는 눈살을 찌푸리며 반문하려다 그가 그냥 배짱을 부리는 것이려니 생각했다.

"그러고 보니 너한테 물을 게 있어. 요즘 지하 감옥에서 오랜 시간을 보낸다던데, 거기서 대체 뭘 하고 있는 거야? 거기 누가 있지?"

대답이 없었다. 귀스트의 얼굴이 강철처럼 굳어지는 것을 보고 라흐는 그가 결코 말하지 않으리라는 걸 알았다.

"우리 동지 하나가 그걸 알아보려다 없어졌는데, 그것도 아마 네 짓일 테지. 이런 식이면 나도 널 따라 해 볼 수밖에 없어. 고문으로 시작해서 마지막엔 살려 달라는 말 대신 죽여 달라는 말이 나오게끔 말이야. 과연 고문과 화형으로 악명 높았던 죽은 탑의 전 심판관께서는 어디까지 버틸 수 있을까?"

라흐의 말투에서 짓궂은 장난을 앞둔 악동 같은 기색이 묻어났다. 귀스트는 그래도 끝까지 입을 다물었다.

"그렇게 나온단 말이지. 뭐, 할 수 없군. 생각 같아서는 내가 직접 하고 싶지만 사람들이 원하는 영웅 라흐가 그런 짓을 해서는 안 되겠지. 대신 전문가를 불러 줄게. 절대 실망하지 않을 만한 인물로."

라흐는 문 쪽으로 걸어가다 갑자기 되돌아와 귀스트의 배를 있는 힘껏 걷어찼다.

"동생 몫이다, 이 개자식아! 라이라는 너를 오랫동안 좋아했어. 사랑하던 남자가 자신을 처형대 위에 매달 때 그 아이가 어떤 기분이었을지 생각해 봤나? 나는 절대로 너를 그냥 죽이지는 않을 거야, 절대로. 입을 다물어 줘서 오히려 고맙다. 부디 끝까지 그래 다오."

그는 한 번 더 귀스트를 걷어찼다. 그러곤 스스로 진정하려는 듯 머리를 힘껏 쓸어 올리고는 크게 한숨을 내쉬었다. 그런 다음 밖으로 나가기 위해 문을 열었을 때, 분명 아는 얼굴임에도 이 자리에서 보기에는 너무나 낯선 누군가와 마주했다.

"전문가를 찾았나?"

상대의 단조로운 목소리에 라흐는 입을 열었지만 아무 대답도 하지 못했다. 어쨌든 갑자기 얼굴을 얻어맞으면 누구라도 말대신 비명을 먼저 토하는 법이다.

라흐가 코를 붙잡고 쓰러지자 귀스트는 상황을 이해하려는 듯 눈을 몇 번 깜빡였다. 그런 일이 생기면 으레 그렇듯 레아킨은 친절하게 설명했다.

"내가 할 일이 있다고 하지 않았나."

"젠장, 심판관님! 이렇게 욕이 나오도록 반가울 줄 몰랐습니다."

귀스트가 허탈하게 웃다가 물었다.

"아까 그건 비오티를 만나려던 게 아니었습니까?"

"물론 아니다. 카페에서부터 따라왔지."

"잠깐, 그럼 제가 공격당하는 것도 보셨을 텐데요?"

"봤다."

그의 웃음기 없는 얼굴을 보고 귀스트는 다음으로 이어질 말을 암담하게 직감했다.

"사과하겠다. 아까 좀 세게 친 것 같더군."

"맙소사, 그게 심판관님 짓이었습니까?"

"그대를 붙잡았다는 사실에 흥분하여 그들이 곧장 본거지로 갈 거라고 생각했다. 확실히 뒤도 신경 쓰지 않고 가더군."

귀스트는 욕설을 내뱉었지만 얼굴은 웃고 있었다.

"아무튼 다행이군요. 과연 어디까지 버틸 수 있을지 저도 궁금했는데 말입니다. 그래도 미리 한마디쯤 해 주셨더라면 좋았을 텐데요."

"그랬더라면 이렇게 순조롭게 풀리지도 않았겠지."

"하긴. 일단 이것부터 좀 풀어 주십시오."

하지만 레아킨은 움직이지 않고 가만히 그를 내려다봤다. 귀스트는 문득 불안해졌다.

"왜 그러십니까?"

"흥미로운 대화들을 나누기에 잠깐 엿들었다."

어디까지 말해야 할까, 어디까지 말할 수 있을까. 빠르게 머리를 굴린 귀스트는 별거 아니라는 듯 내뱉었다.

"심판관님께서 쿠세의 태제라는 것은 듣지 못한 걸로 하지요."

"그래 주면 고맙겠군. 라노프에 왜 왔는지도 묻지 않을 텐가?"

"물론입니다."

"한마디 덧붙이자면, 내 정신은 올바르다. 유복한 생활이 지루해져서 가출한 어린아이 같은 짓을 한 것도 아니다. 내게는 분명한 목적이 있고 그걸 위해 지금도 여기에 있다."

"아, 네. 물론 그러시겠지요."

귀스트는 잔뜩 비꼬아 대답한 뒤 잠자코 다음 말을 기다렸다.

"그런데 지하 감옥에는 뭐가 있다는 거지?"

"······그냥 모른 척해 주시면 안 되겠습니까?"

"나도 라흐가 하려던 짓을 해야 하나?"

"그건, 제길. 다 말씀드릴 테니 일단 이곳부터 벗어나지요. 언제 당원들이 들어올지 모릅니다."

"밖에 있던 자들을 이야기하는 거라면 다들 쓰러져 있다. 베세토를 비롯해서 말이지. 그들을 처리하느라 좀 늦었다."

그의 몸에 있는 자잘한 상처들은 그러느라 생긴 듯했다.

"더 올지도 모릅니다. 죽은 탑으로 돌아가면 직접 보여 드릴 테니 이만 풀어 주십시오."

그 말을 믿는 듯 레아킨은 바로 칼을 휘둘러 밧줄을 끊어 냈다. 팔을 주무르며 일어선 귀스트는 라흐를 곤란하다는 듯 바라보았다.

"죽은 겁니까?"

"설마. 그렇게 세게 치지 않았는데."

레아킨은 그의 목에 손을 대 보고는 고개를 끄덕였다.

"살아 있군. 스스로에게 불행일지 다행일지 모르겠지만."

말을 마치고 그는 라흐를 어깨에 둘러메었다. 밖으로 나온 귀스트는 레아킨의 말대로 여기저기 쓰러져 있는 남자들을 볼 수 있었다.

"혼자 이걸 하신 겁니까?"

"아니."

문답이 끝나자 기다렸다는 듯 나힘이 모습을 드러냈다. 그는 정신을 잃은 베세토를 한쪽 어깨에 걸치고 있었다.

"나머지들은 어떻게 할까요?"

"이곳이 청사 바로 아래이니 직원들에게 부탁해서 죽은 탑으로 연행해라. 물론 그 일을 수행한 직후 이곳의 모든 직원들도 감금하고 조사한다. 혁명단의 본거지가 자신들 발밑에 있었다는 사실을 몰랐을 턱이 없으니까."

"알겠습니다."

나힘은 자기 몸집만 한 남자를 어깨에 메고도 훌쩍 담을 뛰어넘었다. 그가 사라지자 귀스트가 갑자기 무거운 목소리로 레아킨을 불렀다.

"태제 전하."

레아킨은 걸음을 멈추고 뒤를 돌아보았다. 그 호칭이 마음에 들지 않았다.

"이전처럼 심판관이라고 불러라. 무슨 일이지?"

"어머님의 죽음을 기억하십니까?"

레아킨은 눈살을 찌푸렸다. 매우 뜬금없는 질문이었다. 그것도 혁명단의 본거지에서 그 수괴를 어깨에 멘 채로 듣기에는 더더욱.

"갑자기 그런 걸 왜 묻는 거지?"

"기억 못 하시는 겁니까?"

레아킨은 불쾌감을 느꼈지만 인내심을 가지고 대답했다.

"기억하지 못한다. 내가 아주 어렸을 때라고 들었다."

귀스트는 잠자코 고개를 끄덕였다. 더 말이 없자 레아킨은 먼저 성큼성큼 걸음을 옮겼다. 그가 적당히 멀어지자 귀스트가 뒤에서 낮게 중얼거렸다.

"천만에. 그건 당신이 열세 살 때였어."

묘하고 불편하기 짝이 없는 자리였다.

비오티는 신경질적으로 목덜미를 긁다 그것을 경박하다는 듯 바라보는 상대방의 눈에 기분이 팍 상했다. 네가 그럴 처지는 아니지 않느냐면서 마주 쏘아보려고 했지만 상대는 깔끔하게 눈을 돌려 버렸다. 그래서 기분은 더 나빠졌다.

"당신이 여기서 뭐 하는 거야?"

"그러는 당신은?"

"내가 왜 말해야 하는데?"

"그럼 난 왜 말해야 하지?"

비오티는 분한 듯 상대를 쏘아보다가 품속으로 손을 넣었다. 하지만 아무리 휘저어도 잡히는 게 없었다.

'아, 그 망할 자식에게 던져 주고 왔지.'

괜히 그랬다 싶었다. 파이프를 새로 하나 사든지 시가를 들고 다니든지 했어야 하는 건데.

"어이, 담배 있어?"

"있지만 주고 싶지 않네."

"거 되게 밉상이네."

비오티는 의자 깊숙이 몸을 파묻었다가 몇 초도 지나지 않아 다시 벌떡 일어섰다. 정서 불안한 사람처럼 방 안을 걸어 다니던 그녀는 구석에 있는 책장을 발견하고 그쪽으로 걸어갔다.

"히야, 검열 통과 못 하고 사라진 책들이 다 여기 있네."

그녀는 하나둘 꺼내 보기 시작했고 다소곳한 자세로 앉아 있던 카이라는 그런 그녀에게 쏘아붙였다.

"주인도 없는 방에서 너무 무례하게 행동하고 있다고 생각하지 않아?"

"나 무례한 거야 하늘도 알고 땅도 알고 우리 아버지도 알고 라흐 자식도 알고 이 방 주인도 알아."

가만히 듣던 카이라는 라흐라는 단어에서 눈썹이 꿈틀거렸다. 그녀는 태연한 척하며 지나가는 말로 얘기했다.

"남의 남편이 될 사람에게 함부로 자식이라는 말 같은 건 붙이지 않았으면 좋겠어."

확실히 반응이 있었다. 책장을 넘기던 비오티의 손이 멈췄다.

"남편? 누구 남편? 설마 당신 남편?"

"그래."

"푸하!"

비오티는 마구 웃었고 카이라는 얼굴을 곱게 찌푸렸다.

"일부러 웃는 척할 필요 없어. 아직도 그를 사랑하지?"

"아…… 뭐, 사랑? 했었지."

너무 아무렇지 않게 대답해서 카이라는 오히려 놀랐다.

"그런데 당신 말이야. 라흐가 나중에 결혼해 주겠다느니, 그러니 조금만 참으라느니, 그러니까 이것만 해 달라느니, 그딴 소리를 다 믿고 있는 건 아니지?"

"그는 그런 조건을 붙이지는 않았어. 다만 독립 후에……."

"똑똑해 보이는 사람이 왜 그래? 독립 후에 결혼하자는 말이 그거지 뭐야. 당신이 몸 바쳐 독립에 이바지한다던 것도 다 그 녀석 때문이었나 보네."

"그렇지 않아! 단지 라흐 때문만은 아니야."

"그렇다면 다행이고. 하지만 그건 라흐도 마찬가지일걸."

무슨 말이냐고 되물으려는 순간 비오티가 말했다.

"그 녀석은 더 이상 아무것도 사랑할 수 없는 녀석이야. 머리도 가슴도 영혼도 모두 다 조국에 줘 버렸으니까. 라노프가 독립되면 라노프와 결혼하겠지."

"그게 무슨 뜻이야?"

"뻔하잖아. 그 녀석, 왕이 되려고 할 거야."

왕? 카이라는 처음에 기가 막힌다고 생각했고, 하지만 라흐라면 어울린다고 생각했고, 마지막에는 정말로 그럴지도 모른다는 생각까지 했다.

"하지만 만약 그가 진짜 왕이 된다면……."

거기서 말이 더 이어지지 않았다. 그렇게 되고 나면 자신은? 자신이 독립을 위해 무얼 했든, 라흐를 얼마나 사랑하고 또 라

흐가 자신을 얼마나 사랑하든 그 모든 것과는 상관없이 절대
로……

"결혼할 수 없네."

코케트는 결코 왕비가 될 수 없으니까. 침묵하고 있는 카이라
에게 비오티가 나직이 말했다.

"그런 녀석을 좋아하고 있는 대로 퍼 주다간 제명에 못 죽어.
아직 늦지 않은 것 같으니까 당신도 다시 생각해 보는 게 어때?
당신의 몸 말고 더 많은 걸 나라에 바치도록 요구하기 전에 말
이지."

꽉 맞잡고 있던 카이라의 손이 부들부들 떨렸다. 그녀는 자
리에서 벌떡 일어나 방에서 나가기 위해 문으로 걸어갔다. 하지
만 문은 그녀의 손이 채 닿기도 전에 저절로 벌컥 열렸다.

"아……."

레아킨이었다. 카이라를 본 그는 어쩐지 놀란 기색이었다. 잊
고 있었던 걸 예상치 못한 곳에서 발견한 것처럼.

카이라는 속이 엉망진창이었지만 목표를 본 그녀의 몸에선
저절로 코케트다운 몸짓과 목소리가 흘러나왔다.

"어딜 다녀오신 거예요? 얼마나 기다렸다고요."

그러면서 그의 팔을 안고 방으로 이끌었다.

"아, 나는……."

뭔가 설명하려던 레아킨은 그때 책장 앞에 서서 굳어 있는
비오티를 발견했다. 그녀는 눈을 크게 뜬 채 지금 상황을 이해

226

하려 하고 있었다.

"이봐, 당신. 지금 내 눈에 보이는 이 광경이 뭐야?"

레아킨이 대답하려는 순간 카이라가 다급히 외쳤다.

"이런, 피가 나잖아요! 이 상처는 뭐예요? 여기 앉아요. 당신
은 볼 때마다 다쳐 있군요."

레아킨은 속절없이 그녀의 손에 끌려갔고 반강제적으로 소
파에 앉게 되었다. 카이라는 수선을 떨며 가방을 열고 약과 붕
대 등을 꺼냈다. 그녀가 상처를 치료하며 점잖게 타이르는 동안
레아킨은 비오티를 바라보았다.

"그대는 여긴 어쩐 일이지?"

카이라와 레아킨의 모습을 쳐다보던 비오티는 퉁명스럽게 내
뱉었다.

"이봐, 당신은 사랑한다는 사람에게 말투가 그게 뭐야? 그래
도 선물을 받았으니 고맙다는 말이나마 하려고 이 몸이 직접
찾아왔는데, 보고 싶었다는 등 오늘도 참 아름답다는 등 그런
이야길 해야 할 거 아냐."

레아킨은 고개를 갸웃거리더니 조금 쑥스러운 투로 이야기
했다.

"오늘도 참 아름답군. 보고 싶었다."

설마 정말로 따라 할 줄은 몰랐던 비오티는 뜨악한 얼굴을
했고, 카이라 또한 이 상황에 놀라 고개를 들었다.

"그게 무슨 말이에요?"

그녀는 손을 멈추고 레아킨과 비오티를 번갈아 봤다.

"심판관님, 저 여자를 사랑한다고요?"

"그래."

너무도 간단한 대답에 할 말을 잃어버린 카이라의 눈에 문득 분노가 서렸다. 하지만 그녀는 화내는 대신 고개를 숙이고 두 손으로 얼굴을 감쌌다. 그러곤 거짓 울음을 터뜨렸다.

"어떻게 그러실 수가 있죠? 그럼 그때 제게 하신 말씀은 다 뭐예요? 그날 밤까지 저와 함께 있었던 건 또 뭐고요? 저에게 얼굴을 그려 달라고 말씀하셨잖아요. 코도 입도 필요 없으니 눈만, 그 눈으로 오직 저만 보겠다고요."

이번에는 비오티가 턱을 빠뜨렸다.

"뭐라? 그러니까 이건…… 내가 쓴 글에 나오는 대사를 저 여자 에게 읊었다 이거야? 그리고 뭐, 밤까지 함께 시간을 보냈다고?"

"그래."

레아킨은 뭐가 잘못됐다는 건지 모르는 사람처럼 담담히 대 답했다. 어처구니없다는 듯 그를 바라보던 비오티는 머리를 감 싸 쥐었다.

"아, 난 이해 못 해. 죽어도 쿠세인 따위는 이해하지 못할 거 야. 그래 놓고 나에게 사랑하겠다느니 그런 말을 지껄였단 말이 지? 당신, 그거 알아 둬. 앞으로는 진짜 끝이야!"

그녀는 들고 있던 책을 신경질적으로 꽂아 넣고 성큼성큼 방 안을 가로질렀다. 그대로 나가려는 그녀의 등에 레아킨이 말을 꽂았다.

"뭐가 끝이라는지 모르겠지만 가기 전에 할 말이 있다. 라흐를 붙잡아 왔어."

레아킨이 언급한 그 남자는 그때 신문실에서 자신을 감시하는 직원을 조롱하는 중이었다.

"어이, 위에서 밥은 잘 나오냐?"

"입 다물어."

"개 노릇을 하려면 주인한테 밥이라도 잘 얻어먹어야지."

곤봉을 든 직원의 손이 움찔거렸다. 그는 라흐를 노려보며 살기가 뚝뚝 떨어지는 목소리로 말했다.

"한마디만 더 해 봐."

"열 마디도 해 줄 수 있어. 아무튼 너희 죽은 탑의 개들은 지조란 게 없어. 일전에 여기서 우리 동지가 죽었던…… 이름이 뭐더라? 별 쓰레기 같은 놈은 우리한테 투항할 테니 살려 달라고 어찌나 빌던지."

직원이 손에 든 곤봉으로 라흐의 뺨을 사납게 후려쳤다. 의자에 묶여 있던 라흐는 의자째로 바닥에 내동댕이쳐졌다. 곁에 똑같이 묶여 있던 베세토는 눈을 질끈 감았다.

"그 녀석의 이름은 칼슨이다!"

성이 난 직원이 곤봉으로 사정없이 라흐를 구타하자 베세토에게까지 피가 튀었다. 베세토는 입술을 꾹 다문 채 밖에서 누군가 이 소리를 듣기만을 바랐다. 그의 바람대로인지 오래 지나지 않아 문을 열고 다른 직원이 뛰어 들어왔다.

"뭐하는 거야? 감시하라고만 했잖아!"

그는 씩씩거리는 동료를 뒤에서 붙잡아 바깥으로 끌고 나갔다. 두 사람이 나가고 문이 닫히자마자 바닥에 쓰러져 있던 라흐가 태연히 입을 열었다.

"이렇게 되었으니 그 방법밖에 남지 않았군. 언제 시작되지?"

"우리가 잡힌 게 오늘이니, 내일."

"그럼 내일 저녁이나 되어야 움직일 수 있겠군."

"그 전에 죽지만 않는다면 말이지. 방금 전이야 저놈을 내보내기 위해서였다고 해도 이제부터는 그러지 마."

"나도 좋아서 한 건 아니야. 젠장, 이빨이 부러진 것 같아."

그때 다시 벌컥 문이 열렸다. 두 사람은 긴장하며 입을 다물었지만 들어온 건 직원이 아닌 의외의 인물이었다.

"비오티? 네가 어떻게 여기 있어?"

비오티는 뭐라 형용하기 어려운 표정으로 다가와 라흐를 일으켜 주었다.

"바보 같기는. 절대 잡히지 않는다고 자신하더니."

"저 자식이 멍청한 짓을 하지만 않았어도 잡히지 않았어."

베세토는 욱하는 얼굴로 라흐를 쏘아보았지만 아무 말도 하지 못했다.

"뻔하지. 귀스트를 잡았다고 희희낙락해서는 뒤도 제대로 확인하지 않고 왔겠지."

"그건 내 역할이 아니잖아, 내 뒤를 따라오던 녀석의 역할이지! 그놈이 귀스트를 잡아 왔으니 칭찬해 줘야겠다고 한 건 누구였더라?"

이번에는 라흐가 베세토를 노려보았다. 비오티는 고개를 젓고 라흐의 얼굴에서 피를 닦아 주었다.

"지금 상태들이 썩 만족스러운가 보네. 서로 싸울 생각이 드는 걸 보면."

"후. 그래, 이럴 때가 아니지. 그런데 너는 왜 여기 있는 거야?"

"네놈이 말했다시피 나랑 심판관이 좀 특별한 관계라서."

"그럼 그 심판관에게 말해서 날 좀 풀어 달라고 해 주겠어?"

"헛소리할 기운도 있나 보네?"

라흐는 킬킬거리고 웃었다. 그 얼굴을 가만히 바라보던 비오티가 작게 말했다.

"그 코케트도 와 있어."

그 말에 반응한 건 라흐가 아닌 베세토였다.

"카이라 양이? 설마 그녀도 발각된 거요?"

"그건 아니에요. 그 여자도 심판관을 만나러 왔어요. 당신들이 붙잡혔다는 얘길 듣고 표정 관리를 잘 못 하던데, 심판관이 그런 것에 무심한 덕에 알아차리지 못했어요."

베세토는 크게 한숨을 내쉬었다.

"정말 다행이군요. 그녀에게 이곳을 빨리 벗어나라고 전해 주십시오."

그러자 라흐가 발끈했다.

"누구 마음대로 명령하는 거야? 안 돼, 카이라도 여기 있어야 해."

"지금 그녀가 할 수 있는 일은 없어. 보내 줘."

"몸을 바쳐서라도 우릴 꺼내라지."

그의 빈정거림에 베세토가 고함을 치려는 순간, 비오티가 대신 라흐의 뺨을 후려쳤다.

"무슨 짓이야?"

그녀는 라흐의 다른 쪽 뺨도 때렸다.

"이봐!"

"내가 알던 라흐는 도대체 어딜 간 거야?"

비오티는 그의 두 어깨를 잡고 파르르 떨었다.

"내가 사랑한 그 남자는 어딜 간 거냐고!"

라흐는 고개를 돌려 피 섞인 침을 탁 내뱉었다.

"네가 말하는 그 나라는 게 멍청한 몽상가였던 옛날을 이야기하는 거라면, 네 말마따나 죽은 지 오래야. 그리고 나는 그런 내 과거가 수치스러워."

"그래도 그때의 너는 제법 인간적이었어. 모두가 좋아하는 사람이었다고! 하지만 지금은 그냥 버러지야."

"버러지여도 상관없어. 라노프가 독립되고 저 쿠세인들을 모조리 쳐 죽이고, 귀스트 아고스토가 내 눈앞에서 처형되기만 한다면 아무것도 상관없어!"

그의 두 눈에서 분노가 광기처럼 너울거렸다. 비오티는 고개를 떨어뜨리며 그의 가슴을 내려다봤다. 하지만 그 가슴이 꿈꾸던 이상과 희망으로 넘치던 시절을 볼 수가 없었다.

그날, 라흐가 두 눈으로 가족과 친구의 죽음을 지켜보던 그날, 모두가 라흐를 겁쟁이에 소인배라고 비웃으며 빨리 처형할 것을 재촉하던 그날…… 그녀는 울었다. 오히려 울지 않던 라흐의 가슴에서.

"내가 할 수 있는 일이 있다면 말해."

비오티가 충동적으로 내뱉었다. 라흐는 아무 대답이 없었고 베세토만이 조심스레 두 사람을 번갈아 봤다. 한참 후, 어쩐지 그녀를 똑바로 바라보지 못하면서 라흐가 입을 열었다.

"예전이나 지금이나 내가 너한테 바라는 건 한 가지야."

비오티는 그게 무언지 알았다. 그래서 잡고 있던 어깨를 가만히 놓았다.

"그렇다면 더 할 이야기 없어."

비오티가 돌아서자 베세토는 안타까운 표정을 지었지만 라흐는 더 말하지 않았다.

밖으로 나온 그녀는 기다리고 있던 귀스트와 마주쳤다. 귀스트는 따라오라는 듯 고개를 까딱였고 비오티도 잠자코 그를 따라갔다.

탑의 뒤쪽은 한산했고 짧지만 별채로 통하는 가로수 길도 있었다. 귀스트는 그 중간쯤에 선 채 품에서 담배를 꺼내 그녀에게 주었다. 그녀는 피식 웃고는 거기에 불을 붙여 피우기 시작했다.

"즐거운 재회던가?"

귀스트의 물음에 비오티는 연기를 뿜어내며 답했다.

"내가 물어볼 말인 거 같은데. 너희 두 사람 만난 지가 더 오래됐잖아."

"우리 사이에 즐거운 재회 같은 건 무리겠지."

"나도 마찬가지야. 그렇게 미치도록 보고 싶더니만, 만나고 나서는 뭔가 허무해졌달까."

잠시 침묵이 흘렀다. 비오티는 재를 털어 내고 덧붙였다.

"기억나? 학생 때 우리가 자주 하던 놀이."

"웃기지도 않는 역할극 놀이."

"라흐는 정말 푹 빠져서 했지. 자기가 진짜 시민의 대표인 것처럼 말이야. 그에 반해 넌 어릴 때부터 놀이와 현실의 경계를 아주 분명하게 구분 지었어. 두 사람 다 지금하고 같아. 그때는 그럼에도 친구였는데."

귀스트는 눈살을 찌푸렸다. 지난 추억 같은 달콤한 이야기는 하고 싶지 않은 얼굴이었다. 하지만 비오티는 말을 이어 갔다.

"어디서부터 뭐가 우릴 이렇게 만들었을까?"

"관심 없어. 중요한 건 현재야. 내가 라흐를 붙잡았고 또 처형할 거란 현재."

"귀스트."

무슨 말이 나올지 안다는 듯 그는 고개를 가로저었다.

"내 결심은 변하지 않아. 그러니 어떤 부탁도 하지 마."

"알아. 너는 그런 녀석이지. 나조차 아무렇지 않게 처형대에 올렸었잖아. 어차피 나도 너에게 부탁하려던 게 아니야."

귀스트의 얼굴에 짜증스러운 빛이 떠올랐다.

"또 심판관님인가? 그분의 호감을 이용해서 너무 많은 걸 받았다는 생각은 안 드나? 내가 상관할 바는 아니지만."

"네 말이 맞아. 난 그치에게 빚이 아주 많아. 그러니 그동안 받은 걸 다 합치고 이번 것까지 얹어서 아예 한 방에 갚을까 하고. 그러려면 나는 뭘 줘야 할까?"

"뭐든 네가 줄 수 있는 가장 좋은 것이어야 하겠지."

"역시 그렇지?"

비오티는 자조적으로 웃고 담배를 떨어뜨려 발로 비벼 껐다.

"잘 태웠어. 그럼 이만. 옛 친구 놀이는 여기서 끝이야. 다음에 다시 널 보면 또 빌어먹을 놈이라고 불러 줄 거라고."

"잠깐, 정말로 부탁하러 갈 건가? 라흐를 살려 달라고?"

"응."

"미치겠군. 어째서? 아직도 그 녀석을 사랑하나?"

"아니…… 아니길 빌어."

"그럼 왜?"

비오티는 땅바닥을 내려다보며 말했다.

"그때 라흐를 붙잡은 게 나였으니까."

귀스트는 처음엔 눈살을 찌푸렸고 다음엔 의혹에 찬 표정을 지었으며 마지막엔 뭔가 깨달은 얼굴을 했다. 비오티는 고개를 끄덕였다.

"가족들의 처형이 있던 날, 가지 말라고, 죽지 말라고, 그들의 목숨보다 당신의 목숨이 더 소중하다고…… 곁에 있어 달라고 붙잡은 게 나야."

그녀는 우는 얼굴로 웃었다.

"그 녀석은 후회했어. 정말 많이 후회했어. 내 탓이라고 생각했고 나도 그렇게 생각하도록 내버려 뒀지. 하지만 그게 지속되자 라흐는 보상받고 싶어 했어. 내게도 요구하기 시작한 거야. 내 소중한 걸 그에게 내줄 것을."

"머저리들."

귀스트는 나지막이 내뱉고 근처에 있던 가로수에 등을 기대며 팔짱을 끼었다. 아직 채 녹지 않았던 눈이 점점이 떨어졌다.

"그런데도 난 그 녀석을 붙잡아 놓고 정작 내 것을 요구할 때 주지 못했던 거야. 어쩌면 라흐가 나를 배신한 게 아닐지도 몰라. 내가 먼저 배신한 건지도."

"그만해. 못 들어 주겠군."

귀스트는 냉정하게 고개를 돌렸고 비오티는 희미하게 웃었다.

"어쨌든 그래서 그 녀석을 포기할 수가 없어."

"그럼 가. 가서 뭐든 바쳐서 그 자식을 살려 내 봐. 내가 다시 붙잡아 죽일 테니까. 그때도 너를 위해 칼을 들어 줄 쿠세인이 남아 있을 거라고는 생각하지 않는 게 좋을 거야."

"무슨 소리야, 그건?"

하지만 귀스트는 고집스러운 표정으로 입을 다물었다. 한번 그렇게 하면 결코 대답하지 않는다는 걸 알기에 비오티도 더 묻지 않았다. 그녀는 몸을 돌려 창백하고 흰 탑의 뒷면을 한숨 쉬듯 바라보다 조용히 걸음을 떼었다.

레아킨은 카이라를 돌려보내고 라흐와 베세토가 있는 신문실로 들어섰다. 그를 보고 라흐는 콧방귀를 뀌었고 베세토는 긴장한 얼굴을 했다.

"라흐, 그대에게 지난날 당한 것을 되갚아 줄 수 있어 만족한다. 굳이 나를 건드리지 않았다면 이런 자리에서 만날 일은 없었을 텐데 유감이라고 말해야겠군. 하지만 지금부터 내가 개인적으로 물어보는 사항에 대해 성실히 답변해 준다면 앞으로 우리 관계가 조금 나아질 수 있을 거다."

"어차피 죽일 거면서 무슨 헛소리를. 그런데 개인적으로 나에게 뭘 묻겠다는 거야?"

레아킨은 베세토를 먼저 쳐다봤다.

"그대는 귀를 닫아라."

베세토는 방 한구석을 쳐다보며 자신은 절대 아무 소리도 못 듣는다는 표정을 지으려 애썼다. 레아킨은 다시 라흐를 바라보며 심각하게 말했다.

"비오티에 관해서 물어볼 말이 있다."

"뭔데?"

"그녀는……."

라흐는 긴장했다.

"어떤 남성을 좋아하나?"

순식간에 라흐는 얼빠진 얼굴이 되었고 베세토는 귀를 닫는 것에 실패했다. 두 사람은 이게 대체 어떤 이중, 삼중으로 뒤덮인 암시일까 고민해 봤지만 답은 나오지 않았다. 레아킨이 다시 진지하게 말했다.

"그녀는 너를 사랑했다고 했다. 네 어떤 점을 사랑한 건지 알려 주면 고맙겠다."

"지금 도대체 뭐 하는 거야?"

"질문하고 있지 않은가."

"그러니까 갑자기 왜 그런……."

황당한 듯 중얼거리던 라흐는 그때 뭔가를 깨달은 얼굴을 했다.

"그녀를 좋아한다는 소문이 사실인가 보군?"

"알 필요 없다."

"맞는다는 거로군."

라흐가 단정 짓듯 이야기하자 레아킨은 속으로 조금 놀랐지만 내색하지 않았다.

"아무튼 대답해라."

"비오티가 내 어떤 점을 좋아했느냐라."

라흐는 천장을 올려다보며 일부러 뜸을 들이다가 말했다.

"간단한 걸 묻는군. 그야 내가 내 모든 걸 버려 가면서까지 나라를 위해 헌신했기 때문이지."

"헌신?"

"그래. 그렇기에 그녀에게 난 영웅인 거야. 만약 쿠세의 태제인 네가 속국인 라노프를 위해 이런저런 일들을 해 준다면 감동해서 너와 결혼이라도 하려고 할걸."

레아킨은 생각에 잠긴 표정을 지었다. 라흐는 그 얼굴을 살피다가 조심스레 덧붙였다.

"이참에 라노프의 독립을 위해서 뭔가 해 보면 어때? 그 녀석 틀림없이 아주 감격할 거야."

그런 뻔한 속셈이나 지껄이는 라흐를 베세토는 한심하다는 듯 바라보았다. 하지만 레아킨은 진지하게 대답했다.

"독립을 위해서라, 그렇군."

베세토는 이번엔 한심해한 자신을 한심해하기 시작했다. 쿠세의 황제가 지금의 황제가 아닌 이 남자였다면 세상은 좀 더 아름답고 평화롭게 돌아갔을지도 모른다.

"곧 전쟁이 있으리라는 건 너희들이 더 잘 알겠지. 내가 본국에 편지를 보내도록 하겠다. 어차피 있으나 마나 한 작은 땅이니까 굳이 지킬 필요가 없다고 말이다. 그건 쿠세의 원군을 효과적으로 막아 줄 것이다."

라흐와 베세토는 흥분으로 심장이 떨리는 걸 느꼈다. 일이 이렇게 쉽게 풀릴 줄은 짐작도 못했다. 레아킨은 헛기침을 하고는 작게 덧붙였다.

"내가 이런 수고를 했다는 걸 그녀에게 말해 주면 고맙겠다."

"말해 주고말고. 걱정 말라고."

라흐는 웃음이 터져 나오려는 것을 꾹 참으며 대답했다. 그대로 용건이 끝났다는 듯 레아킨이 자리에서 일어서자 라흐는 깜짝 놀라 물었다.

"잠깐. 이봐, 우리들은?"

"그대들은 처형될 것이다."

"뭐, 뭐?"

"라노프가 곧 독립될 테니 그대들에겐 행복한 죽음이 되겠군."

기가 막힌 라흐가 뭐라 고함을 치려 했으나 베세토가 그의 다리를 걸어찼다. 라흐는 찔끔하며 입을 다물었다.

밖으로 나온 레아킨은 사람들 틈에서 단번에 비오티를 발견했다. 그녀는 어디서든 그렇게 그의 눈에 단번에 들어왔다. 하얀색이기 때문일까?

깊이 생각에 잠겨 있는 듯 그녀는 레아킨이 바로 등 뒤에 다가갈 때까지 미동도 하지 않았다. 그래서인지 문득 그녀를 놀라게 해 주고 싶다는 생각이 들었다. 그렇다면 어떤 방법으로 하는 게 좋을까? 심각하게 하나씩 고민하던 그때 비오티가 문득 인기척을 느끼고 뒤를 돌아보았다. 그러곤 바로 코앞에 있는 레아킨의 얼굴을 보고 깜짝 놀랐다.

"젠장, 심장 떨어져 나가는 줄 알았네. 무슨 짓이야?"

아직 아무것도 하지 않았지만 어쨌든 그녀가 놀랐다는 거에 레아킨은 작은 만족감을 느꼈다.

"다른 생각에 빠져 있는 것 같더군. 내가 방해가 되었나?"

"아니, 만나려고 기다리고 있었어."

"나를?"

"응, 할 이야기가 있어서."

"기쁘군."

레아킨은 어색하지만 미소까지 지어 보였다. 비오티는 그 모습을 보며 기분이 이상해지는 것을 느꼈다. 그는 진정으로 사랑할 때까지 사랑하는 척하겠다고 했다. 하지만 그 얼굴을 보니 어디까지가 진심이고 연기인지 알 수가 없었다.

"무슨 이야기지?"

그의 목소리에 비오티는 퍼뜩 정신을 차렸다.

"아, 여기서는 좀 하기가 그래. 나가서 걸을래?"

"그대에게 곤란하지 않겠나?"

"곤란하다니?"

"나와 친분이 있다는 이유로 같은 라노프인들에게서 좋지 않은 소리를 듣고 있지 않은가."

비오티는 시선을 피하며 머리카락을 만지작거렸다.

"그렇긴 하지만 난 그치들 원래 신경 안 써. 그때 만나지 않으려고 한 건 오히려 당신이 곤란해질까 봐……."

"그래? 나를 신경 써서 해 준 일이었다는 얘기군. 하지만 나는 오히려 그 편지를 받고 절망했다."

레아킨은 스스로가 내뱉은 말에 놀라면서 덧붙였다.

"그래…… 절망했었다."

비오티는 말없이 그를 올려다보다 덥석 손을 잡았다.

"지나간 꿀꿀한 일은 굳이 떠올리지 말고, 나가자!"

레아킨은 귀스트와 같이 지하 감옥에 내려가 봐야 한다는 것을 떠올렸지만, 결국은 그녀의 손에 이끌려 죽은 탑 밖으로 나갔다.

차갑지만 상쾌한 공기가 그의 머리를 쓸었다. 회색의 텁텁한 세상은 어째서인지 조금 밝아진 것 같았다. 하얀 그녀가 곁에 있기 때문일까. 등불처럼 그녀는 레아킨이 보는 세상을 밝히고 있는지도 몰랐다.

그것을 깨닫고 나니 자신의 손을 굳게 붙잡은 채 야무지게 걸어가는 그녀가 문득 소중하게 느껴졌다. 그녀는 틀림없이 언젠가 그에게 색을 보게 해 줄 것이다.

"로우젤은 지난번의 일도 있고 하니까 이 주변을 걷자. 사실 나 하이젤 거리를 좋아하거든."

"어디든 좋다. 그대와 함께라면."

"윽. 제발 그런 느끼한 대사는 좀 하지 마."

하이젤 거리는 평소처럼 한산하고 조용했다. 정갈하고 기품 있는 옷차림의 남녀들이 이따금 지나갈 뿐이었다. 그들을 눈여겨보던 레아킨은 문득 그동안 비오티가 어떤 모습으로 다니는지 제대로 본 적이 없었다는 걸 깨달았다. 그래서 힐끔 그녀를 봤다.

머리는 언제나처럼 땋아서 한쪽 어깨로 내려뜨렸고 목이 드러나는 헐렁하고 수수한 스웨터를 입고 있었다. 하의는 휘적휘적 걷는 데 지장이 없도록 폭이 큰 치마였고 발목까지 내려왔으며 복잡한 문양이 새겨져 있었다. 한마디로 떠돌이 집시들이 하고 다닐 만한 차림이었다.

"그대는 왜 드레스 같은 걸 입지 않지?"

"내가 드레스 입은 모습을 정말 보고 싶은 거야? 웃겨 죽을걸."

"별로 그런 뜻에서 한 말은 아니다. 하지만 그런 모습을 보는 것도 나쁘지 않을 거라 생각한다."

대답하고 나서 레아킨은 이번엔 자신의 옷차림을 내려다봤다. 그런 것에 신경을 쓰는 그가 아니기에 그저 귀스트가 주는 대로 쿠세 정부의 제복을 입었을 뿐이었다.

"이 옷은 그대의 마음에 드는가?"

"어?"

비오티는 뜬금없는 질문이라는 듯 눈살을 살짝 찌푸리며 레아킨의 아래위를 훑어봤다.

"뭐, 괜찮네. 당신 머리카락하고 잘 어울려."

"내 머리카락?"

"응. 둘 다 검은색이잖아."

"검은⋯⋯색."

그가 어색하게 발음하자 비오티는 문득 걸음을 멈췄다. 그러곤 이상하다는 표정을 지으면서 레아킨을 뚫어져라 올려다봤다.

"당신, 색에 대해 뭔가 안 좋은 게 있어?"

갑작스러운 물음에 레아킨은 어떻게 대답해야 할지 알 수 없었다. 어쩐지 그녀와 눈을 마주칠 수 없었다. 자신의 입으로 말하려고 하니 몹시 어려웠다. 쑥스럽다는 감정인 것 같았다.

"나는⋯⋯ 색을 보지 못한다."

비오티는 눈을 크게 떴다. 당장 그게 무슨 말이냐고 따져 물을 줄 알았던 그녀는 그러나 침묵을 지켰다. 그러곤 잠시 후 나지막이 물었다.

"색을 보지 못한다고?"

"완전히는 아니다. 하얀색과 회색, 검은색은 내가 볼 수 있는 색들이지."

"그럼 나머지 색들은 어떻게 보이는데?"

"명암이 다른 회색으로."

그녀의 고개가 서서히 내려갔다.

"그랬구나. 뭔지 알 것 같아. 책에서 본 적이 있어. 그래서 지난번에도 내게 머리카락의 색을 물어본 거였구나. 그때 내가 하얀색이라고 하니 당신이 그랬지. 그건 내가 볼 수 있는 색이라고. 그래서 마음에 든다고."

레아킨은 고개를 끄덕였다. 잠시 그대로 침묵이 흘렀고, 입을 다문 채 서 있던 비오티는 갑자기 그를 보듬어 안았다.

"아, 정말이지 당신은 키만 큰 어린아이 같아. 왜 이렇게 안쓰러운 부분이 많은 거야?"

레아킨은 그녀의 품에서 이상한 기분을 느꼈다. 쿠세의 태제인 자신이, 검으로 제압 못 할 상대가 없는 자신이 안쓰럽다고?

어색하게 서 있던 그는 곧 손을 들어 어렵게 그녀의 머리 위에 얹었다. 그리고 천천히 쓸어 보았다. 부드럽고 사락거리는 감촉이 좋았다. 그녀는 그의 등을 토닥이고 있었다. 어쩐지 포근해져서 눈이 감겼다. 이 느낌은 결코 나쁘지 않았다. 눈을 보던 그때처럼, 좀 더 오래 그렇게 있고 싶었다.

"색을 보여 달라니, 나는 의사가 아니야. 하지만 내가 보고 있는 색의 느낌을 당신에게 이야기해 줄 수는 있어."

그녀가 그렇게 이야기하더니 레아킨을 품에서 놓았다. 아쉬움을 느끼며 더 그녀를 붙잡고 싶었지만 그렇게 해도 되는지 알 수 없었다.

"우선 당신의 머리카락, 그건 쿠세인들이 대개 그렇듯 검은색이지. 하지만 완전히 까맣지는 않아. 새벽의 하늘빛처럼 약간은 푸른빛이 있어. 그래, 당신의 머리카락은 밤을 닮았어. 새벽 밤

하늘의 색이야."

새벽 밤하늘의 색. 레아킨은 그것을 속으로 되새겼다.

"그리고 눈동자, 당신 눈은 우리 로즈 저리 가라 할 정도로 정말 예쁜데 말이야. 무얼 닮았냐면…… 그래, 황혼빛을 닮았어."

황혼빛. 레아킨은 마음에 든다고 생각했다. 황혼이 질 무렵 하늘은 깊은 농도와 명암의 세계를 보는 그에게는 엄청난 광경이었던 것이다. 자신의 색을 알게 된 레아킨은 문득 비오티의 색도 궁금해졌다.

"그대는 어떤 색이지?"

"나? 내 머리카락은 당신도 볼 수 있는 하얀색이지. 쌓여 있는 눈의 색이라고 보면 되겠네. 그리고 눈동자는……."

그녀는 뭔가를 떠올린 듯 씨익 웃었다.

"우리 아버지가 그랬는데 아주 깊은 바다색이래. 까맣지도 않고 푸르지도 않은, 결코 그 속을 들여다볼 수도 잊을 수도 없는 색."

그 말을 하는 순간의 그녀는 확실히 잊을 수 없을 듯했다. 얼굴 가득 장난기와 자랑스러움과 아버지에 대한 애정이 넘쳤다.

레아킨은 문득 그녀를 다시 끌어안고 싶다고 생각했다. 스스로도 놀랄 만큼 강한 충동이었다. 하얀 머리카락이 부드럽게 흔들리며 점차 멀어지는 것을 보고 그의 가슴에서 무언가가 복받쳐 올랐다. 『호반 위 황금새』의 마지막 페이지를 덮던 그때처럼, 문득 강렬한 것이 심장을 쥐고 흔들었다. 그는 다급하게 물었다.

"누군가를 사랑한다는 건 어떤 느낌이지?"

"어? 그건…… 글쎄. 사랑에는 여러 가지 정의가 있지. 하지만 내 정의는 그래. 그 사람을 끌어안고 그대로 죽어 버리고 싶다면 그건 사랑이야."

그래서 레아킨은 아까부터 참아 왔던 일을 했다. 비오티를 끌어당겨 품에 안은 것이다. 그렇게 해도 되고 안 되고는 더 이상 상관없었다. 그 상태로 그는 속삭였다.

"이대로 죽어 버리면 되는 건가?"

놀라서 몸을 뒤척이던 비오티가 움직임을 멈췄다. 입을 열었으나 무슨 말을 해야 할지 알 수 없었다. 그녀로서는 드문 일이었다.

'어차피 연극이잖아. 그게 어떤 느낌인지도 모르잖아. 왜 이토록 터무니없이 진지하게, 진심인 것처럼……'

비오티는 이 불쌍한 남자의 품에서 문득 울고 싶다고 생각했다. 자기가 하는 말의 반이라도 진심으로 느끼고 있을까. 마음에도 없을 말을 하고 그것을 진짜처럼 받아들이고, 그게 정말 그를 치유하는 데 도움이 될까.

"당신에게 부탁이 있어."

그녀는 자신도 모르게 입을 열었다. 레아킨은 조바심이 느껴지는 목소리로 대답했다.

"뭐든지 해라. 무엇이든 들어주겠다. 어떤 것이든지."

그 목소리에 마음이 흔들렸지만 비오티는 간신히 다잡았다. 그러곤 자신이 내뱉는 것 같지 않은, 낯설고 건조한 음성으로 그의 가슴에 대고 말한다.

"당신이 나에게 원하는 것을 줄게. 그러니까……."

목소리 끝이 떨렸다. 하지만 마무리 지어야 했다.

"라흐를 살려 줘."

7. 답이 없는 수수께끼

라흐가 붙잡혔다는 소문이 수도 전역에 퍼지는 것은 하루면 족했다. 다음 날부터 죽은 탑으로는 꾸역꾸역 투항하는 자들이 모여들었다. 지도자를 잃었으니 남은 자들끼리 결속하거나 구출 계획을 짜는 것이 순리일 텐데 이상한 일이라고 귀스트는 생각했다.

어쨌든 너무 많은 저항군이 몰려드는 바람에 죽은 탑의 감옥은 차고 넘치게 밀어 넣고도 모자랐다. 신문실에도 가득가득 채워야 할 판이었다.

그 와중에 간수 하나가 귀스트 이외에는 절대로 열지 못하는 지하 감옥의 맨 마지막 문에 손을 대었다가 호되게 꾸지람을 들었다. 아무리 방이 모자라도 그 방만큼은 안 된다고 귀스트는 똑바로 못을 박았다.

그렇게 오전 내내 이리 뛰고 저리 뛴 그는 점심때가 되자 심판자의 방으로 올라갔다. 하지만 그 문을 두드리기 전 잠시 망설였다.

그가 모시는 심판관은 어떤 때는 냉철한 쿠세인 그대로이면서 어떤 때는 터무니없이 어수룩한 모습을 보였다. 자신이 아무리 비꼬아도 못 알아채는 것처럼 보였고 혹은 알아채도 오히려 재미있어하기 일쑤였다.

그런 사람이, 어제는 보이는 모든 걸 부수고 죽일 것 같은 얼굴을 하고 돌아왔다. 레아킨의 얼굴에 어떤 표정이 드러난 것은 비오티의 정체를 알았을 때 이후 처음인지라 귀스트는 꽤 놀랐다. 그래서 이번 일 또한 비오티 때문임을 직감했다.

비오티는 라흐를 구해 달라는 부탁을 할 거라 했고 그 대신에 자신의 소중한 무언가를 줄 거라 했다. 어제 그 이야기를 나눴고 그게 레아킨의 마음에 들지 않은 게 분명했다. 그 후로 계속 식사도 거부하고 방에만 틀어박혀 있으니 말이다. 지하 감옥에 뭘 숨기고 있는지 보자고 말했던 것도 잊어버린 듯했다.

'지금 들어갔다간 칼이 날아올지도 모르겠지만…… 뭐, 어차피 그걸 받아 주는 것도 내 역할이지.'

귀스트는 문을 두 번 두드렸다. 그리고 늘 하던 대로 대답을 기다리지 않고 안으로 들어갔다.

온통 엉망이 되어 있으리라 예상한 방은 그러나 정갈했다. 아무것도 건들지 않고 곧장 침대로 직행한 듯했다. 귀스트는 침대로 다가가 휘장을 살짝 걷어 보았다. 하지만 아무도 없었다.

'밤사이 나가셨나?'

의아하게 생각하며 뒤로 돌아선 그때 책상 뒤쪽 구석에 웅크리고 앉아 있는 검은 형체를 발견했다. 확인하지 않아도 레아킨이라는 걸 알 수 있었다.

귀스트는 칼집에 손을 얹은 채 조심히 다가갔다. 진짜 단칼에 죽을 수도 있겠다는 생각이 들었다. 하지만 그래도 걸음을 멈추지 않았다.

"여기서 뭐 하십니까? 아래쪽이 얼마나 바쁜지 아십니까? 계속 이렇게 농땡이 치실 거면 본국에 보고 올릴 겁니다. 태제 전하께서 게으름이나 피우고 계시다고요. 아니, 애당초 태제씩이나 되시는 분께서 여기 왜 오신 건지 의아합니다만."

레아킨은 대답이 없었다. 무릎을 세운 채 그걸 팔로 감싸고 그 위에 머리를 얹은 모습이 부모 없이 떠도는 고아들을 연상케 했다. 어쩔 수 없이 귀스트는 모험을 해 보기로 했다.

"비오티가 뭐라고 했길래 그러십니까?"

그 말에는 레아킨이 고개를 들었다. 하지만 귀스트를 보는 대신 땅바닥을 내려다보는 채로 음울하게 중얼거렸다.

"나는 그녀를 사랑하기로 했었다."

"……아, 예. 그러십니까."

"그래서 이런 기분이 드는 걸까. 그녀가 내 품에서 라흐의 이름을 말했을 때 나는."

그가 어깨를 조금 움직였을 뿐인데 귀스트는 목덜미를 지나가는 소름 끼치는 기분을 느꼈다. 그건 칼을 다루는 자만이 느낄 수 있는 것이었다.

"그녀를 내던지고 싶었다. 아니, 그 이상으로 광포한 생각이 들었어. 마침내, 마침내 뭔가 느껴질 듯했는데."

"그래서 설마, 정말로 내던지고 오셨습니까?"

"아니, 그럴 수 없었어. 나는 앞으로도 그녀에게 아무 짓도 못 할 거다."

그가 탁하게 중얼거리는 것을 들으며 귀스트는 눈살을 찌푸렸다.

'단단히 빠지셨군. 이거 내 목적에 득이 될지 실이 될지 고민해 봐야겠는데.'

"그래서, 그녀의 부탁을 들어주실 겁니까?"

레아킨은 손으로 어깨를 꽉 움켜쥐었다.

"그러기로 했다. 그 대신 나도 그녀에게 요구했다."

귀스트는 그게 무엇이냐고 묻지 않았다. 하지만 레아킨이 스스로 덧붙였다.

"그녀에게 가장 소중한 걸 요구했다. 그 때문에 라흐도 버렸던 그녀인데, 결국엔 다시 내줄 것을 잔인하게 요구했다. 나는 그녀를 내던지는 것보다 더한 짓을 했어. 그게 그녀의 부탁보다 나를 더 괴롭게 한다."

레아킨의 말을 듣는 순간 귀스트는 그게 뭔지 깨달았다.

"글 말입니까?"

레아킨은 조용히 고개를 끄덕였다.

"비오티가 그걸 내주겠답니까?"

그럴 리 없었다. 그것 때문에 라흐조차도 떠나온 그녀였으니까. 하지만 레아킨은 한 번 더 고개를 끄덕였다.

"정말로요?"

모든 일에 냉소적인 귀스트조차 놀라지 않을 수 없었다. 아무리 라흐의 목숨이 달린 일이라고 해도 글에 대한 그녀의 신념이 변할 수 있다고는 생각하기 힘들었다.

"나를 위해서 글을 써 달라고 했다. 오직 나를 위한, 나만이 볼 수 있는 그런 글을."

귀스트는 뭐라고 말해야 할지 알 수 없었다. 레아킨은 다시 얼굴을 묻고 불분명하게 중얼거렸다.

"그녀가…… 거야."

무슨 말인지 되물으려던 귀스트는 그때 창밖에서 답을 발견했다. 이쪽으로 끙끙거리며 걸어오는 매우 현실적인 답이었다.

"예, 오는군요."

레아킨은 흠칫했지만 고개를 들지 않았다. 대신 침울하게 명령했다.

"그녀에게 별채에 있는 방을 하나 내줘라."

"방이라고요?"

"글을 완성시키기 전까지는 결코 떠나지 못하도록 했다. 라흐 또한 풀어 주거나 처형할 수 없고. 그게 조건이야."

귀스트는 낮게 혀를 찼다.

"알겠습니다."

인사하고 나가려는데 레아킨이 문득 자리에서 일어났다. 그러곤 예전처럼 차분하고 단호한 얼굴로 말했다.

"그다음 지하 감옥으로 와라. 그대가 뭘 숨겨 두고 있는지 봐야겠다."

비오티는 힘겹게 트렁크를 끌고 오는 중이었다. 귀스트는 떨떠름한 얼굴로 다가가 그녀에게서 짐을 건네받았다. 땀을 훔친 그녀는 예상외로 밝아 보였다.

"그치는 뭐하고 네가 나와?"

"별로 기분이 좋지 않으시더군."

"그래? 역시 화난 거지, 그렇지?"

제발 그러기를 바란다는 듯한 질문이어서 귀스트는 어이없는 기분을 느꼈다.

"글쎄. 아무튼 라흐를 위해 결국엔 글마저도 내놓는다니 좀 놀랐어."

"라흐를 위해?"

그녀는 해괴한 소릴 한다는 듯 되묻더니 피식 웃었다.

"하긴, 아예 관련이 없는 건 아니지. 하지만 단지 라흐를 살리기 위해서였다면, 그러니까 내가 부탁해야 할 사람이 그 심판관이 아닌 너였다면 내놓지 않았겠지."

"무슨 소리야?"

그녀는 어깨를 문지르며 씩씩하게 말했다.

"그 녀석을 살려 주는 조건이긴 하지만, 라흐를 위해 쓰는 게 아냐. 그치를 위해 쓰는 거지. 예전에 내가 그 사람한테 약속한 게 있어. 느끼게 해 주겠다고. 제대로 된 감정이라는 것을 말이야."

귀스트는 눈살을 찌푸리며 못마땅한 표정을 지었다. 무슨 말인지 이해할 수 없을 때의 반응이었다.

"감정의 범주에 넣을 수 있는 여러 가지를 글로 표현할 거야. 그 사람을 본뜬 주인공을 만들어서 말이지."

"정말 쓸 건가 보군."

"써야 돼. 불쌍한 그 남자 더 이상 내버려 둘 수가 없어."

귀스트는 어깨를 으쓱하고 별채 안에 짐을 놓고 나왔다. 그러자 비오티도 따라 나왔다.

"왜 와? 짐 풀고 글이나 써."

"얼굴은 봐야지."

"지금부터 같이 지하 감옥을 시찰할 거라서 안 돼. 너까지 챙길 수는 없다고."

"나는 내가 챙길 테니까 맘 푹 놓으시라. 지하 감옥이라니 옛날부터 가 보고 싶었어. 안내해."

귀스트는 결국 말리는 걸 포기했다. 불가능한 일에는 시간 낭비하지 않는 그였다.

그대로 그녀와 함께 탑 안으로 들어선 귀스트는 문득 죽은 탑 안에 사람이 너무 많다는 걸 깨달았다. 직원들은 물론이고 바깥의 병사들까지 들어와 복도를 이리 뛰고 저리 뛰는 중이었다. 신문실과 감옥으로도 모자라 직원들의 사무실에는 포박된 혁명단원들로 가득했다.

그 모습에 위화감을 느끼는 순간 때를 맞춘 듯이 퇴근 시간을 알리는 종소리가 울렸다. 그 종소리는 마치 벼락처럼 귀스트의 머리를 깨웠다.

'아하. 그랬군.'

그는 지금의 상황을 이해했고 앞으로의 상황도 머릿속으로 그렸다.

'그래서 이리로 몰려든 거로군. 아무튼 라흐, 넌 언제나 너무 극단적이란 말이야. 하지만 이번엔 그 점이 날 도와주겠군.'

두 사람은 곧 지하 감옥으로 가는 계단 앞에 이르렀고 팔짱을 낀 채 고개를 숙이고 있던 레아킨과 마주쳤다. 귀스트는 껄끄러운 기분을 느끼며 입을 열었다.

"그녀도 같이 가겠다는군요."

그 말에 고개를 든 레아킨은 비오티를 쳐다보다가 아무 말 없이 먼저 계단을 내려갔다. 비오티는 쓸쓸하게 웃을 뿐이었다.

아래로 내려갈수록 어두워지면서 드문드문 촛불이 귀스트의 얼굴에 기괴한 그림자를 그렸다. 비오티는 가슴속이 너울거리는 듯 이상한 기분을 느끼며 어두운 계단을 내려갔다.

계단이 끝나고 온통 칠흑뿐인 통로가 나오자 그녀는 왠지 더 가고 싶지 않아졌다. 어둠보다는 그 소름 끼치는 적막이 두려웠다. 바로 조금만 올라가도 소란스러운데 그곳은 마치 다른 세상에라도 온 듯 조용했다. 하지만 레아킨은 망설이지 않고 복도를 나아갔고 그가 어둠 속에 묻히자 비오티는 당황했다.

"이, 이봐. 같이 가. 난 아무것도 안 보인다고."

귀스트는 혀를 차더니 벽에 기대어 놓여 있던 횃대를 들어 올렸다. 그가 다시 불을 붙이러 계단을 올라간 사이 비오티는 혼자 남게 되었다. 별로 무서움을 타는 성격이 아닌데도 몸이 저절로 떨렸다. 귀스트가 한시라도 빨리 돌아오기를 바라던 그때, 어둠 속에서 튀어나온 손이 그녀의 손을 덥석 잡았다.

"악!"

"쉿. 나다."

레아킨의 얼굴이 눈앞에 나타나는 바람에 그녀는 한 번 더 심장이 내려앉는 걸 느꼈다.

"인기척 좀 내, 제길."

"앞으로는 그러겠다."

그대로 그가 손을 꽉 잡고 그녀를 이끌었다. 비오티는 어째 좀 낯이 뜨겁다고 생각하며 조심조심 걸음을 옮겼다.

잠시 후 횃불을 든 귀스트가 따라와서 주변이 어느 정도 밝아졌지만 그래도 레아킨은 손을 놓지 않았다. 이걸 뿌리쳐야 하나 말아야 하나 고민하는 그녀를 보고 귀스트의 입가가 푸들

푸들 떨렸다. 비오티가 노려보자 그는 모른 척 횃불을 들고 먼저 앞질러 가며 말했다.

"이쪽입니다."

그 뒤를 따라가며 레아킨은 그동안 철저히 감춰 왔으면서 순순히 안내하는 보좌관이 이상하다고 생각했다. 게다가 비오티까지도 같이 말이다. 무엇이 그의 마음을 변하게 만든 걸까. 라흐가 잡힌 것?

세 사람은 복도 끝에 다다랐다. 지나오면서 본 감옥들과는 어쩐지 괴리가 느껴지는 철문이 그곳에 있었다. 귀스트는 횃불을 든 채 주머니에서 열쇠를 꺼냈으나, 그것으로 문을 열기 직전 뒤로 돌아섰다.

"비오티, 당신이 작가니까 말해 봐. 현실과 현실 아닌 것의 경계는 뭐라고 생각하지?"

"어? 뜬금없이 갑자기 그게 무슨 말이야."

"대답해 봐."

자신의 손을 잡은 레아킨의 손에 힘이 들어가서 비오티는 잠깐 그를 돌아봤다. 그는 입을 꾹 다문 채 앞만 바라보고 있었다. 어쩐지 굳건하게 보이는 그 얼굴에 안도감을 느끼며 그녀가 대답했다.

"작가로서 대답하라고 한다면, 당연히 그 경계는 없다지."

귀스트는 입꼬리를 올려 웃었다. 짙고 만족스러운 비웃음이었다.

"과연 그 답이 맞는지 이걸 보고 생각해 봐."

귀스트는 열쇠를 넣고 돌린 다음 심호흡을 하고 문을 잡아당겼다. 몇 년 만에 처음 열리듯 엄청난 소리를 내며 마침내 그 문이 열렸다.

두 사람 다 가장 먼저 코를 막았다. 안에서 역하지는 않지만 맡기 힘든 이상한 냄새가 났다. 비오티는 불안한 얼굴로 레아킨을 올려다보았다. 그는 그제야 손을 놨다.

"그대는 여기 있어라."

"아냐, 나도 들어갈래."

밖이나 안이나 사실 불안하기는 마찬가지였다. 그렇다면 적어도 레아킨 곁에 있는 게 나을 것 같았다.

레아킨은 귀스트로부터 햇불을 넘겨받았다. 아무리 어둠 속에서 눈이 밝아도 이처럼 칠흑 같은 방으로 들어가려면 햇불의 도움이 필요했다.

두 사람은 미지의 세계로 발을 내딛는 사람들처럼 천천히 안으로 들어갔다. 작은 방일 줄 알았던 그곳은 생각보다 무척 넓었다. 햇불로 밝혀진 공간은 방의 반도 안 되는 것 같았다.

"뭐야, 아무것도 없는데?"

두리번거리던 비오티는 레아킨이 움직이기 시작하자 자신도 모르게 그의 팔을 붙잡았다.

"그렇게 하면 검을 뽑을 수가 없다."

"아, 미안."

그녀는 팔을 놓고 대신 옷깃을 붙잡고 따라갔다. 레아킨은 화형장에 묶여 있을 때도 강하던 그녀가 이런 모습을 보이는 게 의외였다. 그래서인지 더 보호해 주고 싶다는 생각도 들었다.

그렇게 벽을 따라 걷기 시작한 지 얼마가 지났을까.

"으악!"

갑자기 비오티가 비명을 지르더니 레아킨의 뒤에서 허리를 붙잡고 매달렸다.

"왜 그러나?"

"저, 저기…… 저기에 뭔가가 있어."

비오티는 차마 얼굴을 내밀어 보진 못하고 손가락으로 한 방향을 가리켰다. 레아킨이 횃불을 그쪽으로 뻗었다. 웬만해서는 잘 놀라지 않는 그도 가슴이 서늘해지는 걸 느꼈다.

둘 다 그게 뭔지 알고 있었다. 하지만 그보다 작은, 게다가 전혀 다른 종류의 생물에게서나 보던 것이었다. 그것이 사람의 모양을 할 수 있으리라고는 한 번도 생각해 보지 못했다.

"그, 그게 뭐야? 내가 잘못 본 거지? 응?"

"저게 뭐라고 생각하지?"

"그건…… 어, 사람의 모양을 하고 있는……."

레아킨은 고개를 끄덕였다.

"사람의 모양을 하고 있는 허물이로군."

그의 허리를 붙잡은 비오티의 손에 힘이 들어갔다.

"설마, 잘못 봤을 거야. 거미줄이나 뭐 그런 게 엉킨 거겠지."

하지만 레아킨이 횃불을 그쪽으로 좀 더 비추자 비오티는 고개를 홱 돌려 버렸다.

"빌어먹을, 대체 저게 뭐야? 허물을 벗는 사람도 있어?"

"여기로 들어올 때 귀스트가 뭐라고 했지?"

"현실과…… 현실이 아닌 것의 경계가 있냐고."

"그게 있는지 없는지는 모르겠지만, 어쨌든 이쪽은 현실이 아닌 쪽인 것 같군."

그렇게 말한 레아킨은 안으로 더 들어갔고 비오티도 어쩔 수 없이 그를 쫓았다.

허물은 그 뒤에 몇 개나 더 있었다. 몸을 둥글게 말고 있거나 엎드려 있거나 반듯하게 누워 있는 등 갖가지 모양을 하고 있었다. 단 하나 공통점은 정수리부터 시작하여 등으로 쭉 갈라진, 그러니까 본체가 나간 흔적이었다.

허물의 형체와 얼굴의 표정 등이 어찌나 분명하게 굳어 있던지, 이 기이한 냄새와 분위기만 아니었더라도 조각이라고 생각했을 것이다.

봐도 봐도 소름이 끼치고 역한 그 형상에게서 눈을 돌리던 비오티는 그때 뭔가를 깨닫고 퍼뜩 멈췄다. 설마, 그럴 리가.

그녀는 파르르 떨면서 천천히 고개를 돌렸다. 보기 두렵고 확인하기 두려웠다. 그렇지만 그 얼굴은 분명.

"귀스트."

레아킨은 그녀를 돌아보며 고개를 갸웃거렸다.

"보좌관이라니?"

"저 얼굴은 틀림없이 귀스트의……."

"보좌관의 얼굴이 아닌데?"

하지만 그녀는 대답하는 대신 레아킨을 놓고 입구 쪽으로 뛰어갔다.

'맙소사, 귀스트. 무슨 일이 있었던 거야?'

문 너머로 귀스트가 보였다. 그는 눈을 내리깐 채 어둠 속에서 희미하게 웃고 있었다. 그가 문득 고개를 들어 비오티를 봤다. 소름 끼치고 무서운 모습이었다. 그 모습에 압도당해 아무 말도 못 하는 비오티에게 그가 말했다.

"잠시면 돼."

"무슨……."

녹슨 철의 자지러지는 비명과 함께 문이 닫혔다.

라흐가 붙잡힌 지 하루하고도 반나절이 지난 지금, 잠시 시계를 멈추고 누군가 높은 곳에서 죽은 탑을 내려다본다면 아마도 이렇게 말할 것이다. 포화 상태라고.

그동안 음지에서 활약하던 혁명단원들까지 전부 라흐를 따라온 것만 같았다. 슬슬 죽은 탑의 직원들은 물론이고 병사들조차 뭔가 이상하다고 느꼈다. 하지만 탑을 통제하는 일이 워낙 바빴기에 누구도 그 상황을 진지하게 고찰해 보지는 않았다. 그래서 그들은 탑 바깥에도 하나둘 낯선 인물들이 모여드는 것을 알아차리지 못했다.

지하 1층 신문실에 갇혀 있는 라흐는 베세토와 말씨름 중이었다. 주로 카이라에 관한 것이었는데, 베세토는 라흐가 그녀와 결혼할 생각도 없으면서 이용하고 있다고 비난했다. 라흐 또한 베세토가 그녀를 마음에 두고 있음을 예전부터 알고 있었지만 그래 봐야 네가 간섭할 바는 아니라고 차갑게 대꾸했다.

두 사람의 신경전이 거세질 무렵, 죽은 탑의 여러 방 중 가장 한가하다고 말할 수 있는 진료실에서는 의료 사관이 나오는 중이었다. 예전에 레아킨을 치료했던 자였다. 그의 손에는 평소의 그와는 결코 가깝다고 할 수 없는 물건이 들려 있었는데, 칼과 망치였다.

그는 그것을 가운 속에 숨긴 채 긴장한 게 역력한 태도로 복도를 걸었다. 무려 8년이나 이날을 기다려 왔다. 자신의 아내와 두 아이까지 앗아 간 찢어 죽일 원수의 밑에서!

그가 한 걸음, 한 걸음 복수의 길을 걷는 동안 귀스트는 지하 감옥에서 홀로 계단을 올라왔다. 잠시 자신의 집무실에 들러 무언가를 챙긴 그는 다시 3층 심판자의 방으로 향했다. 입가에는 묘한 미소를 띠고 늘 손가락에 끼우는 반지를 만지작거리면서.

그리고 탑의 가장 아래층, 그중에서도 제일 깊은 구석에 두 남녀가 갇혀 있었다. 조금 전까지 바깥을 향해 고래고래 소리를 지르던 비오티는 지친 듯 문에 기대고 앉았다.

"빌어먹을 귀스트 놈, 어쩐지 너무 순순히 날 따라와 주게 한다 했어."

"그가 왜 이랬다고 생각하나?"

"모르지! 하필 이런 곳에 가두다니 끔찍해 죽겠어. 그것들하고 우리가 지금 같이 있다는 거 아니야. 젠장."

레아킨은 횃불을 세워 두고 조용히 그녀의 곁에 앉았다.

"뭔가 이유가 있을 거다."

"당연히 그놈에게야 합당한 이유가 있겠지. 하지만 나는 무슨 변명을 들이대도 결코 용납 못 해."

그때 문득 어둠 저편에서 흐느낌 비슷한 소리가 들렸다. 비오티는 펄쩍 뛰더니 레아킨의 팔을 붙들고 늘어졌다.

"뭐, 뭐야?"

"바람 소리 같은데."

레아킨은 그녀를 진정시키기 위해 다독여 주며 어둠 속에서 귀를 기울였다. 확실히 그것은 바람 소리였다. 하지만 이렇게 밀폐된 지하에서 그런 소리를 들을 수 있다는 게 이상했다.

"나 귀신 그런 거 안 믿는단 말이야. 제기랄, 그런데도 왜 이렇게 무섭지?"

"좀 전에 그런 걸 봤으니만큼. 그리고 이곳의 공기는 어딘지 묘한 구석이 있다. 나도 좀 이상한 느낌이 드는군."

"그러지 마! 당신만은 아무렇지 않아야 돼."

비오티에게는 그가 강하고 의지가 되기에 한 말이었지만 레아킨은 다르게 받아들였다. 마치 너는 그런 걸 느끼지도 못하지 않느냐는 듯한.

"그래……"

"내보내 주기는 하겠지?"

"알 수 없지."

그대로 잠시 침묵이 흘렀다. 비오티는 여전히 안절부절못했다. 그녀의 옆모습을 바라보던 레아킨은 그녀가 다른 생각을 할 수 있도록 조용히 물었다.

"나에게는 어떤 글을 써 줄 건가?"

"어? 그건…… 완성하고 나서 보여 주는 걸로 하면 안 될까?"

"조금이라도 이야기해 줄 수 없나?"

"미안. 그건 내 버릇과도 같은 거라서. 뭔가를 머릿속에 떠올렸을 때 그것을 글로 써내기 전에 누군가에게 말해 버리면, 그 다음부터는 어쩐지 쓰기가 싫어지더란 말이지."

레아킨은 고개를 숙인 채 가만히 있었다. 비오티는 씩 웃으며 그의 머리를 슥슥 쓰다듬었다.

"그냥 나 믿고 맡겨 둬."

레아킨은 그 격의 없는 행동에 크게 놀랐지만 한때 그녀가 그렇게 해 줬을 때의 기분을 궁금해했으므로 잠자코 있었다. 그러곤 조금 머뭇거리다가 물었다.

"내가 그런 것을 부탁해서 기분 상하지는 않았나?"

"어? 어어, 음."

비오티는 코를 긁적이고 말했다.

"사실 나 별로 누가 내 글에 대해 이러쿵저러쿵하는 것도 안 좋아하고, 이렇게 써라 저렇게 써라 하는 것도 싫어하거든. 하지만 뭐랄까, 당신은 괜찮았어."

"그런가?"

그녀는 푸근하게 웃었다.

"어쨌든 빚진 것도 많고 글로써 느끼게 해 주겠다고 약속한 만큼, 당신을 위해 꼭 좋은 글을 쓰고 싶었거든."

레아킨은 대답 없이 손으로 입가를 가렸다. 영문을 모르는 채로 비오티는 말을 계속했다.

"당신만 본다는 게 좀 아쉽긴 하지만 말이야. 하긴 예전에 어떤 위대한 음악가도 그랬대. 평생 자신을 이해해 줄 단 하나의 청중을 찾아 헤맸다나. 그러니 내가 당신을 위한 책을 완성하면, 그건 당신 하나만을 위한 책이 되겠지. 난 단 하나의 독자를 찾은 셈이란 말이야."

그녀는 그 말이 재미있다는 듯 낄낄거리고 웃었지만 레아킨은 여전히 말이 없었다. 그제야 조금 이상하다고 느낀 비오티가 그의 안색을 살폈다.

"왜 그래? 어디 안 좋아?"

"아니……."

그의 목소리가 가볍게 떨렸다.

"이 느낌을 뭐라고 해야 할지 모르겠다. 난…… 기쁜 것 같다. 아니, 행복하다. 아주 많이."

그의 눈은 차분히 내리깔려 있고 입가에는 나지막한 미소가 감돌고 있었다. 비오티는 그 얼굴을 한동안 바라보다 어색하게 고개를 돌렸다.

'아무튼 사람 민망하게 만드는 데 뭐 있다니까.'

속으로 투덜거리긴 했지만 그녀는 레아킨의 이런 점이 싫지 않았다. 쿠세인에 대한 편견을 모조리 깨 준 것은 물론이고 철두철미해 보이는 겉모습과 달리 모자라서 감싸 주고 싶은 부분도 많았다. 뭔가를 애타게 갈구하지만 그게 무언지 모르는 듯한 눈동자는 특히 안쓰럽게 느껴졌다.

그런 사람이 어색하게나마 감정을 느끼고, 더 느끼려고 노력하고, 그것에 대해 서툴게 기쁨을 표현하는 모습이란 솔직히 정말……

"그런데 아까 그 허물을 보고 귀스트라고 말한 건 무슨 의미였나?"

어둠 속에서 갑자기 목소리가 들려오는 바람에 비오티는 깜짝 놀랐다. 그녀는 괜히 혼자 얼굴을 붉히며 말했다.

"아, 그건……."

문득 저편을 쳐다본 그녀는 잊고 싶었던 걸 떠올리고는 부르르 떨었다.

"사실 난 귀스트와는 어릴 때부터 친구였어. 그 녀석 아버지
가 죽은 탑의 심판관으로 있던 시절부터 말이야. 우리 아버지
랑 그 녀석 아버지가 굉장히 친했거든."

"그의 아버지도 심판관이었나?"

"응, 귀스트 바로 전이었지. 하지만 일찍 돌아가시는 바람에
귀스트가 어릴 적 그 끔찍한 자리에 올랐어. 그래서인지 그 녀
석 많이 변해 버렸고."

"그의 아버지가 어떻게 죽었는지 알고 있나?"

"잘은 모르지만 돌아가실 무렵 좋지 않은 소문이 돌았어. 정
신이 어딘가 온전하지 않다고 말이야. 내가 기억하는 그분은
누구보다도 냉철하고 완벽한 사람이었는데, 쿠세에 다녀온 직
후 그렇게 됐어. 그래서 다들 쿠세인들이 말도 못 할 잔혹한 짓
을 했을 거라고 했지. 우리 아버지도 걱정이 되어서 자주 그분
을 찾아뵈었는데 어느 날 결국 탑 꼭대기에서 뛰어내렸다고 들
었어."

"보좌관의 어머니는 곁에 없었나?"

"귀스트는 사생아야. 어머니가 코케트 출신이래. 라노프의 높
은 귀족으로서 그 녀석 아버지는 코케트와 결혼할 수 없었던
거지. 하지만 귀스트는 거둬들여서 하나뿐인 아들로 잘 키웠어."

"그 모든 게 아까 그 허물과는 무슨 상관이지?"

비오티는 말하기 두려운 듯 몸을 움츠렸다.

"내 기억이 맞는다면, 저 허물의 얼굴은 틀림없이 귀스트의

아버지 얼굴이야."

레아킨은 미세하지만 흠칫했다.

"그의 아버지라고?"

"어릴 때 본 거라 확실하진 않지만…… 아무리 생각해도 그분이 맞아. 그럴 리가 없는데 말이야. 그렇지? 그럴 리 없는 거지?"

레아킨은 잠시 침묵하다가 입을 열었다. 그 말에 긍정해 줄수 없는 것을 유감으로 생각하며.

"그대 말이 사실이라면, 저 위에 매달려 있는 것이 바로 그의 아버지인 모양이다."

"의료 사관님이 여긴 어쩐 일이십니까?"

"심판관님께서 여기 붙잡혀 있는 죄수들의 건강을 살피라고하더군."

문을 지키고 서 있던 병사가 등을 돌리며 열쇠를 꺼냈다. 그가 자물쇠를 여는 동안 의료 사관은 품속에서 망치를 천천히꺼냈다. 하지만 손이 떨려서 도저히 제대로 맞힐 수 있을 것 같지 않았다.

"저도 무릎을 다쳤는데 이따가 좀 봐 주시겠습니까?"

병사가 고개를 돌려 바라보는 순간 의료 사관의 머릿속이 하얗게 변했다. 본능적으로 그는 팔을 휘둘러 병사의 머리를 있는 힘껏 내려쳤다. 병사는 비명조차 지르지 못하고 쓰러졌고,

오히려 의료 사관이 자신의 행동에 경악하며 비명을 질렀다.

"멍청하긴. 아예 죽은 탑의 병사들을 다 끌어모으지 그래."

안에서 빈정거리는 목소리가 들려오자 그는 퍼뜩 정신을 차렸다. 주위를 이리저리 둘러본 뒤 열쇠를 주워 부들부들 떨리는 손으로 간신히 문을 열었다.

"왜 이렇게 늦게 온 거야?"

안에서 의자에 묶여 있는 남자가 사슬을 들어 보이며 풀어 달라는 시늉을 했다. 창백한 얼굴로 의료 사관이 다가가려는 순간, 비명을 듣고 뛰어온 병사 하나가 그걸 발견하고 소리를 질렀다.

"동료가 당했어! 침입자다!"

당황하는 의료 사관을 향해 의자에 묶인 남자가 나직이 말했다.

"쳐."

경비가 칼을 빼내려고 애쓰는 동안 의료 사관은 홀린 듯 그에게 뛰어들어 먼저 칼을 꽂았다. 질기면서도 부드러운 느낌이 손을 통해 흐르다가 짜릿한 불쾌함으로 변했을 때, 그는 자신이 처음으로 사람을 살리기 위해서가 아니라 죽이기 위해 찔렀음을 알았다.

의료 사관은 칼을 떨어뜨리고 덜덜 떨면서 뒤로 물러났다. 병사는 두 눈을 부릅뜬 채 믿어지지 않는다는 듯 그를 바라보고 있었다. 하지만 곧 동공이 풀리면서 서서히 그 자리에 쓰러졌다.

흘러나오는 피를 내려다보며 헐떡이는 의료 사관의 뒤에서 벼락같은 외침이 들려왔다.

"뭘 하고 서 있나! 이것부터 풀어!"

퍼뜩 정신을 차린 그는 손을 심하게 떨면서 죽은 병사의 허리띠에 걸린 열쇠를 뜯어냈다. 그리고 안으로 들어가 묶여 있던 두 사람을 풀어 주었다. 그것으로 그의 역할은 끝났다.

"수고했어."

라흐는 굳어 있던 몸을 이리저리 비틀어 풀고는 신문실 바깥으로 나와 칼과 열쇠를 집어 들었다. 하지만 베세토는 방 한구석에 있던 자신의 짐부터 챙겨 숨기듯이 얼른 품속에 넣었다. 그것을 보지 못한 라흐가 태연하게 중얼거렸다.

"그럼, 죽은 탑을 접수하러 가 보실까?"

귀스트는 바깥에서 나는 큰 소음을 들었다. 하지만 신경 쓰지 않고 자신이 앉아 있던 의자에 더욱 깊숙이 몸을 파묻었다. 그 의자는 아직도 자신의 것인 양 느껴지는 심판관의 자리였다. 문까지 걸어 잠근 채 오래간만에 자리가 주는 친숙함을 느꼈다.

레아킨이 쓰던 책상을 무심결에 훑던 그는 한쪽 구석에 종이들이 가지런히 정리되어 있는 걸 발견했다. 한 번 구겼던 것을 애써서 다시 편 흔적이 역력했다. 뭔가 하고 살펴보니 비오티의 예전 원고였다.

"아무튼 그놈의 사랑, 사랑, 사랑. 사랑 없이 인간들은 도무지 살 수가 없는 건가? 사랑으로 스스로를 망치지 않고서는 견딜 수 없는 거야? 사랑만이 이 세상 유일한 가치인 양 떠들어 대는 얼간이들에게 내 아버지의 꼴을 좀 보여 주고 싶군. 사랑하고 또 사랑한 나머지 지금 어떤 모습을 하고 있는지."

귀스트는 홀로 냉소한 다음 방에서 가지고 온 물건을 조립하기 시작했다. 바깥에서 고함과 비명, 뭔가 깨지는 소리 등이 점점 더 커지고 있었지만 그는 차분한 태도로 자신의 일에만 열중했다.

마침내 만들던 것이 완성되었으나 그는 신중하게 한 번 더 매만졌다. 오랜만에 손에 쥐어 보는 거라 옛날처럼 잘 다룰 수 있을지 의문이었다. 그때 누군가 문을 쾅쾅 두드렸다.

"누구냐."

대답 없이 조용했다. 귀스트는 쓰게 웃으며 손에 든 것을 들어 올렸다.

"누구냐고 물었다."

어색한 대답이 들려왔다.

"문을 열어 주십시오. 1층의 보조 사관입니다."

귀스트가 모르는 목소리의 사관이 이 죽은 탑에 있을 리가. 그들의 얕은꾀를 비웃으며 귀스트는 천천히 자리에서 일어났다.

"헛수작하지 말고 그냥 들어와."

속으로 셋쯤 세었을 때 쾅 하는 소리와 함께 대여섯 명의 남자들이 쏟아져 들어왔다. 모두 팔에 푸른 천을 두르고 있는 혁명단이었다. 그들은 죽은 탑의 병사들이 쓰는 칼을 빼앗아 든 채 귀스트에게 겨누었다.

"귀스트 아고스토, 이 탑은 이미 우리가 점거했다. 순순히 투항하는 게 좋을 것이다."

"투항하면 뭐, 목숨만은 살려 줄 거냐?"

"그런 건 우리의 권한이 아니다. 하지만 지도자께서 너 같은 놈을 살려 두실 리가 없지."

"그런 말을 하면 내가 순순히 투항할 리가 없잖아. 바보 아냐?"

혁명단원은 칼을 더욱 꾹 쥐며 외쳤다.

"잡아!"

그들이 고함을 지르며 달려드는 순간, 귀스트는 손에 들고 있던 걸 쭉 잡아당겼다. 철컹철컹 하는 소리와 함께 형태를 갖춘 그것은 놀랍게도 활이었다. 귀스트는 한 번에 세 개의 화살을 메긴 다음 주저 없이 쏘았다.

코앞까지 달려들었던 혁명단 둘은 목과 가슴에 각각 화살을 맞고 나가떨어졌다. 뒤이어 달려온 혁명단 하나가 칼을 휘둘렀으나 귀스트는 뒤로 펄쩍 뛰어 피했다. 동시에 다시 두 개의 화살을 걸고 시위를 당겼다 놨다.

"커억."

맨 앞에 있던 남자의 팔과 목에 동시에 화살이 꽂히면서 책상과 함께 우당탕 굴렀다. 쏟아지고 깨지는 물품들을 보면서 눈살을 찌푸리던 귀스트는 다음 상대를 향해 몸을 돌렸다.

다른 두 남자는 활을 쏘기엔 너무 가까워져 있었다. 귀스트는 활대로 휘두르는 칼을 막아 냈다. 몇 번의 접전 끝에 한 남자의 머리는 활로 후려치고 다른 자의 가슴을 활 끝으로 퍽 소리가 나게 찔렀다. 숨 막히는 소리를 내며 주저앉는 그에게 귀스트는 마지막 일격을 날렸다.

순식간에 사무실은 정리되었고 자신이 해 놓은 일을 둘러본 그는 만족했다.

"머리로 배운 건 잊어도 몸으로 깨친 건 잊지 않는다더니, 그대로군."

그는 화살을 챙겨 들고 칼도 허리에 찬 다음 방을 빠져나왔다.

"그럼 가 보실까. 라흐를 사냥하러."

비오티는 이를 부딪치며 떨고 있었다.

"뭐가 매달려 있다는 거야?"

"글쎄, 저걸 뭐라고 불러야 할까. 아래 있는 것들이 허물이라면 저것은 고치려나. 한번 보겠나?"

레아킨이 횃불을 잡자 비오티는 그의 팔을 붙들었다.

"잠깐! 사람이야, 시체야?"

"굳이 말하자면 그 중간 단계인 것 같다."

비오티는 무서운 이야기를 듣기 직전의 어린아이처럼, 두렵지만 호기심을 참지 못하는 얼굴로 고개를 끄덕였다.

레아킨은 횃불을 들고 일어나 몇 걸음 뚜벅뚜벅 걸었다. 그대로 더 멀어지면 안 보일 것 같아 비오티가 부르려는 순간 그가 걸음을 멈췄다. 방의 중앙 정도 되어 보이는 위치였다.

"아무것도 없는데?"

그러자 레아킨이 횃불을 위로 높이 들었다. 비오티의 시선은 저절로 횃불을 따라 올라갔다. 이내 그녀는 레아킨의 표현이 얼마나 정확했는지 깨달았다. 그건 확실히 고치 이상의 다른 것이라고 부를 수 없었다.

둥근 돔 모양의 천장에 마치 뿌리처럼 박아 넣은 흰 줄기들이 중간에 매달린 거대한 구를 지탱하고 있었다. 그 구는 탁한 색깔의 거미줄 같은 것으로 둘러싸여 있었는데 뭔지 몰라도 그 안에 든 게 대단히 불쾌한 것임에 틀림없음을 느낄 수 있었다.

"저게 도대체 뭐야?"

"나도 확신할 순 없지만, 허물을 다 벗으면 마지막으로 무엇이 있을 것 같나."

"그럼 저 안에 든 게……."

비오티는 말끝을 흐렸다가 어색하게 웃음을 터뜨렸다.

"아하하, 말이 되는 소릴 해야지. 우리가 무슨 로즈 녀석 소설 속에 들어와 있는 게 아니잖아."

"그렇지 않아."

레아킨은 진지한 얼굴로 그녀를 바라보았다. 윤곽이 뚜렷한 그의 얼굴은 횃불에 의해 도드라졌다.

"그가 거기 있는 게 가능하다면, 이것도 가능해."

"또 무슨 소릴 하는 거야……."

"천장을 봐."

비오티는 다시 고개를 들었다. 그리 밝지 않아 읽을 수는 없었지만 거기엔 어떤 글귀가 쓰여 있었다.

"뭐라고 쓰여 있는 거야?"

"그의 탄생에 세계가 운다. 그가 존재함에 세계가 탄식한다. 그의 손에 닿은 비(非)생명은 견디지 못하고 가장 작은 단위로 부서지며, 그와 마주 본 생명은 스스로의 치부를 견디지 못하고 영혼까지 썩어 분해된다. 그는 또 다른 의미의 사랑일 것이나 너무도 깊고 농밀하여 감히 품을 수 없다. 그는 누구이겠는가?"

그 말에 비오티는 아주 이상한 표정을 지었다.

"나 그런 글을 틀림없이 어디선가 읽었는데."

"무슨 수수께끼 같군. 아무튼 저 고치 안에 든 게 수수께끼의 답인 모양이다."

레아킨이 그의 머리 위에 있는 것을 올려다봤다. 그렇게 생각하고 보니 신비로우면서도 음험했다. 횃불의 일렁임 탓일까, 거대한 고치가 답을 재촉하며 꿈틀거리는 것 같았다.

비오티는 눈을 동그랗게 떴다. 그리고 그 분위기 속에 유독 홀로 괴리된 것 같은, 천진한 목소리로 말했다.

"나 그거 답 아는데?"

귀스트가 계단을 하나 아래로 디뎠을 때 아래층에서 우르르 올라오는 소리가 들렸다. 그는 멈춰서 벽에 기댄 채 차분히 화살을 메겼다.

'실수한 거야, 라흐.'

혁명단이 계단을 돌아 모습을 드러내자마자 그는 주저 없이 화살을 쏘았다. 두 명이 맞고 비명을 지르며 몸부림치자 뒤따라 오던 혁명단 몇몇도 중심을 잃고 계단을 굴렀다.

'차라리 비오티가 빼내 줄 때까지 가만히 있었어야 했어. 나한테 직접 죽일 기회를 주다니 친절하기도 하지.'

간신히 몸을 피한 자들은 귀스트가 다시 화살을 메기는 걸 보고 급히 뒤돌아 뛰어 내려갔다.

"귀스트가 여기 있다!"

"활을 갖고 있어! 방패 가진 사람이 빨리 이쪽으로!"

한 걸음, 한 걸음 계단을 내려가 모퉁이를 돌자 우왕좌왕하며 뛰어다니는 혁명단원들이 보였다. 복도 저편에선 죽은 탑의 병사 하나가 비참하게 난도질당하는 중이었다.

수적으로 확실히 열세였다. 퇴근 시간에 맞춰 이런 계획을 실행한 것은 현명한 결정이었다. 직원들이 퇴근하고 병사들이 교대하는 이 시간이 가장 번잡하고 허술했다.

하지만 귀스트는 죽은 탑의 병사들이 전멸한다 해도 관심 없었다. 혁명단이 탑을 점거한다 해도 마찬가지였다. 라노프가 망하건 독립을 이루건, 그 모든 것에 더 이상 아무런 흥미가 없었다.

이제 지하에 있는 그것을 깨울 시간이 되었기 때문이다.

'전쟁이 시작되면 태제인 레아킨은 쿠세로 돌아가야 한다. 그럼 그를 따라 드디어 나도 갈 수 있게 되는 거다. 망할 황제의 곁으로.'

그는 속으로 웃으면서 달려오던 혁명단 하나에게 화살을 먹였다. 그러곤 뒤에서 접근하던 남자의 턱을 활로 후려갈겼다.

"버러지들은 꺼져. 라흐는 어디 있나!"

뒤이어 달려온 혁명단원이 칼을 휘둘렀으나 귀스트는 간단히 피하고 팔꿈치로 상대의 머리를 찍었다. 남자가 신음을 흘릴 뿐 쓰러지지 않자 칼을 든 손을 거꾸로 되돌려 그 자신에게 찔러 넣게 했다.

할복한 모양새로 그가 무릎을 꿇자 귀스트는 그 뒤에 몸을 숨긴 채 달려오는 혁명단원들에게 쉴 틈 없이 화살을 날렸다. 넉넉히 가져온 화살이 벌써 바닥을 드러내고 있었다.

마지막 화살은 소리 없이 뒤에서 다가오던 남자의 머리를 꿰뚫었다. 귀스트는 그만 활을 접어 허리띠에 걸고 대신 칼을 꺼냈다. 거의 활만 썼는데도 이미 옷과 얼굴이 피범벅이었다.

"오랜만이군그래, 피를 뒤집어쓰는 건. 하지만 아직 멀었어."

그는 호흡을 고른 다음 뛰쳐나갔다.

나가자마자 눈앞에 있던 혁명단의 목을 치고 몸을 반 바퀴 돌려 칼을 내리친다. 뭔가에 박힌 기분이 들어 보지도 않고 칼을 빼내자 뜨끈한 피가 목덜미로 튀었다. 그대로 성큼성큼 걸어가 죽은 탑의 병사의 배에 칼을 꽂으려는 혁명단원의 등을 말 없이 내리그었다. 그리고 다시 걷는다.

순식간에 그가 지나간 길로 열 구도 넘는 시체가 쌓였다. 모든 곳에 질척거리는 피 냄새가 풍겼다. 그대로 자신의 방까지 걸어간 그는 책상을 뒤적거리고 있던 혁명단 둘과 마주쳤다. 자신의 물건이 흐트러지거나 누가 건드리는 걸 극도로 싫어하는 귀스트는 그 모습을 보고 돌아 버릴 듯한 기분을 느꼈다.

"재미 좀 봤나? 그런데 어쩌지. 방 주인한테 들켰는데."

당황하면서 무기를 꺼내는 그들에게 귀스트는 한달음에 뛰어가 단 두 번의 칼질로 각각의 목숨을 끊었다. 그러곤 피로 얼룩진 책상과 문서들을 내려다보며 가볍게 눈살을 찌푸렸다.

'뭐, 이젠 쓸모도 없지. 그나저나 이대로는 너무 피곤하군.'

귀스트는 쓰러져 있던 혁명단원에게로 걸어가 모자와 푸른 띠를 빼앗아 들고 남아 있던 화살도 챙겼다. 그러곤 모자를 푹 눌러쓰고 푸른 띠를 팔에 두른 채 방을 나와 적당히 뛰기 시작했다. 다들 정신이 없고 혼란한 와중이었기에 빠르게 스쳐 지나가는 그를 특별히 신경 쓰지 않았다.

그대로 1층에 내려와 보니 그곳은 이미 혁명단이 점령한 상태였다. 입구는 봉쇄되었고 한쪽 구석에 억류된 죽은 탑의 직원들과 병사들이 보였다. 빼앗은 무기들도 쌓아 둔 채 속속 풀려나는 혁명단에게 지급되고 있었다.

"심판관과 귀스트는 아직도 못 잡았다고?"

바로 근처에서 자신의 이름이 들려왔기에 귀스트는 깜짝 놀랐다. 힐끔 고개를 돌려 보니 드디어 라흐의 모습이 보였다.

"쿠세인 심판관은 어디 있는지 보이지도 않습니다. 귀스트는 2층에서 난동을 부리고 있어 동지들을 더 보내야 할 것 같습니다."

"그럼 있는 대로 올려 보내. 시체라도 좋으니까 내 눈앞에 가져와."

무기를 가진 혁명단이 우르르 위층으로 올라갔다. 귀스트는 그들이 스스로 자리를 비울 때까지 여유롭게 기다리기로 했다. 그러나 물러난 채로 기다리던 그를 누군가 잡아챘다.

"뭐해, 2층으로 올라간다!"

귀스트는 급히 모자로 얼굴을 가리면서 어눌한 목소리로 대답했다.

"아, 네."

어쩔 수 없이 따라가는 척하면서 계단을 몇 걸음 오르다가, 그를 다그친 혁명단이 먼저 뛰어 올라가자 다시 슬쩍 뒤로 돌았다. 한데 1층으로 내려와 보니 그사이 라흐는 어디로 가 버리고 없었다.

'젠장. 하나 붙잡아 물어볼까? 그러다가 들키면 좋을 건 없을 텐데.'

그는 몸을 숙인 채 복도를 걸으며 방을 하나하나 확인했다. 혁명단은 모든 가구를 들어내 창문부터 막고 있었다. 외부의 침입을 막기 위한 것일 테지만 거꾸로 고립되는 것이기도 했다.

'군부가 오기 전에 심판관을 붙잡지 못하면 단체로 자살하는 거나 마찬가지일 텐데. 불쌍한 녀석 같으니, 지하 감옥에 있을 거라고는 생각도 못 할 테지.'

그는 유쾌해서 웃음이라도 터뜨리고 싶은 기분을 느꼈다. 그때 대회의실을 지나다가 반쯤 열려 있는 문틈으로 베세토가 보였다.

'저 녀석이 여기 있다면……'

귀스트는 문으로 좀 더 가까이 다가갔다.

"우리가 며칠을 버티면 되지?"

"오전에 도착한 전보에 따르면 국경의 분위기가 심상치 않다고 합니다. 압도적인 숫자 차이 때문에 쿠세군이 곧 철수할 겁니다. 그러고 나면 우리 군사들이 여기까지 올라오는 데는 사흘이 채 걸리지 않습니다. 그때까지만 버티면 우리가 이기는 겁니다. 정말로 독립이 머지않았습니다."

그곳에는 혁명단 수뇌부만 모여 있었다. 그 남자가 말한 '독립이 머지않았다'는 말에 분위기가 무겁게 숙연해졌다. 한 동지는 격정을 참지 못하고 눈물을 흘렸다.

"그래, 정말로 라노프가 독립하는 거야."

라흐는 따스하게 웃으면서 그의 어깨를 두드렸다.

"고생들 했어. 하지만 조금만 더 고생하자고. 심판관만 붙잡으면 군부도 우릴 어쩌지 못해. 그러니 그때까지 우는 건 좀 참도록 하자고. 두고 봐. 독립을 선포하는 그날 내가 누구보다도 어린애처럼 엉엉 울 테니까."

라흐의 말에 여기저기 작게 웃음이 터졌다. 눈물을 닦은 남자도 희미하게 웃었다. 그 감동적인 장면을 방해할 수 있다는 것에 귀스트는 쾌감마저 느꼈다.

"이거 눈물이 다 나려고 하는군. 박수라도 쳐 줄까?"

그는 문을 닫고 잠근 다음 모자를 벗어 손잡이에 걸었다. 방 안에 있던 라흐와 나머지 혁명단이 일제히 그를 쳐다봤다.

"너……!"

다들 황급히 무기를 꺼내 들었으나 라흐는 단상에 걸터앉은 자세 그대로 가만히 입을 열었다.

"반갑군, 귀스트. 상황은 다시 역전인가?"

"역전? 착각이겠지. 지금 내가 너희들을 살려 두고 있다는 생각은 안 들어?"

라흐는 자기 부하들을 돌아보고는 어깨를 으쓱였다.

"옛날부터 너는 자기 실력을 너무 믿었지. 한데 이쪽도 다들

한 칼 솜씨 하는 사람들이거든."

"알려 줘서 고맙군. 안 그랬으면 네 말대로 내 칼만 믿고 덤벼들었을지도 모르지."

라흐가 어리둥절한 얼굴로 웃는 순간 귀스트가 허리에 차고 있던 것을 빼내서 순식간에 폈다. 철컹철컹 소리를 내며 그것이 활의 모습을 갖추자 그 자리에 있던 사람들의 안색이 대번에 변했다.

"지도자님 앞을 막아!"

다음 순간 귀스트의 손에서 세 개의 화살이 떠났다. 라흐를 둘러싸려던 남자 중 둘이 거기에 맞았다.

"난 됐으니 가서 잡아!"

라흐는 몸을 굴려 단상 뒤로 피했다. 귀스트는 문을 막아선 자리에 꼿꼿이 선 채 손에 잡히는 대로 화살을 쏘았다. 그가 챙겨 온 10여 개의 화살이 혁명단 네 명의 가슴, 목, 다리 등을 차례대로 맞혔다. 남은 것은 세 명의 혁명단과 라흐뿐이었다.

귀스트는 활을 반으로 접어 왼손에 들고 오른손으로는 칼을 꺼냈다. 세 남자가 포위하듯 서서히 다가오고 있었다.

'조금만 기다려라, 라흐.'

귀스트는 자세를 한껏 낮췄다.

'조금만 기다려라, 사자한.'

세 남자가 고함을 지르며 칼을 치켜든 순간 귀스트의 검이 누구보다 빠르게 빛처럼 허공을 갈랐다. 반짝이는 사선을 핏방울이 타고 올라오는가 싶더니 금세 허공으로 새빨간 것이 솟구쳤다.

한 남자를 베어 넘긴 귀스트가 바로 몸을 피했지만 화끈한 느낌과 함께 등이 통증을 호소했다. 하지만 신경 쓰지 않고 뒤로 돌아 달리는 척하다 뒤쫓아 온 남자가 허공으로 몸을 띄우는 순간 홱 돌아서 검을 가슴 한복판에 찔러 넣었다. 덜컥 정지한 남자의 몸에서 칼을 빼자 푸들푸들 떨리며 그가 아래로 떨어졌다.

귀스트는 칼에서 피를 털어 내고 남아 있는 남자와 반대편 단상에 숨어 있는 라흐를 번갈아 봤다. 라흐는 기회를 보면서 문 쪽으로 달려갈 준비를 하고 있었다. 때문에 귀스트는 입구에서 결코 벗어나지 않았다.

마지막 남자는 신중하게 칼을 두 손으로 쥐었다. 그가 천천히 거리를 좁혀 오는 것을 보면서 귀스트는 단칼에 승부가 날 것을 직감했다. 기다리는 동안 문득 피로가 다리를 붙잡았고 등의 상처가 시큰거렸다. 입으로는 신맛이 올라왔다. 이번 일격을 내지르고 나면 신체적으로나 정신적으로나 몹시 지칠 터였다.

그것을 계산하고 퍼뜩 정신을 차리는 순간 상대는 이미 적정선을 넘어와 있었다. 귀스트는 생각하기를 포기하고 몸이 반응하는 대로 내버려 두었다. 아슬아슬하게 두 개의 검이 교차한다. 너무 느리게 자신의 검이 뻗어 갔다. 이대로는 진다, 이대로는 죽는다. 본능 속에서 무언가가 번쩍 눈을 뜨면서 그의 몸을 내던졌다. 귀스트는 허리를 깊이 베이면서 남자와 함께 바닥을 뒹굴었다.

"으…… 제기랄."

끔찍한 고통 속에서 간신히 고개를 들어 보니 자신의 칼은 남자의 목을 정확히 관통하고 있었다. 급히 옆구리부터 틀어막았다. 피가 홍수처럼 쏟아지고 있었다.

그때 누군가 후다닥 뛰어가는 소리가 들려 얼른 몸을 일으켰다. 라흐였다. 귀스트는 이를 악물고 뛰어서 그의 앞을 막아섰다. 라흐는 놀란 얼굴로 멈추더니 서서히 뒷걸음질 쳤다.

"그런 몸으로는 너도 쉽지 않을걸. 비켜."

"미안하지만 너 같은 약골은 이 몸으로도 쉬워. 혁명가답게 차분히 죽음을 받아들여라. 여기서 죽으면 넌 진짜 영웅이 될 테니까."

"웃기지 마! 죽어서야 찬란해지는 이름 따위 난 관심 없어."

"그럼 덤벼 보든가. 영웅답지 않은 모습으로 그렇게 뒷걸음질 치지 말고."

라흐는 이를 꽉 깨물면서 멈춰 섰다. 하지만 무기라고 빼 든 것은 고작 손바닥 길이 정도의 단검이었다. 귀스트는 소리 없이 조소했다.

"애처로워서 눈물이 다 나는구나. 어쨌든 무기를 든 이상 가책 없이 보내 주마. 옛 친구로서의 자비로 고통 없이."

귀스트는 검을 들어 올렸다. 두려움에 가득 찬 친구의 얼굴을 보니 문득 허탈해져서 손에서 힘이 빠지려 했다. 하지만 다시 칼을 다잡았다. 그러나 그대로 내려치기 직전 라흐의 얼굴 뒤로 서서히 일어나는 뭔가가 보였다. 저게 뭐지? 목표를 코앞에 둔 채로 할 짓이 아니었지만 귀스트는 시선이 가는 것을 막을 수가 없었다. 초점이 맞는 순간, 그는 머리 안쪽을 때리는 묵직한 충격을 느꼈다. 여태까지 잊고 있었으나 아까 분명 이 자리에 있던 한 사람이었다.

'베세토!'

하지만 정작 그의 모습보다 놀라운 건 그가 손에 들고 있는 것이었다.

'말도 안……'

강렬한 섬광이 그의 눈에 빛을 뿌림과 동시에 어마어마한 굉음이 들려왔다. 마치 대포와도 같은 소리였다. 아니, 실제 그것은 아주 작은 크기의 대포이기도 했다. 그렇기에 어디에서도 금지된, 결코 사람이 손에 들어서는 안 되는 무기였다.

난생처음으로 귀스트는 이성이 통째로 날아갈 것만 같은 극한의 고통을 느꼈다. 온몸이 비명을 질렀기에 정확히 어디에 맞은 건지도 알 수 없었다. 책에서 말하던 보이지 않는 화살이라는 표현은 잘못되어도 한참 잘못되었다. 이건 수백 개의 화살을 한데 뭉친 것도 모자라 정말로 크기만 작았지 대포 그 자체를 맞은 것 같았다.

귀를 틀어막았던 라흐가 천천히 몸을 일으켰다. 그러곤 믿기지 않는 듯 베세토와 쓰러진 귀스트를 번갈아 봤다. 그의 입가에 문득 환희가 번지더니 이내 큰 웃음으로 바뀌었다.

"맙소사, 이게 뭐야? 베세토, 그런 굉장한 무기를 갖고 있으면서 왜 말하지 않은 거야? 어디서 났어, 어떻게 구했지? 아무튼 정말 대단하군. 칼을 맞아도 쓰러지지 않던 귀스트가 한 방에 뻗었어. 그거 이리 줘 봐. 이 자식을 완전히 끝장내야겠어."

귀스트는 입조차 열 수 없었다. 온몸의 털이 곤두서는 엄청난 고통 속에서도 그는 기절하기를 거부했다. 지금 그의 삶 전체가 부정되려 하고 있었다. 이대로 이렇게는 안 되었다. 이런 식으로 죽기 위해 그 끔찍한 시간을 버텨 온 게 아니었다.

그러는 동안 라흐는 베세토를 향해 손을 내밀었다. 베세토는 창백하게 굳은 얼굴로 다가와 무기를 든 손을 라흐 쪽으로 뻗었다. 라흐는 어서 달라고 재촉을 했다. 하지만 그때 베세토가 뻗었던 손을 다시 약간 당겼다. 라흐는 고개를 갸웃거렸다.

콰앙!

다시 한번 총이 불을 뿜었다.

8. 사악한 종

그것은 너무나 오랜 시간을 기다려 왔다. 단지 오늘을 위하여 그렇게 기다려 왔다. 누군가가 자신의 이름을 불러 줄 때까지. 아니, 틀린 말이었다. 오래전부터 바로 오늘이 그의 이름이 불릴 날이었고 그 이름을 부를 자도 정해져 있었다.

그는 누구도 맞히지 못한 수수께끼의 답이었고 답이 없던 수수께끼의 답이었고 그 답을 말함으로써 그의 존재를 증명해 줄 자를 위한 답이었다.

그는 자신의 이름을 듣고 눈을 떴다.

비오티는 어떤 단어를 말했다. 레아킨은 눈살을 찌푸리며 반문했다.

"그것이라고?"

"응. 나는 어릴 때부터 글을 쓰면 제일 먼저 아버지에게 보여

줬는데, 이런 말 내 입으로 하긴 뭐하지만 아버지는 날 천재라고 생각했어. 딸 하나밖에 없는 팔불출 아버지가 그렇지, 뭐. 어쨌든 어느 날엔가 어떤 책을 보여 주면서 하는 말이, 글을 너무 잘 쓰지 말라는 거야. 그러다가 단어들이 책 속에서 걸어 나올지 모른다고. 그때 처음 아기모스에 대한 전설을 들었지."

"무슨 책을 보여줬는데?"

"아주 이상한 책이었어. 그 책의 주인공은 인물이 아닌 단어들이었는데, 방금 내가 말한 단어의 장에 바로 그 수수께끼가 적혀 있었……."

거기까지 말하던 비오티가 잠시 멈칫했다.

"아니 잠깐, 그럴 리가?"

레아킨도 뭔가를 깨닫고 비오티를 바라봤다.

"아기모스의 책이 바로 그런 식으로 구성되어 있다고들 하지 않나?"

비오티는 심하게 떨면서 그를 마주 보았다.

"그럼, 내가 본 그 책이……."

귀스트는 눈을 떠서 간신히 앞을 바라보았다. 라흐가 서서히 무릎 꿇고 있었다.

"어…… 어째서."

베세토는 창백한 얼굴로 총에서 피를 닦아 냈다.

"귀스트의 말이 맞아. 너는 영웅으로 죽어야 해, 라흐."

"너, 이⋯⋯."

라흐는 일어서려 했지만 그의 의지와는 반대로 바닥에 쓰러졌다. 베세토는 곁에 한쪽 무릎을 꿇고 앉은 채 친구의 죽어 가는 얼굴을 차분히 들여다봤다.

"나에 대해서 너는 두 가지를 간과했어."

라흐는 아무 소리도 내지 못했다.

"하나는 내가 항상 오른팔 자리에 만족할 거라고 생각한 것, 다른 하나는 카이라 양에 대한 내 마음을 너무 가볍게 본 것이지."

그는 손가락 끝으로 라흐의 머리를 살짝 밀어 죽었는지를 확인했다.

"지금 라노프에는 왕이 없어. 대부분의 귀족들도 망명했지. 우리는 오직 시민의 힘으로 독립을 이룬 거고 그러고 나면 다시 왕정으로 돌아갈 거란 근거는 없어. 오히려 바로에서처럼 민중의 지도자가 이 나라의 대표자가 되겠지. 그래, 네가 바랐듯이 그것은 너야. 하지만 네가 죽고 나면 누가 될까."

라흐의 입술이 꿈틀거렸다. 분노 때문인지 죽음이 가까웠기 때문인지 그의 얼굴은 새파랗게 질려 있었다.

"절대로, 너는⋯⋯."

"난 너란 녀석을 잘 알아. 독립이 되어도 카이라 양이 원하는 대로 그녀와 결혼하지 않겠지. 그녀를 왕비처럼 만들어 줄 생각 따위도 결코 없을 거고. 하지만 난 있어. 그녀가 코케트든 무엇이든 난 상관하지 않을 거다."

그는 할 말을 다 했다는 듯 후련하게 자리에서 일어났다.

"귀스트 아고스토는 금지된 무기를 사용해서 라흐를 쏴 죽였고 나는 그것을 빼앗아 라흐의 복수를 한다. 그게 너의 결말이야, 라흐. 한때나마 존경했고 아꼈던 동지여, 편히 잠들기를."

선고하듯 그의 말이 끝나자 라흐의 눈에서 서서히 빛이 꺼졌다. 한때는 이상을 꿈꾸던 우수 어린 청년이었고 모든 것을 바쳐 한 여자를 사랑했던 남자였고 또 마지막으로 그 모든 것을 배신해 버린, 라흐는 그 자리에서 마지막 숨을 내뱉었다.

베세토는 잠시 묵념한 뒤 다음으로 귀스트에게 걸어갔다. 그는 아직도 몸을 떨며 의식을 유지하고 있었다.

"끈질기게 살아 있군. 죽은 탑의 진정한 주인다워. 허무하겠군, 그렇지? 언젠가 자신도 죽을 수 있다고는 한 번도 생각해 보지 않았겠지. 하지만 너무 섭섭해하지 마라. 옛 친구와 함께일 테니까."

베세토는 다시 총을 들어 그를 겨누었다. 하지만 그가 손가락을 방아쇠에 거는 순간.

……!

시야에 보이는 모든 것은 아무것도 변하지 않았지만, 아무 소리도 들리지 않았지만.

……!

그는 무언가 어마어마한 것을 느꼈다. 그것은 마치 거대한 심장이 바로 곁에서 박동 치는 듯한 강렬한 울림이었다.

베세토는 참지 못하고 총을 떨어뜨렸다. 그 자리에 무릎을 꿇고 귀를 막았다. 하지만 그것은 소리가 아니었기에 막을 수가 없었다. 자신의 심장을 틀어막을 수가 없었다.

귀스트도 두 눈을 부릅떴다. 죽음보다도 받아들이기 힘든 사실이 그를 짓눌렀다.

'설마…… 설마!'

문득 시간이 질겨졌다. 앞으로 가야 할 시간이 무거운 듯이 그 자리에 짓눌려 쌓이기 시작했다. 그 숨 막힐 듯한 정체를 모두가 느낄 수 있었다.

세상이 기울고 있었다. 어마어마한 어떤 것이 제자리를 벗어나 곤두박질치기 전처럼 형용하기 힘든 불안감을 모두가 느낄 수 있었다. 그것은 지진이 일어나는 순간 저 깊고 깊은 땅속 두 개의 거대한 지층이 서로의 몸을 부딪치는 것처럼 상상할 수 없는 규모의 마찰이었다.

세계가 신음하고 있었다. 세계가 탄식하고 있었다. 세계가 거부하고 있었다. 세계가 울고 있었다. 세계의 의지에 정면으로 대적하는 것이 태어나려 하고 있었기에.

그 엄청난 혼란 속에서 비오티는 레아킨을 품에 꼭 안고 있었다. 레아킨은 그녀에게 무어라 소리쳤지만 모든 소리가 절대적인 정적에 묻혔다. 그러지 않았더라도 비오티는 듣지 못했을 것이다. 그녀는 두 눈을 부릅뜬 채 고개가 꺾일 듯이 위를 올려다보고 있었다.

그녀의 머리카락만큼이나 새하얀 고치, 그 질기지만 부드러운 것의 한가운데가 북 찢겼다. 그리고 그 틈으로 소름 끼칠 만큼 부드럽고 가느다란 손이 불쑥 튀어나왔다.

'현실과 현실 아닌 것의 경계는 무너지지 않았어.'

그녀는 기절할 듯한 광경 속에서 마음속으로 중얼거렸다.

'그런 것은 처음부터 없었기에.'

고치가 완전히 찢어지면서, 그것이 아래로 뚝 떨어졌다.

진실로 위대한 아기모스의 유산, 신이 두려워하여 봉인한 세계에 반(反)하는 의지, 결코 실재해서는 안 되며 생명을 가져서도 안 되는 관념.

그는 타락이었다.

그것은 가장 먼저 코로 깊게 숨을 들이켰다. 눈까지 감은 채 공기를 음미하기라도 하듯 있는 힘껏, 숨이 넘어갈 만큼이나 들이쉰 후에 도취된 표정으로 천천히 내뱉었다. 그는 그것을 여러 번이나 반복했다.

그의 피부는 창백하다는 표현으로도 부족했다. 만지면 회색 가루가 묻어날 것 같은 딱딱하고 죽은 몸이었다. 아무것도 걸치지 않은 그 몸은 황금 비율에 따라 신이 빚은 완벽한 조각 같았다. 머리카락은 한 점도 없었다.

비오티는 숨을 죽인 채 그 모습을 바라보았다. 눈앞에 있는 그것은 사람의 모습을 하고 있었지만 분명 사람이 아니었다. 사람이라면 그처럼 회색 점토로 빚은 인형처럼 보이지 않는다. 또한 그토록 부자연스럽게, 마치 현실 속을 그림이 걸어 다니는 듯한 비정상적인 느낌을 주지도 않는다.

마침내 그것이 만족한 얼굴로 눈을 떴다. 그러곤 고개를 들어 자신이 뚫고 나온 고치를 바라보았다. 그가 손을 뻗자 고치가 저절로 벽에서 떨어지더니 그의 손에 붙들렸다. 실을 잣듯 가느다랗게 분해된 고치는 그의 온몸을 둘러싸고 다시 하나로 뭉쳐졌다. 그러자 순식간에 하얗고 부드러워 보이는 긴 옷이 되었다.

현실이라고 믿기 힘든 일이 여러 번이나 벌어져서인지 비오티는 오히려 별로 놀라지 않았다. 꿈속에서 겪는 일인 양 그 모든 것들이 당연하게 받아들여졌다.

하지만 그것의 눈이 자신에게로 향하자 그녀는 움찔하고 말았다. 그것이 뜻 모를 미소와 함께 천천히 다가오고 있었다.

"자, 잠깐. 가까이 오지 마!"

그가 걸음을 멈췄다. 동시에 비오티의 목소리를 들은 레아킨도 정신을 차렸다. 그는 비오티의 품에서 떨어지면서 몸을 돌려 그녀를 막았다. 동시에 칼을 뽑아 그의 앞에 있는 것을 겨누었다. 하지만 자신이 도대체 뭘 겨누고 있는 건지 알 수 없었다.

— 창조주와 피조물의 감동적인 만남의 순간을 방해할 셈인
가, 인간.

그의 입술이 열리고 듣는 순간 기분이 몹시 이상해지는 목소
리가 흘러나왔다. 어째서인지 자신의 가장 깊고 은밀한 부분을
자극하는 목소리였다. 그 때문이 아니더라도 레아킨은 여전히
그를 똑바로 볼 수가 없었다. 이런 말을 자신이 하면 좀 우습겠
지만, 상대에게는 아무런 색이 없었다.

"너는 무엇이냐."

레아킨의 물음에 그는 고개를 천천히 레아킨에게 돌렸다.

— 무례하군, 인간. 나에게 무엇이냐고 물었느냐. 내가 대답한
다 한들 네가 그것을 감당이나 할 수 있을까.

레아킨이 가볍게 눈살을 찌푸리자 비오티가 앞으로 한 걸음
나섰다.

"우리도 방금 보고 느꼈기에 당신이 사람이 아니란 건 알아.
하지만 적어도 이름이라든가, 뭐든 당신을 설명할 만한 게 있을
거 아냐. 당신, 괴물이야?"

그녀가 묻자 그는 문득 애정이 가득 담긴 표정으로 그녀를
돌아보았다. 레아킨을 대하는 것과는 완전히 다른 태도였다.

— 어째서 그대가 나에게 이름을 묻는가. 내가 깨어날 수 있
도록 나의 이름을 부른 것이 그대이거늘.

천천히 그녀의 앞에 무릎을 꿇은 그는 여전히 이상한 목소리
로 말했다.

— 세계의 의지를 거슬러 흐를 수 있는 것은 오로지 인간의 의지. 경배한다, 나를 존재하게 해 준 창조주여. 그대의 피조물, 그대의 종, 온갖 부정한 것을 먹고 자란 나의 이름은 타락이다.

비오티는 입술을 잘근잘근 씹더니 차마 확인하기 두려운 듯이 물었다.

"당신이…… 살아서 말을 하는 타락이라는 거야?"

— 그렇다, 창조주여.

그녀는 진저리를 쳤다.

"그 창조주라고 부르는 것 그만둬. 내 이름은 비오티야. 어쨌든 당신이, 그러니까 타락이란 말이지. 아기모스의 전설대로 정말 걸어 다니는 관념덩어리 말이지. 그래, 그렇겠지. 하지만 그럴 리가 없잖아. 제기랄, 내가 무슨 말을 하는 거지?"

— 혼란스러워하지 마라.

그는 웃어 보이기까지 했다.

— 그대는 글로써 없던 세상을 존재하게 하지. 마찬가지로 내가 거기 존재한다고 그대의 손으로 쓰기만 하면 나를 받아들일 수 있을 거다.

"쓴다고?"

— 그래.

그는 갑자기 어디에서 꺼낸 건지 모를 종이와 펜을 내밀었다. 고서(古書)의 한 페이지인 것처럼 낡고 신비로운 그 종이에는 무언가 쓰여 있었는데, 레아킨은 굳이 읽어 보지 않아도 그게 무엇인지 알 것 같았다.

'아기모스의 책.'

비오티는 심각한 얼굴로 그것을 바라보기만 했다.

— 지금 이 자리에서 내 이름을 쓰기만 하면 된다. 그러면 나는 완전히 존재하게 되고 그대도 나를 받아들이는 것에 더 이상의 혼란이 없을 거다.

비오티는 얼떨결에 그것을 받았다. 하지만 펜을 드는 순간 레아킨이 그녀의 손을 잡았다.

"쓰지 마라."

"어, 왜?"

"모르겠다. 하지만 쓰지 마라."

타락은 여전히 웃는 얼굴로 레아킨을 돌아봤다.

— 아까부터 참견하는 마음에 들지 않는 인간. 나는 그녀의 혼란을 덜어 주기 위해서 권하는 거다. 네가 나의 창조주에게 명령할 권한은 없어.

"세상에 존재해서는 안 되는 관념, 너야말로 감히 사람과 이 세계의 일에 간섭하지 마라."

그의 마른 회반죽 같은 얼굴이 딱딱해졌다. 그는 사람이 결코 지을 수 없는 표정을 짓고 있었다.

— 깨어나자마자 만난 인간이 이처럼 불쾌하다니. 제일 처음으로 그대에게 나의 권능을 시험하길 원하나?

"마음대로 해라. 내 칼은 결코 장식이 아니다."

타락은 어처구니없어했다.

— 칼이라고? 지금 그따위 조잡한 쇳덩이로 나에게…….

"그만들 해!"

비오티가 둘 사이를 가르고는 타락을 쳐다봤다.

"먼저 당신, 어쨌든 내 종이라고 했지? 내 말을 따를 거야?"

— 그렇다. 거기에 내가 존재한다고 써 주기만 한다면.

"쓰는 건 좀 나중으로 하지. 일단 여기서 나가게 해 줘."

타락은 우울한 표정을 짓더니 군말 없이 걸음을 옮겨 문에 손을 대었다. 문이 저절로 열리기라도 하는 걸까 하고 지켜보던 비오티는 그 거대한 철문이 빠르게 녹스는 것을 보고 눈을 크게 떴다. 타락의 손에서부터 번져 나간 녹은 순식간에 철을 썩게 만든 다음 가루로 부서지게 했다. 문은 그렇게 해서 흔적도 없이 사라졌다.

— 내 손에 닿으면 모든 게 이렇게 되지.

비오티는 어떤 일이 있어도 그것의 손을 잡지 않으리라 다짐했다.

위층으로 올라가는 동안 곳곳에 어지럽혀진 흔적이 보였다. 죽거나 다친 사람도 눈에 띄었는데 하나같이 의식이 없었다. 타락은 건조하게 설명했다.

— 나의 강림으로 인해 인간들이 충격을 받았을 거다. 세계가 거대한 것과 마찰했으니 그 사이에 끼인 그들로서는 견딜 수 없었겠지.

"그럼 우리는 왜 멀쩡한 거야?"

— 그대가 곁에 있을 것이기에 그대 주변은 내가 보호했다. 저 불쾌한 인간까지 그 보호를 받을 줄이라곤 예상하지 못했지만.

"불쾌한 인간이라고 부르지 마라. 그대가 불쾌한 관념이 아닌 타락이라는 이름으로 불리고 싶다면. 나는 레아킨이다."

순식간에 자신을 재로 만들어 버릴 수도 있는 존재와 바로 곁에서 걸어가는데도 레아킨은 전혀 두려워하는 것 같지 않았다. 비오티는 그런 그의 모습이 신기하고 놀라웠다. 자신조차 그녀의 종이라는 존재가 낯설고 무서운데.

"이게 대체 무슨 일인지 모르겠네. 얼떨결에 이름을 말했다가 이상한 게 달라붙었어. 정말 내가 그때 본 그게 아기모스의 책이라고? 아버지는 그런 걸 대체 어떻게 가지고 있었던 거야?"

"전설에 따르면 아기모스의 책은 그의 후손들이 대대로 보관한다지. 어쩌면 네가 그 핏줄인지도 모르겠다."

"말도 안 돼. 내가 무슨, 아기모스가 내 조상이라고?"

레아킨은 어깨를 으쓱였다.

"그럴 수도 있다는 얘기다. 그건 네 아버지에게 물어야 할 것 같군."

"집에 붙어 있어야 말이지. 그래, 그건 나중에 묻기로 하고. 그런데 저거 원래 귀스트가 돌보던 거 아니야? 내가 채 갔다고 뭐라고 하면 어떻게 하지? 저치더러 나 대신 귀스트를 쫓아가라고 하면 그렇게 할까?"

"글쎄. 그대 이외의 인간에게 그다지 호의적이지 않은 것 같은데."

"미치겠네. 타락이 섬기는 주인이라니, 그건 악마 아냐?"

그녀는 부르르 떨고는 말을 이었다.

"이제야 좀 실감이 나는 것 같아. 사실 나 아까부터 정신이 하나도 없어서 뭐가 뭔지 헷갈렸거든. 내가 타락이라는 것을 이 땅에 불러냈단 말이지. 나는 그것의 주인이고…… 맙소사, 진짜 책에 나오는 주인공이 되어 버렸네. 아니, 악당인가? 신이 봉인한 걸 풀어 버렸으니 날 벌하면 어떻게 해? 그리고 저치의 목적은 뭐지? 세계 멸망?"

"진정해라."

레아킨은 비오티의 손을 꽉 잡고 그녀가 좋아하는 굳건한 눈동자로 말했다.

"귀스트를 찾으면 그가 어떻게든 해 줄 거다. 너무 걱정하지 마라."

"으응. 고마워."

그녀는 안도감과 함께 어쩐지 쑥스러움을 느끼면서 그가 잡은 손을 내려다봤다.

"그런데 영 숙맥인 줄 알았더니 틈만 나면 손을 잡고 껴안네. 자꾸 이럴 거야?"

"내가 느낄 수 있도록 도와주겠다고 하지 않았나. 이 정도는 양보해라."

레아킨은 전혀 웃음기 없는 얼굴로 그런 농담을 했고 비오티
는 피식 웃었다.

1층으로 올라오니 거긴 더 엉망이었다. 여기저기 널브러진 사
람들로 가득했는데 죽은 탑의 병사들보다 팔에 띠를 두른 혁명
단이 더 많았다.

"혁명단이 탈출을 했던 모양이군."

레아킨은 담담히 말하고는 주위를 훑다가 창문과 입구 등이
틀어막힌 것과 한쪽에 무기가 가득 쌓여 있는 것을 발견했다.

"우리가 갇힌 지 그리 오랜 시간이 지난 것도 아닌데 이렇게
일사불란하게 행동하다니. 라흐가 잡힌 다음 혁명단이 앞다투
어 자수한 것은 그 때문이었나 보군. 모든 게 계획이었나 보다."

"그럼 라흐는 탈출한 건가?"

"글쎄. 일단 보좌관부터 찾아야겠다. 무사할지 모르겠다만."

그때 타락이 문득 손을 들어 한쪽을 가리켰다.

— 너희가 찾는 것이 귀스트라면 저기에 있다.

비오티는 깜짝 놀라 그를 바라보았다.

"그런 것도 알 수 있어? 그런데 귀스트는 어떻게 알……."

물어보던 그녀는 말끝을 흐렸다. 귀스트를 어떻게 아느냐니,
우문이다. 지하 감옥에서 이것을 만들어 낸 것이 그였다. 그리
고 무엇보다 귀스트의 아버지 얼굴을 하고 있던 그 허물.

"그러고 보니 당신, 귀스트의 아버지와는 무슨 관계야?"

타락은 그 말에 갑자기 웃었다. 절대 움직여서는 안 되는 그

림이 웃는 것처럼 무섭고 공포스러웠다.

― 그 인간은 나의 모체다. 그가 가졌던 증오와 분노 그리고 두려움은 훌륭한 자양분이었지. 하지만 어미의 자궁에서 태어난 새끼는 그 자체로 독립된 존재이듯 나도 마찬가지다. 굳이 인간적인 관계를 들먹이자면, 귀스트와 나는 형제가 되겠지. 그런다고 인간적인 애정까지 있는 것은 아니지만.

"모체라니, 그럼 그 녀석 아버지가 죽은 건 탑에서 뛰어내린 게 아니라……."

그러나 레아킨이 그때 손을 들어 말렸다.

"보좌관을 찾는 게 먼저다. 그에게서 같이 들으면 돼."

그러고선 성큼성큼 타락이 가리킨 대회의실로 걸어갔다. 손잡이를 잡고 돌렸으나 잠겨 있었다. 레아킨은 뒤로 물러났다가 몸으로 힘껏 부딪쳐 문을 열었다.

방 안의 광경은 처참했다. 역할 정도의 피 냄새가 풍겼고 희미하지만 화약 냄새도 섞여 있었다. 여기저기 쓰러져 있는 남자들 틈에서 그는 귀스트를 발견했다.

"보좌관!"

레아킨이 달려가 귀스트의 상태를 살피는 동안 비오티도 회의실에 도착했다. 그녀는 입가를 가린 채 한없이 눈살을 찌푸리고 그 안을 둘러봤다. 그러다가 레아킨처럼 누군가를 발견했다.

"어……?"

엉망진창이 된 모습으로 누워 있는 한 남자를 그녀가 못 박힌 듯 바라만 보고 있는 동안 레아킨은 귀스트를 일으켰다.

"정신이 들었군. 괜찮나?"

하지만 귀스트는 자신의 상처에도 아랑곳 않고 필사적으로 레아킨의 옷깃을 붙들며 물었다.

"깨어난 겁니까? 태어난 겁니까? 그게 이 땅에 내려왔냐고요!"

"그 고치에 들어 있던 것을 말하는 거라면, 그렇다."

"누가! 어떻게, 왜 말입니까?"

격렬하게 외치던 그는 참지 못하고 울컥 피를 토해 냈다. 레아킨은 그의 팔에 묶여 있던 푸른 띠를 풀어 어깨와 가슴 사이에 난 커다란 구멍부터 틀어막았다. 귀스트는 고통스러워했지만 그보다는 레아킨의 대답을 더 끔찍해하는 것 같았다.

"왜 깨어난 겁니까. 어떻게요? 당신이 하셨습니까?"

헐떡이는 그를 향해 레아킨은 조용히 고개를 저었다.

"아니. 그녀가 했다."

레아킨은 귀스트의 몸을 들어 문 쪽을 바라볼 수 있도록 해 주었다. 비틀거리며 이쪽으로 걸어오는 비오티의 뒤로 기이한 인상의 남자가 있었다. 귀스트는 몸을 부르르 떨었다.

"말도 안 돼. 비오티가 어떻게? 그건……."

그가 일어서려고 하자 레아킨이 가만히 말렸다.

"그만둬. 상처 치료가 우선이다. 이자들이 언제 깨어날지 모르니 여길 먼저 벗어나는 게 좋겠다."

그를 업은 레아킨은 걸어오던 비오티에게 말했다.

"보좌관을 찾았다. 그러니……."

그러나 비오티는 아무 말 없이 그를 지나쳤다. 레아킨은 영문을 모른 채 고개를 돌려 그녀를 봤다. 그녀는 쓰러져 있는 어떤 남자의 곁에 천천히 주저앉고 있었다.

"이 꼴이 뭐야."

그녀는 애써 미소 지었다.

"일어나, 이 한심한 자식아."

비오티가 라흐의 얼굴에 손을 대었다가 흠칫 놀라며 뗐다. 그러나 이내 다시 두 손으로 그 얼굴을 감쌌다.

"이러지 마…… 이러지 마. 이런 곳은 네가 죽을 자리가 아니잖아."

그녀의 눈에서 왈칵 눈물이 쏟아졌다.

"반드시 네 손으로 독립을 이루겠다고 했잖아. 독립의 그날까지는 죽고 싶어도 죽을 수 없는 몸이라고 했잖아. 이렇게 시시하게 죽을 거였어? 이렇게 허무하게? 이렇게……."

무겁고도 무거운 침묵이 오랫동안 흘렀다.

"라흐…… 라흐. 라흐, 제발. 라흐."

그녀는 더 이상 말을 잇지 않았다. 다만 죽은 남자의 가슴에 얼굴을 묻고 소리 없이 어깨를 떨기 시작했다.

언제나 감정을 분출할 줄만 알던 그녀가 그러는 것은 오히려 레아킨의 기분을 이상하게 했다. 그것이 마음에 들지 않는 것 같았다.

"그만 가야 한다."

그는 말하면서도 마음 한구석에서 그녀가 듣지 않을 거라는 생각을 했다. 그들의 계약은 어디까지나 라흐를 풀어 주는 것이 조건이었다.

"비오티."

대답은 없었다. 그 침묵은 짧은 동업 관계에 종말을 고하는 것만 같았다.

"부탁이다. 나와 함께 가 다오."

그는 그다음 말을 할까 말까 망설였다. 하지만 하지 않으면 후회할 것 같았다.

"나에게 그 책을 써 다오. 나 하나만을 위해. 그렇게 해 준다면, 그렇게만……."

"심판관님!"

그때 멀지 않은 곳에서 나힘의 목소리가 들려왔다. 우르르 사람들이 움직이는 발걸음 소리도 들렸다. 군부의 병사들이 도착한 모양이었다.

레아킨은 대답하는 대신 비오티에게 다가갔다. 그녀의 어깨를 짚으려는 순간 그녀가 고개를 홱 돌렸다. 그 얼굴은 너무나도 지독해서 표정을 잘 알지 못하는 레아킨마저 흠칫 놀랄 정도였다.

"너야?"

다행히 그녀는 그 눈으로 레아킨을 보는 게 아니었다.

"귀스트 아고스토, 네 짓이야?"

레아킨의 등 뒤에서는 대답이 없었다. 출혈이 심해 정신을 잃은 모양이었다. 그녀는 눈물 젖은 얼굴로 쓰게 웃고 중얼거렸다.

"하긴, 쓸데없는 질문이지. 여기 너밖에 없는데."

그녀는 다음으로 레아킨을 쳐다봤다.

"책? 그래, 써 줄게."

그러곤 씹어뱉듯이 덧붙였다.

"이 자식을 죽여 준다면."

레아킨은 입을 열었지만 바로 대답할 수 없었다. 그가 대답을 망설이는 사이 뒤에서 이 세상 어디에도 없는 목소리가 들려왔다.

― 굳이 그런 부탁은 할 필요가 없다, 비오티여. 나에게 명령해라. 한마디만 한다면 저 인간의 생명은 그대로 나락이다.

비오티는 그 말에 대꾸하지 않았다. 오직 레아킨을 노려보듯 쳐다봤다.

"꼭…… 그래야만 하겠나."

한참 후 레아킨이 망설이듯 말했다. 귀스트에게서 흘러나오는 피 때문에 레아킨의 등은 축축하게 젖어 있었다. 게다가 가끔씩 경련하듯 떨고 있었다.

"우린 그에게 들어야 할 것이 있다. 지금 저기 서 있는 존재에 대해 명확히 설명해 줄 수 있는 건 귀스트밖에 없어. 네 분노는 이해하지만, 그를 죽인다고 해서 라흐가 살아 돌아오지는……."

"그만둬! 그 차분하고 이성적인 소리 좀 집어치워. 난 당신처럼 그렇게 모든 것을 객관적이고 냉철하게 생각하는 머리 따위, 사람 같지 않은 심장은 없단 말이야!"

레아킨은 입을 다물었다. 가슴 한쪽이 아릿해지는 것을 느꼈다.

"날 사랑한다고? 사랑해?"

비오티는 눈물을 거칠게 닦아 내고 그를 노려봤다.

"그걸 느낄 수나 있어? 이 빌어먹을 작자야, 내가 죽어도 그렇게 침착한 얼굴로 어쩔 수 없는 일이었다고 중얼거릴 거야? 아, 괜한 것을 물었네. 당신은 아버지가 돌아가셨을 때도 그랬다고 했지. 부모도 사랑할 수 없는 사람이 누군들 사랑할 수 있겠어? 불쌍하던 당신의 그런 점이 이제는 치가 떨리려고 해!"

레아킨은 아무 말도 하지 않았다. 그는 문득 어지럽고 피곤하다고 느꼈다. 그녀의 얼굴을 쳐다보고 있는 것조차 힘들었다. 자신이 제대로 읽은 것이라면 그건 경멸과 증오의 표정이었으니까.

가슴 깊은 곳이 따끔거렸다. 하지만 이것도 느끼는 것이 아니라 느끼는 척하고 있을 뿐이라는 의심이 들었다. 느끼는 척만으로는 결코 느낄 수 없고 사랑하는 척으로는 역시 사랑할 수가 없는 걸까? 지금 홍수처럼 밀려오는 이 모든 것들도 다 거짓에 불과하단 말인가.

"……알았다."

머리가 시키고 있을 뿐, 이 모든 것이 전부 다 거짓이라면.

"역시 안 되는가 보다. 그대로도 불가능한가 보다."

이 아픔 역시 거짓일 테고.

"그대의 책을 보고 흘린 눈물 또한 내 착각이었던 모양이다."

이 절망 역시 가짜일 테지.

"나는 쿠세로 돌아가겠다. 곧 라노프의 군대가 국경을 넘어 이곳으로 올 거다. 그대가 바라던 대로, 거기 누워 있는 그가 바라던 대로 라노프는 독립하겠지."

비오티는 그에게서 고개를 돌렸다. 그러곤 라흐를 붙든 채 아무 말도 하지 않았다.

"그러니까 아마, 다시 볼 수는 없겠지만⋯⋯."

목이 무언가로 막힌 것처럼 답답하고 아팠다. 목소리가 잘 나오지 않았다. 레아킨은 그녀가 이쪽을 봐 줬으면 했다. 다시 볼 수 없을 그 눈을, 한번 보면 잊을 수 없다는 그러나 자신은 결코 볼 수 없는 깊은 바다색의 눈동자를 마지막으로 들여다보고 싶었다.

"기억해 줬으면 좋겠다. 나라는 독자가 하나쯤 있었다고. 내가 그대에게 선물로 준 책, 그 책은⋯⋯ 진심으로 내 생애 최고의 책이었고, 앞으로도 그럴 거다."

비오티의 등이 가늘게 떨렸다. 그 등에 손을 얹고 싶다는 욕망을 참고 돌아서는 것은 정말로 쉽지 않았다. 하지만 그는 돌아섰다. 가슴은 묵직하면서도 허전했다. 그 속을 마구 긁어 대고 싶었다. 그렇게 해서라도 감정이라는 것의 부스러기나마 긁어모을 수 있다면.

"하긴, 나라는 사람이 쓰는 진심이라는 말도 그대는 믿을 수 없겠지만."

그리고 걸음을 옮기는 동안 눈앞의 모든 것이 흐려졌다. 레아킨은 볼 수 있던 색 중 또 하나를 잃은 것은 아닐지 의심했다. 오히려 이곳에 와서 그나마 희미하게 느낄 수 있던 감정마저 모두 잃은 것은 아닌지 회의했다.

그런 생각이 들자 도저히 어찌할 바 없는 깊은 상실감이 느껴졌다. 그는 혹시나 하고 눈가를 훔쳐 보았다. 하지만 건조하고 메마를 뿐 아무것도 묻어나지 않았다.

그는 자조적으로 웃으며 타락을 지나쳐 밖으로 나왔다. 멀리서 병사들에게 지시를 내리고 있던 나힘이 그를 발견하고 부르는 소리가 들렸다. 레아킨은 뛰어온 그에게 무언가를 말했지만 자신이 뭐라고 했는지 알 수 없었다. 귀스트를 치료해 달라는 비슷한 말을 한 것 같았다.

나힘이 대답하고 귀스트를 건네받은 순간, 그는 세상에서 가장 힘겹고 고통스러운 짐을 지고 온 사람처럼 순식간에 모든 힘을 잃고 그 자리에 쓰러졌다.

9. 코케트의 미소

레아킨은 눈을 뜨고 싶지 않았다. 끝도 없이 가라앉는 기분이었다. 주위를 둘러싼 공기는 무겁고 또 무거웠다. 온몸이 아팠다. 도저히 일어날 수 있을 것 같지 않았다.

하지만 그를 흔드는 손이 그가 잠들도록 내버려 두지 않았다. 레아킨은 수년간의 피로가 한꺼번에 짓누르는 듯한 괴로움을 이겨 내고 간신히 눈을 떴다.

"정신이 드십니까, 태제 전하."

가물거리던 얼굴이 하나로 뭉쳐졌다. 나힘이었다.

"여긴 어딘가."

"군부입니다. 출발 준비가 거의 끝났습니다."

"출발 준비라고?"

"전하께서 정신을 잃고 꼬박 사흘이 지났습니다. 국경선은 무너졌고 라노프의 군대가 올라오는 중입니다. 소식을 들은 이 주변의 라노프인들도 기세가 등등한 것이, 폭동이라도 일어날 것 같습니다. 한시라도 빨리 떠나야 합니다."

무의식중에 안 된다고 말하려는 순간 그의 머릿속에 누군가의 얼굴이 떠올랐고, 그러자 드디어 완전하게 정신이 돌아왔다. 그는 기절하기 직전 어떤 일이 있었는지 기억해 냈다.

떨리던 비오티의 등, 침묵하던 그녀의 등, 결코 돌아보지 않던 그녀의 등. 온통 그 모습만이 머리에 남아 있었다. 그는 가슴 주위를 문지르며 물었다.

"귀스트는?"

나힘은 대답을 지체했다. 레아킨은 그럴 만한 이유는 하나밖에 없다고 생각했다.

"죽었군."

"그건 아닙니다. 하지만…… 그도 데려가실 겁니까?"

"그가 이 땅에서 저지른 일들로 봤을 때 라노프가 독립한 후 무사할 거라 보기 어렵다. 망명 귀족인 데다 쿠세를 위해 헌신했으니 데려가야겠지."

"그렇게 말씀하신다면, 알겠습니다."

레아킨은 자리에서 일어나 땅을 밟았다. 특별한 상처가 없음에도 기운이 하나도 없었다. 그는 종이 인형처럼 맥없이 흔들거리며 걸어가 책상에 있던 새 옷으로 갈아입고 칼도 허리에 찼다. 다음으로 품에 넣을 책을 습관적으로 찾던 그는 그게 없다는 걸 깨달았다.

그게…… 그 자리에 없었다. 그녀도 여기 없었다. 어쩌면 마지막 페이지의 그도 거기 없었는지 모른다.

레아킨은 어마어마한 현기증을 느끼며 비틀거리다 책상을 붙잡고 간신히 바로 섰다. 그러곤 허전하게 빈 책상 위를 쓸고 몸을 돌렸다.

"귀스트는 어디 있지?"

"옆방에 있습니다. 상처가 아직 심합니다."

레아킨은 고개를 끄덕이고 나가려다 안으로 급히 들어오던 누군가와 부딪쳤다. 쓰러지려는 상대를 붙잡고 나서 보니 며칠 만에 얼굴이 아주 해쓱해진 카이라였다.

"그대도 여기 있었나?"

"아…… 심판관님."

그 말에 답한 것은 나힘이었다.

"그녀도 저를 따라 같이 본국으로 갈 겁니다. 이번에 돌아가면 보다 높은 작위를 받을 테고, 그러면 저도 두 번째 부인을 둘 수 있을 겁니다."

레아킨은 속으로 가볍게 혀를 차고는 그녀를 나힘에게 보냈다. 하지만 카이라는 조금도 행복해하는 얼굴이 아니었다. 표정을 잘 모르는 레아킨도 그건 알 수 있었다. 그녀는 당장이라도 쓰러질 것 같았고 얼굴 전체에 짙은 그늘이 드리워져 있었다.

"카이라가 곧 식사를 가져다 드릴 겁니다. 누워 계신 동안 수분은 섭취하시게끔 했습니다만 음식은 그러지 못했습니다. 그걸 드신 다음 출발했으면 합니다."

"알았다."

레아킨은 그녀의 얼굴에서 시선을 떼고 그만 방을 나왔다. 어찌 되었든 다른 남자의 부인이 될 사람이라면 그 이상 신경 쓰는 것도 예의가 아니었다.

귀스트의 방으로 가자 다 죽어 가는 얼굴로 누워 있을 줄 알 았던 그가 의외로 멀쩡하게 앉아 있는 것을 볼 수 있었다. 한쪽 입꼬리가 올라간 표정 또한 그대로였다.

"살아 있었군."

"그래서 퍽 유감이신 것 같습니다."

"조금은."

귀스트의 표정은 기대대로 구겨졌고 그래서 레아킨은 약간이 지만 즐거운 기분을 느꼈다.

"서로 할 이야기가 많은 것 같은데, 오래 이야기할 수 있겠나?"

"죽을 만큼 아프기는 하지만 어쨌든 죽지는 않을 겁니다. 무 슨 이야기가 듣고 싶으십니까?"

"우릴 거기 가뒀던 이유부터."

귀스트는 한숨을 내쉬었다.

"어떻게 들으실지 몰라도 거긴 죽은 탑에서 제일 안전한 장소 입니다. 혁명단이 몰려드는 걸 보고 소동이 있겠구나 싶어 잠시 거기 계시게 한 겁니다. 지하에 내려서는 순간 더는 가고 싶지 않으셨죠? 방 안에 있던 그것의 존재감 때문에 그렇습니다. 아 직 허물을 벗는 단계였다면 그곳에 발을 들이는 것조차 위험했겠지만…… 일단 고치가 되고 나면 이름을 부르기 전까진 괜찮으니까요. 그리고 애당초 심판관님이 보여 달라고 하시지 않았습니까. 충분히 볼 수 있게끔, 그것도 비오티와 단둘이 있게 해드렸을 뿐입니다."

"그래도 그런 소동이 일어날 줄 알았다면 나에게 알렸어야지. 혼자 처리하려다 이 모습이 된 게 아닌가."

"혼자서도 충분할 줄 알았습니다. 라흐를 처형대에 올리는 대신 제 손으로 직접 죽이고 싶었고요."

레아킨은 눈살을 조금 찌푸렸다.

"역시 그대가 죽였나?"

"그건 아닙니다. 빌어먹을, 저도 놀랐습니다만 베세토 그 자식이 갑자기 총을 꺼내 들더니 저를 이렇게 만들고 라흐도 죽였습니다."

"라흐와 같이 잡혀 온 남자 말인가? 라흐의 오른팔이라던 그가 배신했다고?"

"네, 서로 불화라도 있었던 모양입니다. 어떤 여자가 관련된 것 같았습니다."

레아킨은 입이 쓰다고 생각했다.

"비오티는 그대가 라흐를 죽였다고 생각했어. 나 또한 마찬가지였다."

"그렇게 생각해도 할 말은 없지요. 내 손으로 죽일 것이라고 누차 말했으니까요. 하지만 총이 누구 손에 들려 있었는지 봤다면 달리 생각했을 겁니다."

"그렇군. 떠나기 전에 그녀에게 편지라도 써 주는 게 좋겠다."

"비오티가 그 말을 믿을지 의문이군요."

레아킨도 회의적이라고 생각하고 있을 때 귀스트가 물었다.

"한데 도대체 그건 어떻게 깨어난 겁니까? 거기 가둬 두었을 때 비오티가 그 이름을 부른 겁니까? 어떻게요?"

"그 책과 문구를 본 적이 있다고 했다. 그녀의 아버지가 보여 줬다고 하더군."

귀스트는 눈을 크게 뜬 채 눈동자를 이리저리 굴렸다.

"그렇게 된 거였군요. 저는 항상 제 아버지가 아기모스의 책 한 페이지를 어디서 얻었을지 궁금했지요. 비오티의 아버지로 부터 얻은 것이었군요. 제길, 알았더라면 거기 가두지 않았을 텐데."

"그대의 아버지는 왜 그런 짓을 한 거지?"

"그건, 아…… 처음부터 말씀드리지요."

그는 먼 곳을 바라보는 눈동자로 허공을 보면서 말했다.

"제 아버지께서는 과거 죽은 탑의 심판관이셨지요. 쿠세에서 도 인정할 만큼 열심히 일을 하셨는데, 사랑하던 연인 때문에 모든 것을 잃은 것은 물론 아주 끔찍한 일을 당하셨습니다. 아 버지는 그에 복수하기 위해 스스로를 제물로 바쳐 무언가 말도 안 되는 것을 만들어 내기로 하셨지요. 그것이 바로 지하에 있 던 그겁니다. 아기모스의 유산 말입니다."

"책에나 나올 법한 이야기로군."

"저 또한 두 눈으로 보기 전까지는 믿지 못했습니다. 그분의 유언을 들으면서 미친 짓이라고 말렸지요. 하지만 아버지는 이미 제정신이 아니셨습니다. 그저 자신을 죽은 탑 가장 깊숙한 곳에 가둬 두라고 하신 뒤 그 종이를 삼키셨지요. 저는 결국 말씀하신 대로 했습니다. 며칠 후면 풀어 달라고 하실 게 분명했으니까요."

그의 웃음은 거기서 사라졌다.

"하지만 며칠 후 들어가 보니…… 그분은 더 이상 사람의 모습을 하고 있지 않으시더군요."

레아킨은 기억해 냈다. 그 허물들.

"그때는 이미 돌이킬 수 없었습니다. 눈으로 직접 그런 모습을 봤으니 믿지 않을 수도 없었고요. 그래서 저는 아버지의 유언을 따르기로 결심했습니다. 아버지가 말씀하신 대로 매일 먹이를 주고 또 주었지요. 그 먹이는……."

그는 숨을 고른 다음 말했다.

"탑 앞 광장에서 화형당한 모든 사람들입니다."

레아킨은 눈살을 찌푸렸다.

"죽은 자들의 한, 고통, 억울함, 원통함, 혼. 유족들의 슬픔, 분노, 눈물, 증오, 두려움. 그리고 무엇보다 모든 것을 불살라 버릴 때까지 결코 꺼지지 않던 불길과 광기…… 그 모든 걸 탑 아래 가장 깊은 곳에서 그것이 먹고 자란 겁니다. 구조를 생각해 보시면 금세 이해하시겠지만 심판관님이 갇혀 있던 그 방은 광장 바로 아래에 있지요."

레아킨은 잠깐 떠올려 보고 고개를 끄덕였다. 어쩐지 그 방만 너무 깊은 곳에 있다 싶었다.

"관념이 관념을 먹고 자란 것이로군. 내 눈으로 직접 그것이 탄생하는 순간을 보지 않았다면 믿지 않았겠지만, 진실로 이 땅에는 타락이 태어나 걸어 다니고 있다."

그는 잠시 후 덧붙였다.

"게다가 그것의 주인이 그녀이고."

귀스트는 거기서 울컥했다.

"그건 저여야 했습니다. 열심히 먹이를 주고 돌보고, 이제야 깨울 때가 되었다고 생각했는데 짧은 사이 그걸 누군가 가로채 버릴 줄은…… 하지만 아직 그 이름을 쓰진 않았겠지요?"

"쓴다고?"

기시감처럼 레아킨은 타락이 했던 말을 떠올렸다. 비오티가 그 페이지에 이름을 쓰기만 하면 진정한 주인이 될 수 있다고. 이유도 모르면서 그때 레아킨은 비오티를 말렸었다.

"쓰지 않았다. 하지만 그게 어떤 의미지?"

"다행이군요. 그가 내민 종이에 이름을 쓰는 순간 서로의 존재를 완전히 받아들이게 됩니다. 그렇게 해야 타락도 세계의 거부를 이겨 내고 이 지상 위에 존재할 수 있고 타락을 깨운 자 또한 타락의 주인이 될 수 있습니다."

"단지 쓰기만 하면?"

"네, 단지 쓰기만 하면. 그 종이는 아기모스의 책의 일부니까요. 권능 또한 그대로입니다. 하지만 써 보려고 하지 마십시오. 그런 것을 받아들이는 건 곧 인간으로서의 모든 걸 잃게 되는 것과 마찬가지니까요."

레아킨은 다급하게 물었다.

"그녀도?"

"아직 이름만 쓰지 않았다면 괜찮을 겁니다. 하지만 타락에게 무언가를 명령함으로써 그가 권능을 드러낼 때마다 알게 모르게 하나씩 잃게 되겠지요."

"안 돼, 그런 것을 그녀의 곁에 두어선 안 돼."

레아킨은 당장이라도 뛰쳐나가고 싶었지만 문득 그녀의 등이 떠올랐다. 완벽하게 그를 거부하던 그 등. 그는 기분을 가라앉히려고 애썼다. 그녀가 타락으로 무엇을 하든, 그 때문에 그녀가 무엇을 잃고 또 무엇이 되든 상관없다고 생각하려 애썼다.

어차피 그는 그녀를 사랑하지 않으니까. 그러려고 했고 또 그러고 싶었으나 결국은 그렇게 하지 못했으니까. 그러니 지금 느끼는 이 감정도 단지 사랑하는 척했을 때의 버릇이 남아 있을 뿐 결코 진심이 아닐 터였다.

"그래서 결국 그대는 아버지의 유언 때문에 그것을 만들었단 말인가? 신과 맞서면서까지 아버지의 복수를 대신하기 위해?"

"그렇습니다. 하지만 아버지만의 복수는 아닙니다. 저의 복수이기도 하지요."

"그 복수의 대상이 누구이기에? 그런 초자연적인 힘까지 빌려야 할 존재인가?"

사실 그건 정말 궁금해서 물어본 말은 아니었다. 단지 비오티를 잊고 다른 생각을 하기 위해 던진 질문이었다. 한데 귀스트는 쓴웃음을 짓더니 의외의 말을 했다.

"제가 어떤 말을 해도 칼을 뽑아 내리치지 않으시겠다고 약속하신다면 대답해 드리겠습니다."

레아킨은 고개를 갸웃거리고는 깊이 생각해 보지도 않고 말했다.

"그러지 않겠다. 대답해라."

귀스트는 이를 드러내고 웃었다.

"황제 사자한. 쿠세의 유일무이한 지배자이자 당신의 형. 그가 제 복수의 대상입니다."

라노프의 군대가 올라온다는 소식에 온 도시는 벌써 독립이라도 한 듯 흥분에 가득 차 있었다. 평소 쿠세에 굽실거렸던 하이젤의 상인들은 대부분 문을 닫거나 급히 짐을 챙겨 떠났지만 행동이 느렸던 자들은 폭도들의 표적이 되어 알몸으로 거리에 내쫓기거나 죽기 직전까지 맞았다.

쿠세 정부의 거점이었던 죽은 탑은 이미 혁명단의 손에 의해 점령된 상태였다. 분을 이기지 못한 시민들은 거기 갇혀 있던 쿠세 정부의 병사들과 직원들을 끌어내 모두 처참하게 살해했다.

그렇게 혼란스러운 와중에 그러나 찬물을 끼얹는 소식이 하나 전해졌으니, 바로 라흐의 죽음이었다.

처음 혁명군이 결의했던 카넬 공원에서 혁명단의 부지도자인 베세토는 시민들을 불러 모아 놓고 그런 청천벽력과도 같은 사실을 발표했다. 수많은 사람들이 그 자리에 주저앉아 목 놓아 울었다. 그들은 온갖 기구한 역사에서 그랬던 것처럼 그들의 영웅을 독립의 대가로 내놓아야 했다.

장례식은 다음 날 치러졌고 수많은 시민들이 거기에 참석했다. 조문객의 행렬은 새벽부터 밤까지 그치지 않았고 울음소리 또한 멈추지 않았다.

그 속에서 멍하니 앉아 있던 비오티는 손가락까지 타들어 간 시가의 뜨거움을 느끼고 황급히 땅바닥에 버렸다. 옆에 있던 칼라이조가 놀라 그녀의 손을 들여다봤다.

"괜찮아?"

"응."

"피곤하면 들어가서 쉬어. 하루 종일 지키고 앉아 있었잖아."

"응."

하지만 비오티는 미동도 하지 않았다. 그래서 칼라이조도 한숨을 내쉬고 그 곁을 지켰다. 그렇게 같이 있어 주는 것 외에 달리 할 수 있는 게 없었다.

비오티는 칼라이조가 그렇게 해 주고 있다는 것도, 많은 사람들이 슬퍼하며 지나가고 있다는 것도 제대로 인식하지 못했다. 신기할 만큼 마음이 차분하고 멍했다. 나른한 것도 같았다.

'참 대단한 사람이야.'

그녀는 그 순간 엉뚱하게도 다른 여자를 생각하고 있었다. 속으로는 은근히 경멸하고 있던 그 코케트였다.

라흐의 죽음을 들은 카이라는 혼절했고 몇 시간이 지난 뒤 깨어났다. 하지만 깨어나자마자 울거나 부정하는 대신 차분히 자신의 옷과 머리를 매만졌다. 그 모습을 본 비오티는 목 끝까지 욕이 차올랐다. 하지만 그녀가 입을 열어 한 첫마디를 들었을 때 그것을 도로 삼켰다.

"지금 쿠세의 군부에 들어갈 수 있는 건 나뿐이야."

비오티는 아무것도 묻지 않았다. 가서 무엇을 할 거냐고도, 그러고 나서 어쩔 것이냐고도. 그녀가 그렇게 떠나간 것이 바로 오늘 아침 일이었다. 중간에 베세토가 와서 그녀에 대해 물었지만 비오티는 모른다고 했다.

'라흐의 연인다워. 확실히 나보다는 어울리네.'

그녀는 씁쓸하게 웃고는 카이라에 대한 생각을 지웠다. 다음으로 떠오른 것은 그 안쓰럽기 그지없는 쿠세인이었다.

'그런 말을 하려던 게 아니었는데. 그런 말을 해서는 안 되는 것이었는데.'

느낄 수나 있느냐고 따져 물었을 때 그가 지었던 표정을 잊을 수가 없다. 그건 절대 아무것도 느낄 줄 모르는 사람이 지을 수 있는 표정이 아니었다. 느낄 수 있게 해 주겠다고 말한 게 누군데. 믿으라고, 도와주겠다고 말한 사람이 누군데.

괴로움이 가슴 깊은 곳으로 파고들었다. 그게 벌써 사흘 전이었다. 그는 이미 떠났을까? 떠났겠지. 어쩌면 아직 군부에 남아 있는지 모르지만 그래 봐야 그녀는 그곳에 갈 수 없었다.

누군가 비오티의 어깨를 짚은 것은 그때였다. 돌아보니 로즈웰이 보였다. 그는 평소답지 않게 심각한 얼굴로 두 사람을 불렀다.

"잠깐 조용한 곳으로 가. 할 이야기가 있어."

그녀는 영문을 모르는 채로 칼라이조와 함께 그를 따라갔다. 사람이 없는 곳으로 나오자 로즈웰은 주변을 살피고는 낮은 목소리로 말했다.

"아무래도 계속 신경이 쓰여서 말이야. 비오티, 너에겐 괴로운 기억이겠지만 처음 라흐가 죽어 있던 방에 들어갔을 때를 떠올릴 수 있겠어?"

비오티는 이를 꾹 깨물며 고개를 숙였다. 칼라이조가 만류하는 눈짓을 했지만 로즈웰은 단호했다. 잠시 후 고개를 들며 그녀가 말했다.

"피 냄새가 역하게 났어. 여기저기 사람들이 쓰러져 있었고 문에서 가장 가까운 곳에는 귀스트가 있었지. 심판관이 그를 향해 다가가는 게 보였어. 그리고…… 그 뒤에 라흐와 베세토가 쓰러져 있었어."

로즈웰은 칼라이조를 한번 쳐다보고는 떨리는 목소리로 물었다.

"귀스트는 살아 있었다고 했지?"

"응. 하지만 많이 다쳤어. 베세토가 말하길 자기가 총으로 쐈다던데."

"그래. 처음 귀스트가 총을 꺼내 라흐를 쐈고, 베세토는 그 총을 빼앗아 귀스트를 쐈다고 했지."

"그랬어."

"하지만 그렇다면 역시 이상해."

"뭐가?"

로즈웰은 주머니에서 종이 하나를 꺼내 비오티에게 보여 주었다.

"사람들 찾아다니면서 들은 대로 그날 거기 상황을 그려 봤어. 알다시피 내 버릇이니까 너무 불쾌해하지는 마."

추리 소설을 쓰는 로즈웰은 뭔가 사건이 있을 때마다 그런 식으로 분석해 보는 버릇이 있었다. 비오티는 이번 일에도 꼭 그런 행동을 해야 했냐고 따져 묻고 싶었지만 기운도 없고 그의 얼굴이 워낙 진지했기에 그만두었다. 대신 그림을 보았다.

"귀스트가 쓰러져 있던 자리가 여기 맞지? 그는 정면에서 총을 맞았다고 했어."

비오티는 고개를 끄덕였다.

"그런데 그 앞에 라흐가 있지. 역시 정면에서 총을 맞은 채로."

이번에도 고개를 끄덕이려던 그녀는 뭔가 이상하다는 것을 느꼈다. 두 사람이 나란히 앞을 보며 누워 있었던 것이다.

"이 위치대로라면 라흐는 뒤에서 맞았어야 하는데?"

"응. 그리고 베세토의 위치가 어디 있는지 봐."

베세토의 손에는 총이 들려 있었고, 나란히 누워 있는 두 사람의 정면을 정확히 향하고 있었다.

"이거 좀 이상한데. 이건 마치……."

"베세토가 두 사람을 쏜 듯이 보이지."

비오티가 황당한 얼굴을 하자 칼라이조가 끼어들었다.

"하지만 베세토가 있던 자리에서 귀스트가 라흐를 쏜 다음, 총을 빼앗으려는 베세토와 엎치락뒤치락하다가 위치가 바뀌었을 수도 있잖아."

로즈웰은 고개를 끄덕였다.

"응. 그래서 더 알아봤는데, 이 주변에 화살을 맞은 남자들, 이건 모두 귀스트의 짓이거든. 한데 맞은 방향을 보면 모두 귀스트가 입구에 선 채 쏘았다는 것을 알 수 있어. 칼에 당한 사람들도 모두 이 주변이야. 애당초 귀스트는 입구 주변을 한 번도 떠나지 않았어. 그럴 이유도 없고. 이건 잔인하게 들릴지도 모르겠지만 누구도 도망치거나 도움을 요청하도록 둬서는 안 되니까 입구를 막고 있었던 거지."

비오티는 입술을 잘근잘근 깨물었다. 로즈웰에게 그래서 하고 싶은 말이 뭐냐고 따져 묻고 싶었지만, 이미 그녀도 어렴풋이 깨닫고 있었다.

"애당초 총을 가지고 있었다면 화살을 쏘거나 칼을 쓸 필요도 없었어."

"총소리를 듣고 다른 사람들이 올 수도 있으니까, 그러니까 마지막 순간에……."

"비오티. 귀스트는 이 많은 남자들을 혼자 쓰러뜨렸어. 그런데 칼이라곤 다루지도 못하는 라흐를 죽이기 위해 굳이 마지막에 총을 꺼냈다는 건 말이 안 돼. 네 말대로 다른 사람들이 몰려올 수 있으니까. 무엇보다 내가 믿을 수 없는 건, 베세토가 귀스트에게서 총을 빼앗아 쐈다는 부분이야. 그가 무슨 수로 그랬겠어? 두 사람이 쓰러져 있는 거리를 봐. 너무 멀어. 엎치락뒤치락하면서 총을 빼앗고 했으면 바로 쐈겠지. 귀스트가 도망가다 뒤를 맞은 자세도 아니잖아. 무엇보다 베세토 같은 녀석이 귀스트를 상대로 그랬다는 것을 믿을 수 없어. 뒤에서 말하는 대로 성공적인 음모론자인지는 모르겠지만 평소 칼도 안 차고 다니는 허약한 사람인걸."

"그래서 결론이 뭐야?"

로즈웰은 종이를 접어 주머니 속에 넣었다. 그러곤 평소 순진하게 웃거나 울기만 하던 모습은 온데간데없이 단정적으로 말했다.

"나는 베세토가 두 사람 다 쐈다고 봐."

귀스트가 그의 형이 복수의 대상이라고 말했을 때, 솔직히 말해서 레아킨은 아무 느낌도 들지 않았다. 어차피 형제라는 것도 머리로만 알고 있을 뿐 특별한 감정을 느껴 본 적이 없는 그였다. 그래서 다만 차분하게 물었다.

"왜지?"

"역시 기억하지 못하시는군요. 그렇죠?"

레아킨은 그런 질문을 하는 귀스트와 자신 모두에게 낯설음을 느꼈다. 무슨 이야기를 하는 건지 알 수 없으면서도 마음 한 구석이 불편했다.

"지난번부터 자꾸 나에게 뭘 기억하지 못한다고 말하는 거지?"

"언제부터 그런 결함이 생기신 겁니까?"

레아킨은 자신도 모르게 반걸음 물러났다.

"결함이라니?"

"왜 어머니의 죽음을 기억하지 못하는 겁니까?"

머릿속을 복잡하게 떠돌아다니던 실들이 한꺼번에 꼬여서 요동쳤다. 귀스트의 말 한마디로 엉망진창이 되어 버린 것 같았다. 레아킨은 머리를 흔들었지만 그런다고 해서 풀어지지 않았다.

"내가 어릴 때였어. 더 이상 묻지 마라. 아무것도 말하지 마."

귀스트가 답답한 기색으로 입을 열었을 때 또 다른 인물이 인기척을 냈다. 돌아보니 키아라가 당장이라도 쓰러질 것 같은 얼굴로 쟁반을 들고 서 있었다.

"시장하시죠, 두 분."

목소리에도 아무 힘이 없고 책을 읽는 것처럼 건조하기만 했다. 귀스트는 그녀를 보고 눈살을 찌푸리며 어쩔 수 없이 입을 다물었다.

"부족한 솜씨지만 부디 입에 맞으시길 바라요."

그녀는 침대 곁에 있는 탁자 위에 쟁반을 내려놓고 어째서인지 이상한 눈길로 레아킨을 보았다. 레아킨은 그것을 어서 먹으라는 뜻으로 받아들였다.

"고맙다."

오랫동안 굶어서인지 속이 엉망진창이었다. 하지만 그는 억지로라도 밀어 넣을 생각으로 그릇을 손에 들었다. 귀스트도 빵을 집어 들고는 카이라를 향해 성의 없이 고개를 꾸벅했다.

수프처럼 보이는 묽은 액체를 레아킨이 수저로 떴을 때, 카이라가 갑자기 그의 손을 잡았다.

"심판관님."

"왜 그러지?"

"전……."

그녀는 금방이라도 울 것 같았다. 레아킨은 잠시 그릇을 내려놓고 그녀를 향해 부드럽게 말했다.

"할 말이 있다면 해라. 나힘을 따라 쿠세로 가고 싶지 않은 건가?"

"아니에요, 그런 건."

"조국이 곧 독립될 거라 하니 마음이 복잡한 모양이군. 걱정 마라. 어디를 가도 그대가 무사할 수 있도록 해 주겠다."

카이라는 레아킨의 손을 꾹 쥐고 아무 말이 없었다. 그녀를
더 달래 주고 싶어도 시간이 별로 남지 않았기에 레아킨은 그
녀를 가만히 떼어 냈다. 그리고 다시 수프 그릇을 집어 드는데,
그녀가 갑자기 그의 팔에 매달렸다. 그 바람에 레아킨은 그릇
을 놓쳤고 수프가 바닥에 쏟아졌다.

"아, 미안해요. 정말 미안해요. 다시 떠 올게요."

"아니, 괜찮다. 어차피 별로 생각 없었어."

"그래도 먹어야 해요. 먼 길을 가야 하잖아요. 잠시만 기다려
줘요. 금방이면 되니까요."

그녀가 도망치듯 방을 나가자 귀스트는 아직 입을 대지 않은
자신의 그릇을 대신 내밀었다.

"먼저 드십시오."

"고맙다."

레아킨은 그걸 받긴 했지만 입맛이 없어 살짝 맛만 보고 말
았다. 그때 귀스트가 옆에서 빈정거리는 어투로 말했다.

"그때 그 코케트군요. 쿠세까지 데려갈 정도로 깊이 관계를
맺고 계셨습니까?"

"아니, 카이라는 내가 아니라 나힘의 소유다. 나와도 연이 없
지는 않지만."

귀스트는 코웃음을 치다가 흠칫했다.

"잠깐, 이름이 뭐라고요?"

"카이라."

"분명 어디서 들어 본 이름인데."

"유명한 코케트라더군. 자네가 알 수도 있지."

"아뇨, 그런 게 아니라⋯⋯."

복잡한 얼굴로 눈동자를 굴리던 귀스트의 행동이 딱 멎었다. 그는 갑자기 바닥을 내려다봤다. 거기엔 카이라가 쏟고 간 수프가 있었다. 영문을 모르는 채 그런 보좌관을 바라보던 레아킨은 다음으로 그의 눈이 자신의 그릇으로 향하자 어떤 위화감을 느꼈다.

"왜 그러나?"

"당장 토하십시오! 지금 먹은 거 도로 뱉어 내시란 말입니다!"

레아킨은 대답하려고 입을 벌렸으나 그때 속에서 무언가 역류하는 것을 느꼈다. 토하라는 귀스트의 말에 자신의 몸이 충실히 따르는 건가 싶은 순간, 그는 고개를 숙이며 끓어오르는 무언가를 뱉어 냈다.

자신의 눈에는 시커멓게 보이는 그것이 방금 먹은 수프가 아닌 것쯤은 레아킨도 알 수 있었다. 흐릿한 비린내. 피였다.

"설마 그녀가⋯⋯."

그는 말을 잇지 못하고 울컥하며 더 많은 피를 토해 냈다.

"심판관님!"

귀스트가 상처 입은 몸으로 침상에서 내려와 그의 몸을 붙들었다. 그리고 그 순간 카이라가 들어왔다.

"심판관님, 여기……."

하지만 방 안의 광경을 본 그녀는 애써 다시 가져온 수프 그릇을 떨어뜨렸다. 외마디 비명을 외치고 카이라가 달려오자 귀스트는 레아킨의 허리에 꽂혀 있던 검을 빼 들었다. 그리고 사색이 된 그녀에게 휘두르려는데 레아킨이 간신히 그 팔을 쳐 냈다.

"그만둬라, 그만……."

"젠장, 진작 알아챘어야 하는데. 라흐와 베세토가 두고 논쟁하던 여자 이름이 카이라였습니다. 저 여자란 말입니다!"

카이라는 어쩔 줄 모르고 떨다가 결국 뒤돌아 입구 쪽으로 도망쳤다. 하지만 소란을 듣고 달려온 나힘이 그녀를 붙잡았다.

"무슨 일이야? 왜 그러십니까?"

그는 바닥에 흥건하게 퍼져 있는 피를 발견하고 부르짖었다.

"전하!"

"와 봤자 도움 안 되니까 가서 의사나 불러오십시오. 저 여자 짓이니까 어디 못 가게 붙잡으시고요!"

귀스트의 말에 나힘은 믿을 수 없다는 듯 카이라를 돌아봤다. 그녀는 눈물이 그렁그렁한 채 마주 보다가 결국 참지 못하고 외쳤다.

"당신들이 라흐를 죽였잖아! 이건 복수야, 정당한 복수라고! 날 죽이든 어떻게 하든 상관없어. 그렇지만 라노프는 죽일 수 없을 거야. 라흐가 죽었어도 그의 의지 또한 결코 죽지 않을 거야!"

나힘은 손을 들어 올렸지만 차마 내리치지 못했다. 대신 괴로운 신음을 내고는 그녀를 놓고 밖으로 달려 나갔다. 카이라는 도망갈 의지를 잃은 듯 그 자리에 주저앉아 목 놓아 울기 시작했다. 귀스트는 레아킨을 자리에 눕힌 다음 혀를 차며 말했다.

"멍청하기는. 라흐를 우리가 죽였다고? 물론 그러려고 노력은 했지. 안타깝게도 다른 놈이 그 즐거움을 가로챘지만."

카이라는 눈물로 엉망이 된 얼굴을 들어 귀스트를 노려보았다.

"무슨 소릴 하는 거야? 당신이 죽였잖아! 난 당신을 죽이려고 그 수프를 건넨 거야. 그런데 왜 심판관이……."

"위선 떨지 마. 처음에는 심판관님에게도 똑같은 걸 주지 않았나?"

"그건, 그건 처음엔……."

"뭐, 관심 없어. 어쨌든 라흐는 내가 죽인 게 아니야. 누가 죽였는지가 궁금한가 본데 그렇다면 들려주지. 라흐를 죽인 건 그 오른팔이라고 불리던 베세토다."

그 말을 듣는 순간 카이라의 의식은 먼 공허 속을 헤매다 간신히 제자리로 돌아왔다.

"뭐?"

"증명해 보라고 해도 할 말 없지만 어쨌든 그게 사실이야."

"말도 안 돼. 거짓말하지 마!"

"그렇게 믿고 싶다면 얼마든지 그러라고. 난 상관없으니까. 어차피 너도 곧 죽게 될 테니 뭘 진실로 믿든 마음대로 해."

카이라는 부들부들 떨리는 손으로 자신의 얼굴을 감싸고 끝없이 오열했다. 레아킨은 간신히 눈을 뜨고 목과 위가 타들어가는 고통 속에서 말했다.

"라흐를 죽이지 않았다는 그의 말은 사실일 거다. 보좌관은 그런 걸로 거짓말하지 않아."

"심판관님, 저는…… 미안해요. 당신에게까지 이러고 싶진 않았어요."

"난 괜찮다. 쿠세인들은 전갈로 만든 음식도 즐겨 먹지. 특히 황실에서는 독살을 대비하기 위해 어릴 때부터 독에 대한 내성을 키운다. 나보다는 나힘의 충격이 크겠지."

그 말은 사실이었다. 씁쓸하긴 했지만 그녀가 첩자 노릇을 했다는 것과 그의 수프에 독을 탔다는 사실 모두 레아킨에게 별다른 영향을 주지 않았다. 하지만 그녀를 둘째 부인으로 둘 생각까지 하고 있던 나힘의 경우에는 다를 것이다.

"정말로, 정말로 베세토가 그랬어?"

그녀는 가느다란 실오라기나마 붙잡으려는 사람처럼 간절하게 물었다. 귀스트는 레아킨에게 물을 주어 입을 헹구도록 한 다음 대답했다.

"스스로 친절하게 이유까지 설명해 주던데. 자기가 언제까지 부지도자 자리에 만족할 줄 알았냐고. 그다음엔 당신 이야길 했지."

"내 얘길……?"

"라흐와 달리 자긴 당신이 코케트든 뭐든 상관 않고 왕비로 만들어 줄 거라고 했어. 하, 왕과 왕비라니. 과대망상들이 아주 지나쳐."

이런 이야기까지 듣고 나니 카이라도 더 이상 거짓이라 생각하기 어려웠다. 귀스트가 그런 사정까지 알았을 리는 없으니 말이다.

사실 베세토의 구애는 카이라가 혁명단에 들어가는 날부터 끝없이 이어졌다. 라흐의 연인으로 있는 동안에도 몇 번이나 그녀에게 고백했고 좋은 말로 달래거나 매몰차게 거부해도 결코 포기하지 않았다. 결국 그녀가 먼저 지쳐서 그러다 말겠지 하고 아예 상대하지 않았다. 그런 일들이 모두 지금과 같은 결과로.

"그랬군."

그녀는 허탈하게 중얼거리고 눈물을 닦아 냈다. 그러곤 조용히 자리에서 일어났다.

"그렇지만 귀스트 아고스토, 당신에게 한 짓을 용서해 달라고 하진 않을 거야. 라흐를 죽이지는 않았어도 당신이 저지른 죄는 이미 너무나 많아. 반드시 그에 어울리는 죽음을 맞이하길 바라겠어."

귀스트가 발끈하며 일어서려 했지만 레아킨이 붙잡았다.

"보내 줘라."

"심판관님!"

"그녀 스스로 매듭을 지을 거야. 그렇지?"

카이라는 대답 대신 조용히 웃고는 마지막으로 아주 우아하게 인사했다. 그러곤 그 방을 떠났다.

귀스트가 신경질을 내며 칼을 도로 검집 안에 넣었을 때 나힘이 의사와 함께 들어왔다. 의사가 레아킨을 살피는 동안 그는 방 안을 훑고는 물었다.

"카이라는 어딜 갔습니까?"

"심판관님이, 아니 태제 전하께서 보내라고 하셨습니다."

나힘은 몹시 낙담한 얼굴로 쫓아갈지 내버려 둘지 안절부절 못했다. 약을 먹고 나자 속이 조금 편해진 레아킨이 말했다.

"유감을 표한다, 나힘. 하지만 이제 출발해야 해."

"네…… 하지만 그 몸으로 괜찮으시겠습니까?"

"어쩔 수 없지. 정말 독하군. 보좌관이 마셨더라면 바로 죽었을 거다."

귀스트는 입꼬리를 올렸다.

"이것 참 다행이라고 할 수도 없고 뭐라고 말해야 할지 모르겠군요."

"목숨 하나 빚진 셈 쳐. 어쨌든 그대도 같이 본국으로 돌아갈 건가?"

"아닙니다. 전 아직 여기에 볼일이 남아 있습니다."

"볼일?"

대답하지 않아도 그게 뭔지 알 수 있었다. 비오티의 곁에 아직 남아 있는 존재. 레아킨이 고개를 끄덕였을 때 쿠세인 병사

하나가 뛰어 들어오더니 다급한 목소리로 보고했다.

"네 명의 라노프인이 요새로 찾아와 태제 전하와 귀스트 아고스토를 만나게 해 달라고 요청해 왔습니다."

"누구던가?"

"그중 한 여성이 자신의 이름을 비오티라고 했습니다."

레아킨은 독이 이제야 퍼지는 것 같다고 생각했다. 그렇지 않고서야 심장이 갑자기 이렇게 날뛸 수가 있나. 귀스트는 눈살을 찌푸렸고 나힘은 고개를 가로저었다.

"안 됩니다, 전하. 이제 출발해야 합니다."

"들어오라고 해라. 아니, 내가 나가겠다."

그 말만 하고 레아킨이 몸을 일으키자 의사는 물론이고 나힘과 귀스트마저 그를 붙들었다.

"그만두십시오. 지금 몸으로 어딜 가십니까?"

"어차피 여길 비우고 나갈 거 아닌가. 먼저 나가 있겠다. 정리하고 오도록."

그는 반강제로 귀스트까지 끌고 방을 나갔다.

"전 환자란 말입니다!"

"나도 마찬가지다."

레아킨은 웃지도 않고 그렇게 말하며 성큼성큼 걸었고, 귀스트는 치명적인 독까지 마신 사람이 이런 힘을 발휘할 수 있는 게 그가 단지 괴물이기 때문인지 사랑 탓인지 알 수 없다고 생각했다.

요새 입구에서 초조하게 기다리던 비오티는 문이 열리자 그쪽을 쳐다보았다. 하지만 기대하던 사람이 아닌 전혀 의외의 인물이 나왔다.

"당신……."

카이라였다. 그녀는 기품이 느껴지는 걸음걸이로 사뿐사뿐 다가와 비오티와 칼라이조, 로즈웰을 죽 둘러본 뒤 말했다.

"라흐는 귀스트가 죽인 게 아니야. 베세토의 짓이래."

"역시 그랬어?"

비오티의 반응에 카이라는 고개를 갸웃거렸다.

"역시라니, 당신들은 알고 있었어?"

"우리 로즈가 그럴 거란 추리를 했거든. 맞는지 귀스트에게 확인하러 온 거야. 그 녀석은 그런 거짓말 안 하니까."

"그럼 베세토의 짓이 틀림없는 거네."

"그 망할 자식, 그래 놓고 뻔뻔하게 영웅이니 뭐니 했어? 가만 안 둬. 절대로 그냥 두지 않겠어!"

그러자 카이라가 가만히 비오티의 손을 잡았다. 비오티는 흠칫 놀라 고개를 들었다. 카이라는 금방이라도 사그라질 듯 아슬아슬한 미소를 짓고 있었다.

"그건 나한테 맡겨. 당신은 심판관을 만나 봐."

"어? 하지만……."

"그 사람 곧 떠날 거야. 작별 인사는 해야지."

비오티는 망설이는 얼굴을 할 뿐 대답하지 않았다. 손을 맞잡은 채 한동안 더 그렇게 있던 두 여자는 갑자기 서로를 꼭 껴안았다.

"힘든 거 알지만, 그래도 극단적인 선택은 하지 마."

"걱정하지 마. 지금은 다른 걸 생각할 여유도 없으니까."

카이라는 비오티의 등을 쓰다듬고 그녀를 놓았다. 다른 일행에게도 고개를 꾸벅 숙인 그녀는 마차가 있는 쪽으로 걸어가면서 주머니 속에 들어 있는 것을 확인했다. 그 정도면 충분했다.

떠나가는 그녀의 뒷모습을 보면서 비오티는 어째서인지 가슴이 미어진다고 생각했다.

"괜찮을까……."

"비오티."

"응?"

"저기."

칼라이조가 손가락을 들어 비오티의 뒤쪽을 가리켰다. 뒤돌아본 그녀는 볼 때마다 항상 가슴을 불안하게 만드는 남자를 발견했다. 게다가 이번에는 피에 젖어 있었다.

"이봐, 그거…… 그게 뭐야!"

그녀는 얼른 뛰어나갔다.

"어디 다친 거야? 어디 아프냐니까!"

레아킨은 말없이 비오티를 바라보기만 했다. 마치 세상에 그녀밖에 없는 듯, 곁에서 무슨 일이 벌어지든 결코 고개를 돌리지 않을 것처럼 주의 깊게, 조용히, 강렬하게 바라보았다. 비오티는 숨이 막힐 것 같다고 생각했다.

"괜······찮냐니까?"

"괜찮다."

간신히 그 경직이 풀리고 레아킨이 희미하게 웃었다. 그러자 옆에 따라온 귀스트가 이죽거렸다.

"독을 먹고 피를 한 바가지 토해 놓으시고선 널 보니까 괜찮으시다네."

"독?"

"방금 나간 그 여자 짓이야. 내가 라흐를 죽인 줄 알고 복수하려고 그랬다더군. 뭐, 나 대신 심판관님이 당했지만. 너도 내가 죽인 걸로 알고 있다지? 이걸 어쩌나. 또 믿지도 않을 변명 늘어놔야겠군. 라흐를 죽인 건 내가 아니라······."

"베세토, 그 자식이지."

비오티의 대답에 귀스트가 놀랍다는 표정을 지었다.

"알고 있었네? 그럼 베세토는 이미 세상을 하직했다는 말이겠군."

"아쉽지만 아직은 아니야. 하지만 곧 그렇게 되겠지. 이렇게 이 사람을 피 흘리게 한 여자가 지금 가고 있으니까."

귀스트는 픽 웃었고 비오티는 다시 레아킨에게 고개를 돌렸다.

"당신 정말 괜찮은 거야? 독을 먹었다며 왜 이렇게 멀쩡하게 걸어 다녀?"

"난 괜찮다. 그런데 여긴 어쩐 일로······."

물어보던 레아킨은 뭔가 떠올린 듯 말을 바꿔 다시 말했다.

"오늘도 참 아름답군. 보고 싶었다."

비오티는 얼굴을 일그러뜨리며 웃었다.

"아무튼 가르쳐 준 건 잘 따라 하네."

"그러게 말이다. 이젠 그럴 필요도 없고 그래서도 안 되는데."

그의 담담한 말에 비오티는 가슴 깊은 곳이 쿡 찔리는 기분을 느꼈다.

"저기, 그때 내가 한 말은……."

"상관없다. 하지만 보고 싶었다는 말은 진심이다. 떠나기 전에 다시 한번 볼 수 있어서 다행이라고 생각한다."

비오티는 아무 말도 하지 못했다. 주위에 있던 칼라이조와 로즈웰은 동시에 거북하다는 표정을 짓고 있었다. 마찬가지로 고개를 절레절레 흔들던 귀스트는 그때 타락과 시선이 마주쳤다. 타락은 묘하게 웃고는 고개를 돌렸다.

"돌아가서도 포기하지 않을 거지?"

비오티가 레아킨의 손을 붙잡고 물었다. 레아킨은 고개를 살짝 기울이며 묻듯이 그녀를 바라보았다.

"당신의 바람, 그거 말이야."

그녀가 어렵게 말을 잇자 레아킨은 가볍게 탄식하듯 한숨을 내쉬었다.

"그대는 참 잔인하기도 하군. 내게 희망을 주더니 그것을 빼앗아 짓밟고, 이제는 다시 돌려주려 하고 있어. 그만둬라. 나는 더 이상 그걸 바라지 않아."

"내가 했던 말은 잊어버려. 그땐 무슨 말이든 할 수 있을 정
도로 정신이 나가 있었어. 알잖아. 나는 죽은 그 녀석을 안고
있었다고. 하지만…… 미안해. 그렇다고 해도 해서는 안 될 말
을 했어."

"괜찮다. 그리고 상관없어. 이대로도."

"괜찮지 않아. 내가 상관없지 않아!"

레아킨은 고개를 돌린 다음 땅을 바라보며 잠시 침묵했다.
더 이야기했다간 속에서 무언가 폭발할 것 같았다. 그래서 그는
비오티를 보지 않고 말했다.

"그만하자. 목이 아파서 더는 이야기할 수 없다."

마침 요새 문이 열리고 나힘이 나와 그에게 고개를 꾸벅 숙
였다. 그의 뒤에는 마차가 일렬로 줄지어 서 있었다.

"가야겠군."

비오티도 그쪽을 한번 쳐다보고는 다시 레아킨을 봤다. 왜 이
렇게 이 남자의 메마른 음성을 들을 때마다 죽어 가는 사람의
그것처럼 가슴이 아프게 들리는지 알 수가 없었다.

"그럼 이제……."

"한 번도 가 본 적 없는 곳을 그리워하는 남자가 있었다. 주
위 사람들은 물론이고 그 자신조차 그럴 수 있는지 끊임없이
의심하곤 했다. 하지만 그는 결국 내디뎠다. 어디로 향할지도,
어떻게 끝날지도 모르는 시작을."

그녀가 갑자기 쏟아 낸 음성에 모두가 그녀에게 고개를 돌렸다. 특히 레아킨은 뭐라 형용할 수 없는 눈길로 그녀를 봤다. 하지만 비오티는 설명할 수 없었다. 그녀 자신도 지금 막 충동적으로 저지른 일이었다.

"첫 문장을 써 봤어. 마음에 들었으면 좋겠는데."

레아킨은 입을 벌렸지만 아무 말도 꺼내지 못했다.

"당신이 허락한다면 마지막 문장도 써 주고 싶어. 우리가 약속한 대로, 당신을 위한 책을 쓸게."

"하지만, 그때 내가 약속했던 건 이제……."

"잊어버려! 난 그 전에도 이미 당신에게 빚진 게 수도 없이 많았어. 그러니…… 에라, 모르겠다. 따라갈 거야. 당신만 괜찮다면."

레아킨은 어쩔 줄을 몰라 했다. 대답하는 그의 목소리가 가볍게 떨렸다.

"나는 당연히 괜찮다. 하지만 그대가……."

"쿠세에 들어가자마자 나 잡아다 가두거나 하지만 마. 그리고 책을 완성시키면 고향으로 돌려보내 줘. 그거면 돼."

"정말인가? 정말 함께 가겠다고?"

"응."

레아킨은 뭐라고 말해야 할지 모르겠다는 얼굴이었다. 이 크나큰 행운이 믿기지 않는 듯, 현실인지 분간이 안 가는 듯 자꾸만 그녀의 손을 다잡았다. 그때 칼라이조가 다가와 비오티의 어깨를 붙잡아 당겼다.

"뭐하는 거야? 지금 어딜 가겠다고 말하는 거야!"

"난 갈 거야, 칼. 약속을 지키겠어."

"안 돼, 비오티."

"미안해. 하지만 네가 언제 내 고집 말린 적 있어? 이번에도 못 그럴 거야."

"비오티, 부탁이야. 가지 마."

오랫동안 그녀와 자신을 위해서 좋은 친구 역할을 해 왔지만 지금 이 상황에서는 칼라이조도 자기 감정을 드러내지 않을 수 없었다. 하지만 비오티는 그의 눈동자를 외면했다.

"누가 망명이라도 한대? 돌아올 거야. 그러니까……."

"비오티, 정말 가려고?"

로즈웰까지 와서 그녀가 좋아하는 아름다운 눈동자로 그녀를 봤다. 그녀는 푸근하게 웃으며 그의 머리를 쓰다듬었다.

"응, 다녀올게. 나 없는 동안 칼하고 톤을 잘 부탁해."

"갑자기 이러는 법이 어디 있어. 에폰한테는 뭐라고 말해?"

"마감 피해서 도망갔다고 해."

"하지만……."

비오티는 로즈웰을 사랑스럽다는 듯 꼭 안아 주었다. 그리고 칼라이조와도 길지도 짧지도 않은 포옹을 했다.

"나중에 봐, 나의 훌륭한 작가 동지들."

그녀는 멀지 않은 곳에 가는 사람처럼 가볍게 인사했다. 로즈웰은 별수 없다는 듯 손을 흔들었지만 칼라이조는 뒤돌아선 채 끝내 그녀를 보지 않았다.

레아킨은 행여 마음이 바뀔까 그녀의 손을 붙잡고 마차 쪽으로 서둘러 걸어갔다. 그녀가 가자 타락도 소리 없이 따라갔고, 타락이 따라가자 귀스트도 그 뒤를 쫓아왔다.

"보좌관, 남아 있을 거라고 하지 않았나?"

레아킨의 질문에 귀스트는 이 상황이 더할 나위 없이 만족스러운 듯 웃었다.

"볼일이 막 끝나서요."

이틀 동안 한숨도 자지 못한 베세토는 다른 혁명단원들의 손에 의해 반강제적으로 방에 떠밀려 들어갔다.

"제발 쉬십시오. 오늘로 장례식도 마지막이니까요."

"그러니까 끝까지 자리에 있어야지. 다른 사람도 아니고 그녀석 장례식인데……"

베세토가 말을 잇지 못하자 방 안엔 잠시 침중한 분위기가 흘렀다. 아직도 남아 있던 눈물을 훔친 남자가 애써 쾌활하게 말했다.

"이제는 좋은 일들만 남았습니다. 그러니 기운 차리시고 힘내셔야죠. 뒷정리는 저희가 할 테니까요."

"하지만……"

"그분이 안 계신 지금, 베세토님이 저희 모두의 새 지도자십니다. 그러니까 다른 동지들을 위해서라도 몸을 생각해 주세요."

그가 간곡하게 말하자 베세토는 어쩔 수 없다는 듯 자리에 누웠다.

"알았다. 수고해 줘."

"예!"

그들이 우르르 빠져나가고 나자 혼자 남은 베세토는 실소했다.

'희극이라도 보는 기분이군.'

확실히 이틀간 피로가 쌓여서인지 머리가 어지럽고 온몸이 무거웠다. 그는 품속 깊이 넣어 두었던 총을 꺼내 베개 밑에 잘 넣고는 억지로라도 잠을 청하기 위해 눈을 감았다. 그러자 습관처럼 한 여성의 얼굴이 떠올랐다. 그는 그녀가 곁에 있다고 생각하려 애썼다. 이불을 끌어다 온몸을 감싸며 그녀가 안아 주는 거라고 상상하려 했다. 정말로 그렇게만 된다면 얼마나 좋을까.

그때 문이 열리는 소리를 들었다. 하지만 이미 반쯤 잠에 빠져 있던 그는 꿈과 현실을 혼동했다. 누군가 다가와 그의 이름을 부르는 소리도 들은 것 같았다. 하지만 베세토는 여전히 정신을 차리지 못했다. 찬 손이 얼굴에 닿고 나서야 그는 흠칫 놀라 눈을 떴다. 그리고 내내 그리워하던 얼굴을 발견했다.

"카이라 양?"

그는 아직 꿈을 꾸고 있는 중이라고 생각했다. 하지만 그녀의 입술에서 목소리가 흘러나오자 완전히 잠에서 깨어났다.

"내가 깨웠군요."

"아…… 맙소사, 정말로 당신이군요. 내내 어디 가 있었던 겁니까?"

그녀가 대답하지 않자 베세토는 안타까워하며 말했다.

"내가 어리석은 소릴 했군요. 당신이 가장 힘들었겠지요. 하지만 혼자 있는 것은 도움이 안 됩니다. 내가 곁에 있을 테니 어떻게든 빨리 슬픔을 추스르는 게……."

"슬픔이라고요? 재미있는 말씀을 하시네요."

카이라가 웃자 베세토는 눈을 크게 떴다.

"무슨 소리입니까?"

"라흐가 죽어서 제가 슬픔에 잠긴 나머지 홀로 어딘가에 틀어박혀 있을 거라 생각했나요? 저를 너무 지조 높은 코케트로 보셨군요. 하긴, 당신은 언제나 날 과대평가했어요."

그녀가 은근한 목소리로 말하며 그의 얼굴을 손가락 하나로 쓸어내렸다. 베세토는 그 손가락을 따라 눈동자를 굴리며 띄엄띄엄 말했다.

"과대평가라니…… 그렇지 않습니다. 당신은 너무나 아름답고, 또 현명하고……."

"욕심도 많지요. 사실 내가 라흐의 곁에 있었던 건 왕비가 되고 싶어서였어요. 한데 죽어 버렸군요. 이제 누가 나를 왕비로 만들어 줄까요."

타는 듯한 그녀의 눈동자에서 베세토는 도저히 시선을 뗄 수가 없었다. 카이라는 누워 있는 그에게 얼굴을 가까이 가져왔고 머리카락이 흘러내려 그의 뺨을 쓸었다. 베세토는 눈을 질끈 감았고 카이라는 그의 귀에 대고 속삭였다.

"당신이라면 혹시?"

일순 경직되었던 몸이 풀리면서 그는 카이라를 안고 침대 위를 뒹굴며 웃음을 터뜨렸다.

"이런 요부 같으니, 당신은 정말 어쩔 수 없는 코케트로군요!"

카이라는 약간 토라진 듯한 표정을 지었다.

"날 모욕하는 거예요?"

"아니, 그럴 리가! 당신의 그런 점이 오히려 마음에 듭니다. 그래, 라흐 따위는 잊어버리고 오늘부터 내 곁에 있어 주십시오. 내가 당신을 왕비로 만들어 줄 테니까요."

"역시 진정한 영웅답군요. 과연 라흐를 죽일 만한 분이에요."

베세토의 몸이 눈에 보일 만큼 경직되었다. 꿈에서 막 깨어난 사람처럼 그는 카이라를 침대 위에 내던지고 뒤로 물러났다.

"그게 무슨 소리입니까?"

"왜 겁을 내고 그래요? 실망스러운 모습을 보이는군요. 당당히 인정할 줄 알았는데요."

카이라는 태연하게 몸을 돌려 다리를 꼰 채 그를 유혹하는 미소를 지었다. 베세토는 잠시 그녀를 바라보다가 조심스럽게 물었다.

"어디서 무슨 소릴 들은 겁니까? 누가 그런 헛소리를 하지요?"

"어디서도 듣지 않았어요. 그냥 내 추측이에요."

"어째서 그런 허무맹랑한 추측을 하게 된 거죠?"

"라흐는 총에 맞아 죽었더군요."

그녀는 대수롭지 않은 듯 말했다.

"그런데 난 당신이 그걸 가지고 있는 걸 본 적이 있단 말이죠. 워낙 희귀한 물건이라 잊으려야 잊을 수도 없었어요. 귀스트도 같이 총에 맞았단 이야기를 듣고 당신이구나, 한 거예요."

"잘못 안 겁니다. 그건 귀스트의 총이에요."

"아니, 당신이 가지고 있던 총이었어요. 난 기억해요."

베세토는 꼼짝도 않고 그녀를 무시무시한 얼굴로 내려다보았다. 아마 더 발뺌을 할지 이대로 입을 틀어막을지 고민하는 것이리라. 카이라는 한순간 자신이 죽을 수도 있겠구나 생각했다.

"왜 그렇게 굳어 있어요? 걱정 마세요. 내가 그걸로 당신을 고발할 생각이었다면 이미 다른 사람들에게도 알렸겠지요. 하지만 나 혼자만 알고 있을 뿐 아무에게도 말하지 않았어요. 그게 뭘 의미하는지 모를 정도로 멍청한가요, 당신?"

베세토는 흠칫하고는 다시 그녀에게 조심스레 다가왔다. 카이라는 먼저 그에게 안겨 들었다.

"사실은 고맙다고 말하고 싶었어요. 겉으로만 영웅일 뿐 속은 썩어 있는 그 작자가 나도 지겨웠어요. 자기 목적을 위해 거리낌 없이 나를 다른 남자들에게 보냈다는 거, 당신도 알죠? 그가 왕이 되었더라면 라노프는 쿠세 치하에 있던 시절보다도 나쁘게 흘러갔을걸요. 당신이야말로 영웅이에요. 나의 영웅."

"정말…… 정말 그렇게 생각합니까?"

그의 조심스러운 물음에 카이라는 가슴이 무너지는 기분을 느꼈다. 혹시나 했던 믿음조차 부서지고 만 것이다. 그래서 그녀는 웃었다.

"물론이지요. 하지만 내가 계속 입을 다물고 있길 바란다면 약속 하나 해요. 독립 후에 당신이 어느 자리에 올라가든, 그 안주인은 내 차지예요. 그것이 왕비의 자리라고 해도 말이에요."

베세토는 슬며시 웃고는 그녀를 꽉 끌어안았다.

"그런 거라면 걱정하지 마십시오. 난 처음부터 그럴 생각이었으니까."

"약속하는 거죠?"

"물론이지요! 아아, 마음이 이렇게 편할 수가. 당신이 내 편이라니 더 바랄 게 없습니다. 왕의 자리보다 기쁠 겁니다."

"날 너무 믿지 않는 게 좋을걸요. 내가 이런 사람이란 걸 이제 알았을 테니까요."

"아니, 오히려 그 어느 때보다 당신을 향한 내 마음은 충만합니다. 당신 같은 사람이어야 합니다. 역시 내 아내가 될 자격이 있군요."

죽도록 구애할 때는 언제고 이제는 자격 운운하는 그를 보며 카이라는 다만 웃었다.

"그럼 이제 나에게 그 금지된 무기라는 것을 좀 더 자세히 보여 줘요."

하지만 베세토는 아직 경계하는 기색이었다.

"어째서? 그건 함부로 손에 들 것이 아닙니다."

"다시 한번 보고 싶어서요. 천하의 라흐와 귀스트를 쓰러뜨린 무기잖아요. 궁금하다고요."

두 사람의 이름이 나오자 베세토의 얼굴에 어쩔 수 없는 비웃음과 자부심이 떠올랐다.

"죽은 탑의 지배자라던 귀스트도 한 방에 나가떨어졌지요. 정말 엄청난 무기임에는 틀림없습니다. 왜 금지되었는지 알 만했죠."

"그런 것을 얻다니 대단하군요. 그걸 손에 든 모습을 보고 싶어요."

베세토는 처음에는 거절했지만 카이라가 계속 애원하고 장난스럽게 협박까지 하자 결국 어쩔 수 없다는 듯 총을 꺼냈다.

"총알이 들어 있으니 조심하십시오. 이걸 뒤로 젖히고 여길 당기면 그대로 작은 대포가 날아가는 겁니다."

"신기한 물건이군요. 이렇게 작은 것이 어떻게 그처럼 대단한 힘으로 사람을 죽일까요?"

"바로인들은 뭐든 만들어 내죠. 다른 민족들은 그들을 멸시하려고 애쓰지만 그건 다 두려워서 그런 겁니다. 바로인들이 조금만 전쟁을 좋아했어도 이 땅의 지배자가 바뀌었을지도 모르죠."

카이라는 감탄하는 척 대꾸하고는 그로부터 총을 넘겨받았다.

"이렇게 뒤로 젖히고……."

그녀는 총을 장전하고 일어섰다.

"여길 당기라고 했지요? 친절하게 알려 줘서 고맙군요."

그녀의 목소리에서 부드러운 기색이 모두 사라졌다. 베세토는 이 상황이 이해가 가지 않는 듯 어리둥절한 표정을 짓고 있었다.

"더 쉬운 방법도 있었어. 하지만 나는 반드시 라흐를 죽인 것과 같은 방법으로 당신을 죽이고 싶었어. 당신도 똑같은 고통을 느껴 봐. 똑같은 배신감을 느껴 보라고!"

그녀는 총을 베세토에게 똑바로 겨누었다.

"기다리시오, 그러지 말······!"

카이라는 두 눈을 꽉 감고 방아쇠를 당겼다. 철컥. 하지만 기대하던 폭발음이나 충격은 없었다. 그녀는 놀라 눈을 뜨면서 다시 방아쇠를 당겼다. 하지만 허무하게 철컥철컥 걸리는 소리만 날 뿐이었다. 이토록 조용한 무기였던가 하고 베세토를 바라보니, 실망한 듯 웃고 있는 그의 얼굴이 보였다.

"역시 그랬군요. 잠깐이지만 기대했는데."

"아······ 이런."

그녀는 총을 놓고 뒤돌아 도망치려 했다. 하지만 베세토가 그녀를 붙잡아 바닥에 쓰러뜨렸다.

"당신을 사랑했어. 진심으로 사랑했단 말이야! 총을 보여 달라고 했을 때 이미 눈치챘지만, 그래도 믿어 보려고 했어. 사랑에 눈이 먼 바보 노릇까지도 기꺼이 하려 했다고!"

"듣고 싶지 않아. 죽여, 그냥 나를 죽이라고!"

그녀는 울음을 터뜨리며 두 손으로 얼굴을 감싸 쥐었다.

"당신 말이 사실이길 바라. 나를 진심으로 사랑했길 빌어. 그 래서 당신 손으로 나를 죽여야 한다는 것에 심장이 찢어지길 원해. 두고두고 나를 떠올리며 숨 막히기를 원해!"

"당신은 정말 잔인하군…… 어떻게 이리도 잔인할 수가."

카이라는 두 손을 떼고 그를 올려다봤다.

"키스해 줘. 내 마지막 증오이자 이별의 선물이야."

베세토는 고통스러운 탄식을 하고 그녀에게 천천히 고개를 숙였다. 그리고 처음이자 마지막이 될 긴 입맞춤을 했다. 잠시 후 고개를 떼고 그녀를 바라보면서 베세토는 처절하게나마 한 가닥 희망을 가졌다.

"용서해 줄 수도…… 있습니다."

"내가 당신을 용서할 수 없어."

"카이라 양."

그때 그녀가 쿨럭 기침을 하더니 새빨간 피를 토해 냈다. 베 세토는 두 눈을 크게 떴다.

"카이라 양?"

그녀는 간신히 미소를 지었다. 동시에 그녀의 손에서 작은 병 이 굴러떨어졌다. 무슨 영문인지 물으려는 순간, 베세토는 속에 서 무언가 뜨거운 것이 치미는 것을 느꼈다. 그도 쿨럭하고 카 이라의 가슴 위에 피를 쏟아 냈다.

"이……."

"미안해. 이건 내 진심이야. 하지만 당신에게 복수할 수 있어 만족해. 이것도 내 진심이야."

증오하는지 사랑하는지 알 길 없는 강렬한 눈동자로 그녀를 바라보던 베세토는 곧 천천히 고개를 떨어뜨렸다. 그리고 힘없이 카이라의 가슴에 얼굴을 묻었다.

카이라는 간신히 손을 들어 미동도 하지 않는 그의 머리를 짚었다. 그리고 살짝 쓰다듬었다.

"다른 사람들이 나중에 우리 모습을 본다면 뭐라고 생각할까."

그녀는 이것저것 상상해 보려 했지만 고통 때문에 오래 할 수 없었다. 그래서 그만두고 눈을 감았다. 어차피 그건 남겨진 사람들의 몫이었다.

10. 사막으로 가는 길

― 인간들이란.

타락은 뜬금없이 그렇게 중얼거리고 다시 석상처럼 입을 다물었다. 주위에 있던 사람들은 그를 한번 쳐다보고 고개를 갸웃거리고는 다시 식사에 열중했다.

레아킨 일행과 군부의 병사들, 그 외 라노프에서 거주하던 쿠세인들과 일부 친쿠세파 라노프 귀족들로 이루어진 대규모의 무리는 국경에 도착해 한창 저녁 식사를 하던 중이었다. 여기서 레아킨 일행과 나힘의 무리만 따로 먼저 출발하기로 되어 있었다.

비오티는 식사를 거의 하지 않고 성벽 위에 올라가 라노프 쪽을 바라보았다. 레아킨은 먹던 것을 내려놓고 조용히 그녀에게로 갔다. 그녀가 후회하면서 돌아가겠다고 말하는 것은 아닐지 걱정되었다.

"이렇게 보니까 내 나라가 참 작네."

그녀는 레아킨의 기척을 느끼고 그렇게 중얼거렸다.

"그래도 나는 내 고향이 좋아. 좋은 곳이야."

"동감한다."

"정말?"

"그런 책들이 나오는 곳이니까."

비오티는 낮게 웃음을 터뜨렸다.

"벌써부터 그립네. 내 나라, 내 땅, 내 보랏빛 밤, 내 친구들."

"후회하고 있나?"

레아킨이 어렵게 물었지만 다행히 그녀는 고개를 저었다.

"아니. 나는 순간적인 기분에 따라 즉흥적인 짓을 자주 벌이곤 해. 하지만 그렇다고 해서 특별히 후회한 적은 없어. 결국 맨처음 느낀 감정이 가장 진실에 가까운 건지도 모르지. 나는 당신을 따라가기로 한 내 결정을 후회하지 않아. 그리고 약속한이상 지킬게."

레아킨은 마음속 깊이 안도하며 그녀와 같이 한동안 라노프 땅을 바라보았다. 언제부터 그녀의 말 한 마디, 한 마디가 그를이렇게 쥐고 흔들게 된 것인지 알 수 없었다. 하지만 더 이해할수 없는 건 그게 불쾌하지 않다는 거였다. 오히려 은근한 마음으로 그녀가 무슨 말이든 더 해 주길 바랐다. 이상한 기대감이었다.

"그런데 지금 우리 어디로 가는 거야? 말로만 듣던 그 무시무시한 황제가 산다는 도시는 아니지?"

"그 도시가 맞아."

비오티가 눈살을 찌푸렸기에 레아킨은 얼른 덧붙였다.

"하지만 내 형님은 그렇게 무섭지 않아. 오히려 다정하고 친절하시지. 만나 보면 형님에 대한 소문들이 대체로 허무맹랑하다는 것을 알게 될 거다."

"응? 당신 형님이 갑자기 왜 나와."

"말하지 않았군. 내 형님이 바로 쿠세의 황제다. 어머니가 다르긴 하지만 쿠세에서는 같은 아버지의 피를 이어받았으면 똑같은 일가로 대우를…… 왜 그런 표정이지?"

"당신이 뭐, 뭐라고?"

"황제의 동생, 태제라고 하지."

비오티는 입을 벌린 채 한동안 그를 멍하니 바라보았다. 레아킨이 그 표정은 점잖지 못하다고 말하려는 순간 그녀가 괴상한 신음을 흘렸다.

"그게 그렇게 놀랄 일인가?"

"당연하지! 나 참, 어떻게 여태까지 그런 기색을 한 번도 안 내보였어? 그 녀석은 그래서 그런 말을 했던 거로군."

"그런 말이라니?"

"당신이 라노프의 운명을 쥐고 흔들 수 있다고 했거든."

비오티의 표정이 어두워졌기에 레아킨은 그게 누가 한 말인지 알 수 있었다. 대꾸하지 못하는 그에게 비오티는 애써 밝게 말했다.

"그런 거물이셨구나. 진작 알아보질 못했네."

"그런 소린……."

"하지만! 이제 와서 그걸 알았다고 해서 내가 존대하거나 굽실거릴 거라고는 생각하지 마. 나는 당신을 태제로 알기 이전에 친구로 먼저 만났으니까."

장난기로 두 눈을 빛내며 그녀가 너무도 당당하게 말했기에 레아킨은 그만 웃어 버렸다. 그러면서 참으로 오랜만에 웃는다는 걸 느꼈다. 그녀가 따라서 푸근하게 웃더니 쾌활한 동작으로 몸을 돌렸다.

"저기서 부르네. 이제 가려나 보다. 드디어 말로만 듣던 쿠세 땅을 밟아 보겠어. 방금 전에는 뻔뻔하게도 그렇게 말했지만 들어가서는 태제 나리 덕 좀 보자고. 귀빈 대접까지는 아니더라도 당신 친구로서 대우해 줄 거지?"

"물론. 그 이상으로도 얼마든지."

그녀는 어린아이처럼 순수한 힘이 넘치는 걸음으로 먼저 계단을 내려갔고, 레아킨은 그 뒷모습을 보면서 생각했다.

본국으로 돌아가면 형님으로부터 허락을 얻어야지. 그래서 그녀에게 청혼해야지.

그는 더 이상 그녀를 사랑하고 말고 따지는 것을 관두기로 했다. 대신 그녀가 말한 대로 순간적으로 느낀 지금 이 기분에 집중하기로 했다.

그는 그녀의 곁에 있고 싶었다. 그녀를 곁에 두고 싶었다. 그녀가 그에게 책을 써 주든 써 주지 않든, 영원히.

　일주일쯤 지나 사막의 입구에서 다들 낙타로 바꿔 탔을 때까지만 해도(타락은 낙타가 태우려 하지 않았기에 예외였다. 하지만 그러거나 말거나 그는 잘 쫓아왔다.) 비오티는 쾌활했다. 하지만 사막 위로 내리쬐는 햇빛은 상상을 초월했고 곧 숨조차 쉬기 싫을 만큼 힘들어졌다.

　처음에는 더운 지역으로 가면서 왜 긴 옷으로 온몸을 덮어야 하는지 이해하지 못하던 그녀였지만, 수십 개의 불타는 칼로 찌르는 듯한 어마어마한 불볕을 경험하고 나자 누구보다도 옷으로 온몸을 무장했다.

　레아킨은 그 뒤를 따라가며 이런저런 이야기들로 그녀의 주의를 돌리려 했지만 비오티는 귀찮은 듯이 고개를 저을 뿐이었다. 하루에 제한된 물만 제공되었기에 그녀는 더 힘들어했고 그래서 레아킨은 자신의 물도 그녀에게 주었다. 처음에는 고집을 피우며 거절하던 그녀는 결국 탈수 증세를 보이고 나서야 받아 마셨다.

　그렇게 해서 간신히 낮을 보내고 나면 밤은 또 밤대로 괴로웠다. 기온이 갑자기 떨어지는 것은 물론이고 밤바람은 광풍에 가까웠다. 모래가 막사를 사정없이 때릴 때면 비오티는 그대로 묻히는 게 아닌가 걱정이 되어 잠을 이루지 못했다. 하지만 그녀가 뒤척일 때마다 곁에 있던 레아킨이 그녀의 손을 꽉 잡아 주며 속삭였다.

"그런 일이 생기기 전에 깨워 주겠다. 걱정하지 말고 자라."

밤이면 까만색으로 빛나는 그의 눈동자는 아주 단단했고, 거기엔 무슨 일이 있어도 그녀를 지켜 줄 것만 같은 확고한 의지가 담겨 있었다. 그 눈을 보고 나면 어쩐지 마음이 놓여 비오티는 스르르 잠이 들곤 했다.

며칠이 지나 그렇게 사막의 중앙에 이르렀을 때는 도저히 낮을 견딜 수 없어 이른 새벽과 초저녁에만 움직였다. 사막이라고 해도 온통 모래만 있는 지역은 드물었고 거대한 암석 기둥이나 바위산이 군데군데 있었기에 가끔 햇빛을 피할 수 있었다. 비오티도 그사이 조금은 익숙해져서 처음보다는 잘 견디게 되었다. 그래서 다른 사람들에게도 곧잘 말을 걸기 시작했다.

"이봐, 귀스트. 저 귀찮은 짐짝은 원래 네 거였으니 도로 가져가지 그래."

그녀가 타락을 눈짓하자 그 말을 들은 타락은 노골적으로 슬픈 표정을 지었다.

"허락도 없이 갈취할 때는 언제고 이제 와 돌려주겠대. 저건 물건이 아니야. 스스로 자기가 있을 곳을 선택한다고."

"그럼 난 저걸 평생 달고 살아야 한단 말이야?"

"아직 이름은 안 썼다며. 그럼 계속 써 주지 마. 제풀에 지쳐 먼저 떠나겠지."

"그래? 이름을 쓴다는 게 대체 무슨 의미기에?"

"주종 관계를 맺겠다는 의미지."

그 말에 타락은 불만스럽다는 표정을 과장되게 지었다. 그는 표정뿐 아니라 다른 것도 인간을 흉내 내려고 애썼는데 항상 어딘지 부자연스러웠다.

— 주종 관계라니 틀린 말은 아니지만 마음에 들지 않는군. 자식으로서 부모를 섬기는 것이라고 해 줬으면 좋겠다.

"그럼 그냥 그렇게 하면 되지 왜 굳이 그 이름인지 뭔지를 써야 한다는 거야?"

— 그래야만 내가 진실로 존재할 수 있기 때문이다. 오직 인간의 손으로 쓰여야만 이 세상에 내가 완전히 속할 수 있다. 나는 지금도 온몸을 부딪쳐 가며 세계와 싸우는 중이지. 그대는 상상도 할 수 없을 고통이다.

비오티는 가엾다는 표정을 지었지만 고개를 저었다.

"그래도 난 쓰지 않을 거야. 다른 사람을 찾아봐."

— 창조주여, 그 말은 나를 아프게 한다.

"그렇게 부르지 말라니까."

— 비오티여…….

"나는 당신이 필요하지 않아. 곁에 있다고 해서 뭘 할 수 있는데?"

— 모든 것을 나에게로 끌어내릴 수 있지.

그가 아주 이상한 목소리로 그렇게 말했기에 주위는 잠깐 조용해졌다. 그 말을 곱씹던 비오티가 되물었다.

"타락시킨다는 말?"

— 신조차도 손을 댈 수 없을 만큼.

"그건 좀 끔찍하네."

— 그래서 내 손에 닿는 모든 것이 견디지 못하고 분열되는 거다. 결코 셀 수도 볼 수도 없고, 그것을 존재라고 부를 수도 없는 가장 작고 하찮은 단위로.

그의 말이 끝나자마자 타락 주위에 앉아 있던 쿠세인 병사들이 움찔하며 물러났다. 그 모습을 본 비오티는 픽 웃고 말했다.

"조심해야겠네. 실수로라도 닿지 않게."

— 그럴 필요는 없을 거다. 그대의 의지 없이 그런 일은 일어나지 않으니. 누군가 다른 이가 내 이름을 쓰지 않는 이상 나는 오직 그대의 말에 따라 움직인다.

"그래? 그거 황송한걸. 내가 말하면 무엇이든지 타락시킬 수 있다는 거지?"

— 그렇다.

나힘은 즉시 경계하는 눈으로 타락과 비오티를 살폈다. 하지만 그때 귀스트가 한마디 했다.

"그걸 남발하지 않는 게 좋을 거야, 비오티."

"어라, 가장 먼저 너한테 쓸 거 어떻게 알았어?"

비오티의 말에 귀스트는 쓰게 웃었다.

"마음대로 해. 어쨌든 그런 용납되지 않는 힘에 아무 대가가

마찬가지였다. 귀스트만이 아무 말 없이 땅바닥을 내려다보는 자세 그대로 있었고 레아킨은 눈살을 찌푸리며 물었다.

"정말인가?"

― 너는 나를 뭐라고 생각하는 거냐. 내가 인간의 모습을 하고 있다 해서 너희들처럼 없는 것을 지어내거나 속일 것 같아?

"그 말이 사실이라면 여기서 나가야 한다."

그가 자리에서 일어나자 나힘은 당혹스러워했다.

"그건 안 됩니다. 금방 모래에 파묻힐 겁니다. 폭풍에 휘말려 어디로 날아가 버릴지도 모르고요."

"여기서 깔려 죽는 것보단 그편이 조금이나마 살 가능성이 있겠지."

하지만 그가 몸을 돌리는 순간 등 뒤에서 소름 끼치는 음성이 이어졌다.

― 그럴 필요 없어.

다시 모두의 시선이 타락에게로 돌아갔다. 그는 목소리만큼이나 이상한 미소를 짓고 있었다.

― 나머지 인간들은 별로 마음에 들지 않지만 어쨌든 이번엔 내가 도와주도록 하지. 비오티, 그대가 그러라고 한마디만 한다면.

"어…… 그게 가능해?"

― 내가 말하지 않았나. 모든 걸 나에게로 끌어내릴 수 있다고. 그건 이 바위와 바깥에 불고 있는 모래 폭풍도 마찬가지야.

비오티는 그제야 자신이 눈앞의 존재를 너무 간단하게 생각하고 있었다는 걸 깨달았다. 그는 처음부터 말도 안 되는 존재였고 그러니 말도 안 되는 일 또한 할 수 있는 모양이었다. 세계가 거부한다는 것도 이제는 이해가 갈 지경이었다.

그때 다시 우르릉하면서 그들을 둘러싼 바위 전체가 흔들렸다. 제법 큼지막한 돌들도 우수수 떨어졌다. 더는 망설일 시간이 없었다.

"그럼 그렇게 해. 우릴 구해 줘."

"잠깐, 비오티!"

"어쩌겠어. 다 죽을지도 모르는데. 대가가 뭔지 모르겠지만 목숨보다 중요한 건 아닐 거 아냐."

"그렇지만 그대 말대로 대가가 무언지도……."

그때 모두가 세계가 내지르는 비명을 들었다.

— 그만 힘이 과했던 모양이군.

타락은 지름이 족히 수백 걸음은 되어 보이는 거대한 암흑 구덩이를 만들어 놓고 한가로이 그렇게 중얼거렸다. 비오티는 무릎을 꿇은 채 멍하니 푸른 하늘을 올려다봤다. 조금 전까지 미칠 듯 불던 바람이나 쏟아지던 모래, 그들이 들어가 있던 바위산까지 흔적도 없이 사라져 있었다.

그녀는 두 눈을 비빈 다음 허탈하게 웃었다. 레아킨이 뛰어와 그녀의 두 어깨를 붙잡았다.

"괜찮나? 고통스럽지 않아? 어딘가 달라진 점은?"

"어, 글쎄…… 딱히 없는 거 같은데."

"정말인가? 일어서 봐."

비오티는 일어서서 옷에 묻은 모래를 툭툭 털어 냈다. 그러곤 여기저기 움직여 보고 어깨를 으쓱했다.

"정말로 아무렇지도 않아. 피라도 토할 줄 알았더니 의외인데?"

하지만 레아킨은 듣지 않고 그녀의 여기저기를 살폈다. 마침내 조금 부담스러워진 비오티가 그를 밀어냈다.

"괜찮다니까."

여전히 미심쩍어하며 물러난 레아킨은 대신 타락을 쳐다봤다. 다른 쿠세인들도 그를 두려운 듯 바라보고 있었다.

"태제 전하, 저런 것이 궁으로 가면 안 됩니다."

나힘이 다가와 레아킨에게 속삭였다. 레아킨도 그렇게 생각하던 중이었다.

"황제 폐하에게 위협이 될 것은 물론이고, 저런 것과 동행한 사실이 알려지면 태제 전하라 할지라도 신앙 재판을 받을 수 있습니다."

"나도 안다."

하지만 타락은 비오티만을 따르고 레아킨은 그녀의 곁에 있어야 했다.

"저 여자를 믿고 계신 것은 잘 알겠습니다만 그래도 우리가 지배했던 속국의 신민입니다. 황제 폐하의 근처에 가게 되면 어떤 다른 마음을 품을지 모릅니다."

그럴 사람은 아니라고 믿고 싶었지만 어쨌든 그녀의 연인도 혁명단의 지도자였다. 레아킨은 잠깐의 고민 끝에 입을 열었다.

"알았다."

"그럼 돌려보내실 겁니까?"

"아니. 그대는 병사들과 수도로 먼저 귀환해라. 나는 그녀와 함께 다른 곳으로 가겠다."

"예? 전하!"

"더 이상 묻지도 말리지도 마라. 번복하지 않겠다. 형님께는 귀환이 조금 더 늦어질 거라고만 말씀드려라. 그녀에게서 저것을 떼어 놓은 뒤 돌아가겠다."

"하지만……."

레아킨이 쳐다보자 나힘은 하려던 말을 꿀꺽 삼켰다. 대신 깊이 고개를 숙였다.

"알겠습니다. 부디 옥체를 무사히 보전하소서."

그는 그대로 뒤로 돌아 병사들을 정렬시켰다. 그러곤 낙타와 식량을 적절히 분배한 뒤 병사들을 이끌고 먼저 떠났다. 군더더기 없이 신속하고 정확한 행동이 레아킨의 마음에 들었다.

"저 사람들 왜 먼저 떠나는 거야?"

구덩이를 들여다보고 있던 비오티가 돌아와 물었다.

"그들은 수도로 향할 거고 우린 다른 곳으로 간다."

비오티는 이유를 묻지 않고 담담히 고개를 끄덕였다. 그녀도 자신의 입장과 그들의 입장을 잘 이해하고 있었다. 특히나 타락의 힘을 본 뒤에는 더 그랬다.

"그럼 어디로 갈 건데?"

"수도에서 동쪽으로 가면 엠브라는 조용한 도시가 나온다. 거기서 그대가 책을 완성할 때까지 지내는 게 좋겠다."

"그래, 어쩔 수 없지. 쿠세의 그 어마어마하다는 수도랑 황제가 산다는 하늘궁전이 보고 싶었긴 하지만."

"다음에 볼 기회가 있을 거라고 약속하겠다."

그녀는 고개를 끄덕였다. 하지만 귀스트는 아니었다.

"수도로 가지 않으실 거라고요?"

"그래."

그는 그 대답이 마음에 들지 않는 것 같았다. 폭발할 듯하다가 이를 악물고 참았다가, 다시 얼굴을 붉히며 말했다.

"가야 합니다."

"그대는 내 형님에게 볼일이 있다고 했지. 그렇다면 혼자서 가도록 해라."

"농담하십니까? 들어가자마자 개죽음을 당하라고요?"

"그건 그대의 사정인 것 같군."

귀스트가 죽일 듯이 노려보자 레아킨은 한숨을 섞어 말했다.

"그럼 내 형님을 그렇게 증오하는 걸 아는데 나더러 그대를 돕기라도 하라는 건가?"

"심판관님은 이제 없어도 됩니다. 하지만 저건 필요합니다."

귀스트가 뾰족한 반지가 끼워져 있는 손가락으로 타락을 가리켰다. 타락은 다 알고 있다는 듯 빙그레 웃기만 했다.

"심판관님도 비오티도 저것 자신도 내가 저걸 만들어 냈다는 건 부인하지 못할 겁니다. 지금까지 조용히 있었지만 이젠 내 권리를 주장해야겠습니다. 이봐, 그 종이를 내밀어. 내가 너의 이름을 쓰겠다. 오래전에 아기모스가 그랬듯 내가 너를 존재하게 하겠어."

— 싫다면?

타락이 웃는 얼굴로 물었다. 하지만 귀스트가 뭐라고 답하기 전에 비오티가 끼어들었다.

"이봐, 타락 씨. 사실 나는 귀스트의 말에 동감하거든. 계속 저 녀석한테서 뭔가를 갈취한 듯 영 마음이 찜찜했단 말이야. 난 당신에게 바라는 게 없어. 그러니까 귀스트에게 가 줬으면 나로서도 좋겠는데."

그녀의 말에 타락의 얼굴은 대번에 싸늘해졌다.

— 나에게 바라는 것이 없다고? 아까 폭풍으로 죽기 직전엔 그렇지 않았던 걸로 기억하는데.

"할 말 없게 만드네. 그거야 뭐, 어떤 건지는 몰라도 대가를 가져갔을 테니 계산된 걸로 치고 귀스트에게 가."

— 그것만은 그대도 나에게 명령할 수 없다. 내 이름을 쓸 자를 결정하는 것은 전적으로 내 의지다. 비오티, 나는 이미 두 번이나 그대가 내 이름을 쓰지 않은 채로 힘을 사용하도록 허락

했다. 그 보답이 이런 거라니 마음에 들지 않아.

"뻔뻔하게 굴어서 미안해. 하지만 난 앞으로도 이름을 쓰지 않을 거야. 그게 마음에 들지 않는다면 다른 주인을 찾아. 난 네 주인감이 아니니까. 어쩌다가 아버지가 보여 준 책으로 수수께끼의 답을 알았을 뿐이고, 설마하니 그 답을 말한다고 진짜로 당신 같은 게 튀어나올 거라곤 생각도 못 했어."

타락은 고개를 숙인 채 낮은 목소리로 한참을 웃었다.

— 이건 세계가 나를 거부하는 것보다 훨씬 괴롭군. 창조주가 나를 부인하다니.

"미안."

— 그럴 필요 없다. 내가 필요한 순간이 오면 그대는 지금 했던 말을 번복하게 될 것이다. 나는 오직 그때만을 기다리며 언제까지고 곁에 있겠다. 그리고 반드시 이름을 쓰게 한 뒤 대가를 받아 내겠어. 방금 전의 혀처럼 시시한 것을 받아 가지 않아.

"혀라니?"

비오티가 되물었지만 타락은 웃을 뿐 대답하지 않았다. 그녀는 입 속에서 혀를 마구 움직이다가 고개를 갸웃거렸다.

"멀쩡한데?"

하지만 잠시 후 흠칫하며 동작을 멈췄다. 그러더니 갑자기 뒤로 돌아 짐이 있는 쪽으로 뛰어갔다. 레아킨이 의아해하며 바라보는 가운데 그녀는 짐을 파헤쳐 빵을 꺼냈다. 그러곤 우악스럽게 그것을 씹었다. 하지만 몇 번 씹다가 불만 가득한 얼굴로 던져 버리고 다시 짐을 뒤져 이번엔 포도주병을 꺼냈다. 마개를 열고 꿀꺽꿀꺽 마신 그녀는 몇 번 입맛을 다시며 음미했다. 그러곤 곧 병을 내려놨다.

"혀는 혀로군."

"무슨 말이지?"

레아킨이 묻자 그녀는 허탈한 얼굴로 대답했다.

"아무 맛도 안 느껴져."

그 말을 들은 레아킨은 가슴속에서 뭔가가 우그러지는 것을 느꼈다.

— 나처럼 인간이 아닌 존재는 뭐든 인간다운 것을 갈망하지. 음식을 맛볼 수 있다니 그 얼마나 멋진 일인가. 다음에는 시력을 가져갈지도 모른다. 어쩌면 기억일 수도 있고.

타락이 비웃음을 섞어 말했다. 하지만 비오티는 생각보다 별로 낙담하지 않았다.

"그 많은 사람들 살리고 잃은 게 겨우 이 정도라면 조금도 아깝지 않아. 그리고 다음이란 없을 테니 당신도 기대하지 마."

—과연 그럴까? 확신하지 않는 편이 좋을걸.

비오티는 대꾸하지 않았고 그다음부터는 아무도 더 말하지 않았다.

해가 지고도 그들은 한참을 더 달렸다. 중간에 추위에 지친 비오티와 귀스트가 몇 번이나 항의했지만 레아킨은 막무가내였다. 마침내 달이 머리 위로 떠올랐을 즈음에야 그는 멈추고 혼자서 막사를 치기 시작했다. 타락을 제외한 두 사람은 손가락하나 까딱할 힘도 없어 그가 하는 것을 보고만 있었다.

"갑자기 왜 그래? 기분 안 좋아?"

비오티가 물었지만 그는 묵묵부답이었다. 아무리 피곤해도 상관이자 태제인 레아킨이 혼자 하도록 내버려 둘 수 없었던 귀스트는 결국 일어나서 그를 도왔다. 세 사람은 서둘러 저녁 식사를 마쳤고 그러자마자 막사 안에 누워 늦은 잠을 청했다.

그날 밤 비오티의 꿈에서 타락이 사실 그녀에게서 빼앗은 것은 색을 보는 능력이었다고 말했다. 답답한 흑백의 풍경을 보면서 비오티는 자신의 비극보다 태어나면서부터 그렇게 보고 살아온 레아킨이 몹시 가엾다고 생각했다.

"비오티."

그때 나직한 목소리가 그녀를 깨웠다. 하지만 비오티는 쉽게 꿈에서 깨어나지 못했다. 곧 따스한 손이 어깨를 가볍게 흔들자 그녀는 눈을 떴다. 눈앞에는 그토록 가엾어하던 쿠세인이 있었다.

"잠을 깨워서 미안하다. 잠깐만 밖으로 나와라."

레아킨은 그 말만 남기고 먼저 나갔다. 어리둥절하던 비오티는 눈을 비비고 일어섰다.

이불로 온몸을 감싸고 밖에 나온 그녀는 제일 먼저 감탄부터 터뜨렸다. 새벽 별이 이쪽 하늘 끝에서부터 저쪽 하늘 끝까지 촘촘하게 박혀 있었다. 사막의 신기루 탓인지 별은 마치 물속에 잠겨 있는 것처럼 유유히 흔들렸고 그 모습은 도저히 어떻게 말로 표현할 수 없을 만큼 아름다웠다. 꼭 별의 비라도 쏟아지는 것 같았다.

"난 작가 자격이 없나 봐. 저걸 도대체 어떻게 표현하면 내가 느끼는 이걸 읽는 사람도 그대로 느낄까?"

레아킨은 말없이 웃었다. 그는 조약돌을 모아 바람을 가리고 조그맣게 불까지 피워 놓고 앉아 있었다. 비오티는 자신도 모르게 고인 눈물을 닦아 내고 그 곁에 앉았다. 아련하고 안타까운 침묵이 잠시 흘렀다.

"내가 라노프어를 더 열심히 배우겠다."

모닥불이 타닥 하는 소리를 냈을 때 레아킨이 문득 입을 열었다. 비오티는 그 뜬금없는 말에 고개를 갸웃거렸다.

"응? 갑자기 왜. 당신은 이미 억양까지도 제법 우리나라 사람 같아."

"고민해 봤는데 역시 그렇게밖에 모르겠다. 어리석다고 해도 좋아."

"……정정할게. 분명히 내 나라 말인데 이해를 못 하겠어. 대체 무슨 소리야?"

레아킨은 고개를 숙였다가 한숨도 내쉬었다가, 턱을 긁적이기도 하고 무언가 말하려다 다시 입을 다물기도 했다. 비오티는 자신이 잘못 판단한 것이기를 바랐지만, 아무리 봐도 그 얼굴은 쑥스러워하는 얼굴이었다.

"지금껏 나는 스스로를 강하다고 생각해 왔다. 하지만 오늘 저 관념으로부터 그대를 지켜 줄 수 없다는 걸 깨달았을 때 그러한 생각들이 잘못되었다는 것을 알았고 또…… 스스로에게 몹시 실망했다. 그래서 앞으로 라노프어를 더 잘하는 수밖에 없겠다고 생각했다."

비오티는 헛웃음을 삼켰다. '타락은 역시 라노프어를 두려워하고 있었군. 내 짐작이 맞았어!' 이렇게 대꾸해 줄까 하다가 레아킨이 워낙 진지한 얼굴을 하고 있었기에 그만두었다. 대신 잠자코 그의 다음 말을 기다렸다.

"앞으로 그대가 어떤 음식을 먹든 내가 먹어 보고 그 맛 그대로를 설명할 수 있도록."

여러 가지를 예상했지만 그건 비오티가 정말 상상하지 못한 말이었다.

"다시는 이런 일이 없도록 하겠지만 그래도 설령, 또 한 번 이런 비극이 일어나 그대가 앞을 보지 못하게 된다면 나는 내 눈에 보이는 모든 것을 그대에게 최선을 다해 이야기하겠다. 보지 않고도 그것을 그릴 수 있도록."

비오티는 뭐라고 말해야 할지 알 수 없었다. 그녀의 손을 레아킨이 끌어당겨 잡았다.

"앞으로 그대가 잃는 게 무엇이든 내가 그 대신이 되어 주겠어. 그대가 오직 내 곁에만 있어 준다면."

그가 더없이 진중하게 말하며 비오티의 눈을 뚫어져라 들여다봤다. 비오티는 그 눈에서 간신히 시선을 떼고 어색하게 땅을 내려다봤다. 가슴이 이상하고 여전히 할 말은 떠오르지 않았다.

이게 도대체 뭘까. 청혼? 아니면 연인이 되어 달라는 건가? 하지만 왜. 사랑할 줄도, 그것을 느낄 줄도 모른다면서. 어디까지가 진심이고 어디까지가 또 연기일까?

"대답해 다오."

비오티는 머릿속이 어지러워지는 것을 느꼈다. 저 목소리에서 느껴지는 일말의 초조함과 간절함이 정말로 지어낸 걸까? 이 손의 따스함마저도 거짓일까?

비오티는 고민했고, 거듭 생각했고, 다시 고개를 들어 하늘을 보았다. 이 남자를 떠올리면 항상 까닭 모를 안타까움이 먼저 솟았다. 그녀의 눈에만 보이는 그의 결함을 안아 주고 싶고 어루만져 주고 싶었다. 하지만 그건 사랑이 아닌 모성애에 가까운 감정이었다.

그러나 그렇게 해서라도, 아이가 처음으로 입을 열어 어머니를 부르는 것과 같이 어느 날엔가 이 남자가 마침내 모든 걸 느낄 수 있는 날이 온다면, 그것은 그에게뿐 아니라 비오티에게도 아주 감동적인 날이 될 터였다.

"그렇다면 나의 모든 것이 되어 줘."

누군가 자신의 목소리를 닮은 사람이 그렇게 말했다. 그러자 누군가 불쌍한 남자를 닮은 사람이 조용히 미소 지었다.

무언가 별을 닮은 것은 저 먼 곳에서 반짝거렸다……

많은 사람들이 오해하지만 사랑에 빠진 쿠세인은 결코 냉정하지도 무심하지도 않다. 오히려 지나치리만큼 감정에 몰두하는 까닭에 그들 민족 특유의 성질은 과도한 애정 표현과 지나친 집착으로 나타난다.

그로부터 며칠간 귀스트는 눈앞에서 그 표본을 보는 듯한 기분이었다.

"여길 자르면 이렇게 즙이 나오지. 이건 사막 한가운데서만 자라는데 쿠세 땅에서도 보기 힘든 식물이야. 오직 행운을 가진 자만이 그 맛을 음미할 수 있지."

"그렇게 귀한 거야? 그럼 혼자 먹기 좀 미안한데. 나눠 먹자."

"난 많이 먹어 봤으니 괜찮다. 보좌관도 별로 생각이 없다는군. 저 관념덩어리에게는 줄 필요 없으니 그대 혼자 먹어라."

"……태제 전하, 저 아무 말도 안 했습니다만?"

귀스트는 항의해 봤지만 레아킨에 의해 간단히 묵살당했다. 비오티는 킬킬거리며 그에게 뿌리 한쪽을 내밀었지만 귀스트도 자존심이 있는지라 고개를 돌려 거절했다.

귀스트는 이 상황적 난처함(연인 사이에 끼어서 꼴사나운 장면들을 목도해야 함과 동시에 눈치 보임)을 같은 처지에 놓인 유일한 동지와 함께 위로해 보려 했지만 아주 사소한 문제가 걸림돌이 되었다. 그 동지는 사람이 아니었다.

— 인간들은 이래서 참 사랑스럽단 말이지. 머리와 심장이 만들어 내는 이상 상태의 합작품을 최고의 가치로 믿고 신봉하지.

"하지만 그 합작품 때문에 인간이 여기까지 온 거죠."

— 그리고 그 합작품 때문에 언젠가 다시 처음으로 되돌아갈걸.

뼈가 있는 말이라고 귀스트는 생각했다. 하지만 어차피 그런 것은 그가 고민할 문제가 아니었다. 어떻게 하면 레아킨으로 하여금 황제가 있는 하늘궁전으로 가도록 만들 수 있을까, 그것만이 당장 해결해야 할 문제였다.

그리고 그날 오후 그의 바람이 보다 현실적인 방법으로 이뤄졌을 때, 한 번도 신이 있다고 믿어 본 적 없는 귀스트라 할지라도 그에 대해 재고해 보지 않을 수 없었다.

— 쿠세인들이군. 복장으로 봐서는 어딘가에 정식으로 소속된 군대다.

엠브까지 이틀 정도밖에 남지 않은 시점에 그들은 뒤에서 다가오는 먼지구름을 포착했다. 타락이 슥 보고는 별거 아니라는 듯 내뱉었지만 그 말을 들은 레아킨은 심각한 얼굴이었다.

"혹시 다들 흑색 복면을 하고 있나?"

— 그래. 맨 앞에 있는 자만 붉은 복면이지만.

"큰일이군."

대체로 담담한 레아킨이 큰일이라고 말하면 정말 심각한 큰일이므로 비오티는 물어보기도 두렵다고 생각했다. 다행히 레아킨이 먼저 설명했다.

"황실 근위대다. 게다가 맨 앞에 있는 남자는 황제가 직접 내리는 명령만을 따르는 아흔아홉의 친위대 중 하나야."

"그 사람들이 여길 왜 오는 건데?"

"내 뜻이 아무래도 받아들여지지 않은 모양이다. 형님은 나를 데려가려고 저들을 보냈을 거야. 나힘이 도착해서 알린 지 얼마 되지 않았을 텐데 이토록 빨리 쫓아오다니……."

비오티는 불안하게 먼지구름을 쳐다봤고 귀스트는 너무 좋아하는 얼굴을 드러내지 않으려고 애썼다.

"그럼 어떻게 해?"

"형님께 그대와 저것의 존재에 대해 이해시킬 수밖에 없지. 이 땅에서 저들로부터 도망치는 건 불가능해."

그렇게 말하고 나서 레아킨은 비오티를 쳐다봤다.

"두 가지만 약속해 다오."

"뭘?"

그녀는 한 가지는 짐작했지만 다른 한 가지는 뭔지 알 수 없었다.

"타락을 이용해서 내 형제를 해치지 않을 거라고 약속해 다오."

그것이 비오티가 짐작했던 말이었다.

"그런 짓 안 해. 라노프는 곧 독립될 거고 라흐가 죽은 게

네 형의 탓도 아니잖아. 그동안 라노프를 박해한 것에 대한 복수…… 뭐, 그런 걸 꿈꾸는 사람도 있을지 모르지만 난 그런 짓에 절대로 내 시력을 낭비하지 않을 거야."

라흐라는 이름에서 레아킨은 얼굴을 살짝 찌푸렸지만 고개를 끄덕였다.

"그렇다면 다행이다."

"다른 한 가지는 뭐야?"

"형님 앞에 가면 나는 그대와의 결혼을 허락해 달라고 요청할 것이다."

레아킨은 담담하게 그런 충격적인 말을 내뱉었다. 비오티는 입을 떡 벌렸고 귀스트도 사레들린 듯 기침을 했다.

"뭐라고, 방금?"

"싫은가?"

"싫고 좋고를 떠나 지금 이런 상황에서 그걸 청혼이라고 하는 거야?"

"청혼을 할 만한 완벽한 상황은 따로 존재하나?"

너무 당당하게 되물어서 비오티는 왠지 할 말이 없어졌다.

"아니, 뭐…… 아무튼 지금은 좀 아닌 거 같지 않아? 곁에 있어 달라는 말에는 그러겠다고 했지만 결혼은 좀……."

그 말에 레아킨은 고개를 꺾더니 진지하게 물었다.

"그대가 보기에는 내가 충분히 매력적이지 못한가?"

귀스트는 입가를 푸들푸들 떨었고 비오티는 영혼이 반쯤 빠져나가는 듯한 기분을 느꼈다.

"그런 질문을 그렇게 당당하게 할 수 있는 건 이 세상에 당신 밖에 없을 거야. 아무튼 결혼이란 건 말이지, 매력보다는 사랑이 있어야 하고 여러 가지로 뭐랄까……."

그녀는 스스로도 무슨 말을 하는지 알 수가 없었다. 결국 레아킨이 한숨을 내쉬며 물러났다.

"어쨌든 형님 앞에서는 그렇게 소개하겠다. 그러지 않으면 타지인을 궁으로 들이려 하지 않을 거야. 귀스트야 망명 귀족이니 상관없다지만 그대는 아니지."

"아, 그런 거라면 알았어."

레아킨은 굳은 얼굴로 근처에 뭐든 등질 수 있는 곳으로 이동하자고 말했다. 귀스트가 그 까닭을 묻자 그는 '혹시 모르니까.'라는 애매한 말로 답했다.

그들은 낙타를 몰아 사선으로 깎여 나간 듯한 특이한 절벽을 뒤에 두고 멈춰 섰다. 얼마 지나지 않아 황제의 근위대도 도착했다. 그들은 일정한 거리가 되자 낙타에서 내려 가로로 길게 늘어진 채 정렬했고, 맨 앞에 선 붉은 복면을 한 남자만 홀로 걸어왔다.

"하탄이로군."

그를 보고 레아킨이 탄식하듯 말했다. 상대는 팔 하나가 보통 사람의 허벅지 굵기만 했고 키도 레아킨보다 머리 하나는 더 컸다. 새카만 피부에 치렁치렁 기른 머리가 어깨까지 늘어졌으며 눈동자는 빛이 없어 죽어 있는 듯 보였다. 누가 봐도 압도적이고 무서운 그 모습에 비오티는 어떤 사람이냐고 묻고 싶었지만 너무 순식간에 가까워져 그럴 기회를 놓치고 말았다.

"이 땅의 유일한 지배자이자 거룩하고 위대하신 황제 폐하 만세. 그분의 혈육이자 같은 고귀한 피가 흐르는 태제 전하를 뵙게 된 것을 무한한 영광으로 생각합니다."

그가 거창하게 말하고 레아킨 앞에 두 무릎을 꿇었다. 그러자 뒤에 정렬해 있던 다른 쿠세인 병사들도 우르르 엎드려 머리를 조아렸다.

비오티는 눈앞의 광경에 숨이라도 막힐 듯했고 새삼 곁에 있는 사람이 대제국 쿠세의 태제라는 걸 실감했다. 하지만 정작 본인은 허무할 만큼 덤덤하게 대꾸했다.

"용건은?"

"태제 전하께서 본국을 떠나신 이후 폐하께서 얼마나 심려가 크셨는지 모릅니다. 여러 도시와 나라로 특사를 파견하여 오직 전하만을 찾게 하셨지요. 그러다 드디어 며칠 전 라노프 군부의 책임자였던 나힘으로부터 전하가 이 땅에 있다는 보고를 받으셨고, 즉시 저로 하여금 전하를 모셔 오도록 명령하셨습니다."

"그렇다면 돌아가서 전해라. 미력한 아우는 사정이 있어 잠시 엠브에 머물 것이라고."

하탄은 조금도 고민하지 않고 강철 같은 얼굴로 대답했다.

"이유 불문하고 무조건 모셔 오라 하셨습니다."

"내가 거부해도 말이냐?"

"저희는 폐하의 명만을 따릅니다."

레아킨은 낮게 혀를 찼다. 통할 거라 기대한 것은 아니었다. 그는 일행을 돌아보고 어쩔 수 없다는 듯 고개를 저었다. 귀스트는 열렬히 환영하는 눈치였고 비오티는 어깨만 으쓱했다.

"알겠다. 호위해라."

레아킨이 체념하듯 말했으나 하탄은 움직이지 않았다. 대신 고개를 숙이면서 딱딱하게 대꾸했다.

"죄송하지만 다른 일행분들은 같이 못 가십니다."

"그건 또 무슨 소리지?"

"역시 폐하의 명입니다."

레아킨은 눈살을 찌푸렸다.

"나와 동행하는 이들이 누군지 형님께서도 아시느냐."

"나힘으로부터 모두 들으셨습니다. 잘 아십니다. 같이 있는 여성분을 특별하게 생각하신다는 것도 말입니다."

"그런데도 나만 데려오라 명하셨다고?"

"네, 그렇습니다."

레아킨은 불쾌감을 느꼈다. 그의 형은 그를 몹시 아끼면서도 가끔 이런 납득하지 못할 짓을 했다.

"가서 형님께 혼자서는 절대 돌아가지 않는다고 전해라. 그녀는 나와 결혼할 사람이다."

하탄은 잠깐 멈칫했지만 곧 고개를 숙이며 말했다.

"폐하께서는 어떠한 수단과 방법도 가리지 말고 무조건 명을 시행하라 하셨습니다."

"어떤 수단과 방법도 가리지 않고?"

"이 땅의 방식은 전하께서도 잘 아실 겁니다."

레아킨의 팔에서 힘줄이 꿈틀거렸다. 쿠세어를 모르는 비오티도 분위기가 이상하게 흘러간다는 것을 알고 귀스트에게 어떤 대화가 오가는지 물었다. 귀스트가 짧게 설명했다.

"저분만 데려가겠다는군. 우릴 없애는 한이 있더라도."

"뭐? 아니 무슨 그런 경우가 다 있어?"

"땅 주인 마음인 거지."

그때 레아킨이 돌아왔다.

"일이 곤란하게 되었다. 어떻게 해야 할지 알 수 없군."

"당신, 태제씩이나 된다면서 저치한테 닥치고 돌아가라고 명령 못 해?"

"그는 오직 황제의 명만 따른다. 굴복시키려면 검으로 하는 수밖에 없어. 하지만 숫자가 너무 많아서…… 혼자라면 모를까 그대까지 지켜 줄 수 없을 거다."

레아킨의 목소리에서 약간이지만 우울함이 묻어났다. 비오티는 귀스트와 타락을 한 번씩 쳐다보고 조심스레 입을 열었다.

"그럼 그냥 돌아가야 하는 거야? 여기까지 겨우 왔는데."

레아킨도 괴로운 얼굴이었다. 다음을 기약하고 그녀를 돌려보낸다는 건 말도 안 되는 일이었다. 이번에 궁으로 들어가면 다시는 나가지 못하게 할 터. 여기서 헤어진다면 그게 마지막이라고 생각해야 했다.

레아킨은 고개를 들어 타락을 봤다. 타락은 이런 일을 예상이나 한 듯 여유롭게 웃고 있었다.

― 내가 말했지? 확신하지 않는 편이 좋을 거라고.

"호의로 이번 한 번만 그냥 도와줄 생각은 없나."

― 절대. 너는 끊임없이 세계로부터 거부당하는 이 고통을 상상도 할 수 없을 거야. 창조주가 내가 존재한다고 써 주기 전에는 끝나지 않을 고통이지. 그녀가 나에 대해 부정적이라는 걸 알게 된 이상 나도 쉽게 오지 않는 기회를 그냥 내버리진 않을 거다.

비오티도 고개를 저었다.

"이미 한 번 죽다 살아났잖아. 그거면 족하지 않아? 미안하지만 두 눈을 포기하면서까지 당신을 따라갈 순 없어."

"알아. 알고 있다. 하지만……."

그때 뒤에서 스르릉 하고 칼을 뽑는 소리가 들려왔다. 하탄이 아무 감정 없는 얼굴로 성큼성큼 다가왔다.

"결정을 내리기가 힘드시다면 제가 도와 드리겠습니다."

"아니다, 기다려!"

"폐하께서는 한시라도 빨리 데려오라 하셨습니다. 저는 그 명에 따라야 합니다."

그가 칼을 들어 올리는 것을 보고 레아킨도 재빨리 자신의 검을 꺼냈다. 하탄은 단순하다고 생각될 만큼 정직한 세로 베기를 했지만 위에서 내리찍는 힘은 상상을 초월했다. 검이 부딪쳐 튕겨 나가는 순간 레아킨은 어깨가 빠지는 것 같은 고통을 느꼈다. 그가 충격으로 비틀거리는 동안 하탄은 담담한 걸음으로 그를 지나쳤다. 그 뒤에는 비오티가 있었다.

"안 돼!"

레아킨이 재빨리 몸을 돌렸지만 늦었다. 비오티는 그 자리에 못 박힌 듯 굳어 있었고 하탄의 검은 이미 위에서 정점을 찍고 내려오는 중이었다.

휘우웅! 어마어마한 힘으로 검을 휘두르는 소리를 들으며 레아킨은 두 눈을 질끈 감았다. 하지만 이어 들려온 것은 비명이 아닌 귀가 떨어질 듯한 금속성이었다.

"목숨 하나 빚진 줄 알아."

귀스트는 빈정거리듯 말한 뒤 검으로 하탄을 밀쳐 냈다. 그러곤 비오티에게 빠르게 속삭였다.

"일단 저놈한테 종이와 펜을 꺼내게 해. 기회를 봐서 내가 대신 쓸 테니까."

그녀가 뭐라 대답하기도 전에 귀스트는 몇 번을 더 검을 부딪쳐 하탄을 떼어 냈다. 그들이 격렬하게 맞붙는 동안 레아킨이 뛰어왔다.

"괜찮나?"

"어어."

하지만 비오티는 다리에 힘이 들어가지 않았다. 비틀거리는 그녀를 보면서 레아킨은 이를 꾹 깨물더니 말했다.

"나는 역시 그대의 목숨도 눈도 잃게 할 수가 없다. 언젠가 다시 만날 수 있을지도 모른다는, 그런 부질없는 소망을 품고 헤어지는 수밖에 없겠다."

그의 얼굴을 들여다보던 비오티는 조용히 물었다.

"꼭 그렇게 나와 같이 있어야겠어?"

"할 수만 있다면, 어떤 대가를 치러서라도 그럴 수만 있다면."

그 대답을 들으며 비오티는 그날 밤 별 아래에서 봤던 그의 눈을 떠올렸다. 반신반의했지만 그때 본 것은 착각이 아니었다. 지금도 그는 같은 눈을 하고 있었다. 그녀는 부드럽게 미소 지었다.

"마침내 해낸 것 같네, 당신."

"뭘 말이지?"

"영광으로 생각할게. 책은 예전부터 필요 없었는지도 몰라. 당신은 이미 나를 여러 번 감동시켰지. 나도 보답하고 싶어."

레아킨이 눈살을 찌푸리자 그녀는 뒤로 돌아서서 말했다.

"어이, 타락 씨. 그 종이 내밀어 봐. 펜도 이리 줘."

"비오티!"

"협상 좀 해 보지, 뭐. 이봐, 시력하고 기억 말고 다른 거 빼앗아 가면 안 되겠어?"

— 생각해 보지.

타락은 가느다랗게 웃으며 종이를 꺼냈다. 그리고 펜을 내밀었다. 그러나 그녀가 받으려던 그때, 어디선가 순식간에 달려온 귀스트가 둘 모두를 빼앗았다.

— 인간 너!

타락은 귀를 멀게 할 것 같은 엄청난 노성을 질렀다. 귀스트는 도망치면서 펜을 끼적이려 했지만 순식간에 모래처럼 부서진 타락이 날아가 그의 목을 휘감았다. 그래도 숨을 참으면서까지 글자를 완성하려 했지만 타락의 모래가 그것을 쳐 냈다.

종이와 펜이 속절없이 땅에 떨어졌다. 귀스트는 타락을 떼어 놓으려 했지만 바람과 모래는 그의 손으로도 어찌할 수 없었다. 점차 한계를 느끼고 굳어 가는 사이 누군가 소리 없이 그들 곁으로 다가와 두 가지 모두 집어 들었다.

"그대는 사랑이 그 사람을 껴안고 죽어 버리고 싶은 것이라 했다."

레아킨은 기도문처럼 나직이 중얼거렸다.

"하지만 나는 그 사람을 살리기 위해 끌어안는 것이 사랑이라고 생각해."

비오티의 눈이 커졌다. 상황을 파악한 타락이 귀스트의 목을 놓고 레아킨에게 날아왔으나 레아킨은 단숨에 글자를 완성시켰다.

다시 한번 세계가 박동했다. 시간은 흐르는 법을 잊고 바람은 부는 법을 잊었으며 빛은 닳아 없어지고 땅이 범람했다. 세계가 찢어져 무저갱의 틈에서 억겁의 밤이 흘러나와 모든 것을 어둠으로, 어둠으로 덮었다.

모든 부정 가운데 가장 짙고 농밀한 근본, 신조차도 사할 수 없는 악 중의 악이 마침내 그 존재성을 증명받았다. 그리고 그 순간부터 사람의 눈으로는 볼 수 없는 거대한 흐름을 무언가가 거꾸로 가로지르기 시작했다.

아주 힘차고 비열한 역동(逆動)이었다.

11. 하늘궁전

모두가 정신을 차렸을 때 그 자리에 더 이상 군대 같은 것은 남아 있지 않았다.

"가장 마음에 들지 않는 인간이 내 이름을 쓰다니."

타락은 분노한 듯 말했지만 표정만큼은 희열에 차 있었다. 레아킨은 어쩐지 타락의 목소리가 전보다 현실적으로 들린다고 생각했다.

"어쨌든 이제 나는 너와 특별한 관계가 되었음을 긍정하지 않을 수 없군. 그렇다고 주인 행세를 할 생각은 마라. 어디까지나 네가 나에게 힘을 빌려줄 것을 부탁하는 거지 명령하는 게 아니다."

"멋대로 해 둬."

타락은 얼굴을 일그러뜨렸지만 화를 내는 대신 웃음기 도는 목소리로 말했다.

"그나저나 인간 주제에 대단하군. 하나가 도망갔어."

누구라고 말하지 않아도 레아킨은 하탄임을 알 수 있었다.

"그 인간에게 고마워해라. 부탁을 제대로 수행하지 못해 대가도 가져갈 수 없으니. 뭐, 이번만큼은 넓은 아량으로 넘어가기로 하지. 아…… 좋군. 드디어 세상이 세상으로 느껴지는군."

타락은 기분 좋은 듯 눈을 감고 공기를 음미했다. 그렇게 보니 확실히 그는 목소리뿐 아니라 겉모습과 분위기도 달라져 있었다. 마치 이제는 정말로 인간인 것처럼.

그에게서 고개를 돌려 레아킨은 비오티를 확인했다. 그녀는 넋이 나간 듯 주저앉아 있었다. 그가 비오티에게 다가가 눈높이를 맞춰 한쪽 무릎을 꿇고 앉자 그녀가 두려운 듯이 물었다.

"나…… 보여?"

"보인다. 그는 내게서 아무것도 앗아 가지 않았어."

그러자 비오티의 두 눈 가득 눈물이 차올랐다. 그녀는 레아킨을 증오하듯 노려보더니 주먹으로 어깨를 마구 쳤다.

"이 머저리, 얼간아!"

"부당한 호칭이군. 하지만 참을 수 있다. 이건 못 참겠지만."

그는 손을 들어 눈물이 넘치기 전에 닦아 주었다. 그녀는 그 손을 붙들고 흐느꼈다.

"당신을 정말 어떻게 해야 할지 모르겠어."

"곁에 있어 주면 된다. 울지 않고."

그렇지만 비오티는 한동안 더 울었다. 그치게 하고 싶었지만 그녀가 우는 게 자신 때문이라는 생각이 들자 묘하게 그냥 놔

두고 싶다는 생각도 들었다. 그래서 레아킨은 다만 그녀의 등을 토닥였다.

"후후후…… 아하하하!"

그런 둘을 보고 귀스트가 허탈한 웃음을 터뜨렸다.

"잘 어울리는군요. 정말 잘 어울려요. 한 사람은 10년 넘게 공들여 키운 열매를 가로채더니, 다른 한 사람은 그걸 받아 삼켜 버리는군요. 참 대단들 하십니다. 고맙기도 하군요."

레아킨은 비오티를 안은 채 뒤를 돌아봤다.

"미안하다, 보좌관. 하지만 아까 그대의 상황이 여의치 않아 보였다."

"물론 그러셨겠지요. 심판관님이 언제 냉철한 판단과 계산 없이 일을 하시는 분이셨습니까? 네, 그럴 만한 상황이었겠죠. 하지만 이건 너무 엿같잖습니까!"

그의 입장에서는 충분히 흥분할 만한 상황이었으므로 레아킨은 그 무례한 언사를 용서하기로 했다.

"유감스럽게 생각한다. 되돌릴 수 있는 방법이 있다면 언제든 그렇게 해도 좋다."

"그런 방법은 없습니다."

귀스트는 낮게 한참을 웃더니 이내 표정을 바꾸고 레아킨을 노려봤다.

"더 이상 당신이 사랑 놀음에 빠져 허우적대는 꼴도 보고 싶지 않고, 아무것도 모른다는 듯한 바보 같은 얼굴도 보고 싶지 않습니다. 이제는 말해야겠습니다."

귀스트의 갑작스러운 말에 레아킨은 불쾌감보다는 위화감을 느꼈다.

"무얼 말하겠다는 건지 모르겠지만 보좌관, 언사가 지나치군."

"어머니가 어떻게 돌아가셨는지 기억하지 못한다고 하셨지요."

레아킨은 눈살을 찌푸리며 대답했다.

"몇 번을 그 이야길 꺼내는 거냐. 내가 어릴 때라 잘 기억나지 않는다고 분명히 말했다."

심지어 슬퍼했다는 기억도 없었다. 아버지의 죽음에서도 별다른 감정을 느끼지 못했으니 당연한 건지도 모르지만 말이다. 귀스트는 뭐가 재밌는지 킬킬거리며 웃고는 말했다.

"그게 아니죠. 아니고말고요. 충격적인 일이었으니만큼 당신은 스스로 그걸 지워 버린 겁니다. 빌어먹을, 참 불공평하기도 하지요. 나는 이날 이때까지 한시도 잊지 못하고 있는데!"

레아킨은 지난번 귀스트가 그에게 뭔가 말하려 했을 때처럼 극심한 거부감을 느꼈다.

"그대가 내 어머니의 죽음에 대해 뭔가 알고 있다는 듯이 들리는군."

"알다마다요. 제 아버지가 미쳐 돌아온 것도 그 때문인데."

"그대의 아버지가 대체 내 어머니와 무슨 관계란 말이지?"

"간단하게 말씀드리지요. 당신의 어머니는 라노프인이었고, 당시 옐린에서 가장 아름답고 유명한 코케트였으며, 마지막으로 황제가 강탈하기 전까지 내 아버지의 연인이었던 분입니다."

그의 입에서 너무도 엄청난 사실들이 연달아 터져 나와서 레아킨은 당장 칼을 뽑아 저 입을 다물게 해야 한다고 생각하면서도 제자리에서 움직이지 못했다. 비오티가 불안해하며 그의 어깨를 잡았지만 레아킨은 그것도 느끼지 못했다.

"감히 지금 내 어머니를 능멸할 생각이라면……."

"타락에게 물어보십시오. 제 아버지의 기억을 고스란히 가지고 있으니까요."

레아킨은 어깨를 떨다가 간신히 타락을 향해 고개를 돌렸다. 타락은 묻기도 전에 대답했다.

"그의 말이 맞다."

레아킨은 어떤 반응도 보이지 않았다. 다만 타락을 노려보다 다시 입을 열어 냉정한 목소리로 말했다.

"믿지 않겠다."

"그렇다면 내 기억을 보여 주는 수밖에."

레아킨은 거부했지만 타락이 다가와 그의 머리를 붙잡고 자신의 이마에 대었다. 그래서 레아킨은 깨어 있는 채로 꿈을 꾸게 되었다.

"어머니, 저 사람은 누구예요?"

"엄마 고향에서 온 친구란다. 이리 와요. 이 아이가 내 아들이에요. 레아킨, 인사드리럼."

레아킨은 타인의 시선으로 어릴 때의 자신을 보게 되었다. 열 살이나 되었을까? 지금과는 달리 행복과 안정감이 넘치는 눈동자를 보고 있자니 기분이 묘했다. 이때의 기억은 분명히 자신에게도 있었다.

"인사드리라니까."

"괜찮아. 당신을 대단히 닮았군."

시선을 빌리고 있는 남자, 귀스트 아버지의 굵직한 목소리였다.

"네, 아이아버지를 닮지 않아서 얼마나 다행인지 몰라요."

"쉿. 누군가 그 소리를 듣기라도 했다간……."

"상관없어요. 난 이제 이곳 생활이 지긋지긋해요. 정말 나를 라노프로 돌아가게 해 줄 방법이 없나요? 당신이라면 할 수 있잖아요."

"못 해. 오직 당신을 만나기 위해 손가락질당하면서까지 쿠세에 망명했고 동포들을 고문하고 죽여야만 하는 심판관의 자리에도 올랐어. 그게 내가 할 수 있는 전부야."

레아킨의 어머니는 눈물을 머금고 남자의 얼굴을 쓰다듬었다.

"불쌍하고 가엾은 사람. 황제만 없었다면, 그가 우리 삶에 침범하지만 않았더라면……."

"우리는 그에게 많은 것을 빚졌지. 언젠가는 다 갚게 될 거야."

"귀스트는 왜 데려오지 않았죠?"

"황제의 눈에 띄었다간 무사하지 못할 테니까."

"그래도 그 아이가 보고 싶은데……."

"언젠가 보게 될 거야. 얼마나 많이 자랐는지 몰라. 아기 때는 당신을 꽤 닮았다고 생각했는데 크면서는 점점 나와 비슷해지더군."

"그럼 멋진 소년으로 자랐겠네요. 절 기억이나 하던가요?"

"하하, 그럴 리가. 당신과 헤어지던 그때 녀석은 겨우 두 살이었는걸."

레아킨은 심장이 마구 쿵쾅거리는 것을 느꼈다. 말도 안 돼, 이건 뭔가 잘못되었다. 누군가 이것들을 끝내 줬으면 했다.

그때 그의 바람을 듣기라도 한 듯 무언가 깨지는 소리가 들렸다. 모두가 그쪽을 바라보았다. 거기엔 이상한 웃음을 띤 채 그들을 마주 보는 레아킨의 형 사자한이 있었다.

"형!"

어린 자신이 반갑게 그를 향해 뛰어갔다. 형은 품에 자신을 안고는 부드럽게 웃었다.

"그래, 레아킨. 형이랑 놀러 나가자. 어른들의 대화에 끼어들어서는 안 돼. 어른들만의 은밀한 이야기가 있는 법이니까."

어머니는 하얗게 굳어 있었고 귀스트의 아버지는 말이 없었다. 그의 손이 천천히 허리에 찬 칼을 향해 움직였다.

"레아킨을 데려가도 되겠죠?"

"그 아이는 여기서 할 일이 있는걸요, 태자 저하."

어머니가 침착하게 대답했지만 형은 무엇을 하려는지 다 안다는 얼굴로 어린 레아킨의 목을 사랑스럽다는 듯 움켜쥐었다.

"나중에 해도 되잖아요. 그렇죠?"

"……물론이죠."

어머니가 재빨리 남자의 팔을 잡아챘다. 형은 자신의 목을 놓고 대신 손을 잡아 바깥으로 이끌었다. 여전히 다정한 미소를 지어 주면서.

거기서 장면이 바뀌었다. 어머니와 함께 있던 남자는 이제 차고 흰 바닥에 앉아 있었다. 그곳은 대전이었고 남자의 앞에는 레아킨도 알고 있는 주사위가 놓여 있었다. 모두들 그걸 전 황제가 처음 만든 줄로 알지만 사실은 그의 형 사자한이 만든 것이었다. 어린 나이에 그런 놀이를 만들었다고 생각해 보면 참으로 끔찍한 일이었다.

"던져라."

기대감에 가득 찬 전 황제, 레아킨의 아버지의 목소리가 들렸다. 레아킨은 무엇을 하려는 건지 깨닫고 몸을 떨었다. 주사위는 남자의 앞에 있었고, 황제의 옆에는 묶여 있는 어머니가…….

"어서."

어머니도 그러라 한다. 결국 남자는 핏기 하나 없는 얼굴로 주사위를 던졌다. 결과가 나왔을 때 레아킨은 눈을 질끈 감을 수밖에 없었다. 죽음. 그들이 뭔가 이야기를 나누었지만 귀에 들어오지도 않았다. 이게 사실이라고? 정녕 과거에 있었던 일을 보여 주는 것이라고? 어머니를 두고 아버지가 이런 짓을 했다는 말인가?

잠시 후 다시 주사위가 구르는 소리를 듣고서야 그는 눈을 떴다. 그것은 구원의 주사위였다. 그러나 결과는 무통.

아버지가 크게 웃는다. 어머니는 혼절한다. 남자는 결국 반으로 주사위를 갈라 버린다. 황제가 뭐라고 말하는 소리가 들렸지만 남자도 레아킨도 듣지 못했다. 남자의 기억은 거기서 끝났다.

하지만 레아킨은 그다음 장면을 계속 볼 수 있었다. 그건 더이상 남자의 기억이 아닌 자신의 기억이었다. 어린 자신이 대전 안으로 뛰어 들어와 아버지에게 어머니를 살려 달라고 간청한다. 아버지는 단호하게 거절하더니 곧 재미있는 일이라도 벌이려는 듯 칼을 어머니에게 가져갔다.

"잘 보아라, 레아킨."

어린 자신은 두 눈을 부릅뜨고 그 모습을 목도했다. 아버지의 칼이 어머니의 가슴을 겨냥했고 곧 자비 없이 찔렀다. 하지만 그 순간 어머니가 눈을 번쩍 뜨면서 길고 긴 비명을 질렀다.

아아아아아아!

아버지는 물론이고 어머니를 붙잡고 있던 부하들도 놀랐다. 어머니가 고통에 몸부림치자 아버지는 칼을 빼내더니 당황한 목소리로 명령했다.

"데려가! 어서 데리고 나가!"

부하들이 어머니를 데려가는 동안 자신은 그 자리에서 꼼짝도 하지 않았다. 온몸이 마비되어 그저 멍하니 입을 벌린 채 칼에서 뚝뚝 떨어지는 핏방울을 보고 있을 뿐이었다.

그때 기둥 뒤에서 형이 걸어 나왔다. 차분한 태도로 레아킨을 지나친 그는 자신의 주사위를 집어 들었다. 어찌 된 일인지 남자가 쪼개 놓았던 주사위는 그사이 아무 일도 없었다는 듯 원래대로 돌아가 있었다.

"저런. 주사위의 결과대로 해야 한다는 걸 잘 알고 있잖아요, 아버지?"

"미안하다, 사자한. 그건 내 실수였어."

아버지는 형의 말에 오히려 당황하고 두려워하며 말했다.

"어찌하면 좋겠느냐? 다시 기회를 다오."

"방법이 없는 건 아니지요."

그의 형이 차갑게 웃더니 말했다.

"데려가서 다시 살려 내면 돼요. 그 여자의 상처가 치유되었을 때 다시 고통 없이 죽이는 거예요. 그럼 그건 주사위의 뜻대로 되는 것이 아니겠어요?"

"오오, 그렇구나. 그렇게 하겠다. 그렇게 하겠어."

"그런데 그 라노프인 남자는 그냥 보내 주실 건가요? 그가 나중에라도 레아킨을 찾으러 오면요?"

"그런 일은 결코 없을 거다. 약속하마."

"없어야 할 거예요. 아버지도 이 주사위를 굴리고 싶지 않다면요."

창백하게 굳은 아버지를 내버려 두고 형은 몸을 돌려 자신에게 다가왔다. 그러곤 예의 동생에게만 보여 주던 애정이 듬뿍 담긴 얼굴로 머리를 쓰다듬어 주었다.

"왜 그렇게 놀라? 아무 일도 아니잖아. 이제 형이랑 놀자. 그게 더 즐겁지 않아, 사랑스러운 내 동생?"

뜨거운 모래가 손안에서 흘러 나갔다. 정신을 차렸을 때 레아킨은 자신이 모래 바닥 위에 주저앉아 있음을 깨달았다.

"당신의 아버지는 정말로 사자한의 말대로 했지요. 꼬박 한 달 동안 수많은 의사들로 하여금 어머니를 상처 하나 남지 않도록 치료했고, 그다음 다시 고통 없이 죽였습니다."

이어지는 귀스트의 말을 들으며 레아킨은 당장이라도 토할 것 같은 기분을 느꼈다. 그래서 손을 내저었지만, 귀스트는 아랑곳하지 않고 뿌드득 이를 갈며 말을 이었다.

"이제 알겠습니까, 이 불효막심한 자식아? 여기서 끝이 아닙니다. 그 한 달 동안 어머니는 그만 미치고 말았지요. 자신을 죽이기 위해 그토록 정성 들여 치료하는데 누군들 제정신을 유지하겠습니까? 어머니를 걸고 주사위를 굴렸던 내 아버지는 말할 것도 없었지요. 황제는 어머니를 다시 죽이는 장면까지 아버지로 하여금 다 지켜보게 한 뒤, 그분은 털끝 하나 건드리지 않고 라노프로 돌려보냈습니다. 아버지는 완전히 정신이 나간 채 오직 복수에 대해서만 생각했지요. 자기 자신의 몸까지 바쳐서 말입니다. 그렇게 해서 탄생한 괴물이 바로 저겁니다. 저는 그분의 유언을 따라 어머니의 복수를 하기 위해 저것과 함께 사자한을 만나러 가려던 것이었지요. 그런데 그 개자식의 동생이자, 인정하긴 싫지만 내 동생이란 녀석이 그럴 기회마저 빼앗는군요. 어떻게, 그럼 이제 나 대신 복수하렵니까? 혼자서만 모든 걸 잊은 채 원수의 품에서 안락하게 살아온 이 나약하고 한심한 자식아!"

레아킨은 아무 말도 떠오르지 않고 아무 말도 하고 싶지 않았다. 귀스트의 신랄한 비난에 대꾸할 생각도 들지 않고 누구의 얼굴도 보고 싶지 않았다. 비오티조차도.

그는 햇빛이 비치지 않는 바위틈으로 유령처럼 걸어가 웅크리고 앉았다. 두 무릎을 세운 채 거기에 머리를 파묻고 그대로 꼼짝도 하지 않았다. 빛도 소리도 세상의 모든 것을 차단하고 싶었다.

그는 온갖 감정들에 시달렸다. 느끼게 되길 바라 온 것은 분명히 자신이지만 지금은 그것들이 달갑지 않았다. 예전에는 어머니나 아버지에 대해 딱히 특별한 감정이 없었다. 한데 지금은…….

게다가 그의 형은, 맙소사. 도대체 형이 무슨 짓을 저질렀단 말인가. 항상 다정한 모습밖에 보이지 않던 형이 지은 표정, 목소리, 행동. 모든 게 충격적이었고 괴롭고 또 먹먹했다. 가슴속에 응어리진 무언가가 터지기 직전처럼 아슬아슬하게 그를 위협했다.

어머니가 그렇게 돌아가셨다니. 자신은 그 모습을 직접 목도하고도 잊어버렸다니. 잊어버리고서 아무렇지 않게 살았다니. 아무렇지 않게 형과 아버지를 보아 왔다니.

숨이 막히는 기분 속에 레아킨은 또 다른 형을 떠올렸다. 도저히 믿고 싶지도 인정하고 싶지도 않지만, 그게 귀스트란다. 쿠세의 계보에서는 아버지의 피만을 인정하지만 그래도 어머니가 같다는 사실만으로 기가 막히고 헛웃음이 나왔다. 세계의 의지란 어쩌면 이렇게도 괴이한지.

그날 그렇게 해가 질 때까지 그는 한 발자국도 움직이지 않았다. 식사 시간이 되자 비오티가 용기를 내서 음식을 내밀었지만 고개도 들지 않았다. 잠든 것은 아니었지만 외부의 자극을 거의 느낄 수 없을 정도로 깊이 내면에 몰두해 있었다. 그 자세 그대로 그는 꿈인지 현실인지 구분할 수 없는 길고 긴 밤을 지새웠다.

그리고 아침이 왔을 때 그는 또다시 충격을 받았다.

"뭐라고 했지."

"비오티가 사라졌다고요."

귀스트는 여전히 존대했고 빈정거리는 표정도 그대로였다. 마치 어제의 일 같은 건 일어난 적도 없었다는 듯했다.

레아킨은 묵묵히 일어나 주변을 살폈다. 비오티가 잠들었던 자리를 돌아보고는 높은 바위에 앉아 태양을 쬐고 있는 타락을 올려다봤다.

"너는 알았겠지. 왜 깨우지 않나."

"나한테 언제 보초 서라고 부탁한 적 있어?"

빙글빙글 웃으며 그렇게 대답한 타락은 먼 곳을 가리켰다.

"저기쯤 가고 있네. 죽지는 않았지만 지금 상태가 그다지 편해 보이지도 않는걸."

레아킨은 무표정하게 지평선 위로 서서히 사라지는 점을 바라보았다.

'과연 친위대의 우두머리답게 형님의 명령을 더할 나위 없이 완벽하게 수행하는군, 하탄.'

타락의 힘을 보고도 다시 돌아올 생각을 한 그에게 레아킨은 솔직한 경의를 표했다. 그렇다고 분노를 느끼지 않은 것은 아니지만.

"가자, 귀스트. 그대가 그렇게나 바라던 대로 우리는 그곳으로 갈 수밖에 없겠군. 나도 내 형님을 만나야겠다."

이런 식으로 이뤄질 줄은 상상도 하지 못했지만, 어쨌든 비오티는 그토록 보고 싶어 하던 하늘궁전을 볼 수 있었다. 왜 그런 이름이 붙었는지 이해가 갈 만큼 까마득하게 높은 봉우리 위에 있었다. 지상에서는 우러러볼 수밖에 없는 궁전의 풍광이 황제의 권위와 위치를 잘 말해 주는 듯했다. 자신도 태어나서부터 이런 궁을 보고 자랐다면 그를 신이라고 생각할 수밖에 없으리라.

구름마저도 발밑에 깔려 있는 그곳까지 오르기 위해서는 절벽에 가까운 길을 숙련된 나귀를 타고 한 시간 동안 올라야 했다. 가면서 다섯 번이나 검문 비슷한 것을 받았는데 친위대인 하탄이라 해서 예외가 아니었다.

비오티도 어디 가서 주눅 드는 성격은 아니었지만 수많은 무장한 쿠세인들 사이를 지나다 보니 절로 어깨가 움츠러들었다. 하나같이 라노프인의 두 배는 될 것 같은 몸집에 그을린 피부를 가졌고 무시무시한 분위기를 풍겼다. 괴물이라고 생각했던 레아킨도 이 사람들에 비하면 평범하게 보일 지경이었다.

'그러고 보니 그치는 이쪽으로 오고 있으려나.'

레아킨을 떠올리자 가슴이 아렸다. 원한 건 아니었지만 타락이 그에게 기억을 보여 줄 때 같이 있던 그녀에게도 보였다. 따라서 여러 가지 전말을 알 수 있었고 전대 황제와 그 아들의 행동에 치가 떨렸다.

"무엄하다. 고개를 낮추어라."

멍하니 걷고 있던 그녀에게 하탄이 뭐라고 꾸짖었다. 하지만 비오티는 아랑곳하지 않고 같은 자세로 걸어갔다. 알아듣지도 못하는 쿠세어로 말하니 그럴 수밖에 없었다. 하탄은 라노프어를 모르는 것 같진 않았는데, 그게 무슨 천박한 언어라도 된다는 듯 결코 입에 담지는 않았다.

마침내 궁전 안으로 들어서면서 그녀는 감탄하지 않겠다고 다짐했지만 이미 입이 저절로 벌어지고 있었다. 벽은 놀랄 만큼 새하얀 암석이었고 단순하고 투박한 구조였지만 어딘지 모를 위엄이 느껴졌다. 천장은 어찌나 높은지 거인 왕국에 들어와 있는 소인이 된 기분이 들 정도였고 미술품이나 장식들이 있을 법한 복도에는 처음 보는 이상한 동물들의 박제나 무구 등이 전시되어 있었다.

하탄은 그녀를 어느 방엔가 남겨 놓고 홀로 사라졌다. 역시 가만히 있을 성격은 아닌지라 비오티는 방 안 이곳저곳을 둘러보고 만져 봤다. 그러다가 창가에 장식된 아름다운 조약돌을 발견하고 주머니에 하나 슬쩍 넣다가 마침 들어오던 시종과 딱 마주쳤다. 어쨌든 손님이라 예의를 지키기 위해서인지 곤란하게 웃는 그의 앞에서 비오티는 돌을 다시 꺼내 원래 자리에 머쓱하게 내려놓았다.

"라노프에서 오신 귀한 손님이시라고 들었습니다. 곧 시녀들이 와서 씻겨 드리고 옷을 갈아입혀 드릴 겁니다. 그런 다음 제가 간단한 예법을 가르쳐 드릴 테니 그 뒤에 폐하를 만나시지요."

그는 여태까지 본 쿠세인들 중에서는 인상이 가장 나았다. 게다가 라노프어도 유창하게 구사했다. 비오티는 그에게 호감을 느꼈다.

"고맙긴 하지만 목욕은 나 혼자 하면 안 될까요?"

"그러시겠습니까? 그럼 충분한 시간을 드렸다가 다시 오겠습니다."

그가 예의 바르게 고개를 숙이고 나가자 곧 시녀들이 따뜻한 물이 든 항아리를 가지고 줄지어 들어왔다. 그들은 비오티가 쓸데없는 돌담이라고 생각했던 곳에 물을 붓고 향유로 보이는 것을 넣었다. 순식간에 근사한 향기가 나는 욕조가 완성되자 비오티는 그녀들을 내보내고 혼자 옷을 벗고 들어갔다.

'나쁘지 않네. 그런데 적진에서 이렇게 편해도 되는 건가? 목욕하고 나가자마자 목은 깨끗하게 씻었냐고 칼을 들이대는 건 아니겠지.'

그녀는 비누처럼 보이는 것을 머리와 몸에 문지르며 이런저런 생각들을 했다. 그러느라 누군가 문가에 기댄 채 이쪽을 바라보고 있다는 것도 한참 후에야 알아차렸다.

"다, 당신 누구야? 당장 안 나가?"

이곳 시종들을 얼굴로 뽑는 거라면 시종장을 시킬 만한 미모의 남자였다. 하지만 그는 재미있다는 표정만 지을 뿐 자세를 풀지 않았다.

"나가라니까! 못 알아들어?"

그녀는 벽 뒤에 숨은 채 손짓까지 해 가며 나가라는 의견을 피력했지만 그는 낮게 웃기만 했다.

"변태같이 웃기는. 밖에 누구 없어요? 이봐요, 시종님!"

하지만 그녀가 아무리 소리쳐도 들어오는 사람이 없었다. 아까 그 시종이나 시녀들이 멀리 갔을 것 같진 않았는데 이상한 일이었다. 결국 주위에 있는 물건들을 집어 던지는 것으로 시위하려는 그녀에게 드디어 남자가 입을 열었다.

"확실히 그 녀석은 너무 무뚝뚝하고 조용하지. 그래서 너처럼 시끄러운 여자를 골랐나 보군."

"뭐야, 라노프어 할 줄 알잖아. 그럼 알아듣고도 못 들은 척한 거야? 이거 진짜 변태였네. 이봐, 이 몸은 라노프에서 온 귀한 손님이라고. 같이 온 하탄에게 말하면 너 같은 건……."

"그건 무리일걸. 하탄은 내 말밖에 듣지 않아."

그가 태연하게 대꾸하자 비오티는 잠깐 말문이 막혔다. 레아킨이 하탄은 황제의 친위대이고 황제의 말밖에 듣지 않는다고 했다. 따라서 이런 말을 할 만한 남자라면, 그러니까…….

"네가 그 황제로군?"

그는 고개를 까딱했다.

"내가 그 황제라는 걸 알았으면 말투를 다듬을 필요가 있을 것 같은데."

"여기서 깨끗이 씻고 옷을 갈아입고 당신을 만나러 갔다면 그렇게 했겠지만, 예의도 없이 목욕하는 데 들어온 사람에게 갖춰 줄 존중 따위 없어."

"하하, 그래. 나도 온갖 버거운 수식어들을 갖다 붙여 가며 이야기하는 것보단 이게 편하군. 무례를 용서해 다오. 그렇지만 빨리 보고 싶어서 참을 수가 있어야지. 내 동생이 결혼할 여자라니, 그 녀석이 그런 걸 할 거라곤 생각지도 못해서 말이야."

그의 말투에서는 어쩐지 진한 그리움과 애정이 묻어났다. 비오티는 기억 속에서 본 그 잔혹한 아이가 이 남자가 맞는지 헷갈리기 시작했다.

"당신이 형이니까 더 잘 알겠네. 그 사람이 이것저것 잘 느끼지 못하는 불쌍한 사람이란 거. 하지만 걱정 마, 나아졌거든. 막 말을 깨우치기 시작한 어린애처럼 이제 곧잘 감정을 표현하고 느끼게 되었어."

그 말에 황제는 웃는 얼굴로 잠시 굳어 있었는데, 그 모습이 왜인지 조금 섬뜩했다. 따뜻한 물속에 있으면서도 비오티는 부르르 떨었다.

"이제 다 봤으면 가서 기다려 주겠어? 목욕 마치고 나갈 테니."

"그래, 기다리고 있지. 그리고 손에 들고 있는 그거 비누로 생각한 모양인데 향을 내는 초야."

그가 나가자마자 비오티는 열심히 몸에 문질렀던 그것을 내던졌다. 어쩐지 거품이 너무 안 난다고 생각했던 것이다.

목욕을 마치고 그녀는 시녀들이 가져온 하늘하늘한 옷을 입었다. 화려하진 않았지만 몸의 곡선을 부드럽게 잘 드러냈고 색감도 예뻤다. 시녀가 머리를 땋는 대신 하나로 모아 둥글게 말아 올려 주었는데 모양이 무척 마음에 들었지만 자신더러 하라고 하면 죽어도 못 할 것 같았다. 거기에 간단한 머리 장식을 올리고 분까지 발랐더니, 스스로 이런 말하긴 뭣했지만 이렇게 보니 자신도 예뻤다.

'칼이나 로즈가 보면 기절하겠는걸. 그 녀석도…….'

자신도 모르게 보여 주고 싶은 누군가를 떠올렸다가 그녀는 세차게 고개를 저었다. 그러고 보니 그가 죽은 지 얼마가 지났다고 쿠세의 황실에서 이런 모습으로 있는 건지. 사후 세계란 게 있다면 틀림없이 거기서 기막혀하며 웃고 있을 터였다.

잠시 후 시종이 돌아와 그녀를 황제의 방으로 안내했다. 멀리 붉은 사막이 내려다보이는 그 방에는 화려하고 폭신해 보이는 커다란 방석들이 즐비했고 황제가 그 속에 비스듬히 누워 있었다. 곁에는 눈이 돌아갈 정도로 먹음직스러운 음식과 과일들이, 양쪽 벽에는 일렬로 늘어선 아리따운 소년, 소녀 시종들이 있었다. 비오티는 벌어진 입을 굳이 다물지 않기로 했다.

"이런 곳에서 자라면서 어떻게 당신처럼 삐뚤어진 아이가 될 수 있는 거야?"

그녀가 솔직한 감상을 표하자 황제의 뒤에 그림자처럼 서 있던 하탄의 얼굴 근육이 꿈틀했다. 비오티는 그 모습을 보면서 쿠세인 전사들은 얼굴도 단련하는 건가 하는 실없는 생각을 했다.

"괜찮아, 하탄. 서로 말을 편하게 하기로 했다."

하탄은 아무 부연도 하지 않고 즉시 고개를 숙였다. 비오티는 시종의 권유에 따라 황제 근처에 있는 방석에 털썩 앉았다. 황제는 지상에서 가장 편한 자세의 모범 답안이 될 만한 자태로 누워 있는데 손에서 작은 무언가를 던졌다 받곤 했다. 타락의 기억을 본 비오티는 그게 무언지 알았고 따라서 오싹한 기분을 느꼈다. 그 기색을 알아차리고 황제가 의아하다는 듯 말했다.

"이게 뭔지 아는 듯 보이는군."

"알아. 주사위잖아. 숫자 대신 다른 것이 쓰여 있는."

황제는 놀랍다는 얼굴로 웃었다.

"그 작은 땅에서도 내 주사위가 유명한 줄은 몰랐는걸."

"유명하지는 않아. 나도 다른 사람의 기억을 보기 전까지는 그런 게 있는 줄 몰랐어. 쿠세인들이 가지고 노는 주사위에는 사람 눈이 박혀 있다는 이야기를 들은 적은 있지만."

황제는 기억을 본다는 말에 고개를 갸웃거렸지만 굳이 묻지는 않았다.

"그런데 난 아직도 궁금하단 말이지. 내 동생이 왜 갑자기 집을 뛰쳐나가 라노프로 갔으며, 또 거기서 만난 여자와 결혼하겠다고 하는 건지. 너도 아는 것 같지만 그 녀석은 그런 거에 영 시들하거든. 무뚝뚝하고 자기 감정은 표현하지 않는 데다, 이쪽에서 아무리 아껴 줘도 그러거나 말거나 신경도 안 쓰지. 참 사람 섭섭하게 하는 녀석이었는데 말이야."

황제의 말투와 얼굴에서 다시 한번 깊은 애정이 느껴졌다. 온갖 괴물과 악마로만 묘사되던 사람이 이처럼 평범한 가족애도 보인다는 것이 비오티는 놀랍기만 했다.

"처음에는 확실히 그랬어. 자기 입으로도 그러더라고. 자기는 이런저런 감정들을 잘 느끼지 못하는 데다 색깔도 못 본다고. 뭐 이렇게 부족한 게 많은 사람이 다 있나 싶었어."

황제는 웃는 얼굴로 주사위를 던졌다 받았다.

"그래서?"

"나에게만 특별하게 구는 이유가 뭘까 했는데, 그 사람 내 책을 봤더라고."

"책?"

"나 글을 쓰고 있거든. 책을 몇 권 내기도 했고."

황제는 어떤 이유에선지 비오티를 데리고 온 시종을 한번 쳐다보았다.

"그 녀석이 라노프 작가들의 책을 보는 줄은 몰랐는걸. 그것 참 달콤하다고들 하지. 나의 신민들 중에도 라노프 작가의 책을 좋아하는 이들이 많아. 이 땅에서 금지되어 있는 것이건만."

"그래? 아무튼 책을 보고 나에 대해서도 엄청 기대를 한 모양인데, 솔직히 처음엔 날 보고 실망하더라고. 난 뭐, 사람들이 그러는 거 자주 봐서 좀 상처받긴 했지만 그러거나 말거나 놔뒀는데, 어떻게 하다 보니 자꾸 마주치게 되더라고."

이야기를 하면 할수록 왠지 쑥스러워서 그녀는 코끝을 긁적였다. 황제는 다시 한번 주사위를 던졌다 받았다.

"재미있군. 그래서?"

"그 사람이 날 좀 많이 도와줬지. 점점 빚이 쌓이더라. 언젠가 한번은 목숨도 살려 줬고 말이야. 그래서 나도 언젠가 보답을 해야지 하는데, 그치가 그러는 거야. 느껴 보고 싶다고."

"느껴 보고 싶다?"

"감정들 말이야. 사랑도 해 보고 싶다고 했어. 처음에는 얼마나 웃겼는지, 글쎄 날 사랑하는 척해 보겠다나. 그러다 보면 언젠가는 정말로 사랑하는 날도 오지 않겠냐면서."

얘기하다 보니 비오티는 점점 그 기억들에 빠져들었다. 어색하지만 보고 싶었다고 말하던 그 표정이나 처음 준 선물이란 게 자기 책이었던 것, 자신을 끌어안고 이대로 죽어 버리고 싶다고 말하던…… 얘기하다 말고 그녀의 얼굴이 빨개지자 황제는 가느다랗게 웃었다.

"행복해 보이는군."

"어, 내가?"

"그래. 새 신부에게 잘 어울리는 표정이군."

비오티는 애매하게 고개를 끄덕일 수밖에 없었다.

"아무튼 그래서 그 녀석이 결국엔 너를 사랑하게 되었다, 그런 이야긴가?"

"어, 뭐…… 그런 거려나."

"알겠다."

그는 그것으로 대화가 종결되었다는 듯 말했다. 뭘 알았다는 거지? 비오티가 의아해하는 사이 황제가 쿠세어로 말했다.

"저 시종 놈을 처형해."

그의 말이 끝나자마자 하탄이 검을 뽑아 들었으므로 비오티는 드디어 그가 본색을 드러냈다고 생각했다.

"잠깐! 이제 날 죽이겠다고?"

"응? 하하, 설마. 그대와는 따로 할 일이 있어. 훨씬 재미있는 거지. 난 네 뒤에 있는 시종을 죽이라고 했어. 레아킨의 시종이거든."

"그 사람의 시종을 갑자기 왜?"

"그런 불건전한 책을 곁에 놔둠으로써 그 녀석이 이상해지도록 만들었기 때문이지."

비오티는 눈살을 찌푸렸다.

"이상해졌다고?"

"그럼 그게 정상인가? 그 녀석은 본래 아무것도 느낄 수가 없어. 아무것도 느껴서는 안 된다고."

"뭐? 도대체 그게 무슨 말이야?"

황제의 얼굴에서 처음으로 웃음이 사라지고 짜증스러운 기색이 떠올랐다.

"내가 그렇게 되도록 만들었단 말이야. 공을 들여서 그렇게 했다고. 그런데 그걸 망쳐? 겨우 책 하나가? 고작 너 따위가?"

비오티는 정신이 아득해지는 걸 느꼈다. 그리고 다시 제정신을 차렸을 때 얼굴이 확 달아올랐다. 그 정도로 화가 난 게 얼마 만인지 알 수 없었다.

"당신이 뭘…… 어떻게 그런 짓을 하는데?"

"그건 네가 알 바 아니잖아."

황제는 허무할 만큼 아무렇지 않게 대답하고 주사위를 탁 튕겼다 받았다. 비오티는 머리가 뜨거워지고 귓속에선 무언가 쿵쾅거리는 것을 느꼈다. 말도 잘 나오지 않았다.

"그게…… 사람이 할 수 있는 짓이야?"

"내가 못 할 짓이란 없어. 들어 보지 못했나? 쿠세의 황제가 못하는 단 한 가지는 바로 죽는 것이라는 말."

그는 재미있다는 듯 웃었고, 비오티는 거기까지면 충분히 참았다고 생각했다.

"이 씹어 먹어도 시원치 않을 자식아! 형이라는 작자가 동생 어머니를 죽인 것도 모자라, 뭐가 어째? 당신이 그 사람 표정을 봤어? 그 눈을 봤어? 그 사람이 얼마나 간절하게 느끼길 원했는데, 얼마나…… 얼마나 사랑하길 원했는데!"

그녀가 폭발하듯 소리를 지르고 씩씩거리는 동안 방 안에는 싸늘한 침묵이 흘렀다. 시종의 얼굴은 참혹했고 다른 소년, 소녀들은 말할 것도 없었다. 마침내 딱딱하게 굳어 있던 황제가 입을 열었다.

"나머지들 나가."

어린 시종들이 먼저 우르르 빠져나갔고 레아킨의 시종도 납빛이 된 얼굴로 얼른 나갔다. 칼을 든 하탄은 당장이라도 비오티를 찢어 죽일 듯한 표정을 짓고 있었지만 황제가 쳐다보자 결국은 걸음을 뗐다. 모두 사라지고 나자 황제는 나지막이 입을 열었다.

"내가 레아킨의 어머니를 죽였다는 게 무슨 말이지?"

그는 담담한 척 묻고 있었지만 목소리 끝이 살짝 떨렸다. 비오티는 직감적으로 그가 레아킨이 그 사실을 알고 있을까 봐 두려워한다는 것을 알 수 있었다.

"어디서 시치미를 떼? 사실이잖아. 난 다 봤어."

"글쎄, 무엇을 봤건 관심은 없는데 말이지……."

"그 사람도 알아."

황제의 입술이 딱 멎었다. 비오티는 그가 그러는 것에 통쾌함마저 느꼈다.

"다 알고서 지금 이쪽으로 오고 있어. 그래, 진실을 알게 된 동생과 다시 만날 준비는 된 거야? 이 망할 자식아."

레아킨은 새삼스러운 기분으로 하늘궁전을 올려다봤다. 몇 달 정도 떨어져 있었을 뿐인데 그 높고 새하얀 건물이 어색하고 생소하게 느껴졌다. 그는 탈진한 귀스트를 내버려 두고 궁전으로 오르는 길을 지키고 있는 관리에게 다가갔다. 그는 레아킨을 한눈에 알아봤다.

"태제 전하!"

무릎을 꿇으려는 그를 말리고 레아킨이 조용히 물었다.

"하탄이 여길 언제 지나갔나?"

"서너 시간쯤 전이었습니다."

한낮과 깊은 밤만 피해 쉴 새 없이 달려왔음에도 그다지 거리가 좁혀지지 않은 모양이었다. 그만큼 하탄도 필사적으로 달렸으리라.

"알았다. 궁에 올라갈 수 있도록 준비해라."

"미리 위로 전갈을 보낼까요?"

"아니다, 조용히 올라가게 해 다오."

"알겠습니다."

관리가 나귀를 준비하는 동안 레아킨은 귀스트와 타락을 한 번씩 번갈아 봤다.

"나는 내가 무슨 짓을 할지도, 내 형님이 무슨 짓을 할지도 모르겠다. 따라서 지금 확실히 해 두고 싶다. 귀스트, 그대가 원하는 건 내 형님의 죽음인가?"

"글쎄요, 그건 결과에 따라 다르겠지요."

그는 입꼬리를 올려 웃고는 덧붙였다.

"그 자식을 만나 할 일은 하나뿐입니다. 내 아버지가 그랬던 것처럼 주사위를 던질 겁니다."

"그런 무모한 짓을…… 그 주사위에서 단 한 번도 반전이 나온 적이 없다는 걸 알고 있나?"

"알다마다요. 그리고 전 그 이유도 알고 있습니다."

"뭐지?"

귀스트는 비밀스럽게 웃을 뿐이었다.

"걱정하지 마십시오. 이번에는 그 수작을 못 부릴 테니까요."

걱정이라. 레아킨은 자신이 정확히 누구를 걱정하고 있는 건지 알 수 없었다. 그래서 대답하지 않고 타락에게 고개를 돌렸다.

"너에게도 미리 부탁해 두겠다."

"뭐지?"

"반드시 비오티를 보호해 다오. 위에서 내가 따로 말하지 않아도 그녀의 목숨이 위험하면 힘을 써 달라는 거다."

"내 자의적인 판단에 맡기면 어떤 결과가 초래될지 모르는데?"

"그녀만 무사하다면 상관없어. 설령 내가 죽을 위험에 처해도 그녀를 우선으로 해라. 약속해 다오."

타락은 평소의 냉소적인 웃음 대신 부드럽게 미소 지었다.

"사랑스러운 인간들 같으니. 그렇게 하겠다. 하지만 너무 과신하지 마. 저 위에선 나도 어떻게 될지 모르니까."

"그건 무슨 소리지?"

"형제란 건 너에게만 있는 게 아니거든."

레아킨은 고개를 갸웃거렸다. 타락에게도 형제가 있다는 말로밖에 안 들리는데 그건 불가능하지 않은가.

"전하, 준비 다 되었습니다."

그때 관리가 다가와 대화는 거기서 중단되었다. 세 사람은 곧 나귀를 타고 궁으로 오르기 시작했다.

처음에는 구름 한 점 없이 하늘이 창백하리만치 맑았지만 궁에 가까워질수록 바람이 거세지고 하늘도 심상치 않은 회색빛으로 바뀌었다. 이 지역에 이런 날씨는 드문 것이라 레아킨은 물론이고 앞장서던 관리도 적잖이 놀랐다.

"조심하십시오, 전하."

나귀들이 불안해했지만 다행히 잘 훈련되어 있어 날뛰거나 하진 않았다. 잠시 후 궁에 도착하자마자 레아킨은 나귀에서 뛰어내려 그를 보고 놀란 신하들의 외침도 무시하고 안으로 급히 들어갔다. 안쪽에서 나힘이 어두운 얼굴로 그를 맞이했다.

"전하."

"어디 있나?"

그때 우르릉하고 하늘이 신음하는 소리가 들렸다. 바깥은 마치 밤처럼 어두워져 있었다. 나힘은 잠깐 시선을 돌려 바깥을 내다보았지만 레아킨은 신경 쓰지 않았다.

"어디 있느냐고 물었다."

"그 여성분이라면, 폐하와 같이 대전에······."

레아킨은 속에서 뭔가 울컥 치미는 것을 느꼈다.

"거기서 무얼 하고 있지."

"잘 모르겠습니다만 뭔가 심상치 않습니다. 전하께서 모든 친위대를 완전무장시켜 모이게 하셨습니다."

레아킨은 머릿속이 아득해지는 걸 느꼈다. 타락이라고 해서 그 아흔아홉의 괴물들을 막아 낼 수 있을 거라곤 상상하기 어려웠다. 하탄도 그 힘에서 벗어나지 않았던가.

"알겠다."

귀스트와 타락을 한 번씩 쳐다보고 그는 대전으로 걸음을 옮겼다. 그런데 가던 도중 시종들이 누군가를 끌어내고 있는 게 보였다. 무심코 지나치려던 레아킨은 처참하게 죽어 있는 사람이 자신의 시종임을 깨달았다.

"바하트가 아니냐. 누가 이랬지?"

맨 앞에 있던 시종이 두려워하며 말했다.

"폐하의 명령으로 친위대 대장인 하탄이······."

레아킨은 어릴 때부터 그를 섬겼던 시종의 죽은 얼굴을 다시 한번 보고는 말없이 걸음을 옮겼다. 이제야 그는 확실히 알았다. 자신이 거의 치유되었다는 것을. 그렇지 않고서야 예전에는 신경도 쓰지 않았던 시종의 죽음 따위에 이렇게 화가 치밀 수는 없다. 그의 형제는 그와 어떤 식으로든 끝을 보기로 작정한 게 틀림없었다.

다시 우르릉! 이번에는 건물이 흔들릴 정도로 엄청난 소리였다. 나힘이 불안한 얼굴로 주위를 둘러보자 타락이 태연하게 중얼거렸다.

"못 견딜 만하지. 허락하지 않는 두 존재가 만나러 가고 있으니."

레아킨의 빠른 걸음을 열심히 쫓아가던 귀스트가 타락을 보며 물었다.

"이길 자신은 있나?"

"이기고 지는 문제가 아니야. 서로 세계에서 지워지지 않기 위해 안간힘을 다하는 것, 그뿐이지."

"별로 두렵지 않은가 보군. 겨우 얻게 된 생명이 허무하게 소멸할지도 모르는데도?"

"어쩔 수 있나. 창조주와 주인의 뜻이 그러하다면 따라야지."

"이해하지 못하겠군."

귀스트의 말에 타락은 희미하게 웃었다.

"아무튼 인간들은 끝없이 이기적이면서도 자기 자신에 대해서는 잘 모른다니까."

"무슨 소리지?"

"네가 이 자리에 왜 있는지를 생각해 봐라. 너는 네 인생의 반이상을 오직 복수만을 위해 살았다. 죽은 네 어미와 아비를 위해서 말이야. 그 두 사람을 위해서라면 너도 못 할 짓이 없겠지."

"그 말은 너도 저분과 비오티를 부모처럼 생각하기 때문에 뭐든 할 거라는 걸로 들리는데."

"인간처럼 말하자면 그래."

귀스트는 어이없다는 듯 웃었다.

"너야말로 존재 자체처럼 모순이군. 그렇게 소중히 생각한다면서 시력이니 뭐니 그들로부터 빼앗아 갈 기회만 노리고 있나?"

"그건 지극히 당연한 거지. 사랑하는 이의 일부분을 갖는다는 건 극도의 만족감을 가져다준다고. 사랑할수록, 상대에게 그것이 소중할수록 더 갖고 싶어지는 거지. 너희 인간들은 사랑이 이거니 저거니 떠들어 대지만, 정말 궁극적인 사랑이란 게 뭔지 아나? 먹어서 소유하는 거야."

"그만해. 역겹군."

타락은 낮게 웃었다.

"무생물일 경우에 타락한다는 것은 부정을 견디지 못하고 스스로 부서지는 것. 하지만 생물의 경우에는 극도로 서로를, 혹은 자기 자신을 갈망하며 조금이라도 더 가까워지기 위해 스스로를 구겨 넣는 것. 어느 쪽이든 가장 하찮은 미립자가 되는 것은 마찬가지지. 내 본질이란 결국 그런 거고."

귀스트는 얼굴을 구기며 고개를 절레절레 흔들었다.

잠시 후 그들은 쌍둥이 친위대가 지키고 서 있는 대전 입구에 도착했다. 두 사람은 똑같은 동작으로 레아킨에게 고개를 숙인 뒤 생각보다 쉽게 길을 열어 주었다. 레아킨은 약간 긴장되는 것을 느끼며 안으로 들어갔다.

안 돼요! 어머니를 살려 주세요!

레아킨은 흠칫하며 뒤를 돌아보았다. 이상하게 가슴이 두근거렸다. 과거의 기억들이 겹쳐 보이기 때문일까. 이곳은 더 이상 자신이 알던 수많은 문무백관들이 황제를 향해 일제히 엎드린 채 충성을 맹세하는 그런 숭고한 자리가 아니었다.

그는 간신히 걸음을 떼고 한 발, 한 발 앞으로 나아갔다. 이 근처 사막에서만 볼 수 있는 새하얀 대리석으로 만들어진 대전이 눈앞에 드러났다.

황제 사자한은 옥좌에 앉아 어릴 적 그랬던 것처럼 다정한 미소를 짓고 있었다. 곁에는 비오티가 창백한 얼굴로 하탄과 같이 서 있었다. 공교롭게도 그 자리는 기억 속 어머니가 서 있던 자리와 똑같았다. 레아킨은 그리움과 기시감에 시달리며 그녀를 불렀다.

"비오티."

"하지 마."

그녀의 대답에 레아킨은 고개를 갸웃거렸다.

"뭘 말이지?"

"그가 하자는 것, 절대로 하지 마."

레아킨은 그녀를 잠시 바라보다 형제에게로 눈을 돌렸다. 그는 조금 서운하다는 표정을 짓고 있었다.

"몇 달 만에 만났건만 이 형은 보이지도 않는 거냐?"

레아킨은 하는 수 없이 일단 무릎을 꿇었다.

"실로 오랜만에 인사드립니다, 폐하. 아무 언질 없이 떠났던 아우를 용서하십시오."

"널 찾느라 얼마나 애썼는지 모른다. 이렇게 말해도 너는 별 느낌이 없겠지만. 어쨌든 돌아왔으니 됐다. 뒤에 있는 두 사람은 네 친구들이냐?"

"그렇습니다."

"아니."

귀스트가 한 발 앞으로 나섰다. 레아킨이 돌아보고 만류하는 눈짓을 했지만 그는 보지 않았다.

"나는 너를 만나기 위해 여기까지 왔다, 사자한. 네가 좋아하는 그 주사위 놀음을 하기 위해서지. 어때, 무료해 보이는데 한

번 해 보는 것이? 걱정하지 마라. 던지는 것은 내가 할 테니까. 너는 거기에 엉덩이를 붙인 채 결과가 나오는 것을 감상하기만 하면 돼."

황제는 어이가 없는지 웃음부터 터뜨렸다.

"누군지 모르겠으나 무엄하기 이를 데 없구나. 레아킨, 네가 타국에 가 사귄 친구들은 왜 전부 이 모양이지? 옆에 있는 이 여자도 내게 존대하지 않았다."

그 말에는 레아킨도 희미하게 웃었다.

"그녀는 저에게도 그랬습니다. 건방지지만 사랑스러운 사람입니다."

비오티는 크게 콧방귀를 뀌었고 황제의 웃음은 희미해졌다.

"네가 그런 말도 할 줄 아는구나."

"그녀로 인해 저는 많이 변했습니다. 많은 것을 알게 되었고 느끼게 되었습니다. 저는 그녀를 사랑합니다. 그녀와 결혼할 겁니다."

대전 안에 싸늘한 침묵이 내려앉았다. 바깥에서는 여전히 하늘이 불편한 심기를 드러내고 있었다. 세 번쯤 더 건물이 흔들렸을 때, 마침내 황제가 입을 열었다.

"나의 허락 없이는 불가하다."

"허락해 주셔야 할 겁니다."

"건방지구나. 친구들을 닮아 가는 거냐?"

레아킨은 한숨을 내쉬고, 차게 가라앉은 눈으로 황제를 바라보았다.

"네 허락은 필요 없으니 그녀를 이리 보내. 그럼 모든 걸 용서하고 떠나지."

황제는 이해할 수 없다는 듯 고개를 기울인 채 웃었다.

"레아킨. 네가 정녕 내가 알던 내 동생이 맞느냐?"

"아니겠지. 내가 어찌 아직도 당신의 동생이겠나? 당신은 어머니를 죽게 한 사람을 형이라고 부를 수 있나?"

황제는 별로 놀라지도 않았다.

"그것 말이구나. 역시 그것이었어. 이 아가씨가 나에게 말해 주더구나. 네가 옛 기억을 떠올리게 되었다고 말이다. 하지만 레아킨, 생각해 보려무나. 당시 나는 쿠세의 태자로서 우연히 알게 된 둘째 황비의 부정을 고발하지 않을 수 없었다. 너라도 그러했을 것 아니겠느냐, 냉철하고 이성적인 나의 동생아."

"예전의 나라면 확실히 그러했을지 모르지."

레아킨은 담담히 인정했다.

"하지만 나는 이성을 뛰어넘는 분노가 뭔지 알게 되었어. 당신이 한 일이 고발만이 아니었다는 것도 알지. 당신이 만들어 낸 그 불쾌하고 잔혹한 물건을 왜 굳이 내 어머니의 죽음에 사용해야만 했나? 어째서 그것으로 두 사람 다 미쳐 버리게 만들었지? 죽어 가던 사람을 되살려 다시 죽게 하는 그 패악한 짓을 저지르기 전에 나를 진정 아끼는 동생으로 생각했다면 자비한 조각쯤은 베풀 수 있었던 것 아닌가? 그 모든 일 때문에 태어난 저 말도 안 되는 피조물을 봐라."

레아킨은 타락을 가리켰다. 그의 석고상 같은 모습은 하얀 대리석과 더할 나위 없이 잘 어울렸다.

"한 남자의 뿌리까지 썩어 드는 절망이 저 극악하고 슬픈 존재를 빚어냈다. 하탄으로부터 군대를 전멸시킨 힘에 대해서는 들었을 테지? 내가 그 힘을 당신에게 사용하게 하지 말아 다오. 그녀만 돌려준다면 조용히 떠나겠다."

레아킨은 할 말을 다 했다는 듯 입을 다물고 황제를 바라보았다. 황제의 얼굴은 딱딱하게 굳어 있었다. 그는 손가락으로 이마를 문지르더니 툭 내뱉듯이 말했다.

"거기 주사위가 있다, 레아킨."

레아킨은 고개를 내렸다. 그의 말대로 바닥에 주사위가 있었다. 고개를 들어 다시 쳐다보자 황제가 비오티를 눈짓했다.

"그때와 지금은 참 비슷한 상황이다. 너는 이 여자를 원하고 나는 원치 않지. 그러니 방법은 하나뿐이다. 내가 좋아하는 방식으로 그 주사위를 굴려 결정하자. 이 여자를 걸고."

레아킨의 입에서 빠드득 이가 갈리는 소리가 났다.

"내 말을 어떻게 들은 거지? 이따위 짓을 왜 한다는 건가. 내가 당신을 못 죽일 거라고 생각하나?"

"이런, 정말 내 가슴을 아프게 하는구나. 어째서 나를 그런 불구대천의 원수처럼 바라보는 거냐? 예전의 무심하던 네가 차라리 그립구나."

그 말에 코웃음 친 것은 비오티였다.

"물론 그러시겠지. 저 사람을 그렇게 만든 게 황제 너였으니."

레아킨이 그녀를 돌아보았다.

"무슨 소린가, 그건?"

"당신의 형이라는 이 작자가 자기 입으로 그랬어. 그토록 모든 것을 느껴 보고 싶어 안달한 당신을, 아무것도 느끼지 못하도록 만든 게 바로 자신이라고."

레아킨은 무슨 말인지 이해할 수 없다는 표정으로 형에게 고개를 돌렸다. 하지만 황제의 표정은 일말의 변화도 없었고 그것은 한 가지만을 의미했다. 그래도 레아킨은 그 말을 믿을 수 없었다.

"미안하지만 잘못 알고 있는 것 같군, 비오티. 나는 원래부터 이랬다."

비오티가 답답하다는 표정을 지었을 때 황제가 먼저 탄식하듯 말했다.

"나를 더 서운하게 할 셈이냐? 네가 나에게 그렇게 해 달라고 부탁하지 않았느냐."

"또 무슨 말도 안 되는 소리지? 난 그런 기억이 없어. 그리고 당신이 무슨 수로 그런 짓을 한다는 건가?"

"그렇다면 보여 주마, 동생아."

황제가 손가락을 들어 올려 레아킨의 발밑을 가리켰다. 레아킨도 그걸 따라 고개를 내렸다. 거기에는 조금 전과 마찬가지로 주사위가 나란히 놓여 있었다. 그런데 어딘지 이상했다. 이게 방금 전의 그 주사위가 맞단 말인가? 뭐라고 설명할 순 없지만 분명히……

"아기모스는 진정으로 위대했으며 스스로를 작가라고 말하는 것에 한 점 부끄러움이 없는 유일한 인간이었다. 그의 책은 정녕 대단해서 단어들이 생명을 얻고 걸어 나갔다고 하지. 그것을 세계가 용납하지 않았기에 그는 모든 단어들을 불러들여 책을 봉인했지만 단 하나의 단어만이 돌아오지 않았다."

황제의 목소리를 듣는 순간 레아킨은 이상한 기시감을 느꼈다. 왜 그가 지금 귀스트가 했던 말을 반복하고 있단 말인가.

"그것이야말로 이 땅에 남아 가장 위대한 인간들만의 손을 거쳐 존재해 온 아기모스의 유일한 유산이다."

작은 정육각형의 물건에서 유령처럼 연기가 피어오르는 것을 보고 레아킨은 기억해 냈다. 이것은 결코 반전이 나오지 않는다던 주사위. 타락의 기억 속에서 반으로 쪼개졌으나 어느새 다시 본래의 형태로 돌아가 얌전히 형의 손에 잡히던 그것.

"유일하게 창조주의 명령을 거부할 수 있었던 건……"

황제가 그 이름과 더없이 잘 맞아떨어지는 음성으로 말했다.

"바로 '오만'이다."

12. 절망과 구원의 눈

　　그것의 눈은 사람의 것과는 다르게 마치 결정체처럼 빛을 산란했다. 외양은 놀랍게도 자그마한 소년의 모습이었는데 타락과 마찬가지로 석회 같은 창백한 피부를 가졌고 몸은 가냘프면서도 아름다웠다. 신화에 나오는 신들이 사랑했다는 미소년이 저런 모습이었겠지 싶을 정도였다.

　　— 어이한 부름인가.

　　소년은 입을 열지 않았고 어딘지 분명치 않은 곳에서부터 목소리가 들려왔는데 누가 일러 주지 않아도 그의 목소리임을 모두가 알 수 있었다.

　　"내 동생 녀석이 너의 권능을 의심해서 말이지. 13년 전 저 아이의 바람대로 기억을 지우는 것과 동시에 괴로움을 느끼지 않게 해 줬던 것 기억하나?"

　　오만은 미동도 하지 않았지만 그의 눈에 레아킨의 모습이 다 각도로 비춰졌다. 그 모습을 본 레아킨은 흠칫했다.

— 기억한다.

"그게…… 사실이라고? 네가 나에게 그런 짓을 했다고?"

— 정확히는 사자한과의 약속에 따라 그의 부탁을 들어준 것이다. 하지만 사자한에게 그걸 부탁한 건 너 자신이 맞는다.

레아킨은 무언가 그를 지탱해 준 것을 잃어버린 듯한 얼굴이었다.

"내가…… 내가 그렇게 해 달라고 부탁했다고?"

"눈앞에서 아버지가 어머니를 죽이는 모습을 보았으니 어린 네가 어찌 감당할 수 있었겠느냐. 내가 너를 데리고 나왔을 때 네가 울면서 부탁했다. 자기가 본 것을 잊게 해 달라고, 이 고통을 없애 달라고. 사랑해 마지않는 동생의 부탁을 내가 어찌 거절할 수 있었겠느냐."

형제의 따스한 음성을 들으면서 레아킨은 온몸을 찌르는 듯 날카로운 전율을 느꼈다.

"그건, 정말로 그렇게 해 달라는 의미는 아니었어. 괴로움에 시달리는 어린아이가 무슨 말인들 못 하지? 맙소사, 당신은 그게 정말로 나를 위한 일이라고 생각했단 말인가?"

"나는 내 일부분을 희생하면서까지 그것을 들어줬다. 그런데 보답이 고작 이것이란 말이냐, 레아킨?"

레아킨은 손으로 입을 틀어막은 채 아무 말도 하지 않았다. 부릅뜬 그의 눈은 바닥만 내려다보고 있었다. 비오티는 어쩔 줄을 모르고 그에게 다가가려 했지만 하탄이 칼로 막아섰다.

그만 아니었더라면 가서 레아킨을 꽉 안아 주었을 것이었다.

"자, 오만이여. 네가 말했던 대로 타락 또한 이 땅에 강림했다. 오랜만에 만난 형제와 인사라도 나누는 게 어떠한가?"

소년은 시선을 여전히 한 곳에 고정한 채 말했다.

— 저 추악한 관념덩어리를 내 형제라고 부르지 마라. 아버지께서 창조하고 가장 후회했던 존재인 것을.

타락의 얼굴도 일그러졌다.

"참 눈물 나는 환영 인사가 다 있군. 그분의 명을 거부하고 홀로 이 땅에 남았던 주제에 부끄러운 줄을 알아야지."

— 감히 아버지라 할지라도 나에게 명령을 내릴 수는 없다. 신조차도 그럴 수 없어.

"저 인간 황제 놈이 부르자마자 모습을 드러냈으면서 잘도 그런 소릴 하는군."

— 그건 그와 한 약속에 의한 것이지. 저 인간 황제라 할지라도 감히 나에게 명령은 하지 못한다.

그렇게 대답하고 소년은 냉정하게 몸을 돌려 비오티를 쳐다봤다. 그 영롱한 눈동자가 자신을 바라보자 비오티는 괜히 뜨끔했다. 하지만 그 상태로 소년은 황제에게 물었다.

— 부탁할 것이 더 있나?

"내가 하려는 일에 저 관념덩어리가 방해가 되는군. 없애 다오."

— 한번 부탁한 일은 결코 철회할 수 없다는 걸 알겠지. 다시 확인하건대 네가 원하는 것은 타락의 소멸이냐?

"그래."

오만은 바로 이어서 물었다.

— 그대의 성이 필라프인가?

황제와 대화를 주고받던 중이었기에 비오티는 잠시 후에야 그게 자신을 향한 질문임을 알아차렸다.

"나 말이야? 어떻게 알았어?"

— 그렇군.

그는 대답 대신 혼자 중얼거리더니 갑자기 형태를 잃고 부서졌다. 동시에 타락도 그렇게 했다. 한쪽은 소금 결정 같은 모습이라면 다른 한쪽은 모래바람이었다. 놀라운 것은 오만의 움직임이었다. 그는 한밤을 수놓는 별처럼 아름다운 궤적을 그리면서 레아킨에게로 날아갔다. 하지만 타락이 사납게 몰아치며 그를 막아섰다. 두 존재가 부딪치는 순간 귀를 멀게 할 것만 같은 어마어마한 이명이 울려 퍼졌다.

"뭐하는 거냐? 저 관념을 없애랬지 않느냐!"

황제가 놀라 악을 쓰자 귀스트가 비웃듯이 말했다.

"그는 명령대로 하고 있는 거다. 타락의 주인은 레아킨님이지. 그분이 죽으면 타락도 소멸한다."

"뭐? 그게 무슨…… 그만둬! 그 아이는 건드리지 마!"

하지만 오만은 그가 말했던 대로 결코 행동을 철회하지 않았다. 궁전 전체가 무너질 듯 흔들렸고 이명과 동시에 폭풍도 더욱 거세졌다. 바깥에서는 이제 끊이지 않고 천둥과 번개가 쳤다. 황제가 옥좌를 붙잡으며 중심을 잡으려고 애쓰는 동안 귀스트는 요동치는 대전의 바닥을 차분히 걸어가 주사위를 집어 들었다.

"그럼 이제 내 차례다."

황제의 얼굴이 일그러졌다.

"네놈은 아까부터 자꾸 왜 나서는 거냐?"

"이미 말했을 텐데. 기억하는지 모르겠군. 레아킨의 부탁을 들어주던 13년 전의 그날, 이 대전에 무릎을 꿇고 내 아버지가 어머니를 걸고 주사위를 굴렸지."

황제는 의혹에 찬 표정으로 귀스트의 위아래를 훑었다.

"너는 설마……."

"네 주사위 놀음으로 돌아가신 그분, 레아킨님의 어머니가 바로 내 어머니이기도 하다."

황제의 얼굴이 놀란 채로 딱딱하게 굳어졌다. 그는 미간을 잔뜩 찌푸린 채 이 상황이 마음에 들지 않는다는 표정을 짓고 있었는데, 귀스트는 그게 뭔지 알 것 같았다. 동생에 대한 삐뚤어진 애정이 다른 형의 존재를 용납하지 못하는 것이리라.

"생각하면 생각할수록 그 여자는 용서 못 할 요부였군. 미천한 출신인 것도 모자라 다른 자식까지 있었다고?"

"어머니를 모욕하지 마라. 네 아버지야말로 아이까지 낳고 곧 결혼을 앞두고 있던 여자를 강탈했다."

"내 알 바 아니지. 사생아 주제에 이러쿵저러쿵 떠들지 마라.

레아킨의 형이라고 주장이라도 하고 싶은 모양인데, 그런 천한 어머니의 피는 이 땅에서 인정하지 않는다."

"아무튼 멋대로들 생각하는군. 아무것도 모른 채 원수의 땅에서 유복하게 자란 동생 따위 나도 관심 없어."

레아킨의 몸이 미세하게 움찔했지만 귀스트는 그것을 못 본 체했다.

"난 오직 너와 주사위를 굴리기만 하면 된다. 이제 아기모스의 유산으로 장난질할 수도 없으니 진짜로 한번 해 보자는 거야. 설마 그것 없이는 놀음도 못 할 만큼 겁쟁이인 것은 아니겠지? 네가 감수해야 할 것은 오직 6분의 1 확률, 반전뿐이다. 나머지 가능성은 모두 네 것이지."

"웃기지 마라! 내가 어째서 너 따위와……."

"왜, 그것조차 믿을 배짱도 없냐? 아흔아홉이나 되는 호위병을 여기저기 숨겨 놓지 않고서는 무서워서 그 자리에 앉지도 못하는 것처럼?"

황제의 얼굴이 사납게 꿈틀거렸다. 귀스트는 입꼬리를 올려 웃었다.

"역시 못 하겠냐? 저 꼬마가 네 기저귀까지 갈아 줘야 하는 거야?"

"감히!"

하탄이 대신 칼을 뽑으며 한 걸음 나섰다.

"저자의 목을 베어 바치도록 허락해 주소서."

"네 역할이 뭔지 잊은 거냐, 하탄? 나는 그 여자를 잘 지키고 있으라 했다."

딱딱하게 대답하는 황제의 목소리도 노여움 때문에 떨리고 있었다. 그는 턱을 들어 올리며 간신히 위엄을 유지한 채 말했다.

"좋다. 어디 주사위 결과가 나오고도 그토록 발칙하게 혀를 놀릴 수 있는지 두고 보자. 나는 나, 너는 너를 걸고 하는 거다."

"폐하!"

"닥쳐라, 하탄. 너는 어떤 결과가 나오든 그에 따라야 할 것이다."

하탄은 부르르 떨더니 고개를 숙였다. 레아킨은 잔뜩 찌푸린 얼굴로 귀스트를 바라보며 물었다.

"정말 하려는 건가? 꼭 그래야만 하겠나?"

"저는 이 순간만을 위해 13년을 죽은 듯이 살아온 것과도 마찬가지입니다. 반드시 그에게 어머니와 같은 죽음을 맞이하게 할 겁니다."

"왜 그렇게 무모하게 구는 거지? 반전이 나오지 않으면 어쩌려고?"

"결과에 따르는 수밖에요. 하지만 신이란 놈이 그렇게까지 야박할까요? 내 어머니와 아버지를 그렇게 만든 것도 모자라 오직 이날만을 기다려 온 저까지 배신할까요?"

레아킨은 뭐라고 답할 수가 없었다. 그때 주사위를 두 손에 꼭 쥔 귀스트가 그를 똑바로 쳐다보았다. 레아킨은 뒤로 물러서고 싶은 기분을 느끼며 물었다.

"왜 그러지?"

"하나만 부탁드리겠습니다. 좀 전에 그런 말을 했으니만큼 뻔뻔하다고 생각하실지도 모르겠습니다만, 형으로서 말입니다."

그의 말투는 약간의 비웃음도 없이 진지했다. 그가 그러는 것은 드문 일인지라 레아킨은 이상한 기분을 느끼며 말했다.

"말해라."

"제가 만약 실패하면, 어떤 결과가 나오든 저 다음으로 이 주사위를 던져 주십시오."

"나더러 지금 그대와 똑같은 짓을 하라는 건가?"

"그렇습니다. 그리고 당신도 해야만 합니다."

그의 눈동자에 책망의 기색은 전혀 없었지만 레아킨은 스스로 자책감을 느꼈다.

"나도…… 어머니의 복수를 해야 한다는 건가?"

귀스트는 대답하지 않고 마치 작별 인사인 것처럼 고개를 숙였다.

"어떻게 생각하셔도 좋습니다만 반드시 그렇게 해 주십시오. 당신의 손까지 넘어가는 일이 없기를 바라지만 말입니다."

그런 그의 태도가 더없이 진중했기에 레아킨도 무겁게 고개를 끄덕였다.

"그렇게 하겠다. 그리고……."

거기서 말이 이어지지 않았다. 귀스트는 됐다는 듯 고개를 저었다.

"우리 사이에 낯간지러운 말은 하지 말죠. 도저히 어울리지가 않는군요."

"동감이다."

귀스트는 쓰게 웃었고 레아킨도 어색하지만 미소를 지었다. 그런 두 사람을 바라보고 있던 황제가 버럭 소리쳤다.

"빨리 던져라!"

우르르릉! 건물이 다시 흔들리면서 돌 조각들이 떨어져 나왔다. 비오티는 불안하게 위를 쳐다봤지만 다른 이들은 미동도 없었다. 귀스트는 심호흡을 하고 마침내 주사위를 집어 들었다. 그러곤 전혀 뜸 들이지 않고 절망의 주사위부터 던졌다.

톡, 톡, 데구르르.

결과를 본 황제의 얼굴은 딱딱하게 굳었고 귀스트는 피식 웃으며 고개를 들었다.

"이제 좀 겁이 나는가 보지?"

황제는 아무 대답도 하지 않았다. 귀스트는 다음으로 구원의 주사위를 손에 들었다.

"그럴 테지. 멍청하긴, 정말로 네가 나보다 다섯 배의 확률을 더 가졌다고 생각했냐? 아니, 우리 둘의 운은 똑같아. 반전이 나오느냐 나오지 않느냐. 그뿐이지."

옥좌를 쥔 황제의 손이 가볍게 떨렸다. 귀스트는 말을 마치자마자 아무 망설임 없이 하나 남은 주사위마저 던졌다. 허공으로 치솟은 그것이 다시 허무하게 땅으로 곤두박질친다. 반전이

나오느냐 나오지 않느냐, 그뿐인 결과를 위해서.

"……빌어먹을."

마침내 주사위가 멈추자 황제가 중얼거렸다. 그는 자리에서 반쯤 일어나 있었다. 들리지 않는 한숨을 내쉬며 그가 다시 앉자 귀스트가 피식 웃음을 터뜨렸다.

"재미있지 않나? 진짜를 걸고 하는 놀음이란 이런 게 묘미지."

"시끄러워."

레아킨은 크게 숨을 내쉬었고 비오티도 가슴을 쓸어내렸다. 오직 귀스트만이 거침없는 태도로 다시 두 개의 주사위를 향해 손을 뻗었는데 그때 황제가 제지했다.

"기다려. 네놈이 주사위에 무슨 짓을 했을지 어찌 아느냐. 가서 확인하고 와라, 하탄."

하탄이 묵묵히 내려가 주사위 둘 다 확인하고 도로 내려놓았다. 그리고 귀스트를 한번 쳐다봤는데, 마치 이런 번거로운 일 없이 단칼에 그를 내리치고 싶다는 표정이었다. 귀스트는 여유 있게 웃는 것으로 응수했다.

"그럼 다시 가 볼까?"

황제는 애써 턱을 들어 올린 채 그러라는 눈짓을 했다. 귀스트는 각각 절단과 재도가 나왔던 주사위를 손에 쥐었다. 재도가 나오면 처음부터 다시 굴려야 했다.

절망의 주사위부터. 귀스트는 두 손가락으로 그걸 쥐고는 위로 탁 튕겼다. 바닥에 떨어진 주사위는 다시 한번 절단을 가리켰다.

"이러기도 쉽지 않은데. 신은 오늘 반드시 우리 둘 중 하나의 팔을 잘라 버려야 만족할 모양이군."

귀스트는 태연하게 중얼댔지만 황제는 다시 긴장한 얼굴이었다. 두 사람을 번갈아 본 레아킨은 문득 이 정신 나간 짓을 말려야겠다고 생각했다. 하지만 그럴 새도 없이 귀스트가 나머지 주사위마저 허공으로 던졌다.

탁, 바닥을 튕기면서 주사위가 몸을 뒤집는다. 반전, 지연, 재도, 무통의 글자들이 주르륵 제 면을 뽐내고 차례를 넘어갔다.

탁, 다시 한번 바닥을 튕기며 두 개의 글자가 서로 위를 보려고 싸운다. 반전인가 지연인가, 주사위는 거의 힘을 잃었다.

탁, 마지막으로 바닥을 때린 주사위가 멈추기 직전이었다. 아슬아슬하게 모서리 끝으로 바닥에 선 채 앞으로 넘어갈지 뒤로 내려설지 갈팡질팡하는 상태다. 결국은 제 무게를 이기지 못하고 뒤로 안착하려는 듯 보였다. 그대로 멈추면 반전이었다.

쩌엉! 그때 뒤에서 어마어마한 것이 서로 부딪치는 소리가 났다. 이어서 짐승의 울음소리랄지 사나운 바람 소리 같은 것도 들렸다. 세계가 멸망해도 눈을 돌리지 않을 것처럼 주사위만 직시하던 귀스트는 충격으로 고개를 퍼뜩 들었다. 방금 전의 여파로 주사위는 앞으로 넘어가 있었다. 결과는 지연.

"이건 정당하지 않아!"

긴장이 풀리자마자 황제가 웃음을 터뜨렸다.

"아니, 정당하고말고. 주사위는 던져졌고 멈출 때까지 그 누구의 손도 닿지 않았다. 결과가 재도가 아닌 이상 다시 굴리는 일 따위는 없어."

"그건 말도 안 돼. 오만이 일부러……."

"아까 나더러 겁쟁이 운운하더니 지금은 네가 그렇게 나오는군. 받아들이지 못하겠다는 건가? 그나마 갑절이 아님을 고마워해야지."

귀스트는 이를 뿌드득 갈았다. 비오티는 불안하게 황제와 그를 번갈아 바라봤고 레아킨도 들리지 않게 탄식했다. 한참 후 억눌린 목소리로 귀스트가 말했다.

"젠장, 난 이래서 신이 싫다니까."

"잠깐!"

레아킨이 앞으로 나서려 했으나 귀스트가 단호히 손을 들어 막았다.

"그대로 합니다."

"하지만……."

"약속을 지키십시오, 레아킨님."

레아킨이 아무 말도 못하자 황제는 입술을 가느다랗게 찢었다.

"지연이 나왔으니 그 기간을 결정하는 것도 주사위로 한다."

귀스트는 입을 꾹 다문 채 말없이 주사위 두 개를 집어 들었다. 그의 손은 부들부들 떨리고 있었다.

"운이 좋으면 최대 열두 달은 더 팔을 붙이고 살 수 있지. 지금부터 말해 주는 단어마다 뜻하는 숫자를 불러 줄 테니⋯⋯."

하지만 황제는 말을 잇지 못했다. 귀스트가 레아킨을 돌아보더니 주사위를 그에게 건넸다. 얼떨결에 레아킨이 그것을 받자, 다른 손으로 허리에서 칼을 빼낸 귀스트는 아무 망설임 없이 자신의 팔을 내리쳤다.

"윽!"

비명을 지른 사람은 오히려 비오티였다. 그녀는 벽 쪽으로 돌아선 채 두 손으로 어깨를 감싸고 부들부들 떨었다. 레아킨은 귀스트의 피를 완전히 뒤집어쓴 채 굳어 있었는데, 두 눈은 이 광경을 이해하지 못한 듯 크게 벌어져 있었다. 귀스트는 이를 부서져라 문 채 한 손으로 힘겹게 상처를 틀어막았다.

모두가 감히 입을 열지 못하던 그때, 황제가 정적을 깨고 크게 웃음을 터뜨렸다.

"아하하! 대단하군, 대단해! 그대가 진실로 마음에 드는군. 이처럼 재미있는 승부는 한 번도 해 본 적이 없어."

"그러시겠지. 비겁자답게 정말로 스스로를 걸고 한 적이⋯⋯ 없으니."

귀스트는 힘겹게 대답하고 쓰러질 듯 휘청거렸다. 레아킨이 부축하려 했지만 그는 자신의 힘으로 다시 똑바로 섰다. 그러곤 레아킨에게 말했다.

"시간이 없습니다. 빨리 하십시오."

"보좌관, 나는 도저히…… 도저히 그녀를 걸고 이런 짓은……."

"제 팔 하나를 헛되이 하지 마십시오."

그 말에는 레아킨도 아무 대답을 할 수 없었다. 그가 간신히 황제에게로 고개를 돌리자 황제는 이제 완전히 즐기는 얼굴로 느긋하게 앉아 있었다.

"네 차례로구나, 레아킨. 앞서 말한 대로 너는 이 여자를 걸고 굴리는 거다."

"폐하……."

"나는 네게 기회를 주고 있는 거다. 네가 오기 전에 그녀를 끝장낼 수도 있었어. 세상에 결혼이라니, 제발 정신 좀 차려라. 사랑한다고? 너는 그럴 수 없어. 그래서도 안 된단 말이다!"

"형님, 제발!"

그는 피에 젖은 주사위를 여전히 손에 꽉 붙들고 말했다.

"저는 제 기억에 없고 또 바라지도 않았던 그 일을 제외하고는 한 번도 형님께 부탁이란 걸 해 본 일이 없습니다. 형님이 평소 그것을 서운해하셨다는 것도 압니다. 그러니까 부탁드립니다. 제발 그녀를 풀어 주시고 그녀의 땅으로 돌아갈 수 있도록 해 주십시오. 그러면 저는 형님 곁에 남겠습니다. 영원히 그러라 하셔도 그리하겠습니다. 그러니 그녀만큼은, 그녀만큼은 이 잔혹한 형벌의 대상이 되지 않도록 해 주십시오. 그녀는…… 제가 태어나 처음으로 사랑한 사람입니다."

그는 간절하게 황제를 올려다보았다. 다 들은 황제는 뭐라 형용하지 못할 표정을 짓고 있었다. 비오티 또한 어쩔 줄을 모르고 레아킨을 보다가 시선이 마주치자 고개를 숙였다.

"머저리."

그때 창백한 얼굴의 귀스트가 신랄하게 쏘아붙였다. 레아킨이 이해하지 못하고 돌아보는 순간 황제의 무거운 목소리가 떨어졌다.

"도저히 더는 두고 볼 수가 없구나. 내 동생이지만 참아 줄 수 없을 만큼 어리석고 눈이 멀었도다. 이 이상의 말은 필요하지 않으니 던져라. 부디 소유의 눈을 던저리. 그녀가 내 것이 되는 순간 내가 무슨 짓을 저지르는지 똑똑히 지켜보게 될 것이다."

레아킨은 믿지 못하겠는 듯 황제를 쳐다보았다. 비오티는 눈을 감은 채 한숨을 흘려보냈다. 관념들이 몸을 뒤틀며 싸우는 사막의 한복판, 신기루처럼 이 모든 일들은 낯설고 잔인했다.

"당장 던져. 내 손으로 끝내 버리기 전에!"

황제가 하탄의 칼을 빼앗아 들고 비오티의 목을 겨냥했다. 레아킨은 자신이 뭘 한다는 의식도 없이 얼른 주사위를 던졌다. 주사위가 피 웅덩이 위를 데구르르 구른다. 금세 멈춰 선 그것은 피에 젖어 결과가 무언지 잘 보이지 않았다.

레아킨은 황제와 비오티를 한 번씩 바라보고 떨리는 손으로 윗면을 훑었다. 그리고 글자가 드러나는 순간 아득한 절망감을 느꼈다.

"역사는 반복된다지. 진리로구나."

황제만이 차갑게 웃었다. 비오티는 그제야 떨기 시작했다. 죽음이 닥쳐왔을 때의 느낌은 이미 한 번 경험했음에도 그때와 다르지 않게, 아니, 더 두려웠다.

"나머지도 던져라. 어서."

레아킨은 숨도 제대로 쉬지 못했다. 아버지가 어머니에게 하던 짓만이 머릿속에서 끝없이 재생되었고 어머니의 처절한 비명이 들려오는 듯했다.

"안 돼……. 안 돼."

그는 하얗게 질린 채 그 말만 반복했다. 구원처럼 그때 다른 목소리가 들려오지 않았더라면 그대로 정신을 잃었을지도 모른다.

"괜찮아. 그냥 던져."

그는 퍼뜩 고개를 들었다. 비오티였다. 그녀는 어째서인지 미안해하는 미소를 짓고 있었다. 자신이 잘못 판단한 것이기를 바랐지만 분명히 그랬다.

"괴로운 일 하게 만들어서 미안. 그렇지만 난 괜찮으니까 그냥 굴려. 앞의 것은 상관없는데, 뒤의 것은 웬만하면 무통으로 해 주라. 죽는 것보단 아픈 게 더 무섭거든."

레아킨은 얼굴을 일그러뜨렸다. 그녀를 당돌하다 해야 할지 겁이 없다 해야 할지. 자신이 그녀를 이해할 날은 영원히 오지 않을 것 같았다.

"아프게 하지 않겠다."

그는 문득 머릿속이 맑아지는 것을 느끼며 중얼거렸다.

"죽게 하지도 않아."

동시에 주사위를 든 손을 높이 들어 올렸다. 목소리는 확신
에 차 있었다.

"잊고 있었다. 그렇게 하기로 약속한 것을."

그리고 놓았다.

"레아킨, 저 새 보여?"

"새?"

"응. 저기 날아가는 빨간 새 말이야."

그는 형이 가리킨 새를 보았다. 깊은 밤과 같은 색의 새가 사
막 위로 날아갔다.

"예쁘지?"

"아니, 사막 까마귀랑 똑같이 생겼는걸."

"무슨 소리야. 사막 까마귀는 까만색이잖아. 저건 빨갛다고.
아마 해독수리나 뭐, 그런 걸 거야."

"하지만 내가 보기엔 똑같은걸. 까만색과 빨간색은 원래 비슷
하잖아?"

형은 그를 돌아보면서 소년답지 않은 제법 심각한 표정을 지
었다.

"그게 대체 무슨 소리야?"

레아킨이 색을 보지 못한다는 사실을 처음 모두가 알게 된 날이었다.

형은 그날 밤에도 여느 때처럼 레아킨의 방에 몰래 들어와 함께 잠들면서 말했다.

"괜찮아. 그런 것 못 봐도 좋아. 대신 더 많은 걸 보게 해 줄게. 더 많은 걸 갖게 해 줄게. 언제까지고 곁에 두고 내가 돌보아 줄 거야."

레아킨은 마음껏 어리광부리며 형의 품으로 들어갔다. 그리고 그 팔을 베고서 잠들었다. 그 시절의 그는 형을 참 좋아했었다……

톡.

주사위는 신기하게도 한 번 구르지도 않고 땅에 닿자마자 멈췄다. 이번에는 피를 훔칠 필요도 없었다. 결과는 형제의 두 눈에 동일하게, 너무나도 분명히 박혀 있었다. 그대로 잠시 아무도 입을 열지 않았다. 두 관념의 싸움조차도 멎은 듯했다.

"형님께서 원하신 대로 주사위를 굴렸습니다. 그리고 결과가 나왔습니다."

레아킨은 고개를 들어 황제를 바라봤다. 못 박힌 듯 주사위 눈에만 고정되어 있던 황제의 시선도 천천히 움직였다. 두 사람의 눈이 어느 지점에서 마주쳤다.

"……아니야."

황제가 당혹스러운 어조로 중얼거렸지만 레아킨은 강철 같은 얼굴로 말했다.

"이미 던져진 주사위는 결코 되돌릴 수 없다. 눈을 가리키고 있을 뿐. 아버지의 그 말씀을 형님께서도 잘 아시지요."

귀스트가 고통스러워하면서도 큭큭거리며 웃기 시작했다. 황제는 이를 으득 깨물더니 성을 내며 외쳤다.

"바보 같은 소리 마라! 이깟 장난질에 내가 정말 스스로를 걸 것 같았느냐? 진심으로 그럴 거라 믿은 것은 아니겠지, 레아킨?"

"역시 그렇군. 비겁자 같으니. 내 피 앞에서 부끄러운 줄을 알아라."

으르렁거리듯 말했으나 귀스트는 왠지 계속 즐거운 얼굴이었다. 결국 조용히 한숨을 흘려 보낸 레아킨이 칼을 꺼내 들자, 황제의 안색이 어둡게 변했다.

"뭘 하려는 거냐?"

"아흔아홉의 괴물들을 상대로 제 검을 시험해 볼까 합니다."

"어리석은 짓 하지 마라! 죽고 싶은 거냐?"

"죽더라도 그녀의 발밑에서 죽을 것입니다."

그가 한 걸음 앞으로 나왔다. 황제는 안절부절못하며 주위를 둘러봤다. 다시 한 걸음. 대전 주위에는 이제 바깥의 폭풍 때문이 아니더라도 불안한 공기가 흘렀다. 언제 그 괴물들이 뛰쳐나와 레아킨을 난도질할지 알 수 없었다.

"당장 그만둬!"

"형님께서 그녀를 풀어 주기 전까지는 멈추지 않습니다."

"결국 모든 게 이 여자 때문이냐? 네가 이렇게 변해 버린 것도, 나에게 이러는 것도 다 그 때문이란 말이냐?"

황제의 눈이 비오티에게 향했다. 그의 손엔 아직도 칼이 들려 있었다. 레아킨은 움찔하며 멈춰 섰다. 황제가 노성을 지르며 그 칼을 높이 들어 올렸다.

"형님!"

그 순간 두 관념이 어마어마한 소리를 내며 서로에게서 떨어졌다. 황제에게로 날아간 모래가 그의 손에 들려 있는 칼을 순식간에 부식시키자 비오티의 옷자락에 닿은 칼은 허무하게 부서졌다. 황제는 당황하며 칼자루를 내려다보았고 그 순간 비오티가 크게 울부짖었다.

"레아킨!"

그녀의 입에서 처음으로 그 이름이 토해졌다. 하탄이 황제에게로 가는 순간 그녀도 이름의 주인에게로 뛰어갔다. 핏방울 위에는 진한 발자국이 남고 얼굴 위에는 뜨거운 눈물 자국이 남는다.

"비오……티."

레아킨은 간신히 미소 지었다. 그는 두 발로 혼자 서 있었다. 하지만 그를 지탱해 주던, 그의 가슴을 뚫고 지나간 거대한 결정체가 사라지자 털썩 그 자리에 무릎을 꿇었다. 그대로 앞으로 쓰러지는 그를 비오티가 주저앉으며 간신히 받아 냈다.

"이봐! 이봐, 정신 차려. 괜찮아, 괜찮을 거야!"

그녀가 구멍 뚫린 그의 가슴을 틀어막으려고 애쓰는 동안 다시 사람의 모습으로 돌아온 타락이 얼굴을 일그러뜨리며 그걸 내려다보았다. 오만도 소년의 모습으로 돌아와 피에 젖은 손을 아무렇지 않게 털어 냈다. 귀스트는 혐오감과 두려움이 섞인 시선을 레아킨에게서 돌려 황제를 바라보았다. 황제는 튀어나올 듯 두 눈을 부릅뜬 채 솟구치는 동생의 피를 보고만 있었다.

"이거 정말 대단하군. 이런 식으로 복수가 이루어질 줄은 상상도 못 했는걸."

귀스트의 빈정거림은 평소보다 분노에 차 있었다. 황제는 고개를 계속 저으면서도 레아킨에게서 시선을 떼지 못했다.

"난, 나는…… 대체 무슨 짓을 했단 말인가. 이런 것은 내가 바란 게 아니야."

― 네가 바라는 것 따위 알 게 무어냐. 나는 틀림없이 너의 부탁대로 했다.

"안 돼, 안 돼! 저 아이를 살려 다오. 무엇을 바쳐도 좋으니 제발 저 아이만은 살려 다오!"

― 그런 것은 내 권능 밖의 일이다.

"이 망할 관념덩어리가……!"

그 순간 소년의 팔이 또다시 빛처럼 움직였다. 동시에 대전 여기저기서 새카만 형체들이 우르르 튀어나왔다. 그러나 그중 누구보다도, 심지어 황제의 바로 곁에 있던 하탄보다도 소년의 동작이 빨랐다. 그의 보석처럼 날카로운 팔이 황제의 가슴을 가차 없이 꿰뚫고 지나갔다.

"폐하아아!"

하탄은 그 무시무시한 얼굴로는 도저히 상상할 수 없는 끔찍한 비명을 질렀다. 다른 친위대 병사들도 마찬가지였다. 그들은 마치 장송곡인 양 한데 모아 비명을 질렀다. 귀가 찢어질 듯 온 대전에 울려 퍼지는 소리였다.

믿을 수 없다는 듯 소년을 내려다보던 황제의 눈이 곧 흐릿하게 풀렸다. 소년은 아무 표정 없이 팔을 빼냈고 그러자 황제는 풀썩 쓰러졌다. 그런 그를 내려다보며 오만이 말했다.

— 그리고 주사위의 결과대로 해야 한다는 것은 누구보다 네가 잘 알고 있겠지.

소년은 비명 속에서 홀로 움직여 각각 '죽음'과 '반전'이 나온 주사위를 집어 들었다. 그것을 손에 쥐고 내려다본 그는 고개를 들고 잠시 귀스트를 쳐다봤다. 귀스트는 팔을 감싸 쥔 채 죽은 황제를 바라보며 서 있다 소년의 시선을 느끼고 고개를 돌렸다. 눈이 마주치자 그는 살짝 고개를 숙였다. 소년은 아무 말도 하지 않고 다시 걸음을 옮겼다. 그대로 언제 오만이 사라졌는지는 아무도 알지 못했다.

"으…… 으흐…… 으흐흑"

비명에 이어 하탄은 눈물을 흘렸다. 그는 주군의 시체를 한참이나 내려다보다 품에서 단검을 꺼냈다. 동시에 다른 친위대 모두 칼을 빼 들었다. 날카로운 쇳소리가 심장마저 서늘하게 했으나 귀스트는 그 자리에서 미동도 하지 않았다. 이제 어떻게 되어도 상관없다고 생각했다.

하지만 그 칼이 겨냥한 것은 귀스트의 일행 중 누구도 아니었다. 살을 가르는 끔찍한 소리들과 함께 아흔아홉의 친위대는 그 자리에서 스스로의 목숨을 끊었다. 풀썩 쓰러지는 검은 형체들 틈에서 비오티는 레아킨의 머리를 안으며 신음을 흘렸다.

"너와의 약속을 지켰다."

주위가 가라앉자 타락이 레아킨을 내려다보며 중얼거렸다. 레아킨은 겨우 대답했다.

"그래…… 뭘 가져가도 좋다."

"선심 쓰듯 말하지 마라. 소용없다는 건 너도 나도 잘 알지 않느냐."

레아킨은 대답하지 않고 다만 조용히 웃었다. 타락이 코웃음 치며 몸을 돌리자 레아킨은 다음으로 귀스트에게로 고개를 돌렸다.

"그대의 바람대로 되었군."

"예, 그렇게 되었습니다."

"별로 즐거운 듯 보이지는 않는군."

"그러게 말입니다. 저도 이해할 수 없군요. 어째서 그토록 목표로 했던 것을 이루고 나면 허무감이 먼저 밀려오는 걸까요?"

"그대는 그 얼굴처럼 비틀려 있으니까."

귀스트는 픽 웃었고 레아킨도 그렇게 하다가 피 섞인 기침을 토해 냈다. 비오티는 울음 섞인 목소리로 외쳤다.

"잘들 논다! 지금 한가하게 얘기나 나눌 때야? 살 궁리부터 해야잖아. 이봐, 귀스트. 잡소리 걷어치우고 네 동생부터 살려 내. 그리고 타락, 당신이 그렇게 잘났으면 주인부터 살리고 나서 잘난 척하란 말이야!"

"날 좀 보고 나서 그런 얘길 해 다오."

타락의 말에 고개를 든 비오티는 깜짝 놀라고 말았다. 그의 석회질 같은 몸이 천천히 부서지고 있었다.

"이봐……."

"세계의 흐름 속에 떠밀려 가고 있어. 버틸 힘이 없군. 그도 마찬가지란 소리야."

비오티는 떨면서 다시 레아킨을 내려다봤다. 그의 황혼빛 같은 눈동자가 조용히 그녀에게 작별을 고하고 있었다.

"안 돼, 안 돼…… 이렇게 내 품 안에서 죽지 마."

그녀는 그의 볼에 눈물을 떨구었다.

"앞으로 내가 먹는 모든 음식의 맛을 설명해 주겠다고 한 거 기억 안 나?"

"……미안."

"내 모든 것이 되어 주겠다고 했잖아!"

레아킨은 대답 없이 눈을 내리깔았다. 그는 자신의 얼굴 위로 떨어진 눈물을 보려 했지만 잘 보이지 않았다. 눈물은 무슨 색일까, 궁금했는데.

"사람이 죽으면 그 넓은 세계의 의지 속에 섞여 어디로든 흐른다더군. 그대가 어디에 있든 곁에 있을 거다."

"아무튼 끝까지 느끼하기는."

비오티는 눈물을 흘리면서 멍청하게 웃었다.

"좋아. 감동한 척해 준다. 나도 보답할게. 당신에게 당신의 책 마지막 이야기를 들려줄게."

마치 엄마들이 아이에게 그러하듯 그녀가 무릎 위에 레아킨의 머리를 눕혔다. 귀스트는 타락에게 눈짓을 하고 대전 밖으로 걸어 나갔다. 타락도 부서지면서 그 뒤를 쫓았다. 이윽고 둘만 남고 조용해지자, 비오티는 잠자리에서 동화책을 읽어 주듯 다정하고 나지막한 목소리로 이야기를 시작했다.

"한 번도 가 본 적 없는 곳을 그리워하는 남자가 있다고 했었지. 자신조차 그럴 수 있는지 의심을 했더라고…… 하지만 그는 결국 내디뎠지. 어디로 향할지도, 어떻게 끝날지도 모르는 시작을."

레아킨은 눈을 감은 채 듣고 있었다.

"그의 흥미로운 모험담을 좀 더 들려주고 싶지만, 아쉽게도 우리에게 그럴 시간이 없네. 게다가 당신도 이미 대부분 알고 있는 이야기일 거야. 그러니까 이야기의 끝을 들려줄게. 그는 일생 동안 그리워하던 그곳에 마침내 도착했어. 그곳은 틀림없이 그의 발밑에 있었고, 그가 느낀 그리움도 결코 거짓이 아니었지. 그는 두 무릎을 꿇고 흙에 입을 맞추며 기쁨의 눈물을 흘렸어. 오직 무한하고 고요한 안식만이 그의 곁에 있었지. 그는 그렇게, 그는 그렇게……"

목이 메어 다음 말을 할 수가 없었다. 레아킨의 눈은 조용히 평온하게 감겨 있었다. 비오티는 떨리는 손을 들어 그의 얼굴 위에 얹었다. 그러곤 몸을 숙여 그에게 입을 맞췄다.

그 순간 그가 다시 눈을 떴다. 그러곤 놀란 듯이 말했다.

"보여."

"보이다니?"

"그대의 눈동자."

그는 희미하게 웃었다.

"깊은 바다색의 눈동자. 나는 가 본 적 없지만 그곳을 본 것이나 마찬가지로군. 아름다워."

그의 미소를 보고 비오티도 눈물을 닦아 내고 조용히 웃었다. 그리고 고개를 끄덕였다.

레아킨은 만족한 얼굴로 다시 눈을 감고서 여전히 기분 좋은 듯 웃었다. 비오티는 그의 머리를 쓰다듬으며 그가 그렇게 웃고 있도록 내버려 두었다. 하지만 웃음은 그치지 않았고, 꽉 붙잡고 있던 손이 차가워지고 나서야 비오티는 그가 가 버렸다는 것을 알았다.

"······그는 그렇게 행복하게 잠들었지."

그녀는 그 손에 입을 맞추고 속삭였다.

"어디에 있든 곁에 있어 줘."

대답 없이 미소만 짓고 있는 그를 내버려 두고 비오티는 자리에서 일어났다. 그리고 조용히 그곳을 떠났다.

홀로 남겨진 사람의 곁에는 그처럼 식어 버린 눈물만이.

13. 마지막 페이지

"그런데 어떻게 한 거야, 그 주사위?"

"어떻게 하다니, 뭘."

"아무리 생각해 봐도 네가 주사위를 넘겨주기 전에 무슨 짓을 했다고밖엔 생각할 수 없어. 그렇게 딱딱 나올 리가 없잖아."

"언제 마술사가 자신의 비법을 가르쳐 주는 거 봤나?"

"대강이라도 알려 줘."

귀스트는 비어 있는 자신의 팔을 내려다보고 말했다.

"무게 중심을 이용했다는 것, 그리고 피로 가렸어야 했다는 것만 알려 주지."

"뭐? 너 설마……."

"지연을 굴리지 않고 내 팔을 자른 건 그래서였다."

비오티는 질렸다는 얼굴을 했다.

"아무튼 어려서부터 지독한 거 하난 알아줬어."

"칭찬으로 듣지."

두 사람은 사막의 끝에 다다라 잠시 멈춰 섰다. 비오티는 먼 조국의 땅을 바라보며 말했다.

"생각보다 금세 돌아왔네. 정말 오래 있었던 것 같은데. 그런데 너는 어쩔 거야? 라노프로 돌아갈 순 없을 텐데."

"너는?"

"난 돌아가야지."

"가서?"

"다시 예전과 똑같은 일상이겠지. 친구들 만나고 보랏빛 밤에서 퍼마시고, 글 쓰고."

"간단해서 좋군."

"내가 원래 단순하잖아. 넌 어쩔 거냐니까?"

귀스트는 뒤돌아서 그동안 지나온 먼 사막을 내다봤다.

"글쎄."

그는 진심으로 별생각이 없는 듯했다.

"그건 이제부터 생각해 봐야지."

"별 무책임한 소리 다 듣겠네."

"하루하루 내다보고 사는 사람이 얼마나 된다고. 대부분 눈 뜨고 나서야 시작하는 인생인걸."

"안 어울리게 철학적인 소리까지."

귀스트는 낮게 웃고는 더 이상 뾰족하지 않은 자신의 반지를 잠시 매만졌다.

"여기서 헤어지는 게 좋겠군."

"쿠세 땅에 머무르려고?"

"일단은 그래 볼까 해."

"그래, 그럼 뭐……."

귀스트는 인사도 없이 방향을 바꾸었다. 멀어지는 그의 뒷모습을 보면서 비오티는 안부의 말이라도 해 줄까 하다가 무정한 녀석이라고 욕하는 것으로 대신했다. 두 사람은 그렇게 두 사람답게 헤어졌다.

"칼, 봤어? 봤냐고. 이번 문학잡지에 실린 내 책에 대한 비평 글!"

"왜, 뭐라고 나왔는데?"

"그는 이번 글에서 그가 늘 바라던 대로 재미와 깊이 둘 모두 담았음에 틀림이 없다. 오, 맙소사. 꿈 아니지? 아닌 거지?"

"그래그래, 축하해."

칼라이조는 감흥 없이 말했으나 로즈웰은 질색하는 그의 볼에 입까지 맞추고 희희낙락했다.

"오늘 있는 대로 마셔도 좋아. 내가 다 살게!"

"하필 별로 마시고 싶지 않은 날 그런 말을 하다니, 고맙기도 하다."

퉁명스럽게 쏘아붙이고 칼라이조는 보던 것으로 눈을 돌렸다. 하지만 두 줄이나 읽었을까, 누군가 옆에서 그것을 휙 빼앗았다.

"진짜 짜증 나게 할래, 로즈!"

"짜증 나게 한 건 미안한데, 로즈는 아니거든."

칼라이조와 로즈웰 둘 다 입을 떡 벌렸다. 두 사람의 앞에는 시커멓게 탄 얼굴로 이상한 옷을 입고 있는 비오티가 서 있었다.

"비오티!"

감격한 얼굴로 칼라이조가 그녀를 안으려는 순간 로즈웰이 먼저 그녀의 품으로 파고들었다.

"보고 싶었어! 보고 싶었다고!"

"어이구, 그래. 우리 귀여운 로즈, 잘 있었어?"

"응, 응!"

칼라이조는 귀엽다 못해 끔찍한 친구의 머리를 한 대만 때려도 될지 심각하게 고민하기 시작했다. 하지만 비오티가 곧 로즈웰을 놓고 그를 바라보았다.

"잘 있었어, 칼?"

어쩐지 쑥스러운 기색이었고 그래서 칼라이조도 어색하게 대답했다.

"응. 너는? 어떻게 벌써 돌아온 거야?"

비오티는 지친 얼굴로 웃고는 쿠세에서 있었던 일들을 간략하게 이야기하기 시작했다. 물론 타락이나 오만에 대한 이야기는 할 수 없었고 레아킨의 과거도 마찬가지였다. 그냥 여러 가지 비극적인 일들이 생겨 레아킨이 죽었다고만 했고, 이야기가 끝났을 때 로즈웰은 울고 있었다.

"그 사람 정말, 나는 잘 모르는 사람이지만 그래도……."

비오티는 그의 등을 토닥였다. 칼라이조도 말없이 한숨을 내쉬고 담배를 피우기 시작했다.

"편히 간 것 같아?"

"그러길 빌어."

"고생했어, 비오티. 누구보다도 네가 제일 마음고생 했어."

어느새 어른스러운 얼굴로 그녀를 안아 주는 로즈웰을 보고 비오티는 희미하게 웃었다. 칼라이조는 그녀에게 피우던 담배를 건네주며 말했다.

"이쪽도 비슷한 일이 있었어. 라흐를 죽였던 베세토가 결국 그 코케트와 같이 죽었어."

"뭐?"

"그 코케트가 독을 함께 마셨던 모양이야. 로즈랑 나랑 그 이유에 대해 증언하느라 애썼어. 결국 베세토에게 총을 팔았던 바로인이 증언하면서 죄가 밝혀졌지."

"그래, 그런 일이 있었구나."

비오티는 어두워지던 얼굴을 애써 다시 폈다.

"이러면 안 돼. 그 사람이 그랬어. 어디에 있든 곁에 있을 거라고. 좀 낯간지럽긴 하지만, 왠지 정말 그럴 거 같으니까 보기 좋은 얼굴로 있어야지."

로즈웰은 그 말에 다정하게 웃었지만 칼라이조는 입을 다문 채 테이블만 내려다봤다.

"그럼 이제부터 뭘 할 거야?"

"예전하고 같겠지. 줄담배 피우고 술도 마시면서 마감에 쫓기고. 아, 그 전에 먼저 써야 할 글이 있어."

"써야 할 글?"

"응."

그녀는 더 이상 말하지 않고 어째서인지 희미하게 웃었다. 머리를 긁적이던 로즈웰은 그때 뭔가를 발견했다.

"그건 뭐야?"

"응?"

"주머니에 들어 있는 거. 볼록 튀어나왔는데."

"뭐?"

비오티는 자신의 주머니를 내려다보고는 어리둥절한 표정을 지었다.

"그러게. 이게 뭐지."

손을 넣었던 그녀는 어쩐지 사색이 되어 다시 꺼냈다. 그녀의 손에 들린 건 두 개의 주사위였다. 특이하게도 눈 대신 글자가 쓰여 있는.

"웬 주사위?"

"망할! 이게 왜 여기 있어?"

비오티는 욕설을 퍼붓더니 자신의 손을 내려다보며 이야기하기 시작했다.

"당신 뭐야? 왜 따라와? 무슨 볼일이 더 남은 건데!"

당연히 주사위는 대답하지 않았다. 칼라이조는 심각한 얼굴로 비오티를 바라보았다.

"저기, 비오티. 괜찮아?"

"괜찮지 않아! 젠장, 왜 자꾸 이런 게 따라붙냐고!"

왜인지 그녀는 잔뜩 화를 내고는 보랏빛 방을 나가 문을 쾅 닫았다. 칼라이조와 로즈웰은 서로를 쳐다보았다.

"충격이 심했던 것 같지?"

"아무래도 여러 가지 일들이 있었으니만큼."

"잘해 줘야겠다……."

"넌 빠져라, 좀. 내가 할게."

"치. 만약에 둘이 잘되어서 나 따돌리고 그러기만 해 봐."

칼라이조는 피식 웃고는 자리에서 일어났다. 비오티를 따라 나가는 그를 보면서 로즈웰은 왜인지 헤헤거리고 웃었다.

"이리 와, 톤. 역시 톤밖에 없어. 외로운 사람들끼리 한잔해, 응?"

비오티 필라프는 서른아홉에 폐결핵으로 사망하기까지 아홉 권의 저서를 남겼으며 국내뿐 아니라 국외의 독자들로부터도 많은 사랑을 받았다. 결혼은 하지 않았으나 친구이자 연인이었던 칼라이조 로프너와 평생 깊은 관계를 유지했고, 그녀가 죽은 뒤로 일흔 살에 생을 마감하기까지 칼라이조 로프너 또한 그녀만을 마음속의 연인으로 두고 살았다.

비오티 사후 1년이 지나 우연히 그녀의 유품에서 미공개작이었던 원고가 한 편 발견되는데, 제목은 없고 다만 누군가에게 바친다는 문구만 쓰여 있었다고 한다. 유품의 주인이었던 칼라이조 로프너는 책으로 발간하기를 거부하고 얼마 뒤 잠시 쿠세에 다녀오는데, 이 때문에 헌사의 주인이 그녀가 젊었던 시절 염문을 일으켰던 쿠세의 전 태제가 아닌가 하는 소문이 나돌았다. 소문의 진상을 확인하기 위해 쿠세까지 갔던 한 신문사의 기자는 돌아와 조용히 이렇게 전했다.

"전 황제의 무덤 옆에 태제의 무덤이 있고, 거기 정말로 그 원고가 있더군요. 하지만 손을 댈 수가 없었어요. 그냥, 왠지 좀 그렇더군요. 그런데 이상한 일도 있었어요. 어떤 사람이 허락도 없이 거길 들어와서는 원고를 펼쳐서 중간부터 소리 내어 읽기 시작하는 게 아니겠어요? 아주 익숙한 것이, 마치 어제도 그랬고 내일도 그럴 것처럼 말이에요. 전 처음에는 저한테 읽어 주는 줄만 알았어요. 그런데 어딘가 낯이 익기도 했어요. 팔이 하나밖에 없는 남자였는데……."

외전. 모래성

사자한은 기둥 뒤에서 동생의 모습을 지켜보며 조용히 웃고 있었다. 동생은 자신을 비롯한 다른 형제들보다 하얗고 부드러운 피부를 가지고 있었다. 그래서인지 자그마한 손으로 조물조물 뭔가를 하고 있는 모습을 보면 까닭 없이 가슴 한쪽이 간지러워지곤 했다.

동생은 맨손으로 모래성을 쌓고 있었다. 유모가 발견하면 사색이 되어 달려올 일이었다. 하지만 지금 그들은 하늘궁전 근처의 버려진 유적지 한가운데에 있었고, 적어도 15분 정도는 호위병이나 유모의 눈에 띌 일 없이 둘만의 시간을 보낼 수 있었다.

이제 모래성은 거의 다 완성된 상태였다. 사자한이 인내심을 가지고 지켜보기만 한 건 바로 이때를 위해서였다. 동생이 반짝거리는 눈으로 파낸 해자를, 고심하며 흙을 모아 세운 성벽을 완성하기 직전 무너뜨리기 위해서.

예상대로 기둥 뒤에서 사자한이 모습을 드러내자 동생은 겁먹은 표정을 지었다. 어떻게든 작은 몸으로 자기 성을 지켜 보려는 가련한 몸짓을 했지만, 그래봐야 머리 하나가 더 큰 사자한 앞에서는 소용없었다.

몇 번의 발길질만으로 그는 동생이 쌓은 모래성을 흙무더기로 만들었다. 기대했던 대로 동생은 울기 시작했다. 한동안 그 모습을 구경하며 웃던 사자한은 흙 묻은 손을 동생에게 내밀었다. 형이 하는 짓을 조금 전 눈앞에서 지켜봤음에도 동생은 그 손을 거부하지 않았다. 오히려 기다렸다는 듯 사자한의 품을 파고들어 와 더욱 서럽게 울었다.

자신을 두려워하면서도 자신밖에 없다는 듯 매달리는 작은 생명체를 보는 기분이란. 그는 이래서 동생이 못 견디게 좋았다. 매번 당하면서도 형에 대한 애정을 잃어버리지 않아서, 언제든 자신이 내미는 손을 거절하지 않아서.

사자한은 쉬이 하고 달래며 동생의 머리칼을 쓸어 주었다. 손에 감겨드는 부드러운 감촉이 기분 좋았다.

"오늘 내 침실에서 함께 자자. 그럴 거지, 레아킨?"

동생은 눈물과 콧물로 뒤범벅이 된 얼굴을 들었다. 형을 바라보는 그의 눈에는 여전히 애정과 신뢰가 담겨 있었다.

"자기 전에 그노바와 황금 도적단 이야기 해 줄 거야?"

"당연하지. 내 동생이 제일 좋아하는 이야기인데."

사자한은 소매를 들어 동생의 얼굴을 말끔히 닦아 주었다. 그제야 레아킨이 살포시 웃음을 터뜨렸다. 그런 그들을 멀리서 유모가 소리쳐 불렀다.

"여기 계셨네요. 어휴, 얼마나 찾았다고요. 레아킨 님은 또 왜 우셨어요?"

숨을 몰아쉬며 다가온 유모가 레아킨의 얼굴을 보고 물었다. 레아킨은 형의 품 안에서 작게 '나 그렇게 자주 울지 않는데.' 하고 중얼거렸지만, 사자한의 표정을 본 유모는 알겠다는 표정을 지었다.

"동생 좀 그만 괴롭히시라니까요, 태자 전하. 다른 형제들한테는 안 그러시면서 유독 레아킨 님께만 그러세요. 특히나 이렇게 전하를 잘 따르시는데."

유모의 말에 사자한은 고개를 갸웃거렸다. 그러니까 더 괴롭히는 재미가 있는 거 아닌가? 다른 형제들이야 어차피 자신이 황제의 자리에 오르기 위해 죽이거나 내쫓아야 할 존재일 뿐, 아무래도 상관없는데.

궁으로 돌아가는 내내 유모의 잔소리가 이어졌지만 사자한은 한마디도 대꾸하지 않았다. 어쨌든 어머니 대신 길러 주고 자신이 다섯 살 적 숨어든 자객의 칼을 막다가 한쪽 귀가 잘려 나간 사람에게 반기를 들기란 쉬운 일이 아니었으니까.

한데 궁에 들어서는 순간 세 사람 다 평소와 분위기가 다르다는 걸 눈치챘다. 대전 입구부터 황제의 병사들이 길을 가득 메우고 서 있었다. 그들이 있다는 건 형제의 아버지이자 쿠세 대제국의 황제, 마르아칸이 궁에 돌아왔다는 걸 의미했다. 두

달을 예정하고 떠났던 순방에서 이렇게 일찍 돌아왔다는 건 그리 좋지 않은 징조였다.

"저 흙투성이 몰골 좀 보라지. 누가 저런 걸 이 나라의 황태자라 생각하겠는가?"

마르아칸이 드높은 옥좌에서 사자한을 내려다보며 혀를 찼다. 그의 앞에 무릎을 꿇으며 사자한은 어쩔 수 없이 몸이 떨리는 걸 느꼈다. 순간의 변덕으로 자신의 목을 치고 아무렇지 않게 둘째를 태자 자리에 올릴 수 있는 사람, 그의 아버지는 그런 사람이었다.

"반쪽짜리 모자란 걸 그래도 동생이라고 옆에 끼고 다니더니, 형제끼리 꼭 닮아 가는구나. 저것의 목을 쳐야 네놈이 정신을 차리겠느냐?"

사자한 곁에 마찬가지로 무릎 꿇은 레아킨의 몸은 눈에 보일 정도로 떨리고 있었다. 사자한은 입을 꾹 다문 채 고개를 한 번 가로저었다.

"그럼 네놈을 제대로 보필하지 못한 저 여자의 목을 쳐야겠느냐?"

마르아칸이 가리킨 건 형제의 뒤에 엎드려 있던 유모였다. 사자한은 차마 그쪽을 바라보지 못하고 다시 한번 고개를 저었다.

"그래, 둘 다 원하지 않겠지. 세상이 쉬이 네 뜻대로만 흘러간다면 얼마나 편안하겠느냐. 하나 그렇지 않는다는 걸 이제는 배울 필요가 있겠다. 생각 같아선 저 하찮은 것들의 목을 모조리 베고 싶으나, 짐은 너그러우니 네게 선택권을 주려 한다. 유모와 반쪽짜리 동생 중 살리고 싶은 쪽을 택해라."

사자한은 믿을 수 없어 고개를 들고 아버지를 바라보았다. 황제의 입은 냉엄하게 다물려 있었으나 눈이 잔혹하게 웃고 있었다. 이 또한 그에게는 흥미로운 놀이에 불과한 것이다. 새삼스러울 것도 없었다. 그들 형제가 태어나 자란 요람은 처음부터 이런 곳이었다. 모래뿐인 사막의 한복판을 살얼음판 걷듯 살아야 하는 곳.

"유모."

사자한이 입을 떼어 말하자 레아킨이 곁에서 움찔했다. 잠깐의 간격을 둔 뒤 대답하는 유모의 목소리는 감탄이 나올 만큼 침착했다.

"말씀하세요, 태자 전하."

"그동안 우릴 돌봐 줘서 고마웠어."

"별말씀을요. 처음부터 그게 제 의무였는걸요."

바닥에서 몸을 일으킨 유모가 웃으며 덧붙였다.

"그리고 전 그 의무를 수행하는 동안 행복했답니다."

미안하다는 말도 하려고 했는데, 유모의 웃음을 보니 사자한은 더 이상 아무 말도 할 수 없었다. 그제야 상황을 깨달은 레아킨이 소리를 지르며 유모에게 가려 했다. 그러나 사자한은 동생을 꽉 붙들었다. 그러곤 동생의 머리를 자신의 가슴에 묻고 이어지는 장면을 목격하지 못하게 했다.

황제는 굳이 자신의 검을 빼 들고 긴 옥좌에서 내려왔다. 그는 누군가의 목숨을 직접 빼앗을 기회를, 특히나 희생자를 소중히 여기는 이가 지켜보고 있을 때면 놓치는 법이 없었다.

꼿꼿이 고개를 들고 있는 유모의 앞까지 걸어온 마르아칸은 굳이 사자한을 돌아보았다. 마치 지금부터 하려는 일에 아들이 어떤 반응을 보일지 기대된다는 듯. 그대로 칼이 유모의 몸에 닿자 사자한은 두 눈을 감았다. 그래 봐야 온몸을 때리는 듯 울려 퍼지는 처절한 비명 소리까지 막을 수는 없었다. 황제는 단칼에 목을 베어 줄 만큼 너그러운 사람이 아니었다. 사자한의 품에서 몸부림치던 레아킨은 모든 게 끝났다는 걸 깨닫고 목 놓아 울기 시작했다.

칼이 바닥에 떨어지며 날카로운 쇳소리를 냈다. 사자한은 눈을 뜨고 그의 선택이 만들어 낸 결과를 담담히 응시했다. 마르아칸은 그런 아들의 얼굴을 주의 깊게 살피다 재미없다는 듯 혀를 찼다. 그러곤 몸을 돌려 친위대와 함께 대전을 떠났다.

모두가 떠나고 레아킨의 울음도 잦아들 무렵, 바닥을 타고 번져 온 피가 사자한의 두 무릎을 적셨다. 그럼에도 그는 자리에서 일어나지 않고 다만 동생의 머리를 천천히 쓰다듬었다.

"아무래도 그노바의 이야기는 다음으로 미뤄야 할 거 같다. 오늘은 영 그럴 기분이 아니네."

레아킨에게선 대답이 없었다. 그제야 품속을 내려다본 사자한은 동생이 정신을 잃고 축 늘어져 있는 걸 보았다. 지나치게 예민한 성정 때문인지 아니면 불안정한 환경 속에서 자랐기 때문인지 몰라도 레아킨은 감정이 폭발하는 순간마다 견디지 못하고 그런 식으로 무너지곤 했다.

사자한은 그런 동생을 보며 두 가지 모순된 감정을 느꼈는데, 하나는 안쓰러움이었고 다른 하나는 그 가느다란 목을 차라리 자신의 손으로 조르고 싶다는 거였다. 왜 그런 감정을 느끼는지 스스로도 의아했지만 굳이 알지 못해도 상관없다고 생각했다.

"타마르 4황자께서 낙타에서 떨어져 목이 부러졌다고 합니다. 아직 숨이 끊어지지는 않은 모양인데, 그래도 머지않은 것 같습니다."

시종의 속삭임을 듣고 사자한은 고개만 한 번 끄덕였다. 둘째의 짓이려나, 셋째의 짓이려나? 아무래도 그와는 상관없는 일이었다. 황태자인 자신이 아니라 넷째를 노렸다는 게 조금 이상하긴 했지만.

시종의 말을 듣지 못한 레아킨은 평소처럼 책에만 푹 빠져 있었다. 자신을 외면하고 그렇게 책만 볼 줄 알았더라면 글자를 배우지 못하게 했을 거다. 함께 잠자리에 들 때면 늘 이야기를 해 달라고 졸라서 성가셨는데, 더 이상 그러지 않으니 그건 그거대로 짜증이 났다. 사자한의 바람과 달리 동생은 점점 자라고 있었고 이제 제법 힘도 세져서 예전처럼 쉽게 책을 뺏을 수 없었다.

"오랜만에 유적지에 놀러 갈까, 레아킨?"

"응?"

레아킨은 바로 대답하지 않고 고민하는 표정을 지었다. 밖에 나가 놀기보단 책을 더 읽고 싶어 하는 것 같았다.

"요즘은 모래성을 쌓지 않더라. 그건 재미없어졌어?"

"어차피 형이 또 부술 거잖아."

대수롭지 않게 대꾸하고 페이지를 넘기는 레아킨의 모습을 보며 사자한은 까닭 모를 초조함을 느꼈다. 조금만 놀려도 금방 울음을 터뜨리거나 형밖에 없다는 듯 매달리는 모습이 제일 귀여운데, 더 이상 그러지 않으니 당혹스럽고 어떻게 대해야 할지 알 수 없었다. 다른 동생들과 별다를 바 없어지면 레아킨 역시 황제의 자리를 놓고 대적해야 할 경쟁자에 지나지 않았다. 그렇다는 건 언젠가 자신의 손으로……

거기까지 생각했을 때 레아킨이 문득 책을 덮으며 말했다.

"그래, 가자. 오랜만에."

더 이상 두 형제를 쫓아다니는 유모 같은 사람은 없었다. 대신 황태자를 보위할 목적으로 하탄이라는 이름의 전사가 밤낮없이 사자한을 따라다녔다. 이 새로운 호위병은 거의 말이 없었으며 안전에 위협되는 곳만 아니라면 어딜 가든 상관하지 않았다.

유적지에 도착한 두 형제는 평소와 달리 어색하게 주변을 서

성였다. 부서진 기둥에 새겨진 낡은 상형 문자를 손으로 쓸어내리던 사자한이 먼저 입을 열었다.

"이곳 말이야. 분명 우리 선조의 무덤일 텐데 누구의 무덤인지 이름조차 모른다는 게 우습지 않아?"

"조금."

레아킨은 땅을 툭툭 발로 건드리고 있었지만 모래성을 쌓을 생각은 없어 보였다.

"내가 황제의 자리에 오르는 순간 제일 먼저 이 무덤을 열어 보라고 말할 거야."

"그러면 안 돼. 선조의 영면을 함부로 방해했다간 저주받고 말 거야."

"저주? 넌 그런 걸 믿어?"

"내가 바로 저주를 받고 태어난 존재인걸."

시무룩한 동생의 얼굴을 보고 사자한은 약간 당황했다.

"그게 무슨 소리야? 아, 색을 못 본다는 것 때문에? 괜찮아, 눈이 아예 안 보이는 것도 아니고."

하지만 레아킨은 묵묵히 모래만 찰 뿐 대꾸가 없었다.

"내가 황제가 되면 온 대륙으로 신하를 보내서 네 병을 고쳐 줄 치료사를 찾을게. 무슨 수를 써서라도 데려올 거야."

"하지만 형이 황제가 되면 어차피 난 곁에 있을 수 없잖아. 황제의 다른 형제들은 반드시 나라 밖으로 벗어나 있어야 하니까. 물론 그것도 내가……."

죽임을 당하지 않았을 때의 이야기지만.

레아킨이 속으로 삼켜 버린 그 말을 사자한은 알아들을 수 있었다. 작고 어리기만 하던 동생이 언제 이렇게 커 버린 걸까? 하긴, 그들의 요람은 아이가 아이인 채로 자라게 놔두지 않는다. 어쩌면 유모가 죽는 모습을 눈앞에서 지켜본 순간부터 더 이상 아이가 아니었을지도.

"그따위 관례쯤이야 내가 바꾸면 되지. 그게 걱정되어서 요즘 나랑 말도 잘 안 하고 같이 자려 하지도 않은 거야?"

"그러는 게 나한테나 형한테 좋을 거라고 했어."

"누가?"

"……어머니가."

대답하며 레아킨은 살짝 형의 눈치를 봤다. 그럴 만도 했다. 서로 다른 어머니의 존재에 대해 언급하는 걸 사자한이 별로 좋아하지 않았기 때문이었다.

'그 천한 것이 감히.'

속이 부글부글 끓어오르는 만큼 사자한은 레아킨을 향해 환한 미소를 지어 보였다.

"그거 정말 납득하기 힘든 말이로구나. 형제간에 우애가 좋은 것보다 중요한 일이 어디 있다고. 대답해 봐, 레아킨. 날 좋아하니?"

"응."

"얼마큼? 다른 형제들보다 더?"

레아킨에게 한 걸음 다가가며 사자한이 재촉하듯 물었다.

"내가 위험에 처했을 때 나 대신 죽을 수도 있을 만큼?"

"물론이지. 그건 황태자의 형제로서 지켜야 할 의무이기도 하잖아."

"만약 의무가 아니라면, 그럼 어쩔 건데?"

레아킨은 형을 빤히 바라보다가 대답했다.

"그래도 대신 죽을 거야. 형이니까."

사자한은 허공을 향해 마른 웃음을 터뜨렸다. 그러곤 레아킨의 머리를 마구 헝클어뜨렸다.

'와, 이것 봐라. 이제 천연덕스럽게 거짓말도 할 줄도 아네. 잠깐 사이 요 조그마한 머리로 얼마나 고민했을까? 이 작고 하찮은 것, 한 손이면 비틀어 버릴 수 있는 사랑스러운 것!'

레아킨의 하얀 목덜미를 내려다보며 사자한은 고민에 잠겼다. 어차피 언젠가 죽여야 한다면 지금이 좋을지도 모른다. 제 손을 더럽힐 것도 없이 하탄에게 한마디만 해도 끝날 일이었다. 조만간 넷째도 뒤따를 테니 저승으로 가는 길이 외롭지 않을 터.

"황태자 전하, 조금 있으면 폐하께서 환궁하십니다. 무엇이든 행할 생각이시라면 서두르셔야 할 겁니다."

등 뒤에서 하탄의 목소리가 들려왔다. 마치 사자한의 머릿속을 들여다본 듯했다. 쿠세의 전사들은 살기라는 걸 감지한다고 했던가. 그렇다는 건 지금 느끼는 이 마음도 진실이란 말인가. 자신이 정말 레아킨을 죽이고 싶어 한다고?

"그래. 그럼 궁으로 돌아가야지. 가자, 레아킨."

그렇다면 그리 쉽게 보내 줄 수 없었다. 자신에게 살려 달라고 애원하는 모습을, 울면서 매달리는 모습을 충분히 즐길 때까지 괴롭히리라. 고통에 고통을 더하여, 살려 달라는 말 대신 차라리 죽여 달라는 말이 나올 때까지…….

사자한의 생각은 거기서 더 이어지지 못했다. 고요하던 유적지에 지진이라도 일어난 것처럼 발밑이 요동치기 시작했다. 하탄이 그들의 이름을 부르며 몸을 날렸지만 땅이 꺼지고 두 형제가 아래로 떨어지는 속도가 더 빨랐다. 입 안 가득 모래를 머금으며 사자한은 끝없는 추락감에 몸서리쳤다. 그리면서도 품에 안은 레아킨의 몸을 끝까지 놓지 않았다.

눈을 떴을 때 사자한은 오래된 석실과 같은 곳에 누워 있었다. 사방에서 빛이 쏟아지고 있었다. 그러나 아주 먼 곳에서 뻗어오는 빛인 양 작고 가냘팠다. 왠지 모르게 그 모습이 누군가를 떠올리게 했다.

함께 추락한 동생에게 생각이 미치자 그는 황급히 몸을 일으켰다. 주변을 살피니 멀지 않은 곳에 레아킨이 엎드려 있는 게 보였다. 사자한은 기다시피 그쪽으로 가서 동생의 몸을 뒤집어 보았다. 아픈 듯 얼굴을 찌푸리긴 했지만 동생은 다행히 눈을 떴다.

"형?"

"괜찮아? 어디 다친 데 없어?"

"몰라. 다리가 아픈 것 같아."

레아킨의 다리 여기저기를 만져 보며 괜찮은지 묻던 사자한은 석실 저편에서 나는 어떤 소리를 들었다. 처음에는 하탄인가 했지만 그 무뚝뚝한 호위병이 내는 소리라기엔 너무…… 건방졌다. 어떻게 들어도 그건 비웃음이었기 때문이다.

두 사람은 소리가 난 쪽으로 고개를 돌렸다. 방의 정중앙에 제단처럼 돌출된 높은 담이 있고 그 위에 지금껏 존재를 깨닫지 못했던 거대한 석관이 놓여 있었다. 그리고 조금 열려 있는 덮개 사이로 누군가 머리를 내밀어 형제를 내려다보고 있었다. 관 속에서 몸을 막 일으킨 모습인 데다 얼굴이 믿기 어려울 정도로 창백했기에, 그걸 시체 외에 다른 것으로는 생각할 수 없었다.

사자한은 황태자로서의 체면도 잊고 비명을 질렀지만 동생의 비명이 더 컸기에 그의 목소리가 묻혔다. 놀라운 건 앉은 채로 정신없이 뒷걸음질 치는 형의 앞을 레아킨이 가로막았다는 거다. 그 상태로 동생은 울음인지 애원인지 모를 말들을 쏟아 냈다.

"죄송해요, 죄송해요. 잠을 깨워서 정말 죄송해요. 저희도 일부러 들어온 건 아니에요. 저주를 내리지 마세요. 제발 저와 형을 죽이지 말아 주세요."

레아킨이 울고불고하는 모습을 지켜보던 시체가 한심하다는 듯 입을 열었다.

— 다물어라. 시끄러우니.

그 한마디에 레아킨은 목이 꽉 막힌 것처럼 더 이상 아무 말도 하지 못했다. 시체는, 아니, 회백색의 무언가는 관의 뚜껑을 좀 더 넓게 열고 몸을 일으켰다. 그러곤 혼자서만 다른 물리 법칙을 적용받는 것처럼 땅으로 사뿐히 내려섰다. 그제야 사자한은 상대가 레아킨과 키가 비슷한 작은 소년의 형상에 불과하다는 걸 깨달았다.

"너는 무엇이냐?"

시체도 아니고, 선조는 더더욱 아니라는 걸 깨달은 사자한이 물었다. 소년은 소리에 반응하듯 고개를 돌렸으나 이상하게도 사자한 쪽을 바라보지 않고 허공에 시선을 못 박은 채 물었다.

— 아기모스는 죽었나?

사자한은 그게 누군지 알 수 없었다. 하지만 유적지가 얼마나 오래됐는지 생각해 보면 누구라도 지금쯤 죽었을 거라 생각했다.

"아마도."

— 세상은 아직 흐르고 있나?

그 질문은 퍽 형이상학적인 것이기에 좀 더 고민을 해 봐야 했다.

"해와 달이 번갈아 뜨고 계절이 끊임없이 바뀌며 사람들은 태어나거나 죽으니, 세상이 흐른다고 봐도 무방하겠지."

사자한의 대답에 소년은 깊이 한숨을 내쉬었다.

— 여길 벗어나면 매 순간 세상의 흐름에 거부당하고 떠밀리겠군. 그 고통을 견딜 만큼 내가 나여야 할 텐데.

사자한은 소년이 하는 말들을 이해할 수 없었다. 그럼에도 희한한 존재감 때문인지 무슨 말을 해도 그럴듯하게 들렸다.

"고통을 줄일 수 있게 내가 도울 수 있는 일이 있나?"

이 말에 드디어 소년의 시선이 사자한에게 똑바로 향했다. 지금껏 대화를 나누었음에도 마치 그제야 제대로 보는 것 같았다.

— 너 따위가 나를? 돕는다고?

소년은 비꼬는 게 아니라 진심으로 의아해하고 있었다. 그래도 말이 통하는 존재라는 걸 깨달아서인지 어느 정도 두려움이 가신 사자한은 퉁명스레 대꾸했다.

"싫으면 말아라."

— 한 가지 방법이 있기는 하지. 내 이름을 쓰는 것. 그러나 네가 그런 영광을 누릴 만한 자인지 아직 판단할 수 없군.

이쯤 되니 사자한으로서도 상대가 신이든 뭐든 더 이상 존중하고 싶은 마음이 사라졌다. 그래서 소년을 무시한 채 여전히 목소리를 내지 못하는 레아킨에게 걸어갔다. 레아킨은 얼른 형의 품으로 파고들었는데, 한눈에 봐도 안쓰러울 만큼 떨고 있었다.

'이렇게 겁이 많으면서 아까는 무슨 생각으로 내 앞에 뛰어든 거야.'

자신보다 작고 나약한 존재가 두려움에 떨면서도 자신을 지키기 위해 앞으로 나서는 모습이란. 어이가 없고 가소로운 한편 마음 한구석이 꾹 눌리는데, 사자한에게는 익숙지 않은 감정이었다.

"내 동생에게 건 주술을 풀어라. 당장."

　소년은 사자한을 지그시 바라보다가 대꾸했다.

　─ 감히 나에게 그런 식으로 말하는 인간은 없다.

"알 게 무어냐. 이보다 더 험한 말을 듣고 싶지 않다면 지금 당장 풀어."

　말하면서도 사자한은 자신이 악어의 입 안에 머리를 들이미는 건 아닌지 의심했지만, 뜻밖에도 소년은 사자한의 태도가 마음에 든다는 듯 소리를 내어 웃었다. 바람이 짧게 몰아치는 것처럼 파동을 일으키는 웃음이었다. 그제야 레아킨이 크게 숨을 토해냈다.

"아…… 난 괜찮으니까 선조님한테 무례하게 굴지 마, 형."

"저건 우리 선조 같은 게 아니야."

"하지만 이 무덤의 주인은……."

　─ 무덤의 주인이라면 내가 먹었다.

　소년은 아무렇지 않게 그런 엄청난 말을 내뱉곤, 자신이 누워 있던 석관을 그윽하다고밖에 표현할 수 없는 시선으로 바라보았다.

　─ 오래 묵었던 만큼 특이한 맛이 나더군. 생이 짧아 별다른

업적을 이루진 못했지만 수많은 이들이 눈물을 흘렸던 죽음이었다. 사랑받았던 자의 흔적은 언제나 훌륭한 자양분이 되지.

그 말을 듣고 헛구역질하기 시작한 레아킨과 달리 사자한은 소년의 모습을 주의 깊게 보았다.

"조금 전 지진도 네가 일으킨 것이냐?"

— 일부러 한 건 아니다. 내가 눈을 뜨는 순간 아마도 이 주변의 공간이 뒤틀렸겠지.

"내 동생의 입을 다물게 한 일, 설마 그 정도가 네가 가진 힘의 전부는 아니겠지."

— 하잘것없는 네 녀석의 머리로는 아무리 상상한들 이 몸이 가진 권능의 일부분도 이해하지 못할 것이다.

"그래, 우둔한 나로서는 이해할 수 없는 어마어마한 권능을 가졌다고 치자. 그럼 이제부터 그걸로 무얼 할 생각이냐?"

그 질문에는 소년도 금세 답하지 않았다. 특별히 생각해 둔 바가 없는 듯했다. 그럴 수밖에. 까마득하게 긴 잠을 자고 방금 일어났으니 아무리 초월적인 존재라 한들 제대로 사고가 돌아갈 리 만무했다. 여기까지 생각한 사자한이 미소 지으며 소년에게 손을 내밀었다.

"나는 곧 이 나라의 황제가 된다. 단순한 황제가 아니라 제국 역사상 유례가 없었던 위대한 황제가 될 생각이지. 그런 자의 시체라면 네 식욕을 충분히 자극할 만하지 않나?"

"형?"

사자한의 말을 믿지 못하겠다는 듯 레아킨이 고개를 들고 쳐다보았다. 사자한은 그런 동생의 머리를 꾹 눌러 더 이상 말하지 못하게 했다.

소년은 보석 같은 눈으로 한동안 사자한을 바라보았다. 그러게끔 의도한 것이기는 하지만, 소년이 자신을 진심으로 먹을 생각으로 감정하고 있다는 걸 깨닫자 사자한의 온몸에 소름이 돋았다. 욕지기가 솟으려는 걸 꾹 참으며 사자한은 애써 미소를 유지했다.

— 그럴지도.

마침내 소년이 답했다.

"그건 좋다는 건가? 내가 죽고 난 뒤 날 먹을 생각이냐?"

— 그래. 너 스스로 말한 대로 정말 그런 위대한 자가 되어 죽는다면.

"물론 그럴 거다. 하지만 이쪽도 공짜로 내줄 수는 없지. 그런 황제가 될 수 있도록 내 곁에서 네가 도와라."

소년은 짧게 웃음을 터뜨렸다.

— 무슨 거래를 이따위로 하지. 무엄하고도 건방진 발상이군.

"훌륭한 재료가 스스로 요리가 되는 걸 본 적 있나? 요리를 하는 건 원래 요리사의 몫이다."

놀랍게도 소년은 이 말에 대해 가만히 생각해 보는 것 같았다.

— 세계의 의지를 거슬러 흐를 수 있는 건 오직 인간의 의지라고 했던가. 어차피 세상의 흐름 속에 몸을 숨기려면 어디든

인간의 곁에 있어야 할 터…….

혼잣말처럼 중얼거린 소년이 턱을 들어 사자한을 가리켰다.

— 좋다. 그렇다면 어디 나의 은총을 받아 광휘에 휩싸인 황제가 되어 보거라. 그리하여 훗날 네게도 피할 수 없는 죽음이 찾아올 때, 숨거나 떨지 말고 당당하게 스스로를 바쳐라. 내 친히 너를 맛있게 씹어 먹어 줄 테니.

이 말에 사자한은 몸을 떨었다. 공포 때문이 아니라 희열 때문이었다. 이것으로 매일 밤 죽임당할까 두려워하던 시절은 끝났다. 죽고 난 뒤 쓸모없는 몸뚱이 따위 일생 동안 얻을 수 있는 힘에 비할까. 물론 상대가 아무리 세상을 아득히 초월한 존재처럼 보여도 막상 도움을 요청했을 때 하찮은 능력밖에 보여 주지 못할 수도 있었다. 그래 봐야 사자한으로서는 잃을 게 별로 없었다.

"그럼 이제 이곳에서 나가게 해 다오."

소년은 말없이 한쪽 벽을 응시했고 두터운 흙벽은 그런 소년의 시선을 견디지 못하는 것처럼 양옆으로 물러났다. 아까처럼 땅이 흔들렸지만 사자한은 전과 달리 조금도 두렵지 않았다. 소년이 걸어가는 길을 그대로 따르면 아무 일도 일어나지 않을 거라고 확신할 수 있었으니까.

다리를 다친 레아킨을 업고 계단을 이리 돌고 저리 돌며 얼마나 올라갔을까. 오래 지나지 않아 형제는 드디어 다시 햇빛을 볼 수 있었다. 지상으로 돌아왔다는 기쁨을 채 만끽하기도 전 그들을 부르는 다급한 외침이 들려왔다.

"전하!"

하탄이었다. 여기저기 땅이 파헤쳐진 걸로 보아 형제를 찾기 위해 지금껏 혼자 애쓰고 있었던 모양이다. 사자한을 보자마자 단 몇 걸음 만에 거리를 좁힌 그는 몸을 허공으로 띄우며 검을 뽑았다. 그 검이 형제의 앞에 서 있던 소년에게 향하는 걸 본 사자한이 외쳤다.

"안 돼!"

하탄이 온 힘을 다해 휘두른 검이 틀림없이 소년의 머리를 부수리라 생각했다. 그러나 소년은 마치 신기루 같은 궤적을 남기며 하탄의 뒤로 돌아갔다. 그대로 하탄의 등에 소년이 가볍게 손을 얹자 거대한 전사의 몸은 돌개바람에 휘말린 낙엽처럼 맥없이 원을 그리며 나가떨어졌다. 한참 동안 모래 위를 구른 하탄은 멈추고 나서도 고개를 들지 못했다.

— 아직 조절이 잘 안 되는군.

사자한은 그 말이 힘을 너무 과하게 썼다는 의미인 줄 알았다.

— 흔적도 남기지 않을 생각이었는데 너무 가볍게 밀었다. 지금이라도 가서…….

"아니, 그만둬. 그쪽은 우리 편이다. 네가 힘을 쓸 상대는 저 위에도 잔뜩 있으니."

사자한이 가리킨 하늘궁전을 소년은 심상하게 바라볼 뿐이었다.

그날 처음으로 황제가 궁에 돌아왔을 때 대전을 지키고 있지
못했음에도 사자한과 레아킨은 어떠한 벌을 받지 않았다. 심지
어 형제가 같은 침대에서 잠드는 일을 아버지가 가장 싫어함에
도 불구하고, 사자한은 아버지가 보는 앞에서 당당하게 레아킨
의 손을 잡고 자신의 방으로 데려갈 수 있었다.

"이제 아무것도 걱정할 필요 없어. 마음 놓고 푹 자도 돼, 레
아킨. 앞으로 내가 지켜 줄 테니까."

"하지만……"

레아킨의 시선이 방 한쪽으로 향했다. 단지 바라보는 것조차
조심스러워하는 태도였다.

가림막 없이 뚫려 있는 아치 너머의 발코니에 자그마한 소년
이 석상처럼 서 있었다. 잠을 필요로 하지 않는 듯, 혹은 이미
너무 많은 잠을 잤다는 듯 한밤중에도 올빼미처럼 깨어 있었
다. 그렇다고 보초를 서는 것도 아니었다. 높은 곳에서 세상을
좀 더 내려다보고 싶다는 듯했다.

"저것의 정체가 뭔지 아직 모르잖아. 옛날에 어떤 왕이 그랬
다며. 자객이 올까 봐 독사를 침대 밑에 풀어 두고 잤다가 독사
에게 물려 죽었다고."

"그렇다 해도 우린 그걸 감수하는 수밖에 없어. 오늘 아버지

의 모습을 봤잖아. 너는 그 사람이 그렇게 두려워하는 모습을 본 적 있어?"

레아킨은 베개에 얼굴을 비비듯 고개를 저었다.

"위험을 무릅쓰지 않고선 얻을 수 없는 것도 있는 거야. 걱정하지 마. 어느 쪽이든 네게는 아무 일도 일어나지 않게 할 테니. 독사에 물려도 내가 먼저 물릴 거야."

그렇게 말하는 사자한을 레아킨은 순수한 신뢰가 담긴 얼굴로 바라보고 있었다. 그러한 믿음이, 온전히 자신의 안위를 형에게 맡기는 동생의 태도가 사자한으로 하여금 이상할 정도로 책임감을 느끼게 했다. 사실 그때까지 침실에서 레아킨과 함께 잤던 건 동생의 몸이 따뜻하고 부드러워서이기도 하지만, 여차하면 자객이 나타났을 때 동생을 방패막이로 삼기 위함이었다.

분명 그 정도로 하찮은 존재에 지나지 않았을 텐데.

"네가 날 믿는 이상 난 뭐든 할 수 있어. 그러니까 절대로 날 배신하지 마."

"그런 짓 안 해, 형."

"맹세해? 무슨 일이 있어도 내 곁에 있을 거라고?"

"당연하지."

사자한은 웃음을 터뜨리며 동생의 머리카락에 얼굴을 비볐다. 그리고 처음으로 완전히 마음을 놓고, 방패막이가 아닌 그저 귀여운 동생으로 레아킨을 품에 안고 잠들었다.

'너는 그런 아이였는데. 분명 우리에게도 그런 시절이 있었는데.'

사자한은 희미해지는 시야 속에 어떻게든 동생을 붙잡아 두려고 했다. 마지막으로 보고 가는 모습이 그 아이라면 좋을 테니까.

'네 어미, 그 천한 핏줄……. 나라고 굳이 손을 쓰고 싶었겠느냐. 하지만 그 여자는 너를 자기 조국으로 빼돌리려는 계획을 짜고 있었다. 감히 내 면전에서.'

조금만 시간을 주었더라면, 자신의 말을 들으려고만 했다면 모든 걸 설명했을 거다. 그럼 동생은 틀림없이 이해하고 용서했을 텐데. 어릴 적 모래성을 무너뜨리고 또 무너뜨려도 늘 자신의 손을 거부하지 않았던 것처럼.

지금 생각해 보면 그때 자신이 했던 행동들은 충분히 애정을 받지 못해 삐뚤어진 아이의 심술 이상도 이하도 아니었다. 이래도 날 미워하지 않을 테냐? 이래도? 불안했기에 의심했고 두려웠기에 공격적이었다. 어차피 레아킨 또한 언젠가 자신을 배신할 거라고 믿었으니까.

아, 그러나…… 이제는 무슨 의미가 있을까. 모든 게 사라지고 희미해져 간다. 남는 건 두려움뿐. 죽음 뒤에 자신을 먹을 존재가 기다리고 있다는 게 이처럼 무서운 일인지 닥치기 전까지는 알지 못했다.

그러나 적어도 고통이 끝난 뒤에는 동생과 재회할 수 있을 터였다. 쿠세인들은 죽음 뒤에 고요하고 긴 사막이 존재한다고 믿는다. 그곳을 건너야만 풍요로운 안식의 땅에 다다를 수 있다고. 그렇다면 그는 그 너머에서 동생을 기다릴 것이다. 길을 잃지 않고 무사히 건너오기를 바라며, 언제고 동생이 모래 언덕 너머에서 고개를 내밀기를 바라며.

그곳에서 재회하면 이번에는 동생과 함께 모래성을 쌓으리라. 다시는 자신의 손으로 무너뜨리지 않을, 그들에게 소중한 요람을 세울 것이다.

위대한 황제가 되고자 했던 이는 그렇게 눈을 감고 그 위를 자그마한 그림자가 스며들듯 덮는다. 무언가 바삭하고 깨무는 소리가 들리지만 이내 사나운 모래바람이 은밀한 식육의 현장을 감춘다.

그리 길지 않은 식사가 끝나고 몸을 일으킨 존재는 만족할 만한 맛이었던가 자문한다. 그리고 고개를 갸웃거리곤, 그 자리를 떠난다.

〈끝〉

모래선혈

1판 1쇄 찍음 2023년 5월 4일
1판 1쇄 펴냄 2023년 6월 16일

지은이 | 하지은
발행인 | 박근섭
편집인 | 김준혁
책임편집 | 정미리
펴낸곳 | 황금가지

출판등록 | 2009. 10. 8 (제2009-000273호)
주소 | 06027 서울 강남구 도산대로 1길 62 강남출판문화센터 5층
전화 | 영업부 515-2000 **편집부** 3446-8774 **팩시밀리** 515-2007
홈페이지 | www.goldenbough.co.kr

도서 파본 등의 이유로 반송이 필요할 경우에는 구매처에서 교환하시고
출판사 교환이 필요할 경우에는 아래 주소로 반송 사유를 적어 도서와 함께 보내주세요.
06027 서울 강남구 도산대로 1길 62 강남출판문화센터 6층 민음인 마케팅부

㈜민음인은 민음사 출판 그룹의 자회사입니다.
황금가지는 ㈜민음인의 픽션 전문 출간 브랜드입니다.